种金子的人

陈玉福 ◎ 著

ZHONG JINZI DE REN

甘肃人民出版社
甘肃·兰州

图书在版编目（CIP）数据

种金子的人 / 陈玉福著. -- 兰州 ：甘肃人民出版社，2025．7． -- ISBN 978-7-226-06265-4

Ⅰ．I25

中国国家版本馆CIP数据核字第2025DF4836号

封面题字：顾　军
责任编辑：张莎莎　田彩梅
封面设计：明　珠

种金子的人
陈玉福　著
甘肃人民出版社出版发行
（730030　兰州市读者大道568号）
兰州新华印刷厂印刷

开本 710毫米×1020毫米　1/16　印张20.75　插页3　字数270千
2025年7月第1版　2025年7月第1次印刷
ISBN 978-7-226-06265-4　　定价：62.00元

目 录

001　楔子

007　梦开始的地方

009　第一章

021　第二章

037　第三章

044　第四章

071　第五章

079　野马的定义

081　第一章

086　第二章

094　第三章

104　第四章

109　共同的梦想

111　第一章

118　第二章

128　第三章

146　第四章

152　第五章

159 绿色征程	241 第二章
161 第一章	254 第三章
166 第二章	266 第四章
177 第三章	274 第五章
188 第四章	286 第六章
208 第五章	298 第七章
	304 第八章
223 沙漠黄金	312 尾声
225 第一章	
	317 后记　绿色银行与文学富矿

楔 子

距离第一场雪落下又经过了很多个风雪交加的日夜，田地里、山根下、沟渠边、房顶上……阳光稍稍薄待了的地方还有积雪顽固地不肯化去，非要等那一声春雷响彻天地才能彻底收走凛冽的寒意。春节即将到来，城里早早有了节日的氛围，临街商铺挂起了红彤彤的灯笼，市集上各种年货琳琅满目，人们在《春节序曲》的经典旋律里购买所需，对过年充满了期待。相比于城市的繁华便捷，乡村的腊月要更加忙碌，除了在集镇购买物品之外，各家各户还要忙着蒸炸煎烤，亲手做食物也是过年不可或缺的节目，春节待客捧上拿手好菜是主妇们彰显厨艺的高光时刻，自然是十八般武艺齐上阵，力求做到精益求精。

刚刚驶进村口，胡兵就叫司机停了车。看着村庄上空炊烟氤氲，一片祥和，胡兵脸上绽开一抹舒心的笑容，动手去后备箱里拿东西，并吩咐司机带着后面的货车到村中心十字路口那里去卸货。所谓司机也不是外人，正是公司行政经理丁丰龙，他俩是发小，一起光屁股长大的玩伴。

丁丰龙从车窗里探出头来摘掉墨镜眯着眼埋怨："你急啥？稍等卸了东西我把年货拉过去多轻松，提着不费劲啊？"

胡兵两手已经提满了东西，努嘴示意丁丰龙关上后备箱，哈着一口寒气笑道："回村就别矫情了，都是受苦的命，谁还不知道谁，把车开到村外放着去，少给我开到人前显摆。"

丁丰龙按了电子锁关好后备箱，呲牙也笑："还说我矫情，你这真正是锦衣夜行。"

胡兵不理他，转身往巷道里走，提着两手重物，让他微跛的脚看起来比以往更明显了。目送那道不甚伟岸却异常令人安心的背影走进巷子，丁丰龙缩回头颈开始倒车，把低调奢华的车子开去了村外停放。也怪他心存侥幸忘了胡兵的习惯，自打有了钱买了车，年年回老家时，胡兵都不肯把座驾直接开进村，倒是给村里乡亲们置办了年货的车有特殊待遇，可以开去村中心十字路口。

今年又是满满一大车年货，蛋奶肉菜样样齐全，每家每户都有份。让丁丰龙充当司机也是因为他同样出身苶苶村，发放东西的时候能够做到事半功倍，顺带让他一同回老家走走看看。其实，老家有啥可看的？从小到大光秃秃穷嗖嗖的，早都看够了，不然也不会有钱了搬去市里住，把爹妈也一并请到楼房里去安度晚年了。也就胡兵一家子"奇葩"，城里干干净净的楼房咋就不能过年，还非得回村来过，年年如此不嫌折腾啊！

吐槽归吐槽，丁丰龙还是照例停好了车，走去村中心十字路口发放年货了。来之前已经跟村里联系过了，货车亦是公司往年来惯了的那辆，就算迟上几分钟也不耽误双方确认交接。腊月二十三来送年货，对于乡亲们来说是喜事，听到信儿的人家早早候着了，三三两两正在闲聊，看见丁丰龙后都围上来寒暄，运货的车就等在边上。都是相熟的邻舍，还有堂亲族老，丁丰龙老远就掏出香烟挨个打着招呼奉上，一圈发下来不够，又从另一个口袋里摸出新的一盒拆开接着发。老家礼数如此，早上出发前胡兵叮嘱时他就备好了。

"怎么没见兵子？他今天没回来吗？"一位族老接了烟问。

丁丰龙把香烟给一个堂亲继续拿去发，拿了打火机帮族老点上，笑着回他："来了，他能不来嘛。先去家里一趟，马上就来。"

族老吸了口烟，拿远了眯眼看烟蒂上的字符，啧啧有声地感叹："哦哟了不得，这是中华烟呢！"

旁边年纪稍轻一点的老人笑着打趣："那可不嘛，你这一口就抽掉了二十块，挖牛的话都够玩一晌午了。"

族老又吸了一口，满足地叹气："唉！咱们老汉家也就跟着兵子沾些光了，让我自己掏腰包买这么贵的烟抽，胡子都要叫老婆子燃光哩！"

"那是你自己腰包里没多余银子，人家胡三叔天天抽中华也没见三婶婶燃胡子啊！"一个年轻人高声开玩笑。

族老转头指了年轻人一手指，瞪眼训斥："老汉我没赶上好时候，抽不起中华，你们几个倒是一把子力气也不知道用在正道上，看看人家兵子，才四十的个人儿就挣下了几辈子都花不完的金山银山。"

年轻人不服气，咧嘴反驳："那是兵哥命好有财运，要是咱们芨芨村的年轻人个个都跟他一样有出息，个个都能挖到金矿，你老人家的肺怕是早被中华烟抽成黑的了。"

"我宁愿黑了肺，也想要咱村的年轻人个个都像兵子一样有出息，"族老不免感慨，眼睛掠过人群望向村后的沙山，"可惜呀，咱们守着个

种金子的人

大沙漠里头啥也没有,那些个金山银山要是埋在沙子下头就好了。"老人家满眼希冀,不胜唏嘘。

年轻人顺着话头也发了声叹:"还说不眼热,那沙子里头哪来的金子嘛,你老人家原来也是个老财迷。"

一众乡亲都被他这句玩笑话逗得笑起来,是啊,要是村后的大沙漠底下有金子就好了,家家都有钱了,也就不用麻烦胡兵年年回村来接济大家了。这免费的年货确实丰盛,可拿得多了也烫手,那都是钱啊,是人家胡兵辛辛苦苦淘换来的个人钱财,又不是天上凭空落下的雪片子,想要多少就有多少。胡兵发达了还不忘乡亲们固然是好事,可大家心里或多或少都有些小纠结,不得不用玩笑打趣来掩盖各自的窘迫,但凡大家都能像他一样有钱,谁愿意伸手白拿别人的东西呢?

年货快发完的时候胡兵才姗姗来迟,乡亲们一见他,全都停下手上的动作上前来嘘寒问暖,老人们说着道谢的话,年轻人则对他的矿业公司和年收入更好奇,纷纷提出邀请,要拉胡兵到自己家去喝酒聊天。胡兵一一笑着答应,见东西都领得差不多了,便交代丁丰龙给没到场的人家亲自送去,然后在一帮子同龄人的簇拥下去喝酒了。每年回来都是如此,丁丰龙早习惯了,领着两个送货的小伙子查对名单,带上东西上门去送,和他们打赌今天这顿酒会不会缠住胡兵回不了城。能被老家的乡亲们敬着、爱着,争相热情招待,绝对是衣锦还乡的最高礼遇,哪次不喝得东倒西歪,才能出得了村啊!天天喝,次次醉。也难怪,每年春节前后这段时间,老板娘总皱着眉头,成天不见个笑模样了,这要搁自己身上,得让媳妇直接逐出家门不可。

果然,下午三点多,丁丰龙一个人开车回城,胡兵被乡亲们的热情牢牢拴住了。午后变天起了风,西边地平线上有一线浑黄翻涌滚动,

楔　子

从小在沙漠边长大的人都知道那是沙尘暴的前兆，丁丰龙提高车速直奔城里，心里琢磨着见了老板娘怎么帮胡兵开脱。其实借口都用滥了，再也想不出什么新鲜合理的说辞，正如大家看到的那样，胡兵就是喜欢回村，喜欢和村里的父老乡亲待在一起，陪他们打牌喝酒、说说笑笑，年底公司一大堆事都压给老板娘去处理，人家能高兴才怪。

沙尘暴在晴暖的午后突兀来临，遮天蔽日不可一世，顷刻间就改换了天地，把好端端一个艳阳高照的好天气变得昏暗不明，暴风裹挟沙尘噼里啪啦砸向人间，门窗、屋顶传来的响动跟夏天下冰雹似的。屋里正玩得尽兴，炕上一桌人围着胡兵打牌，地上一桌则在猜拳喝酒，笑闹声里几家主妇操办伙食，锅里煮着大块羊肉香气扑鼻，靠墙的条桌上也已经有漂亮的拼盘准备就绪，只等当家的一声招呼就上桌待客。

胡兵刚输了一把牌，正被两个半大小子强按着贴纸条，炕上地下笑作一团，更小的一群孩子惊叫着闯了进来，嚷嚷外头刮起黑风了。人们见怪不怪，主妇们呵斥自家孩子，抓了瓜子、花生给他们作为安抚，谁也没把沙尘暴当回事。胡兵让了位置给别人，退出牌桌下炕，小辈的侄儿眼疾手快地帮他从一堆横七竖八的鞋子里找出来，亲手递上。胡兵赶忙喊他放地上就行，顺手从兜里抽出一张红票子塞给他。"去买糖吃，再买点花炮玩。"他笑呵呵地说。侄儿接了钱，喜笑颜开，立刻就要出门去买东西，被他妈拉住夺过钱。"二哥你别惯着他们，买糖吃哪用得着这么多。"说着，把钱递还回来。

望着侄儿沮丧的表情，胡兵接过弟媳妇递来的钱重新塞给侄儿，笑着跟她说："一年就过这一回年，别让娃娃难受。"侄儿欢呼一声，挑衅地看了眼他妈就跑了。弟媳妇无奈，搓着双手憨憨一笑，再没多说什么。道谢的话所有人都在说，而且说一天了，实在不知道还能说出什么花样来，也便唯有满腔感激地尽心招待罢了。

拒绝了几个乡亲父老的好意陪同，胡兵来到大院外面接电话，不想让大家伙儿听到他被媳妇数落埋怨。躲避着怒号的风沙，他回拨过去，响了两声对方就接起，张嘴便是好一通埋怨。"你就喝吧，胃别要了，公司也别要了，这辈子待在茇茇村养老算了。"媳妇金彩霞语调不高，语速却不慢，显然是真生气了。胡兵嘿嘿笑着任由媳妇数落，把手机伸到风里又很快拿回来凑近耳朵无辜道："要不我现在就回来？"彩霞倒急了："这么大的沙尘暴，你别在外头瞎晃，等风停了再回来也行。"胡兵应声收起手机，嘴角笑得狡黠，目光却渐渐沉重起来。

村后就是山一样高的沙漠边缘，记忆里每场沙尘暴过后就需要全村出动去挖渠，男女老少齐上阵，把被风沙填埋了的沟渠重新挖开，如此才能确保春灌的河水能够流到田间地头。挖渠是胡兵从刚能拿得动铁锹开始就参与的第一项集体劳动，年年挖渠，年年被埋，周而复始，留守村庄的意义也成了保住沟渠的战争。时过境迁，走出去十多年再回来，茇茇村还是一点没变，威胁村庄的沙魔越发肆虐，原以为习惯了的风沙和远离后就会淡忘的经历，随着年龄渐长却格外刺眼，格外难受。再看看眼前低矮的房舍，浑黄中毫无生气的村子，胡兵不由得深深叹了一口气，自己的日子越过越好，不愁吃喝了，可还有这么多的乡亲父老仍然在风沙里挣扎，过年都过不安生，这让他怎么安享富贵？他不想再眼睁睁看着大家一年年被风沙搞得"尘满面，鬓如霜"了。狠狠攥紧拳头，胡兵心里已经有了决断，眼前浮现出一幕陈旧苍凉的儿时画面，那时候他还是个稚龄孩童，整天嚷嚷着要发财、要种树、要和沙漠"打一仗"，因而成了大人们口中的憨娃。

梦开始的地方

第一章

咣——咣——嚓——

"分地咯,抓阄咯!"

"分地咯,抓阄咯!"

一声高过一声的锣响夹杂着兴奋的呼叫声响彻村庄,震得村头树上的老鸹惊恐乱飞,一会儿落去树枝,一会儿飞过屋顶,"嘎嘎"尖啸着冲向村后的沙漠里去了。

家家户户听到锣响都出门来看,确认那个打锣人是队长后,人们脸上顿时绽开灿若明霞的笑容,脚底像安了风火轮似的直奔生产队大院。半大少年手牵弟弟跟着他爹前后脚出来,看了眼脚步匆匆的邻居,催促他爹也赶紧去。身量只到父亲胳肢窝的弟弟仰头好奇地问:"爹,分了地我们家是不是就发财了?"中年汉子眼含兴奋,抚了把小儿子的头慈爱一笑:"憨娃娃,肚子吃饱还不好嘛,整天想着发财,你要那么多钱干啥用?""我种树啊!不是你说的吗?把沙窝里都种上树,风沙就小了。"孩子稚气未脱的脸上写满坚定。是啊，种树是能把沙子防住，可沙漠里哪能种活树？"真是个憨娃！"父亲又伸手揉了把小儿子的头发，撒开腿往人群里走去，留下两个儿子倚门相望。

目送父亲的背影拐过巷道口，弟弟拽了拽哥哥的衣角问他："哥，你想不想种树？"

哥哥嗤之以鼻："大人们哄你的话也信？沙窝里根本种不活树，真要发财了还不如修路去，那样上学就不用过稀泥塘了。"

"可是，我想种树，万一能活呢。"弟弟还是不甘心。

哥哥抬手往弟弟脑门上敲了一记，耻笑他："你脑子坏掉了吧，爱种你种去，小心别人笑话你是个勺娃子。"

说罢，哥哥按捺不住好奇，也拔腿往生产队大院那边跑去看热闹了，弟弟追了两步没追上，便索性顿住脚、回转身，往家门口走。顺着直溜溜的巷道看出去，视线的尽头就是沙山，嵯峨嶙峋、绵延远去，不刮风的时候小伙伴常去沙山下玩耍，从沙漠里掏甘草、抓沙壁虎，还挺好玩的。可是一旦起了风，那沙山就变了脸，铺天盖地的沙子直往村子里刮，屋里、炕上到处都是沙土，连锅碗里头都是它们经常光顾的地方，有可能吃饭时就硌掉人的牙。伸出舌尖舔了舔豁掉的前门牙，弟弟手指沙山，模拟着电影里主人公单手抬枪瞄准敌人的姿势，向沙山发出挑战："你们给我等着，迟早有一天把你们都灭了。我胡兵说到做到！"

年仅十岁的胡兵，人生首次向沙漠宣战，没有任何人见证他的雄心壮志，回应他的唯有乍暖还寒的东南风和风里飞扬的沙尘。

在胡兵的认知当中，责任田分到手就应该是富裕生活的开启时刻。然而现实狠狠地给了少年一记耳光，地处巴丹吉林沙漠边缘，即使拥有了自己的田地，依然收获寥寥，一家人还是吃不饱肚子。麦苗才刚冒出头,正是"草色遥看近却无"的时节,甚至都等不到收获,一场沙尘暴就足以湮灭农人所有的希望。那时候的沙尘暴还不叫这个名字,大人们更形象地称之为"老毛黄风"或者"黑风",对于祖辈生活在沙漠边缘的村庄而言,风沙便是灭顶之灾,仅次于干旱带给人类的生存考验。

要是沙漠里有树就好了!有树就不会干旱,雨水多了,风沙自然就小了。沙区孩子过早地懂得了气候调节和自然界生物循环的道理。胡兵喜欢夏天,因为只有在雨水相对增多的夏日里,风沙才不会那么嚣张。他更喜欢入眼都是绿油油的田地和树木,喜欢跑去父亲兼职护林员的林场玩,期盼着每一个绿意盎然的夏天,以及树叶飒飒的声音。老师布置作文让大家写"春天来了",别的同学挖空心思描绘春天的美丽,写春姑娘如何给大地换上新装,如何给田野披上绿装,胡兵的脑子里却怎么都想象不出来春天好在哪里?在他有限的记忆里,春天是浑黄的代名词,每天午后的时光就成了风沙统治的世界,干瘦的树枝不到暮春哪有绿叶敢于探头?也就那一绺儿圪蹴在南墙根下的野草,还能在风沙的淫威下做贼似的偷偷瞄一眼春天的面目了。

课本上的春天生机勃勃,而河西走廊的春天总是迟滞吝啬、畏畏缩缩,在连天的风沙怒吼里穿着棉袄写春天,幻想都显得那么笨拙吃力。可新学期的开篇作文必然要写春天,还务必要写出花团锦簇的春意和春情,最无奈的事情莫过于此。对着作文题目一筹莫展的同时,胡兵一次次意难平,凭什么我们的春天要被风沙支配?"等我长大了一定多多种树,让春天有春天该有的样子。"胡兵把这个想法告诉父亲,换来父亲一声长叹:"憨娃啊憨娃,你以为种树不要钱吗?沙窝窝里种树且要更多呢!咱们现在连肚子都吃不饱。"父亲这么说的时候很无奈,要是家里条件好一些,他也不至于农闲时节来林场干活了,都是为了给儿女省下一口吃的啊！胡兵知道父亲来林场是为了节省口粮，可他对于沙窝窝种树缺钱的说法却不以为然，老师都说了要实现四个现代化，将来会有钱的，有钱还愁不能种树嘛。

理想很丰满，现实异常骨感。直到初中毕业，胡兵家里依旧还是老样子，依旧一穷二白，别说种树了，随着风沙一年比一年猖狂，仅靠庄稼地里的那点收成怕是要闹饥荒。增产是想都不敢想的，保住庄稼地是摆在沙乡人面前的首要大事。而摆在胡兵面前的难题是他人生中的第一次抉择——继续上学，抑或回家务农。高中要到县城去上，上学、住宿、吃饭都需要钱，以家里的现状显然心有余而力不足，那就只剩了回家务农。事实上，所谓的抉择对于当时的胡兵而言就是个伪命题，他根本就别无选择。和很多早早放弃学业的农村少年一样，十六岁的胡兵已经成了家里主要劳动力的一分子，跟着父母和哥哥姐姐上地耕种、下地打杂。

农人辛苦也就罢了，偏还付出与收获不成正比，汗水滴进土地也未必一定能取得丰收。少年的手掌长出了茧子，那是一层又一层血泡磨破了沉淀下来的阅历，除此之外，务农一道并没有给予他更多回报，也没有改变家无余粮的困境。胡兵拄着铁锹苦苦琢磨，要怎么才能让家里生活条件好一点呢？有赖于上学时养成了看书看报的好习惯，大队部成了胡兵最常去的地方，尽管那些报纸送到穷乡僻壤的时候早已过了时效性，但并不妨碍胡兵从上面获取外界信息。彼时，一场席卷全国的经济大变革正在神州大地展开，出现了"万元户"这个令人羡慕的光荣群体。胡兵看得眼热心痒，他也想当"万元户"，可怎么做才能挣到钱啊？别人靠种地发家致富，那是人家田地肥沃有先天优势，巴丹吉林沙漠虎视眈眈下的苁茇村肯定比不了，得另想办法才行。

胡兵要干买卖的想法一提出来，全家人都陷入了沉默。不是爹妈反对他开商店，而是本钱难办。以家里的情况，莫说拿出余钱经商，就是把所有东西拿去变卖，也凑不出开一家小卖部的钱。面对一家人为难的表情，胡兵笑笑并不在意，他说出想法的时候，原本就不是为了问爹妈要钱，只是表明自己的态度，从此不再下地务农而已。十七岁能干成什么啊！爹妈看出了儿子的野心，没能力给予更多，便同意他尝试着闯一闯，不过对他提出了一个要求，那就是再不能偷偷拿开春下地的种子出去卖钱。胡兵不好意思地搓着头答应下来，他都十七岁了，不会再干那种傻事。

也不怪爹妈提醒，原来就在两年前，胡兵为了挣钱，把家里选留下来的葵花种子炒熟了拿去卖钱，当时差点把父亲气得厥过去。胡兵自来心眼子活泛，看到放映员来村里放电影，乡亲们举家去围观的时候，他灵机一动返回家中翻出了父亲吊在仓房屋梁上的半袋葵花籽，搁大铁锅里炒熟后拿去人群里售卖。用家里喝水的小搪瓷缸子作为量具，一杯两毛钱，没想到这么平常的东西，不大一会儿居然卖出去小半，等父亲从别人嘴里听说，赶来阻止已经来不及了，炒熟的葵花籽肯定不能当种子了嘛，只能由着胡兵把种子当零食卖掉而捶胸顿足。

那是胡兵萌生经商念头后的首次实践，虽然用掉了春种的葵花籽，挨了好一顿鞭子，可也给了他实实在在做买卖的经验，正因为这小小的成功让他坚定了继续下去的决心。"不积跬步，无以至千里；不积小流，无以成江海。"买葵花籽挣回来的钱除了赔给父亲购买种子的钱以外，他还存了一点点，一直没舍得花，这回正好用来当本钱。

见儿子主意已定，父亲只能点头同意，并略有惭色地告诉胡兵，干买卖不比务农轻松，让他做好吃苦的准备。胡兵血气方刚，自然不把这话当回事，在家人的担忧里兴兴头头地开启了他的经商之路。

芨芨村离最近的市集有近十公里，日常买煤油、火柴也要步行四五里路去大队院子里的服务部，针头线脑啥的零碎则主要依靠那些不定期走街串巷的货郎们带来。胡兵就是看中了这一点，有的放矢地支起了他的第一个零售摊位，主要售卖村里人日常所需的杂七杂八的东西，没本钱卖大件物品，但家家户户离不了的那几样都有，小到扎头发的皮筋、头绳，缝衣服的针头线脑，以及火柴、蜡烛等。有他支摊服务，村里人再也不用跑远路去买小零碎，慢慢地他便积攒起了人气，邻村也有人来找他买东西。因为都是家家户户过日子的必需品，小零碎卖多少钱大家心里都有数，原本就挣不了几个钱，胡兵有时候为了拉拢回头客还搞些小优惠，譬如顾客买两根针，他就多送一根，时间一长胡兵的口碑也做起来了，芨芨村和周边凡是买过他东西的人都说这小伙子做买卖实诚，小摊的规模也便相应一步步扩大，开一间正式商铺的条件渐臻成熟。

这一年胡兵十八岁，刚刚跨入成人行列，可他已经是一个具有相当经商头脑和经验的熟手了。物色好久，也琢磨了好久，最终他决定在人流量最大的大队部院子里开一间正规的商店。跟家里商量的时候，父亲没反对，也没说赞成，只是常年紧皱的眉头越发拧成了疙瘩。谁不盼着儿孙有出息啊！要能走出农门更好。可开商店不像当货郎，简简单单两个箱子一挑就能卖东西，光是请木匠打制货架、柜台就是一笔可以算出来的巨额开支，更遑论还要在货架和柜台上摆满东西，那又得多少钱？对于贫苦了几辈子的庄户人家而言，开商店所需的天文数字一般的本钱，就凭务农把一家人累死也攒不出来啊！父亲不说话，是觉得胡兵的想法委实有些白日做梦了，但他不愿意打击儿子的信心，只能三缄其口。

  捏着一年来辛苦积攒的两百块钱,胡兵最终也沉默了。他深知家里的情况,直到现在父亲还年年利用农闲出门揽零活干,什么脏活苦活都不嫌弃,为的无非依然是把口粮节省下来给他和哥哥、姐姐吃,但有宽余都存起来攒着准备给哥哥娶媳妇用。在这种境遇下,父亲没让他拿出这一年干小买卖攒下来的钱贴补家里,就已经是特殊照顾了,还要他支持自己开商店实在说不过去。况且他也没想过向家里伸手,跟之前一样,提出来商量更多地是寻求精神支持,毕竟父亲比自己精于世故,在做出决策的时候能够给予他指导。除此之外,胡兵从来不敢奢求家里在钱财上提供帮助。挣钱,然后种树,是他一个人的梦想,他没有道理拉上全家人为自己的梦想倾其所有。

  既然开商店缺本金,那就想办法去挣。胡兵信心百倍地坐上去县城的公共汽车,听人说城里到处都有钱挣,他想去看看。平生第一次坐汽车,第一次进城,胡兵为自己胸膛里明显高频跳动的心脏而担心,真怕它冲破喉咙飞出来吓到别人。假装淡定,实际用眼角偷偷打量公共汽车内的设施和乘客,胡兵对县城之行无比期待,结合书上看来的关于城市的文字描写一遍遍想象县城的模样,想得他脑袋疼也没想出什么具体概念。回想自己十八岁的人生历程跟做梦似的,太多个第一次全都汇集在这一年的时光里,经过汗水发酵定格在了记忆深处,胡兵想这必然成为他生命里最值得回味的一段经历。

  汽车行驶在并不平坦而又尘沙滚滚的乡道上,一路飞驰,胡兵的心早随着颠簸不知道飞出了多远,等收心的时候,车子停靠在一处异常喧嚣热闹的所在。放眼望去,车窗外人流如织,各种吆喝声、叫卖声混杂在高昂的乐曲里震人耳膜,各色商品摆放在道路两边供顾客浏览挑选,还没下车就使人雀跃欣喜按捺不住了。胡兵迫不及待地下了车,三两步融入人潮，即刻便被眼前宏大的场面吸引了所有注意力。不愧是县城啊！你瞧，还有卖凉面和面皮的，小摊上食客围得满满当当，那叫一个热火朝天。

悄悄捏了捏衣兜，把涌上舌尖的口水狠狠咽了回去，胡兵快步往前走去，把凉面摊飘散在鼻端的那一股浓烈饭香味抛诸脑后。不是没钱吃一碗饭，而是想到兜里揣着的是他攒下来开商店的本钱，这五毛钱就价值不凡。不就是凉面嘛，回家了让妈妈和姐姐做来吃也是一样的。他劝慰自己继续往前走，却不想被街边一只箱子黏住了脚步。漆成白色的小木箱正面端端正正写着两个大红色字——冰棍。只存在于书本故事里的冰棍明晃晃地出现在眼前，触手可及，胡兵这次没有劝通自己，纠结良久到底买了一根。五分钱，而今听来微不足道，丢在地上恐怕都没人愿意弯腰去捡，但在几十块钱就能过一个丰盈大年的时代，花钱买冰棍无疑是奢侈的，足以引得路人侧目。

顶着别人或质疑或羡慕的眼神吃完了冰棍，胡兵意犹未尽，那甜到心尖尖上的味道让他沉醉，同时又让他充满了负罪感。因为家庭条件所限，白糖都是奢侈品，爹妈和哥哥姐姐一年里都难得喝一点糖水，他却花钱买冰棍独自享受，显然这是不对的。小人书上都说"有福同享，有难同当"，他要让亲人们也尝尝冰棍的滋味。经过一番讨价还价，胡兵斥"巨资"买了剩余的所有冰棍。许是难得碰上出手如此大方的主顾，又或是胡兵天生长了一张真诚的脸，摊主把冰棍箱也借给他带走，连同裹住箱子的旧棉被。约好了十天后来还箱子，胡兵抱着冰棍箱子去等公共汽车，中途不敢打开也不敢放下，生怕里面的美味化了。此时此刻，一心只盼着坐上汽车赶回村里的胡兵还不知道，他自以为繁华的"县城"并不是真的金塔县城，而是离城还有二十公里的大庄子镇，今天正好是大庄子镇逢集，十里八村的人汇聚于此才有这番喧嚣。

回村之后分发冰棍，父母亲人肯定是头一份，再有的就给了相交笃厚的长辈和玩伴。看着偌大的箱子，其实里面也就装了二十来根冰棍，自然是不够人手一支的，如此也就有了分配不均落埋怨的结果。胡兵抱着空箱子回家，身后跟着与他从小玩到大的小兄弟丁丰龙。吸溜糖水并不停赞叹好吃，胡兵看了满满的成就感，比自己吃到嘴里更觉满足。边走边向丁丰龙说起这次进城的见闻，冷不丁身后响起一道刺耳的耻笑声："去的那是县城吗？吃了根冰棍有啥可骄傲的，光吹牛皮！"回头看去，是个一脸鄙夷的瘦弱少年，论起来与胡兵家还是亲戚关系，只不过早已出了五服，单纯因为同住在芨芨村，胡兵姊妹几个称他家女主人"辛家嬢嬢"。这少年便是辛家嬢嬢的儿子辛军，比胡兵小两岁，刚初中毕业也回家来务农，不过这小子从小身板单薄，家里不舍得让他吃苦，一天里倒有大半天闲得无所事事，满村瞎晃悠，处处惹人嫌。

见是表弟，胡兵也不客气，好笑道："进趟城吃根冰棍是没啥可骄傲的，可坐汽车的钱和买冰棍的钱都是我自己一分一厘攒的，这就不得不骄傲了。你说呢，表弟？"

辛军被怼，丁丰龙觉得解气，帮腔道："就是。自己挣钱自己花的才叫真本事，仗着家里姐姐多收彩礼致富的，那叫吃软饭。"

"你放屁！"辛军怒冲冲地叫骂，"敢再胡说我饶不了你！"说罢更为刻薄地嘲笑："不就是吃了一根冰棍嘛，这就变成看门狗了。"

胡兵怕他俩打起来，呵斥了一声辛军，转头低声安抚丁丰龙："小孩子没吃到冰棍嫉妒呢，别跟他一般见识。"

丁丰龙本已恼怒的情绪得到安抚后快速平静下来，有意把冰棍吃得吱吱作响，眼望辛军回以同样的讥讽："对哦，有些人吃不到葡萄说葡萄酸，我才懒得跟他计较。"

"好了，回家吧，"胡兵瞪了眼丁丰龙，阻止他继续说下去，对辛军笑道，"这次带回来的冰棍没几根，都不够大家分的，下回哥进城专门给你买。"

辛军哼了一声："谁稀罕！我又不是没吃过，何况你去的根本就不是城里。"

不是城里是哪里？只有城里才卖冰棍，也只有城里才有那么大的集市。笃定了是这个小老弟嫉恨没把冰棍分给他而出言泄愤，胡兵不但没生气，还真心觉得歉疚：有好吃的怎么把他给忘了？辛家嬢嬢一有啥好东西还总给他家留一份呢，自己这个当表哥的确实做得不到位。本着息事宁人的态度，胡兵拉了丁丰龙转身就走，不愿意和辛军在言语上有所冲突。

"心虚了，对吧？让我说对了，是吧？"辛军不依不饶，追上来哈哈笑道，"进了一趟城去见世面就见了个冰棍，还当宝贝似的呢，笑死人了。"

胡兵不理他，也暗示丁丰龙别理会。可架不住辛军嘴欠，喋喋不休地笑话他："吃过老张家的卤味吗？老马家的羊头呢？还有百货门市部旁边的臊子面和大肉包子，最不济你该去过金塔公园了吧，塔底下唱卷的王大先生给你看相了吗……"

"滚滚滚！"丁丰龙打断辛军，作势用吃完了冰棍的棍芯戳他眼睛，吓唬他道，"没看出来我哥都不愿意搭理你嘛，哪凉快去哪待着，别像只苍蝇似的围着我们。"

辛军不服："他是我哥，跟你姓丁的有什么关系，滚也是你滚。"

丁丰龙和辛军同岁，身体却比他壮实很多，见说要抡起拳头捶他，被胡兵紧忙拉住。刚刚他没说话，但不妨碍他辩证分析。的确，辛军说的那几样他既没吃过更没见过，吃的东西倒在其次，金塔公园的塔可是县城的标志性建筑，按理来说进城就能够第一时间看到，而他逛了一圈回来压根儿就没有看见那座传说中的金塔的半点踪影。难道今天去的真不是县城？如果不是县城，怎么会有那么多人和那么大的集市呢？胡兵十分疑惑，可又张不开嘴问辛军。十来岁的年纪，谁还不是个自尊心大过一切的热血少年了！他拽着丁丰龙回家，任由辛军在背后恶狠狠地诅咒，骂他胳膊肘往外拐。

　　心中的疑惑不便逢人求教，晚饭过后，瞅准父亲独自去喂羊的空当，胡兵向父亲说出了今天辛军嘲笑的事情。父亲贫苦半生，但他年轻的时候也是外出见过世面的人，作为长工曾经不止一次赶着地主家的马车去县城买卖粮食，问他肯定没错。果然，父亲在听了胡兵的描述后笑着告诉他，那的确不是县城，根据路程推算，大概率是城郊的大庄子镇，一个沿袭祖辈传统逢三就赶集的大镇子。胡兵恍然大悟，难怪卖冰棍的大哥让他十天后一大早去还箱子，今天初三，十天后正好是十三，又是他们赶集的日子，而在这中间的几天不需要出摊，才乐意连冰棍带箱子给他带回来，保温固然要紧，关键今天卖完了冰棍，箱子十天内都是闲置的啊！

　　信誓旦旦进县城，带冰棍回来还沾沾自喜，结果去的根本不是城里，闹了这么大的一个乌龙，胡兵脸上挂不住，登时就红了双颊。父亲看出他的窘迫和懊恼，把责任全都揽到自己身上，安慰胡兵说都怪他没带儿女们进过城才被别人笑话，下次大庄子赶集他一定带上全家人去一趟真正的县城。胡兵沉默着听完又沉默着离开，这事怎么能怪父亲呢，是他不够稳重才闹出来的笑话，要是稍稍冷静一点不想着在村里出风

种金子的人

头就好了。说到底还是穷的问题,很多人一辈子都没有进过城,没有见识过城市的样貌,才会用芨芨村固有的贫穷认知来评断所见,今天这顿丑迟早会出,他还纠结什么呢。想通了也就不那么懊恼了,如常过日子并静等十天之约的到来,期待一家人进城,胡兵已经做好了准备,车费都由他来承担。

第二章

人生漫漫，十天算不得长，但有些时候短短的十天却足以改变一个人的命运。还没等到约定好送还冰棍箱的那天，一份突然而至的惊喜摆到了胡兵面前。村里接到县武装部发下来的征兵通知，胡兵的名字赫然在列。当兵光荣，当兵骄傲！哪一个男孩子没有做过身穿绿军装保家卫国的美梦啊？胡兵当然也不例外，当兵是他内心深处凌驾于往沙漠里种树之上的第一梦想，不敢挂嘴上是觉得这个梦太遥远，每年那么多人参军，相当一部分人因为这样那样的原因，比如身体不达标、政审不合格等，均不能如愿。可偏偏就是不敢想的好事就像天上掉馅饼似的砸中了他，怎不令人惊喜交加。

通知进城体检的日期就在三天后，比原计划一家人去县城的日子还早了两天，父亲高兴之余当即拍板，就选在这天全家进城，一来陪胡兵体检，二来就当是庆贺他即将穿上军装。胡兵也非常高兴，拿出这一年干小买卖攒的两百块钱交给父亲，第一次进城总得花钱，他不能继续隐瞒收入了。再者，自己当了兵，部队上有津贴，这些钱就贴补家里给哥哥娶媳妇用吧。

如愿来到金塔县城，下车的那一刻，胡兵就被完全不同于乡村气息的城市风貌所吸引。笔直宽阔、干净整洁的柏油马路，大大小小的车辆穿梭行驶在上面，街道上行走的人们穿着新式衣服，街道两边一家挨着一家商铺林立，有卖五金的，经营百货的，还有开饭店的，处处都显得那么充满活力，那么引人注目。尤其吸引胡兵的是街道两旁栽植的树木，以及林带里修剪得有形有色的花草，它们齐刷刷站在道路边，像极了为城市站岗执勤的士兵，精神饱满、神采奕奕。

父亲指派了哥哥带着母亲和姐姐随便逛逛，他亲自陪胡兵到县医院指定的体检处排队检查。来体检的都是同龄人，很快胡兵就认识了其中的几个，等所有项目检查完毕，相互之间更加熟络起来，大有一见如故、相见恨晚的亲厚感，有人便提议一起去下馆子。胡兵也想跟他们去，但看见蹲在医院门口等他的父亲，当即婉拒了他们的邀请。一家人第一次进城是个值得纪念的日子，没有理由单独出去玩乐。真要去了部队还愁不能天天一块儿吃饭嘛，也不差这一顿。

逛了金塔公园，看了绿水悠悠、花木葱茏，到市场里给哥哥和姐姐扯了做衣服的布料，父亲大手一挥，带着全家去下馆子。按照胡兵的想法，爹妈也应该做一身新衣服，可母亲坚持不要，父亲也坚称自己穿不惯新式布料，最后只能依着他们的意见。胡兵知道爹妈的意思，必定是想着哥哥姐姐到了要婚嫁的年纪，给他俩穿光鲜一点好说媒相亲，而他们凑合惯了，一切以孩子为先。至于自己嘛，马上就要参军了，不需要家里给准备新衣服，到时候部队上会发军装。

所谓的下馆子，在勤俭节约的父亲心目中一点儿也不神圣，就是坐在餐馆里简单吃一碗饭,仅此而已。隔壁桌上一盘红亮的卤肉和另一盘辣椒炒肉香味相当霸道,一阵紧似一阵地往胡兵这桌扑来,惹得姐弟仨看了一眼又一眼,相互之间甚至能听见各自咽口水的声音。这就是辛军那小子说的老张卤肉了,还真挺馋人的。有心也要一盘尝尝,可想到家里那条件,胡兵愣是张不开嘴,即便今天的一应花销全是自己干小买卖的劳动所得,可既然给了父亲就是家庭收入,怎么开支由父亲说了算,他再提要求就过分了。

最后的最后,是全家人闻着别人饭桌上的肉香味吃完了自己碗里的炒面片,走出餐馆搓着吃饱了的肚皮,父亲用轻松诙谐的语调开玩笑说今天这顿馆子下得委实划算,闻着别人的菜香吃面相当于是别人花钱请他们一家了。姐弟仨很捧场地跟着笑,胡兵想起从书上看来的阿凡提小故事,笑着说起,故事里的阿凡提也是闻着别人的肉香吃馒头遭到对方讹钱,最后凭借智慧化解危机保住了钱袋子。父亲听完稍一愣神便催促大家往车站走,夸张地说道:"那我们赶紧回家,免得里头的人反应过来追出来问我们要闻了菜的钱。"姐弟仨对视一眼,很配合地离开这里准备回家。其实,他们都明白父亲的苦衷,家里穷得叮当响,这回进城又是坐车,又是扯布,还破天荒地花钱下馆子,这会儿父亲的心里指不定在怎么滴血呢!穷人的孩子早当家,大家完全能够理解。

进过城之后再看乡村赶集,胡兵心里已经没了当日下错车初遇大庄子镇集贸场面时的兴奋。把冰棍箱还给大哥,和人家道了谢就要回家,大哥却喊住胡兵,问他愿不愿意跟着自己一起卖冰棍?胡兵心动了一下,但还是摇头拒绝了。比起当兵,他的小买卖都微不足道了,更遑论冰棍这种受季节局限的"奢侈品"。听他说了原委,大哥也很高兴,当兵就可以脱离农门走出乡村,谁听了不道一声恭喜。用仅剩的一点点钱给母亲和姐姐买了两支发卡,给父亲和哥哥买了两包莫合烟,胡兵掏空口袋才凑够车费。回到家里还是半下午的时间,家里一个人都没有,不用想也知道这个时候爹妈带着哥哥姐姐正在地里除草。按照往常,胡兵也应该去帮忙,可今天他不想干任何事情,在院里徘徊一圈后重新锁上门,径直出村走去了沙漠。

从小玩到大的沙窝窝滚烫依旧,贫瘠依旧,没有树木花草,也没有清泉溪流,曾经无数次憎恨它、厌恶它,做梦都想远离,可真正有机会离开的时候反而舍不得了。这次年中征兵机会难得,听说去的是西南某部,那里常年绿树成荫、鸟语花香,环境优美宜居,芨芨村跟人家比简直就是天壤之别。父亲说让他好好干,争取留在那边。胡兵明白这是什么意思,家乡贫瘠荒凉没前途,能走出去就别回来了。男儿志在四方,对此胡兵并无异议,只是一想到树还没种一棵,就要远离,也许不再回来,他就很难受,像被切割掉了什么重要器官,满心惆怅。

不舍归不舍,该走还得走。在沙漠里待到太阳落山才回家,对于他的晚归谁也没说什么,饭后父亲用他买的烟丝一边卷旱烟,一边教他人情往来:"外头到底不比家里,想干什么或者不想干都有人看着你呢,人前要勤快一些,多做事少说话,免得惹人闲话影响前程。"胡兵点头应了,一脸惭色。知道这是父亲在说他今天下午回来没帮家里干活呢!都说知子莫若父,父亲紧接着又说:"不过也不能一味只知道闷头吃苦,有时候也得看一看前头是啥样光景再想怎么干,活人一辈子光靠力气可不行,脑子活泛些总归是好事。从小你的脑筋就比别人转得快,将来肯定不会差。"

父亲语重心长的一番话让胡兵既感动又惭愧,长这么大得到最多的认可和夸赞就是来自父亲这儿,可他却为家里做得太少太少。时至今日,他即将走出农门去过属于自己的人生，留下父母亲人继续在风沙漫漫里挣扎求生，这应该是生为人子最大的不孝。低头掩去翻涌的泪意，胡兵把父亲的教导牢牢记在了心里，如果真有那天，他一定会接爹妈去享受没有风沙的生活。

梦想之所以叫梦想，大约是因为"梦"与"想"本身就存在很大变数。胡兵当兵梦的破灭来自一份身体不过关的体检报告——血压超出了正常数值。怎么会呢？才十八岁怎么就得了高血压了？母亲拉住儿子上上下下打量，无论如何不敢相信体检结果，在她眼里自己的儿子样样出色、风华正茂，根本不可能患上高血压，她坚持要上县医院重新检查一遍。胡兵也不信自己这么不争气，他预想过各种被刷下来的理由，唯独没料到血压超标，结果把他吓得不轻。要不就按母亲说的再去体检一次？全家人把希冀的目光投向父亲，等他拿主意。胡兵此时的心情比当天在体检处排队等待时还要紧张。

"不去了，去了也没用。"父亲吸完了整支旱烟才说。"为什么？我不可能有高血压。"胡兵高声质疑。父亲定定看着他，镇定中流露出一股浓浓的无奈。"去不了就不去了吧！"他长叹一口气，披上破旧的外套出门，背对三个儿女和还在抹泪的妻子沉声安顿："该干啥干啥吧，眼看麦子黄了，拾掇拾掇下地割麦了。"

是啊，麦子黄了该收割了，一年的收成就在眼前，是个值得期待的季节。可是，胡兵的梦碎了，在这个所有农人梦里都充斥着麦香的时节，他的心里犹如寒冬腊月刮了场西北风，冷冽凄惶、彻骨冰凉。父亲毕竟长于世故，他一个来自贫寒之家的农家子弟的确接不住这从天而降的好运气。他应该庆幸检查出来的只是高血压，不是什么不治之症，否则整个人生恐怕就彻底毁了，不说别的，经常来找他买花线的那个姑娘怕是再也不来了吧。

年轻最大的优势是能够及时转换赛道，不停试错还可以从头再来。痛苦和打击也许不那么容易消化，但生活还在继续，时钟不会因为某一个人受伤就暂停摆动。第一梦想破灭不啻于被打回原形，胡兵的心气没了，人也蔫了，成天说不了几句话，把一身牛犊子样的蛮力完全挥洒在了田地里，割麦子割到两手血泡也不肯歇歇。母亲心疼儿子偷偷抹泪，父亲却认为这是发泄忧愤的最好方式，每天累得倒头就睡就不必想那些烦心事，便任由胡兵在麦田里挥汗如雨。

要帮家里收麦子，小买卖自然就顾不上了，胡兵的小摊好多天没支起来招揽顾客，别人不甚在意，独独彩霞姑娘很有所谓，假借买东西已经来找过胡兵两次了，只是来的时候不凑巧，白天胡兵都去割麦子了，竟是一次都没见到他。彩霞家在邻村，与芨芨村相距不是很远，但也费点脚程，差不多有五公里地的样子。自打年初跟着姐姐和同村的姑娘们来买过一次花线后，她对样貌周正、一脸真诚的胡兵就生出了丝丝情愫，后面虽然也买东西，但每每都有姐妹相随，她的这番情意始终没机会展露，慢慢地倒成了一块心病，搅扰得她烦恼不已。

好不容易秋收时节人人都忙，彩霞总算得了机会能够独自来采买了，可偏偏她想见的那个人却不在，别提心里头多气恼了。怀揣情窦初开的一片火热，连续两次无功而返，年轻的姑娘有了脾气，暗自决定就此撂开手斩断情缘，再也不会踏足芨芨村。然而就在走出芨芨村快要拐上回家的小道时，却与胡兵不期而遇了。乍然相见，两个年轻人各自愣了愣神，继而彼此收回盯视对方的目光，双双垂下了眼睛。本想着礼貌让路的，谁知你让我、我让你，反而同时阻住了对方的脚步。

"你堵着我干啥？"彩霞恼羞成怒，红着脸质问。

胡兵顶着一头热汗憨憨地辩解："谁堵着你了，我要回家取磨刀石。"

彩霞心下了然，张嘴却口不应心地数落："你要干啥就干啥去，犯得着挡我的路嘛！"

"我哪有！"胡兵急于解释生怕姑娘误会他是坏人，赶忙让到路边上说，"真的，割麦子的镰刀钝了，我爹打发我回家取，没想挡着谁。"

见他这样，彩霞之前寻人不遇的恼恨早飞到九霄云外去了，反而饶有兴致地故意逗他："这么大个人了，张口闭口离不开爹妈，真没出息。"

胡兵愕住，打量对方亦喜亦嗔的笑脸才知道她在开玩笑，当即撩起衣襟擦了把汗，镇定多了。"我记得你是上沙沟村的人吧，在我这儿买过针线和袜子，到苂苂村走亲戚来了？"他问。

彩霞当然不能说是专程找他来的，随口敷衍着答应一声，眼看两个人再没什么话题就要各回各家，她到底不甘心地追问了一句："你那小摊还开吗？"问罢觉得突兀，急忙找补道："我……我姐姐绣花的彩线不全了，到你这儿买最近最省事。"

无需言传，胡兵已然领会。感情这种事男孩子往往能够无师自通，而且豁然开朗之后就会相应衍生出超越常规的机敏和魄力。一瞬间脑子转了几十个弯弯，胡兵连忙回答："开呢，肯定要开下去的，等攒够了本钱我还要开一间大商店，到时候东西就更齐全了。"

"那就好，我还以为你去哪儿了呢！"彩霞说完迈着轻快的步子走了，留给胡兵一个娇俏可人的背影。

这就走了？目送姑娘离开，胡兵本想开口挽留再多说几句话的，身后却响起了一声揶揄："哟，癞蛤蟆想吃天鹅肉啦？"胡兵转身看去，是他那个不省心的小老弟辛军，手里提溜着水壶，嘴上叼着根麦秸秆儿，斜眉怪眼地阴阳他呢。

难怪彩霞匆匆离开，原来是这小子出现的结果。胡兵懒得搭理小屁孩，瞪了他一眼就往村里走了。辛军腆着个脸追上来，嘻嘻笑他："刚刚过去的是上沙沟村老金家三丫头，她们家的条件可比你家好太多了，老大还是在政府上班吃公家饭的人，你想跟人家搞对象肯定不成。"

胡兵本不愿意和他一般见识，也清楚这小子嘴巴有多损多坏，往常就算了，可今天他敢开彩霞的玩笑，还说得这么露骨，胡兵当即便恼了，转身一脚踢掉辛军手里的水壶，手臂长伸就把他按倒在地上动弹不得了。"让你嘴上没个把门的，辛家孃孃不管我来管。"他一手按着辛军，一手拢了把路边的野草强制塞进了辛军嘴里。这个时节的野草里边依然混合着大量沙土，塞人嘴里又碜又扎，噎得辛军登时就流下了眼泪，嘴里呜呜咽咽地求饶，身子也不敢挣扎了。

"说，你知道错了没有？还敢不敢由嘴胡说了？"胡兵按着辛军问他。辛军说不出话，只能点头服软。胡兵放开他，把水壶捡回来还给他，想到应该是给地里干活的家人送水的，他用衣服抹干净上面的灰土，威胁辛军道："你最好把自己的嘴管住，要是让我听到什么，下次我拿沙子塞你嘴，听见了吗？"

辛军才十六岁，因为是独子又被家里惯得不像样子，哪里受过这般威吓，早被胡兵故作凶狠的言语和行动吓得彻底臣服，啐掉嘴里的杂物连连答应。胡兵其实压根儿不想这么做，只是考虑到彩霞的名节不得不为，农村不比城里，真要让这小子传出去些闲话，那姑娘将会成为众矢之的，到时候自己可就万死难辞其咎了。所以，防患于未然非常有必要。小屁孩到底是小屁孩，原以为这一顿收拾辛军得有多恨自己呢，没想到一转脸臭小子还巴巴地凑了上来，追着胡兵一递一声叫着哥，极尽谄媚地献上了殷勤。

"哥，明天就是送新兵的日子，我带你进城看看去啊？"他趋奉着胡兵又道，"车钱饭钱我全包了，保证不让你多花一分钱，行吗？"

乍听送新兵入伍的消息，胡兵气血翻涌，才被按下去没几天的愤恨重新燃起了熊熊烈火，那个顶替了自己名额参军的家伙最好别让他知道是谁！

辛军才不管这些，明知胡兵介意还火上浇油道："那天胡舅舅找我妈说去武装部打听打听，我妈就进了趟城，回来直叹气，好像我二叔知道是谁使的坏，把你的当兵名额给了别人。"

胡兵顿住脚，揪起辛军的衣领近乎咆哮般恶狠狠地问："是谁？你告诉我是谁？"

辛军刚挨了顿揍这会儿还心有余悸呢，只得老实交代道："我也问了，我妈就是不肯说，她去找过胡舅舅，你回家问他不就知道了。"

"胡舅舅"就是自己的父亲，便于亲近才这么称呼，老辈上传下来的一门亲戚，实际上八竿子打不着。按照辛军的说法，父亲应该知道了内情，瞒着没有告诉自己，是担心他冲动起来做出什么来吗？一把推开挡在眼前的辛军，胡兵也没心思回家取磨刀石了，扭身又往地里去找父亲，这件事他有知情权。

面对两手空空回来还盛怒的儿子，父亲只是深深叹了口气，便继续低头割麦子去了。哪里还用问发生了什么，这几天憋在儿子心头的不平也是自己心里难解的疙瘩啊！可是说清楚了又如何？事情已成定局，除了更增一家人的恼恨，实在于事无补，何必徒惹烦恼呢！父亲缄口不言，胡兵站在身后看他娴熟地割麦子、束麦捆，无言对峙最终偃旗息鼓。

母亲和哥哥姐姐劳动之余或看他几眼，眼神里写满了担忧，但他们谁都没有说话。此情此景，胡兵已然明白，不只父亲知道内情，家里应该是达成一致都要瞒着他了。

定定站了良久，任由灼热的阳光晒得满头冒汗、皮肤生疼，胡兵硬是挺着不避不动，仿佛要把自己站成一座雕像。母亲毕竟心疼儿子，拿了草帽过来踮起脚尖扣到胡兵头上，跟儿子对视的时候眼睛里蓄满了泪水，颤抖着嘴唇劝他："这都是命啊，你就认命吧！"在母亲的泪雨滂沱里，胡兵连日来自我建立的心理防线轰然倒塌，他张了张嘴一个字都没说出来，便沉沉跌进身旁的麦捆堆里晕了过去。

再醒来已是夜幕降临，房间里一灯如豆昏暗未明，小小的灯火在空荡荡的房间里努力扩张自己，把冒着丝丝烟气的身子扭成了麻花，最终也只占据了半壁江山，房间还有一半隐在黑暗里。双眼茫然看向房梁，那里有一块被灯油熏黑的红布在缓缓摇曳，母亲说过这是这间房子落成的时候系上去的，钉入木梁的一端还有三枚铜钱，取意落宝。这么多年过去，在胡兵十八年的记忆里从来没见过天上落下什么宝贝，唯一的幸运就是他差点就穿起绿军装走出这个贫寒之家了。然而，美好的梦想被斩断，这辈子他的参军梦是再也没有机会圆满了。正如母亲说的那样，也许都是命吧，从一出生就注定好了结局，即使好运来临也像握了一把沙子，越想把它攥紧流失得越快，最后只能眼睁睁看着它们从指缝间溜走，无能为力，再多的不甘心也是徒劳。

房门"吱呀"一声从外面打开，胡兵扭头看去，是母亲端着粗瓷碗进来。看见儿子醒了，母亲加快脚步走到炕边，过度操劳的面庞在油灯映照下更显沧桑，可她还是用这张脸挤出一个布满皱纹的笑容，关切而欢喜地说道："傻小子总算是醒了，让你不戴草帽，这回知道晒中暑不好受了吧？快起来吃饭，给你做的荷包蛋，你姐放了两大勺红糖呢！"

胡兵起身，接过饭碗，不禁哑然失笑。"荷包蛋加红糖，我又不是在坐月子。"话音未落，姐姐走进门来几步奔到土炕边作势要抢走："都这样了还挑三拣四的，嫌弃就别吃。"胡兵护着碗，赶忙往嘴里扒拉了一口，抬眼调皮道："呶，我都吃过沾上口水了，你要吃就给你。"姐姐伸手给了他一记暴栗子，薄怒带嗔地数落："都多大的人了还不让爹妈省心，不当兵你就活不成人了是吧？"听她说出这话来，母亲登时变色，呵斥女儿别胡说，再看胡兵时又是满脸担忧，唯恐他再受刺激。

　　不难受是假的，但不得不承认姐姐说得有道理，许许多多的人都没有当过兵，也没见他们自暴自弃，照样活出了人样。自己有手有脚有力气，还有一颗机灵聪敏的头脑，就此沉沦可就辜负光阴了，时间还长，只要努力肯定还有机会。书上不是说了嘛，上帝为你关上一扇门，必然会再为你打开一扇窗，他不相信自己这辈子就过不上梦想中的好日子。默不作声地吃完荷包蛋，胡兵把碗塞进母亲手里，眼神清澈地看向姐姐笑了。"姐，下次再多放一勺糖吧，不咋甜呢！"

　　姐姐因为之前心直口快正在自责，见胡兵这样不禁喜笑颜开，明白弟弟终于想通了，便故作凶恶地瞪他一眼笑骂："行啊，有本事你给姐去挣钱买糖，我做一个蜜罐子直接把你泡进去算了。"

　　"那敢情好，我可就真的掉进蜜罐里了。"胡兵也跟着笑了。

　　看着一双儿女相互打趣说笑，母亲如释重负，偷偷长舒了一口气，这茬总算是过了。

　　秋收结束，颗粒归仓，迎来一年里农人最悠闲也最发愁的猫冬时节。悠闲是因为田地里再无活计可以好好歇一歇了，发愁是因为漫长的冬天不仅需要充裕的粮食，还有很多省不了的必要开支。今年老天爷手下留情，风沙少刮了几场，收成还说得过去，但凡手勤的人家填

种金子的人

饱肚子是勉强够数了，可温饱之外的开支却挤不出来。柴米油盐酱醋茶，开门七件事仅有麦子可不行，煤油、蜡烛，主妇们抹手防冻的棒棒油，纳鞋绣花的针线，冬衣要翻新再续的棉花，以及孩子们过年穿新衣裳要提前扯回来的布料……哪一样不要钱呢？只是苦于没有挣钱的门路，人们只能皱着眉头过日子，努力寻找各种苦中作乐的法子来麻痹自己。

要不说胡兵脑子好呢！瞅准大家每天都去大队部南墙根下晒太阳、聊天、打纸牌的机会，他把小摊也挪去了大队门口，货物还是那些日常所需的东西，针头线脑、袜子头绳，除此之外还别出心裁地自制了几样东西，譬如旱烟棒。之前给父亲拿的两百块钱进城那次花掉了一些，剩下的父亲又还给了他，胡兵便用这笔钱重新布置了一番，花重金购买了一辆旧三轮车，把小摊做成了便于流动随走随卖的微型小商店，哪里人多他就去哪里售卖。农家汉子们聚在一块儿打牌，赌注小得可怜，左右不过三五分钱的局，可架不住每个人都有一份争强好胜的血性，斗起牌来那架势还颇有征战杀伐、不顾一切的意味。这种时候他们一般都忙着展露牌技你争我夺，都没时间卷烟，胡兵小摊上卷好的旱烟就成了热销品，赢家高兴要抽根烟再接再厉，输家不服气需要提神醒脑扳回一城，都乐意花几分钱买现成的烟卷以节省时间。胡兵的旱烟卷供不应求。

冬去春来，随着大地化冻农田整理，大队部院里逐渐门可罗雀，人们都忙着开春下种事宜，胡兵的小摊生意大不如前。南风已起，春姑娘还沉浸在梦境里不肯醒来，风沙已经为她的即将到来迫不及待地奏响了迎宾舞曲，大风扬沙的频率比往年更为活跃。眼看买卖是要被迫搁浅了，胡兵坐卧不安，心里就像揣进了十五六只猫猫狗狗，无时无刻不在抓挠撕咬。作为农民的儿子把一生奉献给土地原本没有任何问题，可他就想在种地之外尝试其他生存方式，不甘心做一个只知躬身田地备受风沙摧残的庄稼汉，正如父亲常说的那样，没有哪个姑娘不想嫁给有出息的男人，自己已经十八岁，是真男子汉就要为心仪的姑娘打造一片乐土，即使没能力把沙漠种满绿树，也得保证让她少受一点风沙的伤害。想到彩霞姑娘娇羞的面庞、水灵灵的眼眸，胡兵就觉得自己有莫大的动力。

生平第三次进城，胡兵把他的小摊搬到了县影剧院门口，买卖重心也做了调整，以瓜子零食为主。县城和乡村自然不可同日而语，每天都有电影看，人们花钱买票消磨时光的同时都乐意再多花一点小钱买零食，胡兵窃喜这条路他选对了。不过，看着城里人日子过得这么有滋有味，他对苁苁村的艰苦贫困有了更深层次的理解，多希望有那么一天能够带着父母亲人也来享受城里人的生活啊！

"穷人的孩子早当家"，这话在胡兵身上得到了最好的印证。县城卖瓜子的一年，不论寒暑风霜，他始终坚持准时准点出摊，即使感冒发烧都舍不得浪费哪怕一天的赚钱机会。虽然只是影剧院外面的一个小商小贩，甚至从未花钱买票进去看过什么影片，但见识过太多形形色色的人，听闻了院内院外很多轶事，胡兵算是真正开阔了眼界，经商思维也更加成熟起来，他迫切地想拥有一间商店。那个时候，商店还不是通用叫法，人们更习惯称之为门市部。只是小买卖的收入依旧十分有限，除去日常开销和县城租房的钱，省吃俭用一年下来也才存下来一千块钱，离他开商店所需的本金还有很大差距。是继续卖瓜子慢慢攒钱，还是另寻出路？新年在即，胡兵不可避免地陷入了焦虑。

春节本不想歇业的，因为这是影剧院人流量最多、生意最好的时节。但哥哥特意来找，说不管有钱没钱都要回家过年，不能让爹妈大过年的还牵挂悬心。赚钱事大，尽孝更是本分，事实上他也想家想亲人了。胡兵二话不说就收拾了东西跟哥哥一起回家，顺便在县城购置了几样乡村没有的年货。县城离芨芨村并不算远，几十公里于当今发达的交通条件和便利的交通工具而言，可谓近在咫尺，而在20世纪80年代末，这一点点路程的阻隔，便使得很多很多地处偏僻乡村的人们一辈子都没有踏足城市的机会。也因此，从城里做买卖回来的胡兵成了全村的焦点，闲来无事的老少爷们都喜欢围着他打听关于城里的趣闻，七大姑八大姨眼里这个精干聪明的小伙儿更是大家公认的好女婿人选。

未及弱冠的胡兵遭遇了人生中首场相亲，当辛家孃孃以做客为由带着个陌生姑娘上门拜访时，全家人都心有默契地第一时间看出这姑娘"来者不善"了，只有胡兵真的以为对方就是单纯来串门的远房亲戚。直到隔天母亲坚决要求他跟着自己去邻村看亲戚，姐姐含笑给他打扮，硬要把一方手绢儿塞进他兜里的时候，胡兵这才恍然大悟。村里有个不成文的约定，男女双方相亲见面总要扯一个远房亲戚的由头，女方如果不满意，此事自然没有下文，但凡女方看中了小伙儿，或是觉得第一印象还不错，就会找借口邀请其上门做客继续相看。这种时候男方才有话语权，同样看中了对方就会把准备好的见面礼亲手送给姑娘，看不中便什么都不送，在对方家里吃顿饭回来，权当是走了一回亲戚，不至于闹出什么闲话给人家姑娘造成名誉损害。毕竟，被男方嫌弃的姑娘，往后再要相亲，别人会以为她有什么隐疾。

成家立业本是平常，何况这么有出息的小伙子，合该成为姑娘们心仪的对象。没有人觉得这次相亲有什么不妥，父母甚至还为儿子如此年轻就被姑娘们相中而感到骄傲，可他们疏忽了心怀大梦想的儿子有自己的想法。面对胡兵突然间的恼怒，母亲和姐姐以为他是因为害羞，只有闲得没事干、自打胡兵回来就像个跟屁虫似的终日赖在他身后的辛军猜出了端倪。辛军对上一年秋天被胡兵按住脖子喂沙草的经历还记忆犹新。拖着涨红了脸的胡兵出门，来到没人走动的巷道后头，辛军挤眉弄眼问起他和彩霞姑娘的事情。情窦初开的纯真感情，哪里容得下别人闲话是非、毁人清誉？当即捂住辛军的嘴，胡兵严厉地警告他不许胡说八道，更不能让任何人知道。辛军不务正业倒也不傻，唯恐胡兵又收拾他一顿，赶忙赌咒发誓不把遇到彩霞和胡兵见面的事说出去，这才取得胡兵的原谅。开玩笑呢，他敢得罪这个狠人吗？十来岁就闯社会，能够把城里人口袋里的钱挣到自己腰包里的表哥，他巴结还来不及。

相亲闹剧最后还是靠扯谎圆了过去，胡兵告诉父母他还小，不想早早成家，什么时候哥哥、姐姐有了着落再说不迟，再者以家里现在的情况，娶一个媳妇的彩礼都够呛，他再着急结婚能负担得起吗？父亲一听儿子说的都是实情，顾念儿子懂事孝顺便回绝了对方，母亲还特意拿胡兵给她封的两包白糖去回了辛家孃孃一趟，以免让人家一番好心落空再生了嫌隙。男女感情这回事说来也奇妙，就像默然静置的一枚按钮，哪怕对某人有好感也仅限于好感，不曾明说就没那么多的旖旎情思，而一旦碰触了开关便刹那间启动，从此电光石火一发不可收拾。因着这场单方面中意的相亲，胡兵心底的情感按钮被迫提前启动，一向沾枕即睡的小伙子有了足以影响睡眠的巨大心事，彩霞姑娘的音容笑貌在他眼前越来越具象，爱情也就成了肆虐的沙尘暴，反反复复刮过他的心田，亟需一场甘霖来拯救荒芜。

过完年，胡兵没走，他有了新的奋斗目标——贷款开商店。借钱常见，贷款还是个新鲜事，父亲吓了一跳，半辈子穷惯了的庄稼人凑手不及是跟亲戚邻里借过钱物，可最多的时候也不过三五个鸡蛋、一两块毛票，乍一听儿子说要贷三千块钱，差点就惊得他跌个马趴。捂着被门框磕得生疼的额头，父亲骇异并惊惧，言语里带着令人不安的颤音："你

种金子的人

这娃娃吃了熊心豹子胆了，张口就是三千，知道那是多少钱吗？"胡兵泰然自若，他当然知道三千块是一笔巨款，别说父亲了，就是自己存的那一千块也来得不易，是他咬牙拼命换来的血汗钱。贷款说出来是有够惊悚，但要想开商店，这笔钱只能向信用社去借，除此之外没有其他筹钱的渠道。

父亲习惯性圪蹴在墙根下卷了一根旱烟，点火的时候折断好几次火柴的动作出卖了他勉强镇定的情绪。胡兵蹲下接过父亲手里的火柴盒，帮他点燃了烟卷，静静等着父亲完全平复。良久之后，父亲扔掉烫了手的烟蒂，目光深沉地看着儿子，满嘴烟气地叹了口气说："那就贷吧，大不了赔本嘛，老子后半辈子跟你一起还。"得到父亲的支持，胡兵瞬间眼圈红了，这个贫穷的家境给不了金钱上的扶持，却总能使人内心火热，有温情相伴，他接下来要做的事情即使风险重重也不怕。

第三章

  商店如愿开张，就设在大队部院里，后来叫村委会的地方。为了尽可能地节省成本，父亲把种庄稼以外的唯一手艺发挥得淋漓尽致，充当了商店柜台的泥瓦匠，用土坯砌起主体，才请人量尺寸镶嵌玻璃，这样可以将省下木料的钱用来做货架。哥哥则帮着胡兵油漆货架，母亲和姐姐也没闲着，打扫卫生、分放货物，全家总动员助力胡兵的经商之梦。

  进入正常营业之后，春种也开始了，伴随而来的还有一场接一场的沙尘暴，时大时小全看老天的心情。胡兵坐镇看店相对干净很多，上地干活的人们就不用提了，每天在风沙里挣扎劳作，灰头土脸就成了常态。最厌恶风沙天气的人群便是大姑娘小媳妇，好不容易盼来了春天，可以脱下笨重的棉袄穿起轻薄的春装了，偏偏天公不作美，大风扬沙一刮好几天，害得她们都不敢出门。如此恶劣的天气，哪里还有半分春意的美好？爱美的姑娘们却不甘心虚度光阴，整个春天都把自己关在家里，那就只能从打扮方面下功夫，各类花头巾便成了此时的紧俏商品。

胡兵在县城待过，深谙时尚对于姑娘们的诱惑，从城里挑选了一大批好看又时兴的头巾来卖，不出三天，商店的知名度响彻十里八村，很多人都是走好几公里地来光顾购买，顾客多得差点踩断门槛。这些人里就有彩霞姑娘和她的姐姐们。

彩霞在家是老小，上头还有两个姐姐、一个哥哥。自来爹妈偏疼幺儿，加之姑娘长得如花似玉、蕙质兰心，一家人对她的婚事挑选格外重视，必得家世人品都要占上了才行。胡兵开着商店不假，可本钱都是贷款来的，家底子便谈不上，至于人品嘛，倒是没什么可挑剔，开门做生意笑脸迎人和言语和气是第一位，这方面他比任何人做得都到位。彩霞和姐姐们来买过几次东西后逐渐跟胡兵熟悉起来，两个人颇有些心照不宣的意思，不过碍于传统礼教的束缚，谁也没好意思挑明，更别说约会什么的了，胡兵能够做到的也只是在彩霞姐妹买好了东西后额外加送一些小礼物。次次买东西都送也不合适，怕人家里看出端倪，胡兵在苦恼中想出了一个好主意，他要开分店。分店的第一处就选在了彩霞家。

听说要在自己家开分店，彩霞第一时间就意识到胡兵这么做是冲着她来的，羞恼使然之下她想拒绝，但父母不知情当即就答应了胡兵的请求。足不出户就能买到日用所需，有租金赚还能安排女儿来当售货员，怎么看都是一件好事情。分店就这样成立了，胡兵租用彩霞家的一截院墙开了门洞砌出售货部，进出都在院里，方便彩霞灵活掌握营业时间，外面是可以折叠的木制窗口，只需推开就能对外销售，也不怕别有用心的人偷盗和破坏。商店里分出一部分货物搬过来，把销售价列成条目交给彩霞，剩下的不用胡兵指导，彩霞完全可以独当一面。

一段时间之后，彩霞主理的分店效益相当不错，这倒出乎胡兵的预料。当时别有所图的行动没想到取得了意外的收获，他那敏锐的神经动了动，便立即展开更大范围的连锁开店模式，在距离总店比较偏远的几个村里相继开了好几家分店，雇佣的售货员中除了彩霞一个姑娘之外，全是男孩。有了对比，问题自然而然就凸显出来了，不但彩霞全家，就连她们村里很多人都看出胡兵在追求彩霞，可是没有人觉得他会成功。原因无他，彩霞家境好人出挑，她哥哥还是公职干部，以胡兵目前的家世入不了金家二老的法眼。胡兵当然也清楚，自己的实力还不足以开口的时候他才没傻到直接去碰钉子，先好好做生意攒够了资本比什么都强。再说了，目前彩霞就是自己的员工，只要她还愿意把这家分店开下去，两个人之间的交往就不会断，迟早有一天她们家会接受的，胡兵有信心，更有耐心。

　　很多年以后想起自己青春年华奋斗拼搏的经历，胡兵深深信服一句话——机会是留给有准备的人的。因为他的踌躇满志，以及稳扎稳打走过的每一步都是为了收获第一桶金而进行的基础搭建。就在他的商店开业还没满周年时，大墩门水利枢纽工程项目正式上马，水库选址周围所有村庄的人都需要上工地去干活，这是利国利民惠及子孙的大事，是沙区人民盼望已久的盛举，人们踊跃投身建设，各村组建的生产队一批接着一批冲上了劳动一线。看着红旗招展、人头攒动的宏大场面，胡兵知道属于他商业版图扩张的机会来了。他把商店改成批发部，兼顾各个分店的进货和销售指导，硬是忙里抽身搞起了水库工地的流动分销，把生意做到了工程沿线数百里的范围。以少渐多、集腋成裘，工程建设了两年，胡兵的流动商店就开了两年，春夏秋冬四季更迭，不管酷暑烈日还是雨雪寒天，只要工地上有人劳动，他的买卖就从不间断，以至于他常穿的那件绿色军便服都被阳光淘漉得失了本色，变成一件沧桑陈旧的白灰色褂子。

同时沧桑了的还有男孩的颜容。每当夕阳西下、暮色四合，胡兵开着他的流动商店回村，都是一身风尘仆仆，可他总是特意绕路经过彩霞家门口。而院里的姑娘不管手头正在干什么，也总能轻松而敏锐地捕捉到从外面传来的独属于小伙儿的动静。那是一辆动力十足的柴油三轮车，亮蓝色车身宛如大西北秋高气爽时晴朗明澈的天空，牵动着姑娘的芳心，令她着迷并陶醉。多么希望那道熟悉的身影驻留片刻，借着盘点货款的机会跟他多说几句话啊！问问他累不累？饿不饿？今天在工地又听到了什么有趣的事？收入比前一天多了还是少了……可是，胡兵没作停留，三轮车轰鸣而来又轰鸣远去，搅扰着姑娘满心的牵挂无处安放。其实胡兵亦是如此，特意绕路就是为了告诉心爱的姑娘他收工回家了，彩霞的心意他明白，但还没有到证明实力的那天，再多的情思也只能暗暗装在自己心里，绝不允许为此给对方带来任何不必要的麻烦。乡村观念传统守旧，"舌头底下压死人，唾沫星子淹死人"可不是开玩笑的。

物换星移，年轮偷转，汗水煎煮七百多个日夜，辛劳与坚持析出的劳动果实终将获得丰收。1990年年末，大墩门水利枢纽工程圆满收官，胡兵的流动商店亦停止了营业，盘点所获，他由衷舒了一口长气，拾掇拾掇一身清爽地去请媒人，这回他有足够的底气向彩霞提亲了。在这之前，胡兵已经偷偷告诉心爱的姑娘他接下来的行动，以及他只想跟彩霞分享的秘密——两年时间里他攒下了一笔巨款。十万块人民币，即使放在今天也是不小的数目，对于20世纪90年代初而言，胡兵妥妥地属于豪富，完全能够在市区买一套房子，还能买一辆客货车。这笔钱是胡兵辛苦积攒而来，却也有彩霞的功劳，各个分店都是赚钱的，区别只在于多或少，基本相差不多。十万块有多少？彩霞不知道，也想象不出来。

可是,"万元户"已经是那个时代富裕的象征,胡兵以一当十,相当于十个万元户集于一身,那他是真的有钱了。

提亲比想象中要顺利很多,媒人上门只报出胡兵的名字,彩霞的母亲就会心而笑了。姐姐们嫁得不远,听说是开商店的胡兵来问媒,都纷纷闻讯赶来献言助力。无他,家里购物添置生活用品的都是主妇,不论母亲还是姐姐们要比父亲和哥哥有更多机会接触胡兵,都觉得这是一个能干肯吃苦有出息的小伙子,彩霞要是嫁给他一准能过上好日子。彩霞当然也这么觉得,不过还得看父亲和哥哥的意思,找对象必要全家满意,然后给予祝福,将来才能过得顺心顺意、无怨无悔。父亲也没说什么反对的话,沉默着抽完了一根烟才张口表示只要姑娘情愿就好。唯一皱眉的哥哥担心的也并非胡兵能否给小妹美好的未来,而是发愁妹妹嫁到茇茇村就将与那里的人一样,此后余生都要在风沙里挣命,时时刻刻担心风沙埋掉院落,每年无数次地去挑挖水渠,反反复复没个消停。虽然同处一县,离得不远,但是风沙对自家村里和对茇茇村的危害可不是一个级别,茇茇村就像被沙漠刻意针对似的,自然条件比别的村庄恶劣很多,哥哥实在不忍心彩霞嫁过去吃苦。

对此,胡兵早有主意。当着彩霞全家人的面,他把存折摆在了桌上,说出了自己的计划。只要彩霞愿意嫁给自己,他就用这些钱在县城买婚房,如果还有疑虑那就去市里买,这几年辛苦攒钱,苦苦压抑情感,为的不就是给心爱的姑娘一个确定的未来嘛!他没办法决定出生地,却有实力给彩霞一个不必留在茇茇村吹风吃沙的基本保障。早就看出胡兵能干,没想到他竟然拥有这么一大笔个人财富,这回哥哥也无可挑剔了,当即点头应了这门亲事。

过去农村秉持的很多传统观念和传统礼仪有时候显得落伍,但体现在婚丧嫁娶、盖房置地的人生大事上自有不同凡响的一面，庄重不失喜庆，繁琐而使人愉悦，纳采下聘，问名请期，一道接一道的手续办下来，一年时间就倏忽而过了。双方再三磋商确定仪程，正式娶亲选了吉日吉时，女方家备好嫁妆、席面，静待送嫁就行了，男方还要提前安排娶亲仪仗。彼时，乡村婚嫁基本用的都是三轮车，拉花搭篷，装点出喜轿的排面，谁也挑不出理来，即便县城里也是这个规格，除非双职工或许能够租用单位的小汽车。胡兵不想用千篇一律的形式，他要给心爱的姑娘一个终生难忘的婚礼。

当时的乡政府拥有全乡唯一一辆吉普车，只有书记去县里开会的时候才偶尔用一下，其他时间就停放在院里，胡兵早就瞄好了这辆车。跟父亲说了准备借用乡政府的吉普车娶亲，父亲吓了一跳，那可是政府的车啊，怎么可能借给平头老百姓娶媳妇用？胡兵不以为然，拿了商店里最好的两瓶酒到乡政府，直接找一把手书记提出请求。大不了就是拒绝嘛，书记还能打人骂人不成？也是胡兵胆子大，乡党委书记一听群众来借车娶媳妇颇感意外，在这之前从来没人敢跟他借过车，哪怕是乡上的干部们外出办公也要自己想办法解决交通问题，这小伙子倒是勇敢。意外之余，书记也很高兴，群众上门并敢于张口借车，说明干群关系亲近，咱们的群众对政府干部有信心、有依赖啊！书记二话不说痛痛快快地答应了，担心胡兵没驾驶经验还把司机也一并借给他，唯一的要求就是车子出行胡兵得自己掏钱加油。那还有啥可说的？胡兵一百二十万个赞同，书记能把座驾借给他就已经是天大的情意了，他还舍不得一点油钱吗？

说好了用车时间，胡兵喜气洋洋地离开书记办公室回家报喜，脚底下走得飞快，以至于秘书拎着他带来的两瓶酒追出政府大院就看不见他人影了。时隔多年，当胡兵与早已退休、耄耋之龄的书记偶然相逢后，书记还清晰地记得这件事，戏谑地说起那两瓶酒是他干部生涯里收到过最贵重、也最暖心的礼品，放在酒柜几十年没动，就等着哪天再见着当年愣头青般的胡兵了一起开封饮用，那里面发酵沉淀着一个年轻人对党员干部的绝对信赖，也珍藏着自己为官一任造福乡里的情怀。回忆和书记的两次相见，再想当年那一场轰动一时的婚礼，胡兵不胜感慨。时光荏苒，岁月催老了每个人的颜容，不变的却还是内心那份火热和执着，这些年彩霞与他并肩同行，忙忙碌碌，人生竞技场换了一个又一个，吞咽过苦涩，享受过奢华，忍耐了清贫，拥有了财富……风光背后放不下的始终还是家乡，那一片在浑黄风沙里枯萎苍白的土地，见证了他们青春与梦想的村庄，承载着叫作"乡愁"的家园。

种金子的人

第四章

结婚后,胡兵带着彩霞搬去了县城。原本想着用手上的存款在城里买套房子安家,但大舅哥有远见,没有固定工作住在城里靠什么生活?应该先想好了谋生方式再考虑买房。胡兵和彩霞一致赞成,用这笔钱在县城里开了一家商店,整整齐齐门脸漂亮的那种,与村里土门土户的小卖部相比,简直有着云泥之别。依照彩霞的想法,有了县城的商店,村里的商店和设在各村的小卖部就可以不要了,转卖别人或直接收摊闭店。胡兵却不想就这么放弃,一开始开商店为赚钱不错,可为了村里人买东西方便也是一个重要原因,生手干他不放心,直接关门更是违背了便利村民的初心,在找到能够放心托付的接手人之前,他还想继续做下去。"无非就是累点苦点,往返于城乡之间多耗费些时间精力罢了。"他对彩霞说。见丈夫主意已定,彩霞不再多说,论经商见解,她绝对相信胡兵的能力,没有人比他更懂得怎么赚钱。

世界上如果有"早知道",就不会有那么多的遗憾和悔恨。因为当初的没坚持，彩霞至今都深深怨恨自己，自责对丈夫的过于放手让胡兵遭受了生死危机。那还是刚刚结婚的第二年，彩霞怀有身孕，只负责县城商店的日常打理，几家分店全部由胡兵一个人负责，包括调货配送、理账报税，大大小小的事情都得从他手里过，胡兵经常忙得两不见日。快到年下时生意最好，商品需求量大幅增加，考虑到从县城进货赚不到什么差价，胡兵跑了好几趟市里跟一家工贸公司洽谈供货事宜，达成合作后就地批发了一车白糖运回县城。冬日白昼特别短，回来给彩霞卸下一部分货后，天色已经不早了，彩霞劝他第二天再给乡里各店送去，可胡兵知道迟一天就会错过很多买家，连口热饭都顾不上吃就开着三轮车赶去了村里。

　　许是连轴转过度劳累所致，在去往最后一家分店卸货的路上，车灯朦胧里胡兵分明看见一条蛇在路中间蠕动爬行，下意识躲避使得车子偏离道路翻倒在路旁。突如其来的变故，空旷黑暗的乡道，前后左右既没有村庄也没有其他过往的车辆，撞晕过去的胡兵清醒后艰难地爬出车厢，第一时间并没有感觉自己身上多疼，而是忙着去查看车上的白糖。自然，八袋白糖无一幸免，全部摔开了外包装，雪白晶莹撒了一地。胡兵心疼坏了，这都是钱啊！辛辛苦苦好多天才能赚回来。懊恼着找寻造成这一切损失的罪魁祸首，最后发现那只不过是被人遗弃的一截布条拧的绳子，夜风凛冽，吹动绳子乍一看跟蛇有八分相似。也怪自己脑子转不过弯来，冰天雪地的哪里会有蛇出没？生气地踹了两脚布绳，胡兵这才感到一条腿生疼，怕是伤得不轻。但又有什么办法呢？前不着村后不着店，糖撒了，车还翻了，疼也得忍着，先想想怎么回去再说。其实根本就没什么可供挑选的办法，胡兵忍着腿上的疼痛独自扛起了所有，凭借强大的意志力和逼入绝境的潜能，他硬是把侧翻的三轮车扳回正道，检查了一下油路、刹车，发现都正常，便开回了县城。为了不让怀孕的妻子担心，他对事故受伤只字不提，匆匆洗漱就倒在床上睡了过去，直到从梦中疼醒，已然天亮。看着丈夫肿得跟砂罐子一样的腿，彩霞又是心疼又是生气，关门歇业送胡兵去医院就诊，但为时已晚，他的腿伤因延误错过了最佳治疗时间，虽然经治疗伤愈，但留下这条腿微跛的终生遗憾。

经此一事，彩霞果断舍弃了乡下的几家店铺，一边营务县城的商店，一边照顾胡兵，静待分娩。关闭分店胡兵心有不舍，但眼看妻子临盆在即还奔忙劳累，自己腿上又打着沉重的石膏，啥也做不了，便只能忍痛割爱默许了彩霞的决定。

女儿的降生是上天给予这对夫妇最美好的馈赠，初为人父，胡兵幸福感爆棚，同时也意识到肩上的责任更加重大。腿伤休养的这段时间，他发现实际经营所得与刚开始来县城开商店的预期大有出入，拼却身家想要带给妻子的好日子并没有想象中那么安稳，商店盈利微薄，靠现在的产出猴年马月才攒得出买房的钱，更遑论添丁进口之后需要更大的开支。妻子照顾孩子，在商店的隔间里坐月子已经够委屈她了，让女儿也在这种环境里长大，他于心不忍。看来商店并不能保证妻儿老小生活无忧，胡兵陷入苦恼和自我怀疑，对未来充满了深深的忧虑，面上却丝毫不显，生怕妻子看见了也跟着担心。

还是大舅哥看出了胡兵的心事，一天下班后来商店看妹妹和外甥女，临走时喊胡兵去帮他一个小忙。所谓的帮忙不过是借口罢了，和胡兵回到自己单位的宿舍，谈起对未来的打算，他给了胡兵一个建议。当时有家国营企业下属的工厂正在招工，胡兵的年龄正符合用人标准，如果能够应聘成功就有了铁饭碗，还愁养不活一家三口吗？那样一来商店都不用开了，彩霞专心养娃也能轻松些。胡兵一听喜出望外，大厂职工的铁饭碗谁不喜欢？他当即感谢大舅哥带来的好提议，兴奋得整晚都没睡着觉。

第二天一大早收拾停当去厂里应聘，胡兵瞒着彩霞没让她知道，想好了要给妻子一个惊喜。可是事与愿违，好不容易从排队等待的长龙里挨到自己，招聘人员看着胡兵填写的申请表，从各个方面都没挑出毛病，唯独在户籍一栏打了个问号。原来本次招工还有一个硬性规定，必须是城镇户口，而胡兵是农业户口。宛如三伏天被兜头泼了一盆冰水，胡兵满心火热瞬间寒凉，懊丧地退出队伍往回走。就在这时，有同样被刷下来的几个人在一旁的闲聊引起了胡兵注意："城镇户口还不简单，只要有钱就可以花钱办嘛。"显然说这话的人是因为没钱办户口在犯愁，而这件事在胡兵身上却不成问题，经营商店虽然利薄，但并不是完全没有积蓄，为了这份稳定的工作倒是可以一试。

收住回家的脚步，折道又去找了大舅哥，请他帮忙打听办城镇户口的费用。大舅哥毫不迟疑应承下来，招工是他的提议，为着妹妹将来有个好前程，话都说到这个份上了，哪有不帮忙的，怎么着也得帮妹夫赶上这波捧住铁饭碗的好机会啊！安顿胡兵在办公室等几分钟，大舅哥出门一会儿带着消息回来了，一个城镇户口八千块钱。一个八千，那三口人就是两万四，胡兵沉默着犯了难，这要搁一年前他眉头都不皱一下就能拿出来，可现在全部存款都用在了店铺上，一时半会儿还真凑不出这么多钱。看来这次招工是没希望了！见胡兵踌躇，大舅哥急了，天大的好事摆到眼前只等你伸手接住，还在跟我磨磨唧唧，八千块钱对于你胡兵来说就这么舍不得吗？胡兵赶忙解释，把为难之处说了，大舅哥一听原来是因为这啊！谁说让你一次性拿钱办三个户口了？人家招工又不会连带着把妻儿老小都招进厂去，先解决眼前的大事，彩霞和小外甥女以后慢慢来不就行了。真是一语惊醒梦中人，胡兵恍然大笑，向来脑筋灵活的自己在这件事上咋就没转过弯来。

户口办好进厂就顺理成章，胡兵端上了国企的铁饭碗。有了稳定工作，商店必然是顾不上了，胡兵把店面转让后租了一套房子，彩霞专门抚育孩子，胡兵按时上下班，一家三口的小日子过得温馨而惬意。远离苃苃村的苍白贫瘠，没有拼死拼活的劳累，老婆孩子热炕头，胡兵发现其实他也喜欢这样的生活，小时候曾对着沙漠号称要种满绿树的誓言，于此时的他而言纯粹就是过眼烟云。

美梦易醒，好花早谢，铁饭碗也有被打破的一天。短短三年时间，胡兵上班的工厂改革重组，一大批工人面临下岗，首当其冲的就是他们这些最后进厂的人。拿着厂里给的一点点下岗补贴，走在回家的路上，胡兵才意识到未雨绸缪多么重要，刚刚适应并乐在其中的平淡安稳一朝颠覆，又被生活打回原形，而他还没有做好应对变故的准备。如今农村回不去，城里没房没工作，要养孩子还要日常开销，让他怎么跟彩霞交代？一时之间胡兵有些心灰意懒，锐气尽失，过去那个敢想敢干、精神昂扬的小伙儿好像被人置换了灵魂似的，再也捡不起曾经的半分斗志。

人果然不能安逸太久，三年铁饭碗固然轻松稳定，但享受安逸的同时也磨掉了一身锋芒。双眼茫然回到家里，面对老婆孩子的如花笑颜，胡兵想像往常那样说笑却满嘴苦涩，真怕彩霞知道他下岗，那双明亮清澈的温柔眼眸里没了亮光。苦果有他一个人吞咽就够了，实在不忍心妻子也跟着唉声叹气。见丈夫笑容敷衍，敏感的彩霞猜测他可能是在工厂遇到不开心的事了，碍于胡兵自来话不多说的性格也没直接开口问他，假装啥事没有，照常给他应有的照顾。第二天等胡兵出门后，彩霞抱了孩子去找大哥打听。这几年在县城生活，彩霞和大哥走得很近，有事她都习惯了往哥哥家跑。大哥早就听说了胡兵他们厂改组的事情，也知道妹夫必然会被裁员，本以为彩霞也清楚，谁知胡兵把这件事瞒得严实，始终没在彩霞跟前提过只言片语。同为家庭顶梁柱，大哥立刻意识到胡兵的用心良苦，但这事瞒得住一时瞒不住一世，彩霞迟早会知道，与其让自己的妹妹山穷水尽了再犯愁求助，还不如现在就告诉她，也好让她提前有个生活规划。

得知胡兵下岗成了无业游民，彩霞反不如哥哥担心的那样六神无主，更没有像胡兵那样灰心丧气。原本他们夫妻就是农村出身，铁饭碗砸了，捡起泥巴碗还得继续活下去，过去没有这份工作她都能活成村里同龄人羡慕的对象，现在来了城里，有了城市户口，还怕活不出个人样儿了？她现在唯一担心的就是丈夫会为此一蹶不振，昨天虽然他什么都没说，但彩霞看得出来胡兵是深受打击了。而今早那家伙还按时起床，踩着和以前相同的时间点出门假装去上班，此刻不定躲在哪儿独自伤神呢！想到丈夫茫然的眼神、落寞的神情，彩霞不由得心疼，她得去找他，告诉他自己并不是所有人眼里弱不禁风的娇娇女，不管遇到什么样的困难和风雨，都能跟他一起扛。

和彩霞想的一样，胡兵正坐在公园最偏僻冷清的石凳上发呆。无班可上百无聊赖，一腔苦闷才下心头又上眉头，远远看去背影都是那么忧伤落寞，像极了受伤后独自舔舐伤口的孤狼。走到胡兵面前时，彩霞早已泪流满面，见过丈夫汗流浃背的样子，意气风发的样子，忙碌奔波以及明明疲累还咬牙坚持的样子，每一副模样都是她熟悉并引以为傲的英雄形象。而此刻，她心目中顶天立地的男人以萧瑟的秋风为背景，把自己坐成了同样凄清的一尊雕像，只为不让老婆担心，就独自忍受失意。

"我……你……"面对梨花带雨的妻子,胡兵很有些惊慌失措,还有一种做了坏事被当场抓包的尴尬和心虚。任由热泪长流,彩霞什么话都没说,牵起丈夫的手拉着他一起回家。不是不想给他一个坚定的拥抱,电视剧里的浪漫谁都向往,可传统观念教育下长大的夫妻二人有着共同的含蓄内敛,即使做不出当众相拥的行为,也不影响两颗心意会神传。这一刻,胡兵明白彩霞已经知道了一切,也清晰地感受到了妻子的坚强和温情,她在用这样的方式给予自己鼓励和抚慰。得妻若此,夫复何求啊!胡兵霎时感到心上阴霾尽消,总算找回了从头再来的勇气,眼前的困难比起当年从一穷二白中点滴崛起,已经好了很多很多,白手起家他都能成,还怕渡不过这一关了?

此后两年,胡兵尝试着做了好多工作,去其他工厂打工,依照时节临时摆摊贩卖货物,收入不多却足够养活一家三口。只是辛苦依旧,却再也没能像前些年那样积攒起大笔财富,偶尔回想不免会有对比,时间长了便更添挫败感。有心从头再来吧,这几年市场变化日新月异,不但老家村子,周边各个村庄都有了小卖部,乡镇上的商店更是如雨后春笋般冒出来,已经没了他插手的余地,老路子肯定是行不通了。眼看女儿一天天长大,胡兵忧心如焚,急于找到出路改变现状,一有闲时间就到处跑着打听,努力寻找着一切能够赚钱的门道。功夫不负有心人,还真让胡兵打听到一个赚钱的好买卖——贩卖木料。那些年正是土木工程大兴特兴的风口,但凡手里有点钱的人不约而同都致力于修建房子,特别是在农村,人们生活条件对比过去好了很多,家家户户仿佛攀比着开始翻修新房,木料需求量自然而然就有了水涨船高之势。

安顿好妻女,胡兵外出做生意,这一次他又是倾其所有,把有限的资金和全部精力都押了上去。与以往早出晚归不同,木料生意需要大量时间跑外地，从原料进货到运输售卖，有时候一单生意就能折腾七八天，一天得辗转好几个地方，往往早上还在市里，晚上或许人已经在隔着两座城市的某个乡村集贸市场上跟客户交接买卖了。所以，原来温馨幸福的小家庭不可避免地出现了沟通上的问题，彩霞经常找不到胡兵的具体位置，让彩霞又是担心又是窝心，怕他一个人在外奔波苦着累着，也气恼丈夫只顾着做生意而疏于照顾家里。这段时光是自打结婚以来夫妻俩头一次长时间分开，也是往后家庭生活聚少离多的开始，彼时不论彩霞还是胡兵都绝对想不到，还有更多难以聚首、彼此牵挂的日子在等着他们。

正所谓"靠山吃山，靠水吃水"。做木材生意就免不了要和家具厂以及木料深加工企业打交道，在一众供货商里，胡兵因为从小经商头脑活泛，很快脱颖而出，被一家专门加工板材的企业家看中，挖他去厂里搞对外营销。成为这家企业的销售部经理，对胡兵来说是个不错的机会，能够让他尽情发挥商业才能。事实也是如此，老板慧眼识珠寄予厚望，胡兵竭尽所能建言献策，把购销这一块做得风生水起，给厂里带来大笔订单，胡兵也开阔了自己的视野。人还是要站在高处才能看得远，随着走出去的机会越来越多，眼界和格局不断开阔，胡兵开始思考未来，逐渐萌生出开厂办企业的想法。他有十足的信心能够经营好一家企业，只是缺乏启动资金。

胡兵负责购销工作，应酬便多了起来，不是请别人吃饭喝酒就是被别人请。胡兵无疑是掌握了生存规则的，他的酒量与日俱增，号称"千杯不醉"，陪着客户打牌也能游刃有余，知道什么时候该输，什么时候能赢，哪位喜欢麻将，哪位独爱纸牌……找他往家里和厂里去必然扑空，觥筹交错的地方才是他的战场，很多时候就连彩霞都不知道他人在哪儿。一次孩子生病半夜发烧，彩霞照例独自抱了女儿去医院，县城虽然也有整晚亮着的路灯，但基础设施到底不如市里便利，照不到从家里到街上的一段路。黑灯瞎火的夜晚，忍受着黑夜惊惧和对孩子病情的担忧，彩霞不由自主生出丝丝怨恨，感到从未有过的孤独无助，这种时刻原该丈夫在场撑起所有，而他每次匆匆回来又匆匆离去，家成了旅馆似的。在最需要的时候，胡兵永远缺席，彩霞被迫成了自己和女儿的保护伞。当初说好的担当呢？彩霞咬牙坚持，脸上早已被泪水打湿。

　　孩子病好后，彩霞毅然坐车到市里找胡兵，她想当面问问丈夫还要不要这个家了？找到厂里没见人，办公室说好几天没见胡经理回来了，打传呼几遍都不回应，彩霞心里的火气噌噌往上蹿，背着女儿上街挨家挨户去饭店、酒馆寻找。这次她已暗暗下定了决心，如果胡兵选择所谓的事业，那这辈子就算走到头了，她会毫不犹豫地带着女儿离开。一直以来彩霞所求不多，要的无非是家人常伴、灯火可亲，可胡兵给不了这些，他的眼里和心里只有事业，根本没有老婆孩子。当然，如果见面后胡兵能够有所改变，知道自己错在哪里，彩霞也不是那种耍泼打滚不讲理的人，给点颜色也就罢了。一路做着心理建设一路寻找，彩霞以为自己是有包容心的，可当她亲眼看见丈夫坐在烟雾缭绕里手捏麻将牌的时候，压抑已久的怒火霎时爆发，一发而不可收拾。

　　三步并作两步冲上前掀翻桌子，顺带狠狠推了一把丈夫，胡兵猝不及防地摔倒在地，和他一起打牌的另外三个人吓了一跳，都纷纷起身跳开。看着胡子没刮、熬夜憔悴的丈夫，彩霞气不打一处来，以为他有多忙，原来自己担惊受怕大半夜抱孩子上医院的时候，人家在通宵玩牌，还玩得不亦乐乎。

　　看清面前的人是彩霞，胡兵眼神闪了闪，略有心虚，但在朋友们围观的情况下，比起心虚，他更生气老婆当众扫了他的面子。猛地从地上爬起来，胡兵二话不说甩了彩霞一个巴掌，还想再骂两句，可面对彩霞震惊而又伤心的表情，他嘴唇翕动着，愣是说不出半个字来。变故来得突然，三个朋友僵在当场，劝也不是，不劝也不是，最后一脸尴尬地跑了，留下夫妻俩怒目相视。女儿豆豆吓得大哭，彩霞心疼孩子俯身去哄，一张嘴也变成了嚎啕大哭。这样的场面要是搁在以前，胡兵肯定要自责，可今天不同，他恼恨彩霞让自己没面子，看母女俩抱头痛哭，不但不心疼，反而气得双眼冒火。不顾身后妻儿伤心，胡兵踏出棋牌室扬长而去，等彩霞抱着孩子追出来时早已不见踪影。

世上怎么会有这种不讲道理的男人！彩霞气得肺都要炸了，当下也不再去寻找，直奔汽车站买票回县城，她要去找娘家人来主持公道。遇事不决回娘家，是传统女性应对婚姻和家庭问题时唯一的解决途径，结婚以来事事千依百顺的丈夫突然学坏了，不管家了，对于妻子来说不啻为天塌地陷，也只有从娘家人身上汲取温暖与慰藉才不至于走投无路。胡兵其实也气得不轻，他没想到一向温柔的妻子能够做出这么大胆的事情，竟敢当众撒泼掀桌子，彩霞的闹场使他颜面尽失。没了脸面也就没了理智，胡兵回厂里洗了把脸，越想越火大，随后也坐车回了县城。

县城的小家整洁依旧，舒适依旧，彩霞从来都是特别爱干净并勤于拾掇家务的人。踏进家门，妻儿不在，久违的松弛感扑面而来，真想倒头大睡，放空身心，好好休息两天，可他知道不行。彩霞难道还没回来？气归气，到底挂念着老婆孩子的安危，强忍熬了一夜的困倦和疲乏，胡兵折身往外走，去街上的公用电话亭给彩霞打传呼。手机还没普及的时代，能够拥有传呼机也是实力的象征。电话亭没什么人，胡兵拨了号码，很快收到来电。电话接起来的一刹那，他原本气势汹汹准备兴师问罪的心理乍然消散，被牵挂和担心所取代。然而，电话那头传来的却不是彩霞的声音，而是一道明显带着怒气的质问："胡兵你给我一个交代，我妹子做什么大逆不道的事情了，你要打她？"是大舅哥。胡兵登时心虚，握着电话无言以对，方才意识到他那一巴掌打得属实鲁莽。

任由大舅哥在电话里劈头盖脸地数落，胡兵没做任何反驳，但也不想认错认怂。凭什么呀？谁体谅过他有多苦多累，打了一夜牌又不是单纯为玩乐，不把客户陪好了，他的业绩从哪来？没有业绩拿啥养家？是，打老婆是无能的表现，他一时冲动犯了错，可彩霞就没错处了？她不问青红皂白掀桌子胡闹，把男人的脸面按在地上摩擦也就算了，那几个客户以后不跟他合作了，还有钱可赚吗？自己辛辛苦苦又是为谁？但凡有更好的选择，他也想安闲待在家里，守着老婆孩子过日子……这些话在舌尖上滚了几滚，最终还是默默咽了回去。胡兵不做辩驳，说来说去打了彩霞真的是混账行为，他要亲自向老婆道歉。

硬着头皮上了大舅哥的门，胡兵特意买了烟酒礼品以表诚意，其实心里还是存着很多不情不愿，对彩霞找娘家人诉苦的做法颇有怨言。彩霞还在气头上，见到胡兵没一个好脸色，倒是大舅哥两口子还算客气，请他坐下，还沏茶招待他。许是电话里把气都撒了，见面后大舅哥没再数落胡兵，只问胡兵在市里究竟挣了多少钱？言下之意，别光为了赚钱就置妻儿于不顾。此时的胡兵虽然认识到了打老婆不对，但心里头那点儿执拗还是转不过弯来，敷衍着回答了大舅哥的问话，就急于接彩霞和女儿回家。大舅哥哪能不知道他的脾气，作为男人也能理解妹夫的辛劳，刚刚在电话里教训过也不好继续揪着不放，便劝彩霞跟胡兵回去。彩霞自然不肯，原想着哥哥还要怎么帮自己出气立威，结果高高举起轻轻放下，这就开始胳膊肘往外拐了，她委屈极了，泪水跟开闸似的奔涌而出，哽咽着嚷嚷要和胡兵离婚。

离婚？这还了得！莫说胡兵不答应，大舅哥两口子先急了。不管谁对谁错，传统观念里就不存在"离婚"二字。嫂子连忙拉了彩霞进卧室劝说，哥哥脸都绿了，因为彩霞这话让他陷于被动，就怕胡兵较真，有理变没理。娘家人也难啊！倒是胡兵一点不着急，以他对彩霞的了解，能闹能骂就说明没事，不言不语那才难办。再看大舅哥的脸色，还有啥可担心的？多年经商积攒的经验告诉他，来之前大舅哥两口子必定是商量好了要给自己一个深刻的教训，还商定好了红黑脸由谁扮演，结果彩霞没理解哥哥嫂子的良苦用心，一场好戏就这么给演砸了。好嘛！收不了场了，看你们还怎么给我难堪？

胡兵好整以暇地陪女儿玩耍并静待结果，暗暗窃笑，心底里那一点点纠结早都烟消云散了，他笃定彩霞会跟着自己回家，或早或晚就看嫂子的嘴皮子功夫如何了。说来也奇怪，老家习惯把女婿称之为"娇客"，岳父母见了都客客气气招待着，却免疫大舅子、小舅子，不管是姐夫还是妹夫，郎舅之间相处他们总是占尽先机，好说话的舅子可遇而不可求，两方关系天生敌对似的，都喜欢看对方吃瘪。倒也不是胡兵对大舅哥有什么不满，他俩相处得还不错。但彩霞显然并不觉得，每每小夫妻拌个嘴闹点小矛盾都喜欢找他哥出面，一来二去便使得原就勉强的关系更加岌岌可危了。这会儿看大舅哥为难，他能不偷着乐嘛。

结果不出意料，彩霞被嫂子劝通，跟着胡兵回家了。出门的时候胡兵眼尖地发现，大舅哥两口子双双松了口气，彼此使了个眼色。他抱着女儿走在前头，彩霞满脸抵触，脚底磨叽，落后父女俩好几步。大街上不是说话的地方，胡兵有意放慢脚步，也是一种态度。等进了自家家门，胡兵还在哄女儿看他带回来的玩具和零食，彩霞赌气一扭身进了卧室，大有老死不相往来的架势。见此情形，胡兵无奈苦笑，安顿好女儿让她自己玩耍，进卧室去找彩霞赔礼道歉了。夫妻之间的矛盾自来就是床头打架床尾和，当着外人的面他不认错是男人的自尊心在作怪，这会儿只有他和彩霞，便什么软话都说得出口，何况打人这件事说破大天也是自己不占理，他得诚恳道歉取得彩霞谅解，否则好日子真就过到头了。

"我错了，"胡兵开口就认错，紧接着劝解，"只要你能消气，我任打任骂。"

彩霞本来绷着个脸做好了持久冷战的准备，因为在她的认知里，胡兵从来就是宁折不弯的性子，让他低头认错门都没有。可是，没想到这回丈夫一百八十度大转变，倒把她给整不会了。抬头扫了眼胡兵，见他脸色憔悴、满面真诚，彩霞顿时就心软了，再一想嫂子劝她体谅男人养家不容易的那些话，火气就消了一半，可体谅归体谅，谁还没点脾气啊？纵然他出门在外是为了赚钱养家，那也不能动手打人吧！他辛苦，自己就不苦了？其他的家务事先不提，光是半夜孩子生病发烧上医院这事，谁能理解自己有多害怕、多无助？

"打骂？显你不讲理了？"彩霞高声质问，尾音又带了哭腔，眼泪也早不受控制地冲出眼眶，断线的珠子似的往前襟上滴落。

胡兵慌了，伸手帮妻子擦泪，有意缓解气氛玩笑道："别哭别哭，眼泪多得怎么跟林黛玉似的。都是我的错，我认错。"

彩霞打开他的手，哭得更委屈了："知道现在认错早干嘛去了？打人的时候你倒威风，想过我一个人拉扯孩子有多难吗？"

胡兵已经从大舅哥两口子嘴里听说了彩霞带孩子的艰难，知道她这次上市里去找自己的苦衷，此时再听妻子亲口哭诉，觉得心都快碎了，忙一迭声地赔礼道歉，好话说尽才勉强哄得彩霞止住了哭泣。发泄一番后，彩霞心里的气恼缓解很多，转头看着丈夫疲惫的面容和难得放低身段做小伏低的模样，还哪能继续拗下去，反倒心疼起来，让他赶紧上床去睡一觉再说。中国传统女性身上就是有这样的特质，男人再霸道蛮横不知体贴都能包容，生气闹矛盾了只要对方温言软语几句话便能和解，气过了还要反思自己，并为男人寻找一切可以被原谅的理由。毫无疑问，彩霞正是传统女性的代表，她此刻所想所做的背后既有自省，又有自我安慰，甚至懊恼自己不该那么冲动掀翻牌桌让男人失了面子。此般心境下，和解自然水到渠成。从小就听母亲比喻家庭关系时说过，一个锅里舀饭，勺子碰碗在所难免，何况是人呢！是啊，夫妻本来唇齿相依，磕磕碰碰多正常，不能因为一件事一次碰撞就完全否定彼此的关系，既然是一家人，那她还纠结个什么劲儿？

哄好了妻子，胡兵已是精疲力竭，巴不得倒头就睡，好好享受极度疲累后的极致放松。彩霞帮他取来干净衣物，督促着换了拿去洗，抖搂脏衣服时看见胡兵兜里的零钱，不免想起前面胡兵提着大包小包去大哥家的事来，感到一阵肉疼。推了把即将陷入沉睡的丈夫，她嘀咕道："你说说你，去接我们娘俩回来随便带点东西就行了，又是烟又是酒的，你钱多花不完了是吧？"胡兵本来困得半句话都不想多说，听闻妻子这话不由睁眼好笑："这会儿心疼钱了，那你以后就少往娘家人跟前跑。"彩霞没好气地拍他屁股："爹妈都在乡下，城里就我哥在，你还不让我去了，那你以后也别动不动惹我。"胡兵笑着答应："行行行，那咱们可说好了，不管咋样你在人前给我面子，回到家里让我干啥都行。"彩霞啐他一眼，佯装气恼："美得你了，你有面子我就没面子吗？往后再敢没日没夜地打牌喝酒，我照样掀桌子。"说罢抿嘴笑着抱了衣服出去洗，其实内心里又在为当时的冲动之举自责了。"我没日没夜拼命不也是为了你们娘俩有钱花嘛！"胡兵的话语像是长了腿追到彩霞耳边来，半狡辩半实情，彩霞懒得跟他继续说，拿盆接水。等再回卧室的时候，胡兵已经鼾声大作，显然是真的困乏至极坚持不住了。

给丈夫掖了掖被角，看着他的睡颜，彩霞满目温柔。这些年胡兵的付出她桩桩件件都看在眼里、记在心里，知道他为这个家所做的努力和奋斗，正是因为心疼才舍不得他那么拼命，看见他宁可熬夜打牌也不给自己回电话，不管孩子生病固然生气，可真正使人暴怒敢于当众掀桌子是因为他不爱惜自己，拿身体不当回事。叹了口气，彩霞悄然离开卧室去厨房做饭，只要胡兵回来，家里的餐桌上就都是他喜欢的菜式，不知不觉连自己的口味都被他同化了。

打架风波来得骤然，去得也快，一家三口其乐融融地吃了晚饭，就什么恩怨都烟消云散了。趁胡兵心情好，彩霞问起他现在的工作，为他的身体担心。不用彩霞反对，胡兵其实也厌烦了推杯换盏逢场作戏的生意场，之前也有过这方面的思考，甚至烈酒下肚醉意蒙眬时曾扬言，如果让他来当一把手绝对不会把公司的前景赌在灯红酒绿上，真正的企业和企业家应该用产品说话，用人品征服客户。可这是他的个人想法，凭他现在的能力根本无力改变什么，传出去还会招致公司老总的厌恶，很可能丢掉饭碗。以目前的生活状况，他需要这份工作，哪怕不喜欢也得咬牙坚持，否则拿什么来养家糊口？彩霞听了沉默不语，她清楚胡兵说的都是现实问题，也明白生活需要钱，但就是心里头非常抵触，没有更好选择的情况下，或者说没有其他出路之前，她只能三缄其口，免得说出来半点作用不起还徒增烦恼。

回家才待了一天，胡兵的传呼机从早到晚响个不停，时不时就需要跑到街上去回电话。彩霞看出来他是真忙，再多的纠结和反对也是无用，便主动提出来让他早点回市里上班去。正如爹妈和哥哥嫂子劝她的那样，没出息的男人才整天守在老婆孩子身边不出门呢，胡兵能折腾说明他有本事，作为妻子不该绊住丈夫前行的脚步，把他弄得像折断翅膀的老鹰……也许这就是命吧！彩霞安抚自己，相比于嫁给一个窝囊男人过那种贫贱夫妻百事哀的日子，胡兵的确挺有出息了，很多以前要好的同村小姐妹一年都难得进一回城，还羡慕她天天住在城里不必下地干活灰头土脸，那她还不满足什么呢？

在妻子的殷殷嘱托里返程上班，胡兵抖擞精神继续奋斗，酒酣之际亦有所反思，当前生活看似风光，实际上连他自己都觉得浑浑噩噩，这次彩霞闹了一场也不是全无好处，起码让他找回了思考的能力。正如彩霞担心的那样，就目前这种光景再消耗几年身体都得垮掉，如若再遇上一次失业，没有好身体拿什么去拼啊？渐渐地，胡兵对未来发展有了新的规划，十年前创业的锐气重新萌动，他迫切地想要走一条属于自己的路。正所谓念念不忘必有回响，某次推杯换盏的应酬中，有已经处成朋友的合作伙伴提起一个新的生财之道，说有迹象表明马鬃山里有矿藏，如果开发成功将会一夜暴富。其他人听了只当是醉话、胡话，唯有胡兵听得动心，小时候就常听村里老人们谈论谁家祖上曾在山里捡到了金子，过去的地主老财家之所以有花不完的金山银山就是在山里挖出了矿……南墙弯弯里闲谝的故事多数都是无稽之谈，但也不乏事实依据，早在上学那会儿他就听地理老师讲过山大有矿的论述，凭着对地理这门学科的喜好，也曾翻过不少相关书籍，凭借有限的知识，胡兵相信那连绵的大山里的确藏有富矿，至于是金属还是煤炭总要勘探后才能知晓。

果断辞职进山，胡兵没来得及回家，跟彩霞打了通电话便算交代了。临近过年又闹什么幺蛾子，开矿多危险啊？彩霞不放心，可接连几天传呼都没得到回应也只能作罢,在家里日夜提心吊胆地等待丈夫平安归来,这一等就过了春节,依然没有胡兵的任何消息。彩霞都快疯了!四处托人打听。眼看又是一年沙尘暴频繁肆虐的季节,庄户人家开始准备下地播种了,胡兵才风尘仆仆地回来了。一别数月音讯全无,面对突然出现在眼前的丈夫,彩霞哽咽得话都说不出来,怔愣半晌扑上去狠狠捶打胡兵,借以宣泄她几乎凝结成实质的忧虑和思念。而她不知道的是,在分别的这几个月里,丈夫经历了九死一生,能全须全尾回到这个家里已经是老天开眼了。

找矿开矿当然不是嘴上说的那么简单,当时胡兵跟随朋友前往大山深处,同行的全部加起来也只有五六个人,都是和他一样梦想一夜暴富的野心家。按照朋友所谓的"权威"勘测地图一路翻山越岭找过去,根本没有任何能对应的地点,最后还是胡兵利用有限的地理知识勉强找到一座可能有矿藏的山包,一行人安营扎寨埋锅起灶,连续挖了好几天,最后也只是从这里掏腾出来了一点儿散煤,除此之外并没有发现其他有价值的东西。显而易见,那张堪称"权威"的地图就是江湖骗子的把戏。带头的朋友气得要散伙,跟随他一同进山的几个人也开始骂骂咧咧,埋怨遇人不淑,胡兵只得几面调停安抚人心,买卖不成情谊在嘛!不过就是耽误了时间和精力,朋友之间没必要为此反目成仇。幸得胡兵平日里就为人不错,大家都乐意听他的,才避免了一场肢体冲突。徒劳无功只得回家另作打算,其实真正该发脾气的是胡兵,他辞职来开矿等于丢了现成饭碗,眼下要两手空空回去还不知道怎么跟妻子交代呢?

大家心里头都不好受,当晚商量好第二天收拾行李出山,谁知一夜之间天翻地覆,大雪扑簌簌下个不停,把他们住宿的地窝子差点都压塌了。抖落窝棚顶上的积雪爬出来一看,所有人都傻眼了,天地白茫茫一片，阳光没了，路也没了。来时带的地图就是个笑话，根本指望不上，从没路的地方寻摸上山，走到这里已属不易，现在大雪封山，别说原路返回，方向都辨不出来了，可要怎么办？一行人面面相觑，此时此地再多的牢骚都于事无补，首先得想办法生存下来，因为随身带的食物维持不了多久，再一个，冰天雪地里取暖保温也是难题。胡兵比其他人更早意识到面临的是怎样一个困局，这得益于临行前他突击查阅了资料，还特意浏览了一些荒野求生的相关案例。自然，那时候还没有互联网一说，那些都是从街边报刊亭的杂志上看来的，所以在看到纷扬不停的大雪和逐渐加厚的积雪后，他猛然想起书上描写的大雪封山。如果真是这样，他们这几个人是被困在山里了，直到开春回暖、积雪融化才能走出大山。而在这之前，他们得保证活下去……完了，这回是真正走到鬼门关了。

　　胡兵没敢把这个消息一下子告诉同行的伙伴，先是找了最初召集大家来此的朋友，也就是他们的"带头大哥"。一听这么吓人，"带头大哥"霎时蒙了，脸色比雪地还要惨白，只恨自己脑袋被驴踢了才搞这出，现在落了一身埋怨不说，能不能活着回去都在两可之间，还哪来的心气儿想办法。至于其他几个，胡兵还没想好怎么开口，就怕他们冲动起来和"带头大哥"大打出手，那样更添烦恼。事已至此，就是把带头的活埋了也解决不了眼前的困局，身临危难他也恼火，但活着比置气更重要。拉了性格最好的杨万忠一起动手翻修窝棚，胡兵把大雪封山、无路可逃的事情偷偷告诉他。杨万忠倒是出乎意料地冷静，他自小在祁连山脚下生活，还曾经历过类似情形，对胡兵的忧愁有着深刻的理解。没想到能在这种时候遇上有经验的人，胡兵对这个老实头儿似的同伴简直刮目相看，原本只是觉得他务实、性格好，关键时刻还能帮上忙，甚至成为大家的主心骨，杨万忠的形象顿时高大起来。就此二人引为知交，在后来确定不能出山的那段时间里相互配合，撑起了所有人活下去的信念。封闭深山、与世隔绝，食物补给是最大的问题，胡兵至今还记得，当时如何在冰雪世界里找吃的，又如何用掏挖出来的散煤和冰雪做成煤球取暖。"附近几座山里的老鼠都快吃绝了！"他笑得云淡风轻，其实眼底有着经历生死挣扎的沧桑痕迹。

彩霞边听边流泪，时过境迁已经无法还原当时的危难，也做不到感同身受，单凭想象更是无法复刻真实的场景，剩下的唯有对劫后余生的丈夫平安回来的庆幸与心疼。她懊悔，早知还有这一场生死考量，她就不该要求胡兵那么多，清贫怕什么？富贵荣华怎么比得上平安相守！彩霞暗暗下了决心，往后只要不至于饿肚子就绝不答应丈夫外出冒险，大不了自己也找份工作，两口子都挣钱了还愁日子过不下去？比上不足比下有余，老家沙区的人们年年被风沙埋掉水渠年年挖都能活，她和胡兵年轻力壮还有文化底子，怎么着也不会饿死。把自己的想法一说，胡兵没反对。女儿豆豆已经到了上学年龄，白天上学后家里就剩彩霞一个人，难免孤单，找份工作分散注意力她就不会跟着自己整天提心吊胆了。胡兵没敢把内心的主意告诉彩霞，这趟出去虽然差点回不来了，但从中他也学到了一些有用的东西，在爬冰卧雪等待雪化的日子里，他把"带头大哥"背进深山的地质方面相关的所有书籍、刊物，包括那张不怎么靠谱的地图都研究了个遍，对于勘测有了新的认识。所以，他也给自己定了一个目标，过几天就出门重新找矿去。不过担心彩霞阻拦就先不说了，到时候给她来一个先斩后奏，或者干脆瞒着她，等赚到钱了再坦白。

夫妻俩各有打算，谁都是为对方考虑，却谁也没告诉谁，这便导致几天后胡兵外出，等彩霞听说他居然又进山去了，气得跳脚大骂，扬言要等他回来就离婚。这番狠话是在哥哥家说的，胡兵进山的消息也是哥哥带回来的，嫂子一见彩霞动怒，不禁埋怨当哥的话多沉不住气。"说不定这回姑爷出去一下子就找到矿发财了呢！"她笑着劝彩霞，其实内心里对一夜暴富根本就不抱丁点儿希望，大山矗在那儿不知道几万年了，要是真有值钱东西还不早让人挖空了，哪里能留到今天等着胡兵去发现？只是这话她可不好在小姑子面前提起，唯恐彩霞越发闹将起来，传到村里再让二老跟着生气。

相同的道理彩霞自是心知肚明，她倒不稀图什么发财不发财，只一门心思担心胡兵的安危。才刚从鬼门关捡了条命回来，没安生几天又去送死，真不明白胡兵是中了什么邪？托付了哥哥继续打听胡兵的动向，彩霞赶着去上班，事到如今纵有再多的牵挂也只能按在心里默默承受了，胡兵可以拍拍屁股就出门闯荡，她还得照顾女儿，还要按时上班。彩霞后知后觉，终于明白当她提出来要去上班的时候胡兵为什么极力赞成了，原来人家早就想好了拿工作和孩子拴着她，自己谋划好进山去了。对着远方地平线上的莽莽大山，彩霞狠狠跺脚嘀咕："等你回来，看我怎么收拾你！"话虽说得狠，实际上日夜悬心不得安闲，彩霞甚至向天许愿，她愿意吃斋念佛永不杀生，只求丈夫平安。

千禧年在万众期待里拉开了跨世纪大幕，这是一个具有特别纪念意义的年份，无关成就或是别的物质性价值，单纯因为公元2000的纪年数字就足以使人兴奋，有种2000年文明尽在掌握的自豪感。也是在这一年，胡兵对未来越来越充满信心，三年的矿工生涯把他磨砺得更加坚韧，哪怕离梦想中的目标尚有很长很长的距离，但他坚信付出肯定会有回报。许多人来了又走了，又苦又脏的矿工没人愿意长期干下去，只有胡兵像一只恋巢的雄鹰，即使矿上收入并不丰厚，可他不愿意另觅新道，而且还从中找到了属于自己的乐趣，那就是结合实践精研地质，于勘测方面积累起了独到见解。是金子总会发光的。矿友们都惊叹胡兵能够自学成才，老板也非常赏识他的才干，便提拔他当班长，一直升迁到了负责钻探和开采的分管经理。

最好的谋生方式，不应该只是为了生存而打工，而是在解决温饱的同时为了兴趣而工作。之所以在艰苦中能坚持下来初心不改，胡兵无疑是把这份工作当作兴趣来热爱。但是，就凭他一个人无怨无悔的坚守根本不足以支撑起经营每况愈下的公司，公司倒闭后老板跑路，胡兵又失业了。提着行李回家，他的心情很低落，却把彩霞高兴坏了。丈夫终于告别了危险重重的矿山，她也不用一次次从噩梦里惊醒，捂着狂跳的心脏坐卧不宁了。敦促胡兵洗澡换衣服，絮絮叨叨述说鸡零狗碎的家务事，彩霞自顾自地说得畅快，回头发现丈夫一脸木然双眼空洞，可把她吓得够呛。原来，胡兵不但失业，还失聪了。顶梁柱成了这样，不啻于晴天霹雳。彩霞慌了手脚，连哭带吓地拽了胡兵上医院，把女儿照例托付给哥哥嫂子帮忙看顾。去了医院一检查，医生直接摇头无奈，让他们上市里去看。咋的？县医院都治不了？这得是什么大病啊！彩霞双腿打颤，又急急忙忙坐车赶赴市里，一路牵着像个傻子似的丈夫，欲哭无泪。很多人就是这样，遭遇重大变故、打击太大的时候反而流不出眼泪，等事态平息才能回过味来痛哭流涕，然后用很长的时间来抵挡后怕，进而让后怕成为心魔。

本以为是了不得的重病、绝症，彩霞甚至做好了心理准备，来的路上偷偷在想，如果丈夫真的聋了病了，啥也干不成，再也不能出去挣钱，倒也不算多么严重的危机，那样他就可以待在家里陪伴女儿长大，从此就由自己养活他们父女俩，日子紧巴一些没关系，起码过的是合家团聚的生活，孩子出去也不必被同学笑话没爸爸……复杂忐忑地等待和检查，当医生最后确诊告知问题不大，只是长期下矿外耳道被粉尘堵塞需要清理的时候，彩霞故作坚强的心防轰然倒塌，双腿一软，跌坐在地，半天都爬不起来。相比于守着一个聋了耳朵郁郁不得志的丈夫，她宁愿胡兵活蹦乱跳还像从前那样意气风发，哪怕一年里有大半年不在家。健康和钱财如果不能同时拥有，那就选前者，这没什么可犹豫的。

清理了耳道，重新回到有声世界，胡兵才敢说实话，其实在矿上他就听不见声音了，工人找他说事需要高亢的嗓门，连比带画来沟通。大家都劝他出山就医，可公司效益负增长，老板愁得满嘴燎泡，他作为生产经理怎么好意思转身走人？彩霞气得眼圈都红了："这是什么狗屁思想？你光顾着别人的好赖，怎么不想想自己都出问题了？就不担心真成了聋子我把你一脚蹬了重嫁人去？"胡兵揉着耳朵嘿嘿笑："你是啥人我还不清楚么？当年我那么穷，你不也没嫌弃？"彩霞咬牙撂狠话："当年我是眼瞎才看上了你，早知道你是个不顾家的，我就是剃了光头当尼姑都不嫁你！"胡兵笑得前仰后合："你眼瞎，我耳聋，这不正好门当户对了，谁也离不开谁，谁也别嫌弃谁。"彩霞说不过他，扭身走在前头，嘴上还在数落，心里却早艳阳高照一团喜气了。夫妻过日子可不就得装聋作哑才能长久嘛，真要计较起来相互嫌弃，民政局的门槛怕是要被人踏平，世上不知道又有多少孩子没爹没妈悲惨一生呢！

是雄鹰就注定了要翱翔天际，是骏马就要在草原上驰骋。耳朵好了，胡兵就开始坐不住了，整天琢磨着又要出去。彩霞早看出来他的心思了，生怕他又去矿山挣命，便故意憋着不问，把胡兵急得抓耳挠腮，直接说走吧，彩霞肯定不同意，说不定还要跟着生气，不走就这么天天待在家里，还不把人给闲出毛病来？再者说了，男人不挣钱养家算什么男人！

就用这两个借口当理由，胡兵最终说服了彩霞，再一次背起行囊离开家，走向群山深处。他没敢回头看，他怕看见身后的妻子和女儿泪眼蒙眬、恋恋不舍的模样会迈不开向前的脚步，谁不留恋家的温暖呢？可是温馨安逸都需要足够的财力来做支撑，拼尽全力也只够维持温饱的人浪费不起时光，等挣够了钱再陪伴她们吧！

多少钱算挣够了？胡兵其实也没有答案，但大致有个目标，就是在保证小家富足之余，能有余钱实现儿时就长在心上的梦想：给村里修条路，把沙漠种上树，让大家再也不用年复一年地挖沙子挑渠。他从来没有跟任何人说起，而立之年的梦境还时不时在黄风沙浪里挑挖沟渠，一铁锹一铁锹地把沙子铲出水渠，眼前的沟渠还没挑开，身后刚刚铲出去的沙子又被大风刮进来，河水就在不远处汩汩流淌，绕过村庄流向别的地方，独独撇下芨芨村干旱的庄稼地，任由秧苗枯萎。梦里的胡兵精疲力竭地倒在渠沟里，他看着自己被黄沙一点点掩埋，惊醒后依然心有余悸。噩梦如影随形，同样的场景反反复复地钩织着可怕的梦境，仿佛有什么人在暗中操纵似的，乐此不疲。是戏弄，抑或暗示？胡兵不知道，也无力改变，他想做的就是挣钱，挣很多很多钱，然后回去种树打破梦境。从小父亲就说过，种树得有钱，那就先做个有钱人。

再回矿山，胡兵带来的不只他自己，还有全部积蓄。不论人还是钱，都是妻子万般无奈后妥协的结果，彩霞太清楚他的性格，概括为"不过黄河心不死，过了黄河更勇猛"。所以，忍痛答应把存折给了他，并做好了血本无归的准备。不是对丈夫没有信心，实在是前前后后折腾了这几年，苦没少受，实际收益却等同于颗粒无收，对于胡兵再上矿山，彩霞早已失去期待，不求富贵显达，唯愿他能平安喜乐就好。

不出彩霞所料，胡兵仅用两个月时间就花光积蓄折戟而归了。到家的那个晚上，他一副无所谓的口气说说笑笑，谈及回来时在市里最豪华的宾馆与合作伙伴告别，还把故意延迟五分钟退房当作战绩炫耀。彩霞面上笑着敷衍，心里早已苦水泛滥，丈夫报喜不报忧，不过是在给她宽心，表面上多坚强内心就有多脆弱，原本想好了等他铩羽而归的时候好好数落一通的话语半句都不忍心说出口。没有人不想扬眉吐气光宗耀祖，可挣钱太难了，往胡兵伤口上撒盐的事情打死她也做不出来。偷偷擦掉眼泪，彩霞假装没看出来丈夫的窘迫，把自己攒下来的一点点钱塞给胡兵，让他买点东西明天去拜访大哥大嫂。胡兵当然知道妻子这么做的用意，自己常年不着家，彩霞和豆豆全靠大舅哥两口子照拂，理该去感谢一番联络感情。可是，如今他落魄至此，好意思去登人家的门吗？大舅哥问起收入，又有什么颜面说得出赔个精光的实话？为免彩霞烦恼，胡兵勉强接住了钱，嘴上答应着去，第二天愣是瞎逛了半天县城也没去大舅哥家，晚上彩霞下班回来问起不免生气，拌嘴之间更是不可避免地失了理智，那些肚子里藏不下的怨怼漏出个三句两句便足以引发一场夫妻战争，一出口就是山崩地裂的那种。

负气离开小家冲进黑暗，街头人影寥落，虫声寂寂，初冬的夜晚冷风萧瑟，寒意透骨，一阵阵直往人的衣服里头钻。胡兵打了个哆嗦，纷乱的思绪清明了很多。妻子哭嚷得没错，他折腾光了所有积蓄依旧一事无成，再不回头全家就得跟着一起去喝西北风吃沙子了。回想近几年的劳碌奔命，生活没有任何提升反而在退步，自己的雄心壮志终究是一江东流之水，命运残酷至此当真太不公平！难道就这么认命，穷困潦倒只配在灰蒙蒙的风沙里苦熬一生吗？望着夜空里的繁星点点，胡兵的眼角悄然迸出一颗泪珠，他不甘心！

喝饱了西北风回到家已是后半夜，听见门响，彩霞知道是丈夫，顿时安心，碍于面子不肯主动示好，反倒赌气关灭了卧室的灯光。妻子什么性格胡兵哪能不懂，搁以前必定涎着脸凑上去哄劝，可今夜他属实没有耐心，揣着一肚子恼火躺进了沙发，半点说话的欲望都没有。老话说"贫贱夫妻百事哀"，日子过成这样，多说多错，少说不如不说，左右他明早就走，多大的怨念都会在眼不见心不烦的分离后不了了之，他便不信彩霞还能像吵架时说的那样带着女儿离家出走。要真做得出来，她就不必跟着自己吃这么多苦了。

一夜无话，各自辗转，天亮时分彩霞熬不住睡了过去，等她再醒来家里已经不见胡兵的踪影，桌上留着的纸条上简单几个字便是交代，胡兵写道："我去挣钱。"字迹歪歪扭扭却力透纸背，明显是从女儿的作业本上随手撕下来的，边沿撕得乱七八糟，一如彩霞此时此刻的心情，毛躁并忐忑。他还是那样来去随心，说干什么拔脚就走，老婆孩子的感受永远排在最后面。彩霞气得眼圈泛红，把纸条揉成一团扔在地上狠狠跺了两脚，咬牙切齿地骂了句"没良心的"，眼泪业已禁不住滑落，天寒地冻的，他去哪里挣钱啊？带的衣服够不够暖？身上还有零钱吗？拿起电话才想起胡兵的大哥大被他典卖给了别人，问无可问，既悔且恼，咸苦的滋味淹没了整片心田。

同样心境的胡兵此刻已经登上了去往市里的班车，女儿豆豆小脸冻得通红，站在车站大门口挥手送别。收回探出车窗的半个身子，胡兵悄然低头抹了把脸，不敢再回头，更不敢张口叮嘱女儿什么，他怕自己的软弱被女儿看去。手里攥着二十元现金，是豆豆攒了一年硬塞给他的零花钱，生怕爸爸外出没钱花饿着自己。"爸爸，你不要生妈妈的气，你不在家的时候妈妈都舍不得吃好吃的，舍不得买新衣服，她说爸爸在外面挣钱最辛苦，她是担心你。"多懂事的孩子啊！昨晚两夫妻吵架相互伤害的话在女儿这里竟使人如此惭愧。更汗颜的是，不知不觉中他的豆豆已经长成了能够给予安慰的体贴小人儿，知道父母吵了架，一大早自己起床洗漱，还送他来车站叮嘱保重。为了这样可爱可亲的女儿，不奋斗出个人样儿来，他才真的是无颜见江东父老，无颜面对孩子啊！

此去又是整整一年，胡兵没有回过家，没有懈怠过一天，每当劳累困苦觉得人生灰暗的时刻，女儿站在寒风中挥手送别的身影就会浮现眼前，每次坚持不下去想打退堂鼓的时候，他都会拿出那二十元钱摩挲，以至于纸币都磨得起了毛边。想着聪慧伶俐的女儿，想着嘴硬心软的妻子，胡兵一次次找回奋斗的动力，终于在矿山站稳了脚跟，他在卖力工作的矿洞里挖出了梦寐以求的黄金和其他几类贵金属。老祖宗的经验之谈告诉我们，很多时候走到山穷水尽的地步总会有一线生机，胡兵的执着与努力没有白费，否极泰来亦是置之死地而后生的必然结果，外加成功所必需的机缘巧合。自然，一切看似碰巧的运气后面，也离不开真正的科学技术作为支撑，他选中效力的对象不是过去某一个私人矿主，而是国内享有名气的三所高等学府联合组建的科考队，专门研究地质勘测与矿藏开发。而胡兵一开始做的只是外围工作，负责科考队生活日常和向导工作，并且按照科技人员标记的地点出苦力挖掘土石和下矿采集标本。

"机会总是留给有准备的人"，这句话在胡兵身上得到了很好的诠释。随着矿石不断被开采应用，胡兵也从一名普通矿工提升到了中低管理层位置。某天，科考队负责人告诉胡兵他们即将撤回学府进入实验室研究阶段，胡兵敏锐地抓住了这位专家言语里的关键词，那就是科技人员出走后矿务工作的延续和发展。很明显，需要有人来接手经营。胡兵心思萌动，他想接盘。只是苦于囊中羞涩，要拿什么去谈呢？经营一条矿脉所需投入是天文数字啊！辗转一夜，睁着眼睛想了又想，天明时分鼓起勇气去找科考队的负责人——一位视金钱如粪土的学者。如果这个世界真有为了学术而不屑钱财利益的人，无疑就是这位老学者了。在听完胡兵并不十分流畅和自信的表达后，学者用犀利的眼神隔着厚厚的镜片凝视片刻，道出了一句灵魂拷问："挣了钱你准备怎么花？"胡兵想都没想脱口而出："回老家种树。"说完了，顶着老学者惊诧的目光补充道："有了树就能挡住沙子，不用年年挑沟挖渠。""你家在哪里？"老学者追问。胡兵一脸希冀："金塔，巴丹吉林沙漠边上。"他已经好几年没回去过了，但物理距离并不影响他对从小长大的村庄心生眷恋。

胡兵顺利拿到了矿脉的经营权，在地质科考队撤走后成立了矿业公司，每年只需按照协议向学府提供定量收益用作科研经费，结余部分尽归己用。迈出的第一步，是来自对一颗真心的肯定，老学者感动于胡兵发达不忘家乡的情怀，把矿产放心地交到了他的手上。时隔数年再回芨芨村，胡兵带走了一大批年轻人，给了大家走出芨芨村的机会，在父老乡亲的殷切嘱托里共赴梦想。

丈夫载誉归来，彩霞当然高兴，更让她喜悦的是胡兵平平安安地站在了自己面前。曾经的负气出走和争吵怨怼早已在日复一日的相互牵挂里消磨殆尽，相逢一笑再无隔阂，女儿豆豆也忘了一年前给爸爸的那二十块钱，陶醉于新奇的玩具和漂亮的衣裙明媚欢笑。胡兵捂着胸口，感受心的跳动，把磨毛发白的纸币悄悄放进了给豆豆新买的储钱罐里，并默默许下一个承诺："孩子，爸爸永远记得这份情，等你长大了慢慢还。"金钱有价，亲情无价，欠女儿的陪伴是没办法补偿了，但二十块钱终有一天会还给她，那不是简单的金钱概念，而是爱和鼓舞，是用多少钱都无法衡量、无法替代的宝贵财富。

第五章

　　五年时间说长不长、说短不短，逆境能够磨砺一个人的意志，也可能会磨平一个人的奋斗热情，顺境却足以积累起一笔财富，也将带动一批人获取成功从而改变他们的命运。胡兵做到了，他带着芨芨村的年轻人开采矿藏，为当初的地质队主体——各大学府源源不断地提供经费，也收获了应得的报酬，攒够了在城里安家的钱。

　　买车买房，接父母、儿女进城，远离风沙侵害和贫瘠穷困的村庄，曾经是芨芨村人几辈子以来都不敢奢望的梦想，眼下触手可及，人们反倒不愿意离开了。胡兵家里亦是如此，爹妈年岁大了，本想接他们进城养老，可老人坚决不肯松口。"都走了，根就没了。"父亲照例慢悠悠地卷着一根旱烟说。人在，根就在啊！胡兵试图说服老人，老人便站起身带他出门，指着沙山感慨："今年埋了沟渠，明年就能埋了房子，三五年是庄稼地，一二十年后呢，村子就找不到了。"胡兵心上一凛，父亲说得没错，沙漠这东西就是势利眼，你退它进，光逞着软弱的人们欺负，如果芨芨村的人们搬走，甚至都用不上一二十年，这里必将成为一片沙海。然而，留着爹妈苦守老宅，年年搏击风沙、挑沟挖渠，他这个做儿子的又如何忍心？一想到自己在城里食不厌精、脍不厌细地享受生活，而爹妈每每吃饭，碗底里的沙子硌牙也得咬牙吞咽下去，胡兵的心就在抽痛，那个困扰自己许多年的梦境反复出现，似乎也在提醒他不能就这么一走了之。那好吧，不走就不走。当初接手矿务的时候他跟老学者说的话还言犹在耳，有钱了要治沙种树，既然老人们都不进城，那就给他们造一方清明天地。

胡兵没有强求父母离开村庄，和父亲说了一下午的话，从小时候的懵懂誓言到那年为了经营矿业公司获得老学者首肯的许诺，以及当前公司的营收状况。老爷子听得频频点头，既欣慰于儿子取得的成就，又心疼他这些年吃过那么多苦，末了才问他："你真要治沙我肯定高兴，能保住咱们的村子是好事，可你算过没有，需要花多少钱？沙漠里种树跟肉包子打狗差不多一个道理，血汗钱撂进去就不见得能听见个响啊！"

很多年前，胡兵还是孩提时，父亲也这么说过，治沙要花钱，很多很多钱。胡兵没忘，曾经在无数个被噩梦惊醒的午夜里也粗略算过，治沙的费用是一个天文数字，庞大到虚幻不可想象的一笔钱。那时候没钱仅限于空想，自嘲一番也就作罢了。而现在兜里有钱了，离那个目标数字拉近了距离之后再计算，其中耗费反而沉重得让人喘不过气来，胡兵清楚地知道以他现在的财力还不足以付诸行动。矿上所得维持小富即安的生活是够了，但涉及治沙那无异于杯水车薪，即便把各大学府所需的经费全都算在里头，也远远不够治沙投入。治沙谈何容易？除非矿业公司完全自有，矿井里能采出大量贵金属，否则治沙种树依旧是一场空谈。

和父亲的推心置腹让胡兵明白，他现有的那点财力其实什么都不是，距离实现绿色梦想还差得远。搞钱，还是得搞钱！没有钱，梦想只能是梦想。回到矿上，胡兵着手申请公司经营由承包转为自有，亲自远赴三大学府陈情。许是学府本就看中的不是钱财，而是胡兵治沙造林的情怀，权衡再三便同意了胡兵的申请，以合同形式将当初用以科研的矿井卖给了他。实现了公司自有，胡兵又成了掏空家底子白手起家的"穷光蛋"，身边只剩下一路追随他走来的几个员工，其中就有杨万忠和丁丰龙。一个是忠厚实干的老弟兄，一个头脑灵活擅长管理，都是公司重新出发不可或缺的人才，胡兵对他们委以重任，把井下和矿上的业务分别交托给他俩管理，而自己分出精力来回市里考察调研，规划另一条生财之道。

千禧年给予广大劳动人民最直观的感受就是经济高速发展带来的消费观念转变，胡兵的商业敏锐度促使他看到并抓住了这一机遇，把矿业收入全部投向酒店建设，在老家市区盖起大楼，建成当时设施服务领先同行业的一流酒店。随着酒店经营正式铺开，专业人才招聘的工作落在了彩霞身上，而此时的彩霞刚刚生下二胎儿子不久。间隔十一年再次拥有了两人爱的结晶，彩霞舍不得放下襁褓中的婴儿外出奔波，胡兵只得回村里求助爹妈，请二老进城帮忙看顾孩子。隔辈亲果然是颠扑不破的真理，死活不肯离开村子的父母听说要去带孙子，半点推辞都不打地收拾进城，担负起了儿子家里的全部后勤任务，把两个孩子照顾得无微不至。豆豆这时都快要上初中了，从小懂事的姑娘把课余时间也都放在照看弟弟身上，尽己所能地为父母减少负担，让他们得以后顾无忧，全副身心地去打拼事业。

那些年打拼的胡兵，在所有人的眼里近乎疯狂，脑海里仿佛只有赚钱这一个念头，但没有人知道他把自己紧绷成弓弦的背后藏有一个更加疯狂的梦想，连彩霞都不曾察觉，胡兵更是从来不曾宣之于口，大家都以为他是穷怕了才热衷于挣钱。冥冥中似有感应，胡兵一步步被幸运之神眷顾，那个数年来被地质队视为鸡肋的矿井有了重大发现。得到汇报，胡兵亲自下井去看，用他多年来躬身井下作业的技能一点一点叩开了财富壁垒，当华光耀目的黄金矿脉呈现眼前的那一刻，他的心重重落在了实处，功夫不负有心人，他有钱了。

有钱后的第一件事是治沙吗？不，是安置员工。胡兵斥巨资买地盖楼，矿上的老员工人手一套，让他们把家里的孩子都接到城里来上学，家属们有能力的都安排进酒店，当不了主厨还干不成服务员嘛！夫妻双方有了固定收入，后顾无忧了，才会心甘情愿跟着他一起治沙。

治沙铺垫全都落实到位，接下来就是动员了，不但要发动员工，还得做通各自家属的思想工作，特别是要取得彩霞的支持。一个篱笆三个桩，胡兵从来都有清醒的认识，治沙光有钱不行，必然离不开一群人持之以恒地去做才有希望，他有信心说服老弟兄们转战沙漠，却对取得彩霞支持全无把握，原因无他，现如今老婆财政大权一手抓，兼任酒店总经理，动用资金得先过了她那一关。民间传统常有"男人是耙耙，女人是匣匣"的说法，是指男人负责赚钱，女人主理存储，以前不觉得有什么问题，事到临头才发现这个"匣匣"不只有储蓄功能，一分一厘的开支和花销都得请示汇报。治沙投入不是小数目，没有彩霞点头，多厚的家底子他也拿不出来啊！

和预料的一样，才听说胡兵要拿钱治沙，彩霞就炸了。"你脑子被驴踢了还是进水了？"彩霞质问。她实在不能理解丈夫这么做的动机是什么，日子刚刚好过了几天，他就迫不及待地要胡乱折腾，挥霍也该有个门道吧？哪怕吃吃喝喝买奢侈品她都没意见，最起码用在了自己身上，辛苦半辈子享受生活无可厚非，干嘛非要白白往沙漠里扔？

胡兵没耐心和妻子谈论理想，事实上因为彩霞劈头盖脸的质问，他已经很不高兴了，便气恼地回怼："对，我就是被驴踢了，一张嘴就踢到了脸面，你拿钱给我去看伤。"

"你骂我是驴？"彩霞更不乐意，冷笑着嘲讽，"挣下几个钱不知道自己姓甚名谁了是吧？行啊，就那点家财你随便折腾去，爱干啥干啥我不管，这个破公司我也不干了，这就带着两个娃娃上街要饭去。"说着，推开面前的一堆报表，起身作势要走。

胡兵一错身阻拦在前头，恼火道："你这是什么态度？我发现你这个人现在脾气越来越大了，三句不顺你的心意就上脸，动辄撂挑子，带两个娃娃走，跟我不想过了是吗？"

彩霞眼圈都气红了："到底是谁不想好好过日子了？这些年拼死拼活图的是啥？不就是摆脱贫穷让老的小的有吃有穿活出个人样来吗？结果你才有点钱就要治沙，沙漠那么大，几十辈子人都拿它没办法，你胡兵有多大本事，敢把一家子的身家性命堵进那个无底洞？"

连番质问在情在理，胡兵明白彩霞的担忧，但就是接受不了她这样不容分辩的盛气凌人，连软语相劝都做不到。他让开挡着的身子，一副任由彩霞爱走就走的架势，一屁股歪进座椅里斜斜地仰视妻子。"那又怎么了？"胡兵的言语也跟着尖刻起来，"别人做不成的事情，我胡兵偏要做成了给你瞧瞧，金子那么难挖老子照样挖到了，还就不信种个树能比挖金子更难！"

彩霞就是做做样子，哪能就这么走了？知道丈夫是个吃软不吃硬的脾气，她当即按捺下火气，换了语气好言相劝："我不是说你没本事，问题的关键是沙漠里他就种不活树啊！你自己说说，从小到大见过那里长出来什么东西没有？"

"正因为什么都不长，风沙才厉害，"胡兵也放柔了语调，点起一支香烟看向彩霞，"不治风沙，芨芨村就没了。再过若干年，你娘家那村子也会消失，到时候咱俩，还有那么多乡亲父老的根都没地方找去。等娃娃们大了问起家乡，你忍心和他们说老家埋在沙子底下了吗？"

彩霞不以为然："爹妈在哪儿家就在哪儿，我们在市里买了房子，娃娃们在城里上学，长大了只会记得家在这里。我都不喜欢芨芨村，娃娃们还会想着回那个鸟不拉屎的村子不成？"

胡兵吐出一个烟圈，目光沉沉地盯着彩霞的眼睛："芨芨村在与不在跟你喜不喜欢是两码事，我治沙和你愿不愿意也是两码事，我打定了主意要做，你拦不住。"

"那你还问我干啥？"彩霞终究还是没能压住恼怒，厉声叫嚷的同时眼泪不争气地流了下来，"好啊，我不管了，啥也不管了，你回你的芨芨村治沙去，这日子没法过了！"说着，一扭身就往门外走，结果因为忘了穿的是高跟鞋，脚步跟跄下崴倒在地。顾不上脚踝的疼痛，她一把拽下鞋子狠狠甩掉，鞋子在地上弹了两弹，像颗小炮弹似的拐往胡兵方向，直奔他怀里去了。

眼明手快接住飞来的高跟鞋，胡兵的脸黑得跟锅底一般，他也实在想不通为什么自来温婉柔顺的彩霞在这件事上如此蛮横执拗，竟敢拿鞋子来砸他。"你是疯了吗？"胡兵扔掉高跟鞋，气冲斗牛。

彩霞捂着脚踝仰头看来："对，我就是疯了，被你逼疯的。"说罢，她咬牙挣扎起身，光着双脚一瘸一拐走出办公室，无视丈夫伸出欲要上前搀扶而落空了的手臂。

目送妻子的身影走远，胡兵收回双手攥起又松开，彩霞撂了挑子他也没辙。不过，以他多年来对妻子的了解，这件事还有转圜的余地。不同意？那就软磨硬泡，迟早还是得由自己说了算。不怪胡兵自信，二人成婚十多年至今，表面上看似彩霞当家，实际她根本就管不住这匹野马，前些年外出打工从来就是说走就走，一脚踏出门只顾驰骋飞扬，三五个月都不见得给家里消息。譬如上回离家一年多泡在矿上始终不曾和彩霞联系，直到承包了矿井需要人手干活才回来，那也没有第一时间来见妻儿家小，而是先跑到老家村里招揽他的那些三哥哥四朋友，万事俱备带人走的时候顺路到家看了看彩霞和豆豆。彩霞一生气跟胡兵嚷的也是这个，嫌弃他对待员工比对待妻儿还亲热，关心芨芨村比关心自己家还要看重。自然，胡兵天马行空的底气正是来自彩霞的能干和包容，他从不曾和妻子提及外面的艰辛，一来怕她跟着担心，二来是考虑彩霞知道了他所经历的那些惊险劳碌，进而束缚了他搏击风浪的翅膀。干事业哪有不搏命的？男子汉大丈夫立足天地间，生来就要经历艰难险阻，胡兵可不觉得现有的一切是单凭运气得来的，一砖一瓦、一分一厘都是他付出了无数血汗换来的。正因为得来不易，才要物尽其用，让金钱的功能发挥出最大的价值，做一些真正落到实处的事情，不是比用于吃喝穿戴的挥霍更有意义吗？在他看来，财富不过是一组数字，花不到正点子上的都叫挥霍，而眼下，他认定的"正点子"就是治沙种树，不管彩霞乐意不乐意，不管将来还会有多少阻力或困难。

野马的定义

第一章

从偷偷喜欢上胡兵的那一天起，彩霞就知道，她的意中人是一匹野马，而驯服野马要具备什么样的手段，她压根儿就没想过。准确地说，来不及想便掉进了爱情的漩涡，一往而深。年少葱茏，情窦初开，他是她的初恋，是她认定了一辈子相伴到老的良人，只是碍于世俗礼法从不曾亲口表白，满满一腔情意藏着掖着怕被别人看出来。彩霞掩藏得太好，以至于母亲和两个姐姐屡屡邀她去大队部门口的小摊上买针头线脑，都没有看出任何端倪。直到那个摆摊的小伙子上门来问，要租用她家院子的一角开小卖部，并雇请彩霞帮忙售卖，一家人才乍然惊醒，原来小女儿已然长大，有了自己的心事。

对于胡兵本人，彩霞的爹妈和哥哥姐姐们是喜欢的，勤劳肯干、一表人才，脑筋还灵活，挑不出半点毛病，唯一的诟病就是他的家境，那个让人望而生畏的村庄实在不适宜生存。芨芨村面朝大漠荒瘠贫困，村民们一年四季在风沙里刨食挣命，上两辈人开始便有"一夜北风沙齐墙，早上起来驴上房"的俗语流传，可见真不是一个好的选择，彩霞嫁过去必然也要跟着吃沙子。所以，家里人默契十足，假装没有看破彩霞的心思，却把院子的角落租给了胡兵开小卖部。美中不足就说明尚有可取之处，何妨近距离考察以观后效呢？

就这样，胡兵的分店在彩霞家院落一角开张，彩霞顺理成章地当上了小卖部的售货员。两个年轻人有了名正言顺接触的机会，谁也不能说什么闲话。因为，这只是胡兵的分店之一，其他村子里亦有同样的小卖部，领着差不多的工资，干着和彩霞一样的工作，胡兵是他们的共同老板。自以为瞒得好，彩霞每天按时营业，认真谨慎，做足了一个合格售货员的姿态，其实手里头日渐宽裕，打扮穿戴都精致起来的模样，有谁看不明白呢？从同意在自家院落开店那一刻起，爹妈心里的那杆秤就已然不可避免地向胡兵偏移了，也未可知，毕竟方圆十里的年轻人里，胡兵这小伙儿属实算得出挑，除了家境贫寒没啥根基之外，还真的是好女婿人选。

日子不紧不慢地过着，时序轮转悠然更替，大地封冻又化冻，春天虽然有些姗姗来迟，但最终还是降临人间，随着柳枝抽芽松柏返青，蠢蠢欲动的沙漠再也按捺不住狂野激荡，一天比一天更加迫近人类领地。午后一场大风裹挟沙尘铺天盖地而来，晕染天地大发淫威，不必抱有任何侥幸幻想，芨芨村的人们在半夜时分便拾掇好了各种工具，为第二天挑挖沟渠做准备。这都是几十年来司空见惯的日常了，不止芨芨村，地处沙漠边缘的村庄莫不如是，区别只在于离着沙漠远还是近，远一点的沙子堆积层薄，清理起来略微省力些而已。

彩霞家所在的村庄也属沙区，之所以生活条件要比芨芨村好很多，其中一个原因就是离沙漠最远，庄稼地受的风沙侵害小，再加上父亲是一位善于营务庄稼的好把式，日子自然说得过去。正所谓"比上不足，比下有余"，彩霞的家境说不上富裕，衣食无忧还是当得起的，只要不是涉及万般紧急的抢种抢收时令，每当风沙肆虐的天气里，女孩子完全可以不用出门，待在家里绣绣花做做针线即可，爹妈怎么忍心让花朵似的女儿冒风吃沙。从小到大都这么过来的，并不觉得有什么不对，彩霞应该习惯，可现在心上有了牵挂，她的一颗心便在每一个黄风掏沙的日子里静不下来了。胡兵早上出摊路过的时候说了，收摊回来会带水库工地上挖出来的彩色石头给她，让彩霞提前盘一盘货，看要补些什么，明天从大队部那边的总店调运。所谓调运听着高大上，还不是他自己天未明就爬起来装好了，挨着配送到各个村上的分店么？彩霞心疼他的苦累，但一想到只有这样两个人才能公开见面，不用顾及世俗眼光，她的心里就像盛开了一片娇艳的月季，甜香欣喜，惹人陶醉。

透过窗棂上蒙了灰土的玻璃一遍遍张望，浑浊的天空越发幽暗，双耳一刻不停地捕捉声音，却依然听不见胡兵回来的半点动静。难道今天他抄近路走了？还是说风沙太大，在半路上躲避？又或是三马子出了故障？被什么事、什么人牵绊住了……各种各样的猜测充斥着彩霞的脑海，使她淹没在着急担忧里无计可施。有心去寻，实在抹不开脸面跟爹妈张口，不去看看又着实担心得厉害，以至于一个走神，绣花针戳进了指头，疼得她"哎哟"一声痛呼。吮着冒血的手指，彩霞不敢直视母亲和姐姐投过来的探询目光。二姐婚期将近，嫁妆鞋、鞋垫、被单、枕套都还差着件数，这样的天气干不成农田地里的活，正适合赶制嫁妆。见彩霞扎了手，母亲关切地提醒她小心，便继续低头做手上的活计，二姐却趁机睨来一道"我知道你在想啥"的眼神，羞得彩霞顿时脸颊发烧。是的，她瞒着家里所有人，唯一没有隐瞒的就是二姐。早在首次和胡兵取得默契，确认彼此心意的时候，她就和二姐分享了属于自己的喜悦，而二姐也信守承诺自始至终没跟别人透露过这个秘密，不仅如此还严正叮嘱彩霞不许让人看出什么来。没办法，彼时的农村恪守传统，男女姻缘依然遵循父母之命、媒妁之言，私定终身被视为离经叛道，会给当事人以及家族带来莫大的非议，家里也将摒弃这样的女子，当作家门耻辱。自然，没有家人祝福的婚姻多半不会有好的结果，光是唾沫就能使人精神崩溃，还哪来的幸福明天？

找了个配丝线的借口，二姐拉着彩霞离开母亲眼前，来到小卖部，张口就问她："胡兵有没有说什么时候找媒人来提亲？"彩霞耳朵尖都是红的，抚弄着手上的一绺花线，声若蚊蚋地咕哝："我们岁数还没到呢。"其时全国上下响应晚婚晚育的号召，要求男方年满二十二岁，女方年满二十周岁才能登记结婚，胡兵都还不满二十，彩霞十九，的确没达到法定结婚年龄。二姐摇头苦笑，伸手点了妹妹额头一下，亲昵地揶揄："还知道自己不合法呢，让你乱动心思。"彩霞羞恼，把丝线丢回货架，嘟嘴埋怨："就喜欢看我笑话，他们芨芨村穷成那样，爹妈能同意吗？"说着押长脖子看了看外头，叹口气又道："这个鬼天气，芨芨村的人肯定又得忙着挑沟挖渠，把沙子清理不掉，春灌的水都到不了田里，我才不要吃那种苦。"二姐也望了眼外头黄浊的天空，悠悠叹了口气："那你可要想好了，芨芨村的确苦焦，不是个好去处，而且，胡兵那样的人肯定也不是一个对媳妇儿俯首帖耳的人。"对此，彩霞报以绝对认同，狠狠点头道："他就是一匹野马。"至于如何驯服野马，彩霞没说，二姐没问，姐妹间只可意会的后面是女孩子们共有的默契，是凭借柔情似水能把心如钢铁化为绕指柔的自信，而这份信心是用真心换真心的爱情给予年轻人的底气。

入夜时分风沙减弱了势头，长夜无聊的一家人唠完家常，在每到风沙天便停电的黑暗里无所事事，准备就寝之际，彩霞敏锐地捕捉到了三马子的响动。那是独属于胡兵那辆车子的动静，宛如一个不堪重负、勉力强撑的汉子在蹒跚而行。如果这时候出门去，将会看到驾驶室不甚明亮的玻璃后面那双灿若星辰的眼眸，没有旁人在场的话还会收获一副笑容大开的俊颜。可天都黑了，彩霞没理由跑去院子外面，只能按捺着百感交集的心绪佯装平淡。还是二姐知心，同样听到那辆柴油车穿越风沙轰鸣而来，便第一时间提出去找丝线的要求，给妹妹努力制造机会。"明早再去找吧，大姑娘家的急什么呢，这黑灯瞎火的。"母亲出言阻拦，意思不明。二姐不敢置喙，投以彩霞无可奈何的眼神，却激起了彩霞的逆反与冲动心理，一把拉起二姐往外走。"走，去挑呗，这么长的夜，能睡得着吗？再做一阵活了睡。"说着不由分说直奔小卖部，那里面的窗板打开就是巷道，是胡兵每天来回的必经之路。

看着两个女儿相携离去，父母亲对视一眼，心照不宣。半响，父亲感慨："姑娘大了，留不住了。"母亲闷闷不乐地说："不是我这个当妈的硬要拦着，芨芨村实在不是个好去处啊。"父亲在炕沿上盘膝而坐，往鞋底磕着旱烟锅苦笑："抛开芨芨村不说，那胡家小子就是好相与的吗？越有本事的人性子越野，咱们姑娘绵软，根本拿不住他。"母亲深深叹口气，昏暗的煤油灯下面容更为晦暗，忧愁不已道："那怎么办啊？眼看着是拦不住了。"父亲重新装上一锅烟丝凑上油灯来点燃，"吧嗒吧嗒"连吸两口，吐出浓浓的一团烟雾来才道："没听山歌儿里唱着嘛，神仙也管不住人爱人，等二丫头嫁出门过段时间，让胡家请媒人上门吧。"母亲一脸反对："不行，最出挑的姑娘嫁到最烂糟的人家，一辈子就要跟沙子打交道了，你这个当爹的心狠，我可不答应。"父亲没接这话，只管握着烟锅杆子继续抽烟，眼神却很笃定。

第二章

年底，胡兵请媒人来提亲。原以为反对的母亲会继续反对，对此事赞同的父亲却出乎意料地拒绝了。为什么啊？胡兵蒙了，彩霞亦恼羞成怒，不是都说清楚了才让人家上门的，现在临阵变卦，让她以后怎么跟胡兵见面？父亲黑着脸送客，母亲拉住彩霞避开所有人，告诉她，这是对胡兵的最后一道考验。都考察一年多了还验？彩霞不解，赌气亮明态度："随你们的便，反正别人我一个也看不上。"潜台词是认准胡兵了。母亲恨铁不成钢，掐了把女儿数落她："你这个死心眼的，现在不趁机拿捏，等嫁过去了还有什么指望，想要让他百依百顺就得掐住执把在手。"彩霞不懂："什么执把？"母亲神秘地附耳低语："你爹说了，那小子是个气性大的，怕你拿不住，总得磨一磨，让他下个保证才行。"原来是这样啊！彩霞无言以对，似乎觉得有理，又有些不服气，她一直认为日子是双方付出真心慢慢过出来的，相互理解、相互体谅，凡事商商量量、和和气气不就行了，为什么一定得要东风压倒西风呢？

疑问在胸而羞耻心作怪，彩霞抿了抿唇，最终没好意思问出口。不过，对于爹妈认定了胡兵性子野、气性大这件事彩霞倒是没有反对，胡兵的确有野心，否则也拼不出眼前的身家来。

　　第二次提亲时，胡兵交出了彩霞父母要求的执把——一份不让彩霞蜗居苊苊村受风沙之苦的承诺。胡兵当场保证，结婚以后带彩霞离开农村去城里开商店。掷地有声的承诺赢得彩霞一家人肯定，这门亲事总算是定了下来，彩霞悬着的一颗心落到了实处，接下来就是备办嫁妆、静待婚期。只是，她有一个问不出口的疑虑，包括二姐在内的很多姑娘嫁人不到年龄就提前领证了，而胡兵对此却表现得不够积极。他不是缺钱的人，和自己的感情也并非作伪，按理来说这种时候就会和其他人一样尽快把姑娘娶进门才对。不行，得找个机会问清楚。

　　订婚之后的见面光明正大，不用担心世俗的眼光和议论，能够见到胡兵与他说话的场合越来越多，她终于向他问出了心中的疑惑。答案揭晓，原以为是什么苦衷，结果却令彩霞高兴之余背上了沉重的心理负担，胡兵说他承诺不会让彩霞吃风沙的苦，要去县城开商店，但现有的财力还支撑不起这笔费用，需要好好奋斗一年积攒够了进县城的钱才敢上门来娶亲。回答完了彩霞的提问，胡兵眉间略皱，亦问出了一个问题："如果我没有能力完成承诺，你还愿意跟着我去苊苊村过日子吗？"彩霞心头天人交战，踟蹰半晌才确认了自己的真实心意，点头道："我愿意。"胡兵笑了，眼睛里光彩闪烁，他就知道心爱的姑娘不是那种只爱金钱的肤浅之人。"放心吧，有你这句话，再苦再累我都要兑现承诺，带你进城开商店。"他说得意气风发，彩霞脸上跟着笑，心里不由开始自责，有个这么有志气、有担当的男人能够成为自己一辈子的依靠，不愁日子过不到人前头去，为啥就一定得抓着人家出身苊苊村这件事来怀疑呢？一个人是有多不知足才敢要求他必须进城，必须干买卖，而嫌弃人家的家境？说到底自己不也是个出身农民家庭的平平无奇的姑娘吗？彩霞很想告诉胡兵，她不在乎能不能进城，开不开得成城里的商店，只要跟他在一起就有信心创造美好未来，但在长久以来遵循的道德观念的制约下，这些话无论如何都说不出口，只好用行动来表达自己的心意。

　　此后一年多，胡兵起早贪黑地忙碌，风雨无阻去水库工地卖货，还兼顾着大队部的商店和各村的分店，把自己忙成了一只陀螺。然后，就是那件标志性的绿色军便装，一天天由军绿色向白灰色过渡，坐骑兼流动商店的柴油三马子也耗尽气力，从耄耋之态终归油尽灯枯。胡兵完成了目标财富积累，县城的店面正在装修中，便请媒人来商量婚期，他要风风光光地把彩霞娶进门。定了婚期，静等出嫁，彩霞满心期待，她已经知道胡兵带给自己的是怎样一场婚礼。借用乡政府唯一的那辆吉普车作为婚车，单此一项就远远超越了十里八村近些年所有姑娘出嫁的规格，足够炫耀一辈子。胡兵果然是有本事的，她没有看错。暗自描摹着未来的美好图画，展现在彩霞眼前的是精彩故事书一般的结尾——王子和公主历经艰险，从此过上了幸福美满的生活。

　　然而，故事就是故事，与现实生活相去甚远。王子和公主结婚并不是结局，柴米油盐、鸡毛蒜皮才是构成生活真相不可或缺的一部分。县城的商店开起来了，彩霞成了主力，集理货、售货、会计、打扫、做饭于一身，即使怀孕都不得消闲哪怕一天，而胡兵主理外务，批发、配送，在市里、县上和乡下往来奔忙，夫妻俩经常忙得顾不到对方。那一次把彩霞吓得不轻，也心疼得厉害，日子往好过没有错，可是要付出这么大的代价，差点搭上丈夫命的生活，她不想要。如果非要在一家团圆和财富地位之间选择，她宁可清贫终身，和丈夫、儿女平安相守到老，哪怕是跟着胡兵回茇芨村，一年三百六十五天的大半时间都在挑挖大小沟渠里填满的沙子。

　　胡兵的外伤好了，却落下了终身跛脚的缺憾，尽管只是轻微遗症，但亦是彩霞心上一辈子不可磨灭的隐痛。所以，当哥哥带来工厂招工的消息，她第一时间举双手赞成，支持胡兵去应聘。他是无人可以驯服的野马，唯有安稳平淡的生活能够为其套上笼头，用制度和时间来磨练掉那一身锋芒。而今想来，胡兵关闭商店去厂里上班的那几年是彩霞最为踏实，也最觉得满足的时光，丈夫每天按时上下班，工作不轻不重、乏善可陈，却胜在作息规律；女儿健康成长，虽然没有锦衣玉食，但依旧聪敏活泼。一家三口蜗居在小县城，过着庸常的日子，三餐四季简单温馨。可惜，随着时代浪潮跌宕起伏，胡兵亦遭遇了下岗，无班可上的他原该和其他所有下岗职工一样茫然无措，然而彩霞却看得出来，丈夫好像终于摆脱了笼头的牵制似的，由内而外迸发出了久违的鲜活生动，他还是那匹野马，经历槽头蛰伏之后重新飞扬起来，正铆足了劲儿要驰骋天地。

　　之后的几年，彩霞眼看着丈夫各种折腾，小到摆摊卖对联，大到贩运木料、药草，他把能想到的买卖几乎都做了一遍，仿佛回到了最初认识时的模样。一匹野马是怎么认定了一片草场，从此沉沦而放弃广阔草原的呢？彩霞不清楚，也懒得费那个精神琢磨，总之看出胡兵一根筋扎进矿山矢志不移的时候，她就知道曾经属于自己的幸福安乐一去不复返了。事实也是如此，从胡兵屡屡进矿山，一无所获还是百折不挠开始，彩霞已经对丈夫安守家园不抱任何期待，她勇敢地走出舒适圈给自己找了份工作，养活女儿并撑起了娘俩的天空，而胡兵更像一个过客，匆匆来匆匆去，一年里难得有时间陪着妻儿，更遑论照顾家庭。彩霞更不清楚的还有，她自己是从什么时候看开这些，允许丈夫像个游侠似的外出闯荡而不怒不怨的？又或者，从一开始她就明白走进野马的世界便注定了默默守望？不过那又如何，青春萌动时心仪的原本就是这个人啊，他自始至终没变，不可思议的话只能说明是自己的心境变了。完美说服了自己，彩霞对现有的生活仍旧热爱。

儿子的降生给小家注入了新鲜活力，此时胡兵的矿业公司如日中天，彩霞也终于告别了小县城的逼仄，从一个肯吃苦、能吃苦的打工人成了名副其实的老板娘，生活优渥、儿女双全。拴住野马，制度和笼头是一种办法，但亲情何尝不是？这些年胡兵在外拼搏，虽然聚少离多，但彩霞深深知道他对亲情的依恋，如若不是为了让家人过上更好的生活，丈夫不会那么拼命。在拥有了女儿后，间隔十一年再得麟儿，既是喜事，更像是编织了一张蓄谋已久的罗网，总算把丈夫拴在了家里，享受了一段美好时光。

本以为来之不易的岁月静好应该就是童话故事的结尾，可胡兵的新决定让彩霞暴跳如雷——他居然说要去治沙种树。这不是异想天开吗？沙漠里要能种活了树再变成钱，还轮得到他胡兵了？千百年，或者更久前就有的沙漠，如果能治早就治住了，以前人们不是没有尝试过种树防沙，连她小时候都跟着去挣过工分，最后是个什么光景？一场风沙刮过，片叶不存。可见，种树治沙就是个笑话。现在胡兵却扬言种树去，纯粹就是有了两个钱不知道自己姓啥了的愚蠢行为，真正是犯浑呢！

争执无果后，彩霞气苦不迭地表态："好啊，你想治沙我管不了，但财政大权却在我手里，有本事你白手起家去。"说罢，她转身冲进卧室反锁了门，拒绝和丈夫继续沟通，眼泪已经很不争气地淌了出来。

从公司吵到家里，妻子还是不肯妥协，胡兵也是火气难消，一怒之下收拾了行李扬长而去。听着丈夫的动静，彩霞好几次都想出门来看，问他到底想要什么？可她知道如果自己稍稍表现出服软，就真的管不住胡兵去治沙的疯狂念头了，便任由胡兵的行李箱万向轮摩擦地面后离家出走，都咬牙坚持着没有打开卧室的门。多年以来相濡以沫的经验摆在那里，等胡兵出去一段时间，什么矛盾都将化为乌有，如今不比过去，公司、矿上那么大的家业他不可能说走就走，念头通达了他自然会回来。彩霞的自信没维持多久就慌了，和过去好多次的不告而别不同，这回胡兵去了哪里谁也不知道，一开始彩霞以为公司不在无非就是在矿上，可等她按捺不住打电话去问时，矿上压根儿不清楚胡总在哪里，还以为多日联系不上，他是在市里忙得不可开交。这可就怪了，市里不在，矿上也没人，那他去了哪里？放下自尊拨打胡兵的手机，连续两天都是无法接通，彩霞真急了。

"你说他能去哪里嘛？一个大男人家动辄离家出走，这就是冷暴力，"彩霞对着哥哥哭诉，淌眼抹泪道，"哥，你得给我做主啊！"

大哥也很无奈，妹夫是什么性格这么多年谁还不知道了，前些年只管挣钱不顾家的时候都不敢说人家，现在就因为夫妻之间几句口角玩失踪，他更没理由插手，只得数落自己的妹妹："他就那么个脾气，多少年了你又不是不明白，有啥话不能好好说非得吵吵闹闹的？"

彩霞委屈极了："是我的错吗？你都不知道他想干啥，说是要回芨芨村治沙种树去，这事我能答应啊？"

"啥？治沙种树？"大哥也惊呆了，"他真是想一出是一出，沙漠里种树，开玩笑呢！"

彩霞抽了纸巾擤鼻涕，红着眼睛附和："你看吧，连大哥你都说这是不可能的，可他就是听不进去劝，还不声不响地跑了。"

大哥摇头，皱眉叹息："按理说你们两口子的事我不该多管多问，可治沙是个无底洞啊，国家近些年投入了多少资金搞这事，沙漠还是沙漠。"

"谁说不是呢，"彩霞恨铁不成钢，"国家治沙都没个成色，他一个土锤老百姓能干啥？就那仨瓜俩枣，即便我不拦着，丢进沙漠也听不出个响来。"

关于治沙，大哥的了解要比彩霞深刻，因为每年春天植树节，县上都组织干部职工去沙区植树，他是亲自参加过劳动的。但是，植树结果人尽皆知，春天栽的树苗不到秋天就消失无踪了，要么被大风刮走干旱枯死，要么成了沙区农民的柴火和羊群的饲料，根本就活不下来。你当县上没规定要保护绿植、治沙造林吗？多好的政策实行下来不见成效就是形同虚设，这是国家都无可奈何的事情，胡兵那么精明的人非要干，他果真如同妹子说的那样，有几个钱不知道怎么葬倒好了。

不过，生气归生气，作为外人大哥也不好再说什么，只得转移火力教训自家妹妹道："要说你也不对，还在公司跟胡兵吵架，男人的脸面给他欻了，他能不急眼？他说治沙就治啊，那不得准备充分才能干，你急三火四就拦着挡着，一哭二闹三上吊的有啥用。"

"哥，你怎么还向着他说话呀！"彩霞气苦地叫嚷，"他有面子我就没有吗？"说着，那不争气的眼泪又像决堤的洪水般淌了一脸，哽咽道："这么些年了，我过的什么日子你都看在眼里，他想干啥就干啥，我什么时候拦过不让？一年半载出门不回家，回来也是两手空空分文不赚，我说过什么？就是因为老人们说过穷家富路，等他又要出门了，还得把辛辛苦苦攒下的那点儿家底子全都给他带上，生怕他在外头吃不上喝不上。

还要怎么惯着他，你们才觉得我合格呀？还有……"彩霞抹了把泪越发生气："都说他运气好挖到了金子，那些八竿子打不着的亲戚隔三岔五跑来打秋风，吃了喝了走的时候还有拿的，年年腊月里回村挨家挨户发福利，那不是钱啊，我说不同意了吗？拿命换来的血汗钱买地盖楼分给矿上的工人，我反对过一句没有？"

大哥点头："是，这些情况我们都知道，他的那些工人们也都感恩戴德，说你们两口子仁义呢。"边说边观察妹妹的脸色，继续尝试劝解："俗话说得好，头都磕下去了，作个揖还弯不起腰了？既然都到这份上了，你就放开手让他折腾去，不管怎么踢倒还能少了你们娘几个的吃穿花销？何苦动辄闹别扭尥蹶子，人心伤了可就很难缓过来了。"

不劝还好，越劝彩霞越委屈，瞪着哥哥恼恨道："他的心伤了缓不过来，我就能缓？我的苦楚谁同情？啥事都向着外人，胳膊肘往外拐，你给胡兵当哥去算了。"

大哥无言以对，妹妹这些年一步步走到今天的确不容易，一个人带孩子守家，还因为打零工膝盖受损经常疼痛，现在总算守得云开见月明，家里日子富裕当上老板娘扬眉吐气了，谁能料到又遇上这事啊！真是应了那句话，家家有本难念的经，没钱烦恼，有钱照样不安生。劝无可劝，铩羽而归，大哥心里也很不痛快，但转念一想好像又没那么难受了，胡兵生出了治沙的心思，想以一己之力顶起一片天，这种气魄真正是男子汉该有的，跟那些有几个臭钱就满世界显摆、挥霍无度、为富不仁的人截然不同，单是冲着他发达不忘家乡的情，都值得鼎力支持。只是妹子没转过弯来且有得闹呢，端看胡兵这回怎么说服彩霞付诸行动吧，这个时候他作为娘家人也不能直接倒向妹夫，不然多伤妹妹的心啊！

第三章

赌气在家里待了一周，彩霞自己坐不住了，自打胡兵那天吵完架出去，始终没有他的消息，电话打不通，哪怕短信都不见一条。这人到底干什么去了？安不安全？酒店和矿上都有一大摊子事等着处理，他却能撒手不管玩失踪，简直太不负责任了！回到办公室，她打电话找胡兵的表弟辛军，让他来一趟市里。辛军是胡兵的铁杆弟兄，在矿山那边他是胡兵的副手，应该知道胡兵去了哪里。

矿山离市里不近，开车也得十多个小时，一般没有紧要事务，彩霞从不麻烦别人，但这次不一样，胡兵的不告而别让她心里发慌。夜里快十点了，辛军才到，还带了个替换开车的矿上同事，彩霞对其不陌生，正是同样出身芨芨村的丁丰龙，在矿上颇得胡兵信赖，行事说话待人接物也比辛军靠谱。

彩霞一边张罗后厨给二人做饭，一边不等饭菜上桌便打听胡兵的下落。丁丰龙和辛军对视了一下缄口不言，辛军却不然，仗着和胡兵沾亲带故嬉皮笑脸道:"这么着急喊我们回来就为这事啊!嫂子你完全可以电话里问嘛。"

看二人的表情,彩霞就来气,果然又是她最后一个知道,当下冷着脸不悦道:"说重点,他到底去哪儿了?"

辛军自顾点了一支香烟,抖腿笑道:"那我不能告诉你,我哥走的时候特意交代了不让你知道。"

彩霞素来清楚辛军的为人,懒得搭理他,目光转向丁丰龙又问:"丰龙你说,我不信胡兵这么说过。"

丁丰龙搓了把脸,颇为难地迟疑道:"胡总是有不让你事先知情的意思,但这事迟早也瞒不住,他去考察治沙了。"

"我知道他要治沙,"彩霞追问,"那人呢?现在在哪儿?为啥联系不上?"

见丁丰龙已经说了,辛军抢过话头大献殷勤:"治沙考察嘛,肯定走的都是鸟不拉屎的偏远地方,信号不好自然联系不上。至于我哥具体在哪里,都是等他到了有信号的地方打过来才能知道。"

不想被他们看了笑话,脑筋一转,彩霞忍着恼火尽量心平气和地问:"那你们是怎么想的?治沙肯定要有人,总不能停了矿上的活去沙窝窝里种树吧?"

"我肯定不去,"辛军斩钉截铁地说,"矿上能挖金子,沙漠里吃风拉屁呢。"

丁丰龙愣了愣,顶着彩霞质询的眼神犹疑道:"到时候还得看胡总是个啥想法,如果调我去就去呗,反正都是跟他干。"

辛军闻言斜眼睨着丁丰龙耻笑:"巴结老板都巴结到这份上了,你自己没主见吗,他让你干啥就干啥,也不想想治沙种树有没有前途?"

彩霞满意地扫了眼辛军，也笑了："是啊丰龙，你们都是芨芨村出来的，现在也在市里安了家，这么多年辛辛苦苦为的是啥？"不等对方回答，她接着又说："我也不是看不起芨芨村才说这话，但你们比我更清楚，要是沙漠里能种活树，先人们干啥不种，还任由风沙年年埋沟年年挖吗？好容易咱们眼下都活出人来了，不吃沙子垫底的饭了，不用一年四季掏沙子挖渠了，再回去你们还受得了那个苦啊！"

丁丰龙若有所思没有言语，辛军殷勤更甚道："那肯定不行了。嫂子你说得没错，沙漠里种树纯粹胡整，反正我是不回村里受那个罪了，谁爱去谁去。"

彩霞等的就是这个态度，连日来的火气都消下去大半，吁了口气好整以暇道："我和你一个想法，但你们胡总非要死钻牛角尖，你们可得帮着劝他啊，挣几个辛苦钱不容易，干点什么不好，拿去往沙漠里白扔呢，是吧？"

辛军当即附和："就是就是，我听嫂子的，等他回来一定好好劝的，有那闲钱咱们去旅游多好，我妈前段时间还说想去看北京天安门，受了一辈子的穷，眼下有钱了是该带她出去享享福了。"

见说，彩霞心里不禁嘀咕：这家伙从小轻浮浪荡，倒是个孝子。她说不动胡兵，但只要能动员几个胡兵手下的骨干唱反调，那他治沙就没那么容易。彩霞心思急转，看向丁丰龙继续游说："丰龙你瞧，辛军还是挺懂生活的。其实人活一辈子不就为着个吃喝舒坦嘛。再有就是盼着儿女有出息，爹娘老子硬硬朗朗多享几年的福，过去咱们都穷，没办法，现在日子好过了，要多往这方面考虑呢。"

丁丰龙跟着呵呵笑了两声算作应和，对老板娘的这番说辞委实不敢全数苟同，但也没即刻提出反驳，心里头已然明镜似的，看来老板两口子正在打擂台，老板娘是要提前拉人头站队了。对于治沙这件事他是赞同的，当胡兵提出来时，他清清楚楚看见老大哥眼睛里闪烁着的异样光彩，比发现金脉那会儿还激动。作为一起长大吃尽了风沙苦头的同村乡亲，他比任何人都能理解胡兵的情怀。但是，理解归理解，真要付诸实践不由犯怵。老板娘刚才有一句话说得对，要是沙漠里能种活树，先人们早都治住风沙了。可见，治沙不是说说那么简单，花钱事小，胡兵有的是钱，关键钱花了能有成效吗？要是种不活树，钱不是都白花了？矿上出金子不假，凭借黄金储量，胡兵已是身家过亿的富豪，可拿着黄金去斗黄沙，他替黄金感到不值。

　　尴尬中服务员进来上菜，总算暂时缓解了气氛，不必动脑子和老板娘周旋了。丁丰龙佯装饥饿埋头干饭，不愿意继续参与话题，和还在喋喋不休表忠心的辛军形成鲜明对比。

　　彩霞焉能看不出这两人的心思，借着吃饭又是好一通拉拢，饭罢才送他们出了酒店，各回各家。回到酒店里自己的休息室，复盘刚才和辛军与丁丰龙的谈话，她依然没什么把握能够阻挠胡兵治沙，想了想便拿起手机拨了一通电话。往常这个时间辛家孃孃肯定睡了，不好意思打扰她，但今晚儿子回来，老人家必然是等着的，打个电话联系一下不为过。电话接通，辛家孃孃果然没睡，笑呵呵地跟彩霞打了招呼，便问起辛军回城的事儿。彩霞抓住机会夸起辛军孝顺，把饭桌上辛军计划带老人上北京看天安门的消息提前透了底，高兴得辛家孃孃像个小姑娘。末了，彩霞话锋一转，抱怨胡兵散漫，不如辛军心细周到，至今没带双方老人出门旅游的念头，并约了辛家孃孃最近就安排时间一起去玩。老人家自然不清楚彩霞这番操作后面的目的，兴高采烈地答应了。挂断电话，彩霞盘算了一遍，志得意满地笑了，员工们反对可能难不倒胡兵，要是老人们集体反对，他还能不管不顾、任意妄为？拿金子换沙子，你做梦去吧！

彩霞安排了一场北京之旅，自己的爹妈、公婆，包括辛家孃孃在内一行五位老人组团上北京旅游，特别抽调辛军负责出行陪同。一开始辛军还支吾推辞，当彩霞说出工资照发和旅游全程由她承担费用的条件，这家伙乐不可支地接下了这个任务，屁颠屁颠从矿山回来收拾一番便带上老人们出发了。虽说矿上挣钱，表哥也对他信任有加，可相比彩霞给的这个肥差，那真是不能同日而语。井下又脏又累还危险，出门旅游多带劲儿啊，吃喝玩乐的同时还不耽误领工资，神仙才有的待遇。何况，此行承了表嫂的情，要他完成蛊惑老人们劝阻胡兵治沙的任务，这多简单的一件事，多费点唾沫星子罢了。别看表嫂笑呵呵的，实际上掌握着公司的财政大权，他们家谁做主是明摆着的事情，能取得嫂子信任，以后的好处那可太多了。辛军非常得意，一路上自然没少在几位老人面前给胡兵上眼药。

胡兵的治沙考察用了二十多天时间，等他回到家里，爹妈和岳父母的旅游比他早两天结束，也已经安然到家。一向不喜欢住楼房的爹妈破天荒没急着走都在等他，岳父母更是踏着脚后跟从大舅哥家赶了过来，屁股来不及坐稳就对他劈头盖脸地一通说教，内容无外是挣钱不易挥霍有罪，句句都在劝胡兵三思而后行。什么叫挥霍？种树不比胡吃海喝更有意义吗？胡兵表示无语，脸上维持着淡淡的笑意，嘴上敷衍着，满口应和，心里却是再清楚不过，这一切都是彩霞的手笔。偏偏面对的是老人，骂不得怼不得，讲道理吧，他们未必能听懂，只能耐着性子任他们轮番絮叨。再看彩霞眼睛里藏都藏不住的得意，他便知道自己的软肋被妻子拿捏了，百善孝为先，谁让他是个不折不扣的孝子呢。

风尘仆仆地回来，灰头土脸地被说教，看着胡兵在爹妈和公公婆婆跟前诺诺连声的模样，彩霞以为这次大获全胜了，偷偷松了口气。后来才知道，她的自以为是后面并不是胡兵真心听劝，而是通过考察胡兵了解到目前治沙的条件还未成熟，仍需积累，包括投资和经验，离着目标还差得有点远。彩霞更不清楚的还有胡兵坚持开车送他爹妈回村，在老家的一番探讨大大违背了她安排旅游和事先嘱托的初衷，在那个开门见沙的农家小院里，公婆有多支持他们的儿子回乡治沙。

"走出去了，有钱了，还没忘了乡亲们要回来治沙，不愧是咱们老胡家的男子娃么！好样的，有良心！"父亲的夸赞熨帖了胡兵不欲示人的狼狈，而这话他老人家可不敢当着亲家和彩霞的面说出口。

母亲还是那副愁容满面的表情，哪怕现在日子好过了，儿子成了十里八乡村民们口中挣下金山银山的亿万富翁，可老人依然习惯于居安思危，叹息道："彩霞的苦心我和你爹都明白，她也是心疼你受的罪，挣个钱不容易，能省就省，存起来应对个灾荒战乱啥的……"

话未说完，父亲一声喝断，疾言厉色道："胡说啥呢！现如今国家政策这么好，党和政府对老百姓那都没得挑，哪来的灾荒和战乱？吃了儿媳妇几天好的，旅游了一趟，你连是非都不分了！"

母亲被骂忙换了语调，诺诺辩白："我哪说国家不好，政府不好了？不过就是想着别让儿子难做人，过日子呢，和和气气有商有量才对，两口子一个防着一个算怎么回事嘛！"

这话明显获得了父亲的赞同，父亲言语里火气减弱下去，点头道："这是人话，对着哩。"说着看向胡兵："你也别怨彩霞跟你玩心眼，虽然我赞成你回来治沙，可过日子讲究一个家和万事兴，这事你们还要细细考虑好了，商量妥了再干，不要到时候落埋怨。"

种金子的人

"我就是这个意思，"母亲赶忙附和，"别以为家里有钱了都是你一个人挣下的，这些年彩霞给咱们老胡家生儿育女、操持家务，既有功劳也有苦劳，没钱的时候她年年打工，腿都落下病了，你可不能伤人家的心。"

胡兵听得不甚耐烦，正好有电话打进来，便找借口走出院落来到巷道里。不用感慨抑或惆怅，他独自漫步登上了堪比山包连绵的沙漠高地。午后照常有来自沙漠深处的朔风在耳边吼叫，裹着沙子和寒冷一阵紧似一阵地抽打着人的身体、头脸，天边浑黄依旧，模糊了沙漠和天空的界限，可以预见正在酝酿一场不大不小的沙尘暴，过后又将延续数天扬沙浮尘，接着再积蓄下一场同样的恶作剧，侵占人类家园，它们永远都有用不完的力气，并乐此不疲。三个季节唯有夏天才能消停，那也是雨水相对稍多，无奈中被迫蛰伏，但凡遇上个干旱年份，照样不甘寂寞、张牙舞爪地冲出来作怪。这就是沙漠，是胡兵噩梦的主角，困扰了他的整个童年、少年和青年时期，也是祖辈芨芨村人赶不走、除不尽的妖魔鬼怪。时光荏苒，匆匆百岁，人生能有几回搏啊！眼看一步步跨入中年行列，若现在还不奋起反抗，放任沙魔继续为祸乡里，那他这辈子不就白活了？得干，趁着自己刚刚考察回来心气儿还在，就是要抓紧时间干起来！经验不足就从劳动中汲取，资金不足就再想别的办法，反正不能退缩，一旦动摇了，往后说不定就再也鼓不起勇气了。

尽管不喜欢人到中年了还被父母说教，但胡兵多少还是听进去了一点儿，回到家里准备和彩霞认真说一说治沙的事情。没发脾气，也没甩脸子，这不像胡兵的性格啊！面对他的一反常态，彩霞倒更担心了。其实，自打胡兵进家门，彩霞就做好了接受他发火质问然后接着吵架的心理准备，反正说什么她都不会同意，大不了继续冷战呗，只要能保住钱匣子。而且胡兵还不知道，随着近些年家里光景大好，彩霞偷偷存了一笔私房钱，就在他送二老回村的空当，彩霞也赶紧回了趟娘家。当她把存有500万元的银行卡交给自己爹妈请求暂代保管时，老人家像被烫到了手似的把卡片扔到了地上。

"五……五百……万？"老爹惊疑莫名，瞪着小女儿气急败坏地质问，"这么多钱，胡兵知道吗？"

彩霞弯腰捡起卡片重新塞进老爹手中，开口也很惊疑："这是我的钱，为啥要让他知道？"

不知是气的还是吓的，老爹颤抖着嘴唇推拒："拿走拿走，你把这个东西拿得远远的。"

老妈也帮腔数落："就是嘛，你这丫头胆子也太大了，竟然背着男人藏这么多钱，你还拿来给我们保管，这不是给咱家招惹麻烦么，要是让姑爷知道可了不得了啊！"

"没那么夸张，"彩霞笑嘻嘻地安抚，"我不说，你们不说，他怎么能知道？再说了……"她搀扶老爹坐进沙发，换了副严肃的表情沉沉道："他要治沙啊，拿钱去填那个无底洞的事都能干出来，我为了我们娘仨将来有个保障，存点私房钱有什么错？"

听彩霞这么说，老妈顿时转变观念，点头道："这话倒也有理，豆豆上了大学，仔仔才开始上小学，将来花钱的地方多着呢。"

"那也不行！"老爹依旧接受不了这番理由，气呼呼地瞪着彩霞，"两个娃娃又不是你一个人生的，人家当爹的能想不到自己娃娃的前途，还用得着你藏着掖着干这种事了。"说罢，见彩霞一脸不服气的样子，接着放柔了语气好言相劝："姑娘呀，你比谁都清楚胡兵这些年的不容易，就算一时犯浑要拿钱治沙，你跟他好好说不行，至于藏钱留后路吗？你这么做摆明了就是不跟人家过日子了，要砸锅倒灶分家财是不是？我可告诉你，别有几个钱就忘了自己姓啥，过日子他就不是单单有钱就能行的，老话说得好……"

"哎呀爹，你说啥呢！"彩霞出言打断，不耐烦听老人那些说来话长的教导，起身道，"我啥时候有不好好过日子的打算了，你们一个个的真是心都偏到太平洋去了，光知道说我，咋不说说你们的好姑爷去，让他少做些白日梦，把心思多往老婆孩子身上花啊！"

生怕父女俩吵起来，老妈赶忙跟着起身和稀泥，呵呵干笑着来拉彩霞："行了行了，三句不是好话就急眼呢，下次见到胡兵，我和你爹肯定要说他的，你跟我去厨房，今下午咱们包饺子。"

彩霞没心思再待下去，婉拒了老妈，睨了眼兀自盯着茶几上卡片皱眉的老爹，硬邦邦地道："你们看着办吧，拿上银行卡出卖我也行，反正胡兵他想治沙门都没有，我这一关他过不去。"说罢转身就走，出去的时候把关门的动静整得贼大，有种楼板都跟着震动了的错觉，留下老两口面面相觑。

"你总说她干啥？"老妈缓缓回转身坐回沙发，对着老伴儿埋怨，"丫头有她自己的考量，我觉得也有一定道理，难道真要眼睁睁看姑爷踢倒家业不管不问吗？"

老爹火气没处撒，正好逮着机会对老伴儿发一顿牢骚："你管得着吗？多大的家业也是人家一滴汗一滴血自己挣出来的，你凭啥觉得他就必须听了，出去旅游你还真当旅游啊，别以为我看不出来，一路上辛军那家伙就没憋好屁，时时不忘说咱们姑爷的错处，显得就他长了脑子。"

老妈讶异："你倒是聪明，心也偏向外人，不向着自家姑娘，那你今天还那么说姑爷干啥？显你能耐了？"

被噎了一句，老爹恼火之余无奈一叹："这我不是刚刚才慢慢回过味的嘛！"说着捏起茶几上的银行卡看了看，再次像烫到了手一样赶忙扔回桌面，气咻咻地指使老伴儿："真是反了天了，五百万说做主就敢做主，你赶快拿走还给三丫头，再胡闹以后就别登娘家的门。"

老妈嗔笑一声，拿了卡片好奇不已："哎你说，这里头真有五百万吗？那得是多少钱呀？我这辈子都没见过一万块堆在一起啥样儿。"

"看你那没见识的样儿！"老爹耻笑，"难怪一趟旅游就能让人收买。"

老妈收起银行卡，细心地放进自己眼镜盒里，想了想不妥当，拿出来又去找更适宜的物什，最后翻出自己的零钱包把卡片郑而重之地放好，这才有空闲搭理老伴儿，回怼他道："你这是得了便宜还卖乖，也不知道是谁站在天安门前淌眼泪，嚎成个眯猴儿的，说这辈子活得值当了，是托了好女婿的福了，现在好意思反过头来笑话我。"

被说尴尬的老爹登时又变了脸，想发火偏还对着一脸嬉笑的老伴儿发不出来，只得退出"战局"起身往门口走，边换鞋边不甘心道："我不和你争，头发长见识短的懂啥呀，反正我可跟你说，少掺和姑爷的事，他四十几的人了想干啥轮不着咱们管，再不济人家还有亲生的娘老子在那儿摆着。"

"知道啦！你管好自己吧！"老妈笑着回应，目送老伴儿出去。老爹又小声嘀咕："知道什么呀，人家老两口都没说啥，你还说那么多，还指不定胡家怎么笑话咱们狗拿耗子多管闲事呢！"

第四章

夫妻间的交流沟通被胡兵搞成了谈判，这是彩霞意料之中的。带着从父母处胀的一肚子气，她也懒地跟胡兵说再多，开门见山地提出了条件："治沙可以，我带两个娃娃单过，家里的钱分成四份，你一，我们三。同意就干，你随时都能走，不同意我也没办法。"

由一开始的坚决反对，到现在愿意妥协，彩霞自认已经做得仁至义尽了，既然双方老人劝说无效，之后统统反戈站到了胡兵一边，她就明白在治沙这件事上自己没有了制止的立场，那就谈钱好了。她便不信控制住了资金分属和走向，胡兵还能翻出什么大浪来。

大约没想到彩霞会提出这样的条件，胡兵满脸不可思议，眼神里充满了探究："你还是我认识的那个金彩霞吗？几天不见，被妖魔鬼怪附身了吧？"

本不想生气的，可架不住胡兵说话不中听，彩霞都气笑了："对，就是鬼上身了，你比我还厉害呢！"

胡兵嘿嘿一笑："怪不得嘞，不然以你的性子怎么舍得拿一大笔钱组织老年旅行团，还打发了一个干啥啥不行、花钱第一名的辛军带队。一趟出去没少给我捣鬼。"

彩霞噎了一噎，假装大气地承认："那又怎么了？允许你把钱不当钱往沙漠里扔，就不能给老人家享受享受？比起你的白日梦，给老人花更值当。"说着，她故意刺激他："现在我算是活明白了，人活一辈子图啥呀，往后我也出门旅游去，冬天在海南过，夏天去西藏乘凉，哪里好玩去哪里，什么好吃吃什么，回到家里再雇三五个保姆轮番伺候着。哦对了……"她身子前倾盯住胡兵的眼睛，绽出一个充满讽刺意味的笑来："你还不知道吧，人家都说我这个老板娘当得好呢，进门有保姆做饭、打扫卫生，出门有专职司机，天天不是美容去做脸，就是去泡温泉。"

胡兵听得直皱眉："这是哪个长舌妇造谣呢，家里哪有保姆和司机？这要让不明就里的人听去，把咱们当啥人了，眼睛里只有钱和享受的暴发户吗？"

"那你说你是啥人？"彩霞眼神咄咄，"有几个钱不知道对老婆娃娃好，不陪家人旅游，不让换大房子，舍不得吃舍不得喝地抠搜我们，拿去治沙子种树却大方得很，你是脑子里进水了吗？"

愣了愣，胡兵笑意全无，他算是看出来了，说好的商量从一开始就被彩霞带歪了方向，这分明是又一场诉苦大会兼带批判性质，有些话翻来覆去说了好多遍，已经失去意义，可他和彩霞还在反复纠缠。"说来说去，你还是不同意治沙，对吧？"他敛容冷静地反问。

彩霞斩钉截铁地回复："对！坚决不同意！"

胡兵定定瞧着妻子，两边腮骨鼓起又松开，松开又鼓起，显然是在极力忍耐火气,直瞧得彩霞心头发毛。她倒不担心胡兵会动手,结婚这么多年,没有人比她更了解这个男人有着怎样一副柔软的心肠。不过,丈夫腮骨变化的狰狞模样委实吓人,近在咫尺,她硬是骇得没敢接着往下说,之前挑衅时那股子嚣张劲儿和爆棚的自信都为此大打折扣。

对视良久,就在彩霞以为又将面对一场疾风骤雨的时候,胡兵突地绽出一丝笑来,就听他用轻松至极的口吻说道:"谁占三份还说不定呢,娃娃不是你一个人生养的,你又怎么知道他们会站在你那边,而不选择支持我?"

彩霞怔住,继而回神,气急并惶惑地问他:"你跟他们说啥了?"

胡兵笑得狡黠,悠然自在地点上了一支香烟,仰靠进沙发里吐字如金道:"说什么不重要,反正两个娃娃支持我治沙。而且……"朝天吐出个烟圈后,接着笑道:"这些年你的确辛苦了,现在可以放下担子好好享受生活,豆豆订了机票,趁开学前这段时间带你出去转转。"

"我不去,我哪都不去!"彩霞气得站起来,居高临下俯视胡兵,"你想把我支开了动钱,还要解除我在公司的职务,不可能,我不答应!"

隔着淡淡的烟雾相视,胡兵的面容上笑意不减,眼神却更加坚定:"没什么不可能的,这件事你答应了我要干,不答应我还是要干,天王老子来了都挡不住。"

这番话气势不大却锋芒毕露,彩霞已知这段时间以来自己所作的一切努力都成了无用功,根本挡不住胡兵治沙。她不甘心,还很痛心,但对此无可奈何,该用的手段都用了,甚至不惜以离婚相要挟,依然没能改变丈夫的疯狂念头,事到如今除了接受别无选择,可她不想就这样屈从。

"行，你治吧！"彩霞重新坐回去，压制住自己一肚子的怒火装出平静来，不愿意在这个时候被丈夫小瞧了，"我可以去旅游，正好眼不见心不烦，但是我不会退出公司管理。还有，娃娃们跟前你使啥诡计我也不管了，只有一条，你得为他们早做准备。"顿了顿，她从茶几的抽屉里拿出一件牛皮纸封推到胡兵面前示意他打开："呶，这是两套房子，我已经交过订金了，把全款交完你爱干啥就干去。"

胡兵疑惑地捡起来，打开扫了一眼，脸上的笑意便维持不下去了。把纸袋扔回桌面，他亦有些恼火："买房子这么大的事，你总该跟我商量一下吧？再说，市区不能买，省城不能买，非要隔山隔水几千里远地去买成都的房子，我看你是钱多烧得慌。"

看胡兵生气，彩霞觉得解气，顺着他的话头反击："买房子才花几个钱，我干啥非要跟你商量？治沙那种无底洞你也不和我商量呀！还说我钱多烧得慌，你不烧，净想着往沙漠里白撂去。"

被妻子怼得接不上话，胡兵懊恼着自己给自己下了个言语上的套儿，重新捡了纸袋到手上细细翻看，用商量的口气说道："你的意思，只要我同意买这两套房，你就答应不干涉治沙，是吧？"

"对！"彩霞点头，"既然挡不住你，我只有这一个条件。"

话音刚落，就见胡兵拧着的眉毛霎时舒展，眼睛里闪烁着莫名的光彩，痛快道："好，成交！君子一言，驷马难追，不许反悔，不许翻后账。"

翻后账？彩霞略有疑惑，想着可能胡兵说的是以后治沙失败了怕落埋怨，便没再多问。心里仍然不舒服，但这已是她能争取到的最大退让，只得认命认输，这场"战争"终究是胡兵赢了。后来很多很多次，每当治沙过程中遇上困难，彩霞都要把这件事拿出来说，老生常谈地翻后账。不是她不遵守承诺，而是介意胡兵使计让自己上当。也是后来的后来她才知道，就在胡兵耐下性子好好商量的背后，早已瞒着她把能动用的资金全部用于支付购买治沙机械和一应所需了，之所以在成都置产买房的事情上犹豫，是因为当时已经抽不出那么多钱感到为难，才不是彩霞以为的舍不得呢！对于架空自己这个财务主管的行为，成了彩霞更加反对治沙的理由之一，还被胡兵笑话是"舌头上的裹脚布"。

　　即使生气也属枉然，等彩霞短暂的旅行回来，治沙已成定局，胡兵带着他的团队正在沙漠里热火朝天地耕耘劳作。彩霞永远都忘不掉，当她第一次踏上那片荒芜浑黄的工地，亲眼看着丈夫在充当食堂的简易帐篷里挥汗操刀给工人们做饭，那手上忙碌、满脸笑容、眼里有光的模样，是她这辈子见过的最意气风发的胡兵。也许，这才是他的快乐所在吧！彩霞忽然就想通了。曾经无数次站在丈夫身后目送他背起行囊外出打工时，唯一的祈求不过是平安，每次他铩羽而归后的安慰也只是"不求富贵显达但愿平安相守啊"！如今丈夫就在眼前，朝夕相处之间怎么反倒不满足起来了？人这一辈子难得有始终如初的梦想，他要治沙就干呗，大不了陪他一起折腾个精光，到时候他不就知难而退了！反正自己还存有小金库，真的赔了也不至于让一家子饿肚子。安抚自己，与内心的固执和解，彩霞走进帐篷，撸起袖子当起了丈夫的帮厨，一帮就是十几年。

共同的梦想

第一章

十年如一日，说起来是多么轻松的一句话，只有真正干下来的人才懂，那根本就是一场锉骨拉筋的巨大磨折，伴随始终的还有花钱如流水无底洞般的靡费和消耗，以及克服一个又一个困难中的流血、流汗的过程。

丁丰龙是第一批从矿上抽调来参与治沙的职工，与胡兵一样，他家世代本就是芨芨村村民，对于全村男女老少为保住"救命渠"付出了什么样的辛劳他是再清楚不过的。跟着胡兵外出挣钱到在市区里头安家，他用了十年时间；带领父母妻儿远离风沙，到决定回村治沙，他只用了一分钟。

"我跟你走。"丁丰龙的毫不犹豫给了胡兵莫大的鼓舞，让他在接下来的动员工作中事半功倍，让治沙变得不那么耸人听闻。但依然免不了个中有人极力反对，不肯下矿山上沙漠，辛军便是典型。

面对丁丰龙不假思索的同意，辛军感到可笑，酸溜溜地鄙夷道："我不去,谁爱去谁去,傻子才愿意回芨芨村。好不容易养出来的细皮白肉,回去了保证不出三天都变成黑炭头。"

丁丰龙也觉得好笑,反唇相讥:"你一个四十郎当岁的糙汉要细皮嫩肉干啥?又不是当年说媳妇相女婿那会儿。不行,给你拣点鸟粪和上童子尿抹脸,比雪花膏还好用呢!"

一听这话,全屋人哄堂大笑,胡兵忍不住也跟着打趣:"就是嘛,一个芨芨村出来的,就你娇气,晒不成太阳,吹不得风了。"

辛军恼羞成怒涨红着脸叫骂:"不管你们说啥我就是不去,治沙是国家的事情,我一个小老百姓操心三顿饭有着落就够数了,不比你们假高尚图虚名。"

"你放屁吧!"丁丰龙微微有些生气,"治沙种树怎么成假高尚了?真金白银砸下去要个虚名,你笑话大哥傻呢?"

辛军不怕任何人,就畏惧胡兵,闻言扫了眼胡兵的脸色,指责丁丰龙道:"你少当着我的面溜须拍马,充啥好人呢,别以为我不知道,你就是稀图我表哥身边油水多才愿意去治沙,在矿上有我监督贪不上,咋的?早早表态就为治沙的时候当二把手,然后从中捞好处是吧?"

丁丰龙气得"噌"一下从凳子上站起来,拍了把胸膛,火气十足道:"我姓丁的堂堂正正做人,从来没拿过一分不属于我的钱,这个全公司的人有目共睹。"说着,怒瞪辛军冷冷一笑:"倒是有些人,打着老板亲戚的幌子,这些年不知道贪污了多少黑心钱!"

老板的亲戚还能有谁?在场所有人,准确来说全矿上的人谁不知道说的就是辛军,仗着是老板的表弟,又巴结老板娘巴结得好,这些年没少仗势欺人顺带捞油水。亏他有脸怀疑别人的动机,但凡有好处可捞的路子,他绝对抢在头一份。

辛军自是比任何人都心虚，心虚之下便难免狂怒，撸袖子挽胳膊作势要和丁丰龙拼命，一边骂骂咧咧："造谣抹黑，老子跟你拼了！"

众人一见又是好笑又是解气，一哄而上扯住辛军，假装拉架连带着帮腔说出不少胡兵不在矿上时辛军的所作所为，听得胡兵频频皱眉。

其中公认最实在的老好人杨万忠拽着辛军劝解："老辛消消气，别跟老丁一般见识，他就是嫉妒你会溜老板的沟子，不下井还拿的工资高，下井呢又都干的是最轻省的活。"

"就是就是，我们也眼热呢！"众人七嘴八舌地附和。

辛军彻底急眼了，梗着脖子辩解："你们都是放屁，胡说八道，商量好了给老子头上扣屎盆子……"

闹剧至此，胡兵也算看清楚了，他不在矿上的时候，辛军确实没干人事，这是员工们逮到机会异口同声向他告状呢。也对，就他这个便宜亲戚从小就不是个省油的灯，被家里宠坏了，招他到矿上来打工还是辛家嬢嬢三番两次上门央求，碍于两家交情不得已才勉强同意了的。原也没指望他能顶什么大用，只要不招惹是非安分守己就行，可谁知这家伙把那点邪聪明全都拿来偷奸耍滑占小便宜了，连最老实的老杨都能说出他那么多不是，矿上是绝对不能让他继续待着了。再有一条，前段时间趁自己外出考察治沙期间，辛军给彩霞充当狗头军师，怂恿彩霞跟他对着干，旅游全程见缝插针地蛊惑老人给治沙施压的账还没算，这次正好揪他的辫子。

念及此，胡兵喝住吵嚷，当即拍板："行了，别吵了，都给我回去治沙，吵得最厉害的第一批走，其他人分批抽调。"说完，盯着辛军一脸抗拒的表情，不容分说地下了命令："你去收拾行李吧，咱们连夜就回。"

"我能不去吗？"辛军试图讨价还价，"都走了，矿上怎么办？总得有个知己人替你看着才放心撒，用自己亲戚不比外人强？"

胡兵一贯的笑容里带了几分凌厉："因为是亲戚我才信得过，第一批就调你去治沙，高楼万丈平地起，正是最需要你的时候。而且，我们以后的工作重心会逐渐向治沙转移，反对治沙意味着自动离职，你看着办吧。"

话都说到这份上了，哪里还有推辞和反对的理由，除非真的不想干了。眼看辛军憋着一肚子不满悻悻离去，丁丰龙和杨万忠几个忍不住笑出了声，矿上苦辛军久矣，这回总算是解气了。

打发了辛军去收拾行李，胡兵环视众人，敛容认真道："刚刚说辛军那几句不是玩笑，矿产经营固然收益可观，但我们不能掉进钱眼里去不管其他，大家跟我一样是茇茇村出来的，不在一个村的也是深受风沙危害的沙区乡亲，别人不清楚，我们自己还不明白治沙的必要性吗？"

一番话听得满屋人久久无言，各自脑海里却不约而同地掠过一幕幕风沙肆虐中艰难求生的画面，那都是每一个沙区家庭的亲身经历。如今虽说在市里安了家，能接出来的家人都接到了城里生活，可并没有真正意义上远离风沙危害，每年春天沙尘暴频繁肆虐时，市区依然不能幸免，不管门窗的密封性多好，沙尘都能登堂入室，在桌面、地板和一应家具的表面留下它曾来过的痕迹。可见，风沙不从源头上治住，即使搬进楼房也活不安闲，治沙的确势在必行。

丁丰龙自来有主见，彩霞打着为大家好的名号鼓动他和辛军反对治沙的时候，就考虑到这一层了，尽管不知道胡兵怎么做好了老板娘的思想工作同意治沙，但想来也是没少干仗，对胡兵坚定治沙一往无前的决策心悦诚服，当即响应："老胡你别说了，我肯定跟你去治沙，不为别的，把咱们村子保住，往后娃娃们大了有个老家可以回。"言语朴实，含义却深沉，由不得令胡兵为他竖大拇指。

榜样在前，其他人也不甘示弱，纷纷表态愿意治沙。轮到杨万忠时，这个厚道的汉子挠了挠头颇不自在道："咋还感觉被排除在外了呢？你们都是金塔人，是老板说的沙区乡亲，就我打从高原牧区来的，治沙能带上我不？"

"那太能了！"胡兵笑着上前拍了拍杨万忠的肩膀，炫耀似的跟大家介绍，"老杨跟我是最早的搭档，那年被困在深山里几个月，要不是有他相互鼓劲打气共渡难关，我们都差点没命活着回来，哪还有现在的富足日子可过。"

杨万忠憨憨一笑："哪里的话么，还得是老板你胆大心细，我是跟着你沾了光了。"

其实，这段往事大家早都听说过了，照这节奏让他俩继续说下去势必又将成为车轱辘话。丁丰龙不禁笑着插言："行了你们，就别再互相吹捧给自己戴高帽子了，老杨有一手修理机械的好本事，还有一副好心肠，可未必适用于治沙呀，让他留在矿上更能发挥专长吧。"

不是反对杨万忠参与治沙，更没有排挤的意思，在丁丰龙的心目中治沙就等于种树，沙漠里刨坑而已，单纯力气活，种不种得活还两说呢，又何苦浪费了老杨的好手艺。何况，正如他自己所说，来自高原牧区的杨万忠不比他们几个自小被风沙欺负，现在要治沙多少怀着反击沙漠的仇恨，感觉这件事更像了结私怨，成功与否现在还不确定，实在没必要拉上人家一起去吃沙子受罪。

胡兵却不这么想，闻言笑了笑，看着大家问道："原来直到现在你们还以为治沙是沙区人的专项任务，跟别人没有关系吗？"

"难道不是吗？"丁丰龙疑惑，"也只有我们这些祖辈受够了风沙之苦的人才愿意治沙，离着沙漠远又山清水秀的人谁乐意来受这个罪呀！"

众人显然也是这么想的，胡兵从他们眼睛里看出了和丁丰龙一样的认知，不禁叹气："我说你们呀，怎么眼光只看着自己脚尖尖那一丁点的地方，就不会抬头往远处看看！"

远处是多远？员工们更加发蒙，治个沙子种个树哪有那么多的门道。胡兵摇头苦笑，接着说道："这得赖我，光让你们忙眼前的工作，只顾低头赚钱，忽略了其他方面的学习啊！多少年前毛主席他老人家就提出了绿化祖国的口号，现在又有'三北'防护林工程体系，为的就是治理荒漠，减少风沙危害，这是面向全国的号召和战略方针，你们居然还以为是某些人的私事呢？从今天起，我们大家都要记住治沙种树人人有责，以后也得组织学习提高认识。"说着，他点了丁丰龙的名："治沙、学习两不误，丰龙你把这事抓起来。"

丁丰龙面露惭色，嘿嘿笑着应了："行，我记住了，是得好好学习，改造一下思想了。"

"那我呢？"杨万忠趁机询问，"我也能下山去治沙了，对不？"

胡兵点头，掷地有声："当然。今晚和我们一起走。"

"这么急吗？"杨万忠看了眼窗外，忧心道，"按照以往的经验，今晚说不定有沙尘暴，走夜路怕不安全。"

丁丰龙不以为然，睨着胡兵调侃说："老杨你就别磨磨唧唧了，沙尘暴再厉害能有老板娘的威力大？不抓紧时间，小心夜长梦多，人家变卦不答应了可咋办？"

在场诸人知道治沙内情的只有丁丰龙和胡兵，这般调侃自然是说给胡兵听的了，笑他惧内在其次，主要表明自己能理解他的心情。胡兵听了自是领情，上回彩霞策反丁丰龙不成他是知道的，从中也看出老丁对治沙有着和他一样的理想，被调侃了也罢，索性哈哈大笑道："还笑我，你们谁不是拿了钱乖乖交自家匣匣子管着的，听党的话、跟老婆走，才有好日子过嘛！"

真正惧内的男人什么样也不是没见过，显然不是胡兵这样的。员工们跟着他笑，但各自心里门清，他们的老板哪里是怕老婆，分明性格好得不能再好，只是在治沙这件事上一意孤行和老板娘发生意见分歧了而已，最终的决定权还不是老板说了算，组织大家连夜下山开赴沙漠了嘛！俗话说"跟着硬汉子牵马坠蹬，不给窝囊废主谋定计"，只要是胡兵拿定了主意要干的事，他们跟着做就对了，左右短不了大家的工资，干啥活不是工作呢？况且，他说得没错，治沙种树不是一个人、一个村的私事，也是响应国家号召、符合政策的好事，谁不希望自己的家乡富足安乐、山清水秀啊！

第二章

事实证明连夜下山不算是个好主意，十来个人乘坐的中巴车在大风嘶吼的野地里简直举步维艰，随时都有翻车的危险。而走在前头领路的越野车更是寸步难行，大风裹着砂砾石块噼里啪啦往车上砸，顺风一面的车窗玻璃已经出现了裂纹，要是再找不到能够避风的地方，要是车玻璃破碎，这一夜可就难熬了。好在车上坐的都是有胆气的汉子，眼看着大风刮得车子摇摇摆摆，谁都咬牙硬撑，不肯把惊慌与害怕表现出来，唯恐动摇军心。

胡兵亲自开着越野车带路，沙尘暴来时首当其冲，前面还能凭借常年行走在这条路上的经验，在车灯朦胧的引导下勉强前行，可随着风沙越刮越厉害，能见度不足五米的情况下，只得被迫停车。越野车比中巴车重，在这样的路况下不用担心翻车，中巴车属实危险。都是经过动员抽调出来跟自己去治沙的汉子，不能因为一场沙尘暴就打了退堂鼓，他得下车去看看，给大家鼓鼓劲。可是，风力实在凶猛，顶着风的一面车门就像堵着庞然巨物，试着推了推竟然纹丝未动，背风的一侧倒能打开，但只开了条小缝，沙尘便趁势涌入，瞬间充满了整个车厢，呛得人眼睛都睁不开，嗓子眼都像被糊住了似的呼哧带喘。

辛军边咳嗽咒骂，边伸手拉住胡兵的胳膊："哥你别下去，太危险了。"说着，便开始抱怨："我就说明天慢慢回不迟，偏你只信那几个丧良心的鬼话，现在好了，困在风口了，这回心满意足了吧？"

胡兵懒得听他叨叨，低头划拉扶手箱找头灯，数落他："啥时候了还说这些损人不利己的废话，你要不想走现在下车回去也来得及。"

辛军捂着口鼻叫屈："你可真行，现在下去让风撕扯了都是轻的。"

胡兵已经找到了头灯，拧亮灯光调试两下就要下车，顺嘴教训他道："知道就好，少说话多动脑子没坏处。"

"哎，你真下啊！外头……"辛军一个没扯住，眼看胡兵下了车，急得大叫，后半截话却被关在了车里，连带着灌进来的还有浓浓的沙尘。他慌不迭抽了一沓纸巾遮掩口鼻，隔着模糊的车窗看见胡兵在大风里趔趔趄趄往越野车后头的中巴车走去，大风扯得他衣裤宽余部分一律拧着绞着往身后扯，前面紧贴在身上，似乎下一秒就要脱体飞走般滑稽。辛军关切之余不禁嘟囔嘲讽："为几个打工的连命都不要了，他们都是你祖宗！"像这般毫无营养的牢骚他时常发，但也仅限于背着胡兵咧咧，或者欺负别人的时候说说，当面的话打死他都没那个胆量，老娘豁出脸皮给他求来的工作，脑子被风抽了才不懂得珍惜。真要让胡兵给开除了，那分给他的房子可就不姓辛了，有的是人正在熬资历等着老板分房呢！

中巴车摇摇晃晃在风中跳舞，车灯光影也在风中摇曳闪烁，此时此刻的跃动并无半点美感，反倒惊悚莫名。之前胡兵通过电话指示司机不能关灯，后来随着风沙渐大信号中断没了联系，车内的灯光在风声呜咽的夜色里倒显得有些诡异。顶着大风和刮脸的砂砾走近中巴车，拍打了半晌才有人来开车门，是丁丰龙。

一把拉了胡兵上车，两人合力又顶上车门，丁丰龙打量胡兵，替他关掉晃人眼的头灯，关切道："还以为是沙子石头的动静，没想到是你过来了。外头风太大了，你也真是冒险，没受伤吧？"

胡兵一手扒拉头发里的沙尘，眯眼查看车里的状况，担心道："我总得亲眼看看才放心，这场沙尘暴太厉害，咱们怕是困住了。"

丁丰龙陪胡兵往车厢后边走，指了指有裂纹的车窗给他看："走是肯定不能走了，风大危险，不走的话只怕也顶不了多久。"

谁说不是呢！胡兵摸了摸裂纹的地方，把忧虑压在心里，面上依然像往常那样笑呵呵地安慰员工们："众人拾柴火焰高，咱们有这么多人在一起还怕个沙尘暴了。大家都放宽心，先吃点东西喝点热水暖和暖和，等风小一些了再赶路。"出发的时候他考虑周到，带了热水、干粮和不少熟肉，原本是放着夜里行路无聊给大家伙儿垫肚子的，谁知还真遇上了沙尘暴，延误了行程，正好还能充饥。

丁丰龙和几个员工从行李架上拿东西分给大家，正要递给胡兵的时候，一阵大风猛烈席卷，都还来不及反应，车子就倾翻一侧跟着风势倒在了地上，而大家手上的吃的也都随之撒落一车。最可怕的是刚好拿了热水瓶准备给员工们倒水喝的胡兵，中巴车翻倒在地，热水瓶的塞子因惯性飞掉，他的整条胳膊被热水浇了个透。惊呼四起中车窗终于抵受不住冲撞和风沙的双重作用，"哗啦啦"接连碎了好几块，怒卷的沙尘劈头盖脸冲进车厢，一霎时车内弥漫起浓烈的灰土味儿，中巴车像是置身于沙海中心地带任凭风吹沙呛的孤舟。众人都惊吓过度，兼之翻车时不同程度受了轻伤，谁都没看见从车门处的阶梯缝隙里慢慢爬起的胡兵龇牙咧嘴放下了袖管。这也是他追求品质的结果,当初让采购选的都是最能保温的热水瓶,过了半夜那里头的水依旧滚烫,尽管穿得厚实,还是不可避免地被烫到了。借着头灯的亮光,胡兵刚偷偷看了一眼自己的胳膊,红了一大片,好在没破皮,等回到市区买两罐药膏抹一抹就没事了,相对自己这点小痛小伤,他更关心员工们的伤势。

"怎么样?大家都没事吧?伤得严重的吱个声啊!"他大声询问,张嘴就噎了一大口沙尘。车子侧翻、线路损坏、车灯自动熄灭,唯一的亮光就是胡兵头上的这一盏矿工专用灯了,好在电量还行,应该能撑一两个小时。

车外大风正劲,即使中巴车倒了还是不肯消停,吹得车子一点点往路边移动,胡兵知道这条路是个什么鬼样子,照这形势再刮下去就要翻出路基跌进两米深的坡道了。耳边一阵阵传来员工们呼痛或咒骂的声音,他的心里比谁都懊恼,后悔不该不听老杨的话仓促行动。但事已至此,说再多都是枉然,当务之急是赶紧想办法阻止中巴车继续横移,以避免造成更大损失。车再值钱都是身外之物,他只祈求员工们安然无恙。

风声夹杂着人声,迟迟没有人回应胡兵刚才的问话,显然他的声音还不足以压过杂音传到员工们耳边,那就只有亲自上前查看了。他低头找寻能抓握的支撑物,顺着侧倒的座椅扶手慢慢爬向车后,员工们都集中坐在后半截车厢里,而刚刚车窗破碎的正是后半部分,他得确认人没事。车厢里到处都是破碎的车窗玻璃,一不留神就扎到了手,划破了衣服,但胡兵无所畏惧,硬是在晃晃悠悠随时都能再来一次侧翻的车厢里爬到了员工们所在的位置。稍稍抬眼,迎面撞进头灯光柱里的是杨万忠的脸,他的侧脸被碎玻璃刮到在往外渗血,眼神却异常镇定,正在拉窝在座位下面的一位同事,咫尺相闻,胡兵听见他为同事加油打气的言语。"坚强一点儿，男子汉大丈夫这点痛算什么，想当年我和老胡困进深山……"后半截话被风狠狠噎了回去，只有纷乱的头发在头灯的一线光亮中胡乱飞舞。员工们背后都叫他老胡，当面或者有外人在场才叫老板，以前从不觉得"老胡"和"老板"有什么不同，此时此地听来却异常暖心，他和他的兄弟们并没有因为雇佣关系而产生隔阂，这才是他敢于治沙的底气之一啊！

帮着杨万忠拉了那名同事起来，查看他身上的伤势，所幸只是翻车时没有任何心理准备吓到了，然后被碎玻璃划伤了手背。问题不大，胡兵就放心多了，继续借助座椅扶手逐一去看其他人。伤势基本都差不多，磕着碰着或是划破了皮肤的居多，没人报告伤到骨头，真是不幸中的万幸。叮嘱员工们找东西抓稳固定身形，胡兵拉丁丰龙和杨万忠商量弃车的可能性，在号叫的风声里贴着他们的耳朵对他们喊："风太大了，再这么下去车会掉下路基，咱们得出去。"

丁丰龙扭住胡兵的脑袋，照了照前方挡风玻璃的位置，努力辨别后也对着胡兵的耳朵喊道："外头啥都看不到，你确定出去比待在车里安全吗？"

胡兵点头，换自己对着他喊："我确定，出去尽量佝偻着慢慢往迎风的一面走，左边有个大坑能藏头。"

"那车门怎么开？翻在下头了，出不去。"丁丰龙回吼。

胡兵一手支撑身体，一手扭了扭头灯上下左右查看，灯光最后定格在右侧车顶的位置，指给他们两个人看，意思是打开顶窗离开。车子侧翻，车顶相应到了侧面，与其想办法去开车门，还真不如开顶窗来得方便。三人交换了眼神，挨个挪向车辆中部，杨万忠率先摸到了顶窗，固定好自己的站姿，伸手接胡兵和丁丰龙过来，三个人一起使力，很快打开了逃生通道，并由丁丰龙先行爬出去领队。大风里头通话不便，丁丰龙爬出去确定安全可行后砸车示意，胡兵便安排杨万忠在窗口处接应，自己摸索着慢慢返回车后部带员工们过来。个中艰险无须赘述，胡兵作为最后一个脱离车厢的人，几乎用光了所有力气，往他所说的那个大坑爬时全靠杨万忠和另一名年轻力壮的同事拽着了。

迎风的方向路基下面十来米的地方的确有个大坑，不知道是自然形成的还是有人取土留下来的，已经有些年头的样子，坑底稀稀落落地散布着一些戈壁滩上耐旱的野草。丁丰龙戴着胡兵让给他领路的头灯第一个到达坑里，回身再去接人时被闭着眼睛寻摸的同事撞翻，两个人滚作一团跌进了坑底，还没等他俩爬起来，后面手拉手前进的同事接二连三也滚了进来，为防止走散的保险之举，却引发了连锁反应，当胡兵也被扯进大坑跌得七荤八素，这场自我营救总算是成功了一半。到底是经历过井下作业心理素质过硬的一帮汉子，在这种时候还能笑得出来，从坑底找到避风能坐下的地方，不免相互笑话一场，于小小的昏黄光晕里谈笑风生，庆幸又逃过了一劫。

看着员工们苦中作乐、无怨无悔的模样，胡兵满心自责，这回还真让丁丰龙说中了，要不是担心夜长梦多，彩霞再给他出什么难题，也不至于赶时间赶到拿这么多人的安危做赌注了。往常这个时节也是风沙不断，谁能想到偏偏今夜突然刮起了老毛黄风，或许是老天知道他要治沙，故意为难，给他的下马威吧？之前考察时有位前辈曾说治沙无异于逆天改命，自己这边事情刚有点眉目就被沙尘暴给了当头一棒，是警告抑或叫嚣都不可能吓退他，不治理出一片绿洲誓不罢休，还就不信这个邪了！他缓了缓力气，正要给员工们接着做安抚鼓劲，就见丁丰龙"唰"一下把灯光对准他的脸直射过来，哈哈笑道："哎，快瞧瞧老胡的脸色，我猜他是要给大家伙儿道歉了。"

坑底避风，不用像路基上边面对面还得靠吼，声音大点完全不妨碍语言交流。众人闻言顺着灯光看去，胡兵一手挡着光线笑骂："老丁你胆肥了咋的，赶紧给老子挪开！"

丁丰龙移开光线，卸下头灯拿到手里，也回骂一句："这才对嘛，整天端着老板的架子，你又不是辛军。"

杨万忠跟着开玩笑："狗屁，往常就数你叫老板叫得亲，老胡啥时候端过架子，是咱们乐意给他面子才叫老板。"

"老子才不是，溜沟子是辛军那小子的绝活，"丁丰龙言语否认，满含对辛军的不屑和蔑视，说完忽地惊叫，"哎哎，一说辛军，那小子人呢？不会还在车上呢吧？"

胡兵一惊，这才想起辛军还在越野车上，这么猛的风把中巴车都刮翻了，越野车能幸免吗？再说，刚爬过来的时候好像真没看见越野车的影子，不会那么倒霉，刚巧让风刮下路基去了吧？这可不得了啊，辛军要是出点什么事，辛家孃孃能扒了他胡兵的皮……

"快找人！"胡兵"噌"一下站起来，又被大风压得弯下了身子，他劈手夺过丁丰龙手里的灯，戴在自己头上，就要再次冲出去找辛军，却被杨万忠死死拽住裤脚。

"太危险了，老胡，"他说，"我陪你一起去。"

原来不是阻止而是陪伴，胡兵心下感动，但婉言谢绝道："你们都猫在这儿别动，真有危险也少搭一个，我就爬坑上边去看看。"见杨万忠还是不肯撒手，只得掩饰自己的心焦如焚态，故作轻松道："放心，我真不往远处去，辛军那小子就是个祸害，祸害都命硬，说不定正圪蹴在哪个小土坑里鬼哭狼嚎等我们救他呢！"

话已至此，杨万忠明白胡兵是心意已决了，便松手让他去，追着他的背影大声叮嘱："你可别逞能啊，需要援手就吼一声！"

胡兵往后挥了挥手，也不管夜黑风高他们看不看得见，手脚并用"哧溜"一下就窜到了坑外。风沙威力不减反增，差点就把他刮一个大滚身。稍稍适应了风力，他没敢直接站直溜往出走，猫腰佝偻地往那条公路边靠，一边大声呼叫辛军的名字。顺风传声事半功倍，对于一个年轻时就吃尽苦头、打工经验丰富的人来说，这点常识还是有的，这个时候喊人不指望能得到回应，起码给听到的人一点心理安慰也是好的。希望辛军别像想象中那样没出息，还懂得弃车自救吧！

话说辛军这厮也是个人才，早在胡兵离开越野车去中巴车后几分钟，他就不敢一个人待在车里了。前前后后找了一大圈，发现塞在后车门置物格的一块红布，可把他给高兴坏了，扯下红布包住嘴巴和鼻子，就下车直追胡兵而来。他当然没有在大型沙尘暴中野外求生的经验，只是担心胡兵撇下他，才生出的无奈举动。直到亲眼看见中巴翻车，车灯恍然熄灭的那一刻，他其实距离车子仅有一两米而已，触手可及。真要是车里的人遭遇不测，他完全可以帮忙，等他们逃生的时候能够更快速接应，可这家伙骨子里的自私根深蒂固，第一个念头居然是全军覆没后他要如何保证独善其身。所以，当车内众人经过短暂混乱，在胡兵的带领下打开顶窗弃车逃命之前，他早就摸黑溜下路基躲进一个坑洼处龟缩保命了。一个没什么荒野求生经验的家伙，在性命攸关的当口，无师自通地找到了继续生存下去的办法。

跟胡兵玩笑里说的差不了多少，此时此刻三魂七魄吓掉一半的辛军正躲在小坑洼里哭爹叫娘呢！兼带诅咒老天不长眼，咒骂风沙无情夺走了一车人的性命，还语无伦次地求告漫天神佛保佑自己活着等来救援，把能想到的佛菩萨和各路神仙都求了一遍。六神无主之际，只听风中传来呼叫，喊的还是自己的名字，顿时把他吓出一身冷汗。民间传说，深夜孤身在外会被妖邪阴鬼盯上吸干阳气，然后也变成孤魂野鬼，都不能投胎转世。他哥已经和老丁他们死于非命了，他亲眼看着那辆车翻掉的，不可能还有活人，那这个叫他名字的肯定就是妖魔鬼怪无疑，这种时候一旦回应，小命准得玩完。自作聪明的辛军死死咬住嘴唇不敢再发出任何声音，把自己蜷成个大号刺猬，瑟瑟缩缩地躲在坑里，巨大的恐惧令他失去了一切思考，只恨现场没有老鼠洞能让他进去避一避了。

　　沙尘暴有个特性：来得猛烈，过得也快，强阵风持续时间一般不会太长，风力减弱经常发生在瞬息之间。然而，对于陷入自我恐惧中的人来说，瞬息也是漫长的折磨。当影影绰绰的光线打在身上，被一双有力的臂膀抱住，对方的惊喜没感觉到，辛军只知道他完了。狠狠挣脱"束缚"甚至都不敢睁开眼睛确认一下，他变躺为跪，把自己的求饶姿态低到了尘埃里，边磕头边语无伦次胡乱哭诉："大仙饶命，求你不要吃我，放过我吧，我一定吃斋念佛超度，给你供牌位上香，重塑金身，阿弥陀佛……"

　　胡兵听得一阵发蒙，要不是风势减弱他还不会发现辛军，听不到这番胡言乱语，果然这小子还是那么没出息，跟小时候一样扶不上墙。不过也能理解，在这荒郊野外的大半夜遭遇强沙尘暴，独自逃命的人是什么感受。庆幸的是，辛军没啥大事，看他一鞠一躬的样子能确定人没受伤，这种时候还能对着预想中的鬼神念念有词，脑子应该也还有救。当即两手拽了辛军的衣领迫使他稍稍跪得直溜一点，摇晃其双肩喊道："辛军，你给我清醒一点，看看我是谁？"

　　自小熟悉的声音起到了至关重要的作用，辛军一个激灵睁开了眼睛，尽管灯光刺眼，下意识抬手遮挡后很快辨认出了来者竟是他哥胡兵，狂喜之下眼泪不由自主决了堤，哭哭啼啼叫喊："哥，你还活着呢！哥哥，我……我快吓死了呀……"

总算把他给叫醒了，胡兵松了口气，用自己的后背替辛军挡着风，气笑不得道："瞧你这点出息！也是儿女成群的人了，做事过过脑子不行嘛，赶快把你的猫尿擦擦跟我走。"

辛军用袖管抹了把脸，又哭又笑地问："走？去哪儿？车不是翻了，给他们收尸去吗？"

"胡说啥呢！"胡兵扬手往辛军头上拍了一巴掌，生气地数落他，"怪不得刚刚满口胡话吓成了一摊烂泥，原来是拿我当鬼了。"

拽着胡兵的后襟走出快被沙子填满的小坑洼，风力虽有减小但依旧吹得人趔趄难行。辛军尤为庆幸自己还能活着，在胡兵身后嘀咕道："哪能怨我嘛，车翻了我是亲眼所见。"

这话胡兵自是听不见的，带着辛军去员工们避风的大坑是顶风逆行，需要上路基横穿公路，再下对面的路基才能到，他一心只想着带辛军和大家伙儿会合，哪来的心思听他瞎咧咧。

第三章

天亮时分沙尘暴彻底过去,胡兵和他的员工们被困的地方是众所周知的风口,所以即使强风止息仍然有比其他地方猛烈的西北风飒飒不停。沙尘暴后天空照例混沌暗黄,风中还残留着肉眼可见的细小尘沙,太阳被隔绝在云层的另一面,光明替代暗夜本该气爽云清,可浓厚的沙尘硬生生把世界分成了两个极端,一头在高天之上乾坤朗朗,一头在阴霾之下红尘滚滚。

北风卷地白草折,千里戈壁更荒凉。站在大坑边上举目四顾,胡兵一脸沉重,满心痛惜。"现在还有人不明白为什么治沙吗?"他问。身边是他即将奔赴治沙前线的战友们,他们同样脸色沉重。

丁丰龙搓了把被沙尘染成了灰色的脸庞,双眼红红,咬牙切齿道:"老胡,这辈子我就跟着你干了,和沙漠干到底!"

"我们跟着你!"员工们异口同声,既是表明决心,也是对风沙发出的怒吼。

唯有辛军，站在人群后面哼了一声，嗤之以鼻道："一场沙尘暴都差点要了命了，治个屁的沙呢，多吹几场人能变肉干，你们信不信！"

真是不合时宜的败兴之谈，胡兵转身猱了辛军拉到前面，指着不远处路面上消失的中巴车和在风中被沙子蒙上半边的越野车，恨铁不成钢道："我就白救你一场，还不如让沙子把你埋了！"

辛军内心很怂不敢硬怼，却管不住嘴，咕哝道："埋也是先埋你们，中巴车都翻了……"

"你还有脸说！"丁丰龙一肚子火没处发，正好逮着机会痛骂辛军，"你小子就是乌鸦嘴，下山前诅咒治沙当我没听见啊？我看这场大风十有八九是你招来的。"

毫无逻辑的指责，此时听在众人耳朵里却具有神奇的认同感，大家纷纷怒视辛军，好像沙尘暴真跟他有关系似的。

"你……你们……"辛军无语极了，有心争辩又害怕挨揍，只好向胡兵告状，"哥，你看见没，这些人故意针对我的，他们都抽风呢！"

胡兵懒得理会他，迈步往公路上走，此时此刻他更烦恼的是怎么和公司取得联系请求支援。一夜奔命又冷又饿，比起打嘴仗或者精神鼓舞，大家更需要的是热水和食物，还有尽快获得救援离开这个鬼地方。后半夜他发出去了不少短信，分别发给矿上和酒店的所有员工，包括彩霞在内，希望他们中有人接到信息后能够派车来接应。但令人失望的是直到天亮屏幕显示没有一条成功发送的，戈壁滩上本就信号时有时无，昨夜一场大风更是让信号皆无，求援无望，车辆受损，员工们身上或多或少都带了伤，他得赶快想办法自救才行。

好在越野车没被大风刮翻，离着路基一尺不到的车轮幸运地在一根干树段的阻挡下停驻。胡兵拉开车门检查车况，发现车子基本完好还能启动，不由得烦恼去了大半。再到路边一看，中巴车是彻底报废了，倾倒在路基下，支离破碎，不忍卒睹。他招呼杨万忠负责大家的安全，守在路边看有没有路过的车辆尝试截停求援，他亲自开车带上丁丰龙往前面去找人找车。这样的安排已是目前唯一的方案，全体员工都没有意见，遵照执行，只有辛军不大愿意守在寒风里等待，想要跟胡兵坐车走。搁以前胡兵肯定就答应了，可今天他有意磨炼辛军，严词拒绝道："你就守在这里等车，先把为什么治沙想清楚了再说。"

目送扬长而去的越野车，众人哄然大笑。冷算什么，饿也可以忽略不计，看见辛军吃瘪，他们有权利幸灾乐祸。昨晚胡兵带着辛军回来的时候说，这家伙居然以为他们都死了，好端端的谁乐意被当死人啊？何况，如果真是那样，作为幸存者不得不拼尽全力抢救同伴？再不济总得上前看看到底伤亡程度多大，还有没有更多幸存者吗？这家伙倒好，只看见车翻就吓退了，不说搭把手帮忙救援，还躲得远远地自顾求神保佑去了，简直自私冷血、毫无人性！

辛军也明白众人有多不待见他，偷奸耍滑被拒后溜下路基到中巴车那儿寻摸去了，根本没把胡兵临走时嘱咐他们要做的事情放在心上。"哼！凭什么呀，你坐车里不冷了，想过别人冻得跟狗似的吗？老子站风口上挡车那是傻子才干的蠢事，要真有车来能拉走几个人……"一边骂骂咧咧倾倒不满，一边试图从残破的中巴车里找寻能用到的东西，还真让他看见一堆碎玻璃中团着的毯子了。那是中巴车司机惯常铺在引擎盖上遮蔽灰尘的盖毯。中巴车依旧呈侧翻状倒伏，漏油渗到地里去了不至于造成起火爆炸，前挡风玻璃布满裂纹但还维持着整块没有碎掉，车门一侧完全压在地面上，车体都变形得看不成了，要想拿到那块毯子还是得从发现它的顶窗位置进去才行。想来这就是他们说的逃生通道了。

辛军前后观察一遍，确定其他人没有来跟他抢夺的行动，便暗自得意，小心翼翼地钻进车厢，付出被划了几道血口子的代价成功拿到了那条毛毯。除此之外，车里没剩什么有用的物件了，他又很轻松地爬出车厢，躲在车体后面裹上了毯子。

满足地叹了口气，辛军感受着毛毯带来的暖意，自我崇拜道："到底还是老子聪明啊！一群土锤冻死你们。"时值农历正月，戈壁滩上朔风猎猎，正常都是零下十几摄氏度，昨晚沙尘暴过境温度更低，即使出发前有所准备，每个人都身穿棉袄大衣，但架不住长时间困在野地里挨冻，早起个个鼻头通红，身上都快冻僵了。抻头瞄了一眼路面上的同事们，对他们靠跑跑跳跳维持体温的行为，辛军是得意且鄙视的，对于把他抛下并喝令他想清楚为什么治沙的胡兵，更是满心怨怼外加讥讽，不禁自言自语道："为啥治沙？还不是钱多烧得慌，有几个臭钱不知道怎么葬倒好了，充什么英雄好汉，显得就你能，什么东西嘛！老子要是有钱你看看……"

"你在这儿干啥呢？"一声断喝打断辛军的嘀咕，吓得他一个激灵。辛军转头看去发现是他日常欺负惯了的同事，顿时邪火大作，高声回骂："你管老子干啥呢，滚远滚远，看见你就烦！"

年轻的同事不跟他置气，打量着他身上的毯子嘻嘻一笑，更大声地扬手呼叫其他人："杨哥，嘿，大家伙儿快来看呀，有人躲在这儿吃独食呢！"

辛军急了，起身赶上来踹了同事一脚骂道："放屁吧你，哪来的独食，你哪只眼睛看见这儿有吃的了？"

同事指了他身上裹着的毯子："呦，这不是嘛！有福同享，有难同当，你一个人扯了毯子裹着不算独食？"

辛军气得翻白眼，提脚又踹："会不会说话？胆肥了你是吧，忘掉井下老子怎么照顾你了！"

同事成功躲开，扫了眼辛军踢空的脚，哼哼冷笑："还敢提井下，往后治沙见了光了，你敢再欺负老子试试，小心吃不了兜着走！"说罢，同事轻蔑地瞪了他一眼，回到路面上去了。

辛军这才意识到他是跑来车后头撒尿来的，无意中发现了自己而已，现在胡兵不在，群龙无首，那小子也就只能靠"杨哥"撑腰。"杨哥"便是杨万忠，辛军半点不带高看的，还不如丁丰龙有震慑力。在矿上的时候，丁丰龙就低他一头，何况是老实巴交的杨万忠。紧了紧裹身的毛毯继续猫回车后边躲懒，身子暖了瞌睡就不可抗拒地涌了上来。不知道睡了多久，被人喊醒时他甚至还在说梦话。

烧鸡换成一张怼脸面孔，清醒后饥饿感更重，也更扫兴。睁眼看见丁丰龙的脸，辛军还没有反应过来这意味着什么，单纯因为好梦被搅扰，瞪着他没好气道："你有病啊！"

丁丰龙都气笑了，一把扯掉他身上的毛毯催促："起床气还不小，赶紧起来走了，再睡冻死你。"

没了毛毯冷风飕飕只往身上扑，跟光着挨冻似的，辛军伸手去捡，嘴上也没闲着："你才要死……哎哎……"骂了一半脑子才真正动起来，不可置信道："你刚说啥？能走了，有车来接了吗？"

"那你以为呢！"丁丰龙自顾往前走，咧嘴嫌弃，"有啥好事都一个人偷偷摸摸干，也不怕睡死了没人记得。"

一听有车来接应了，哪还顾得上计较这个，任由丁丰龙嫌弃，辛军一骨碌从地上翻起来追了上来，连睡麻了腿一瘸一拐都能忍受着，赶忙伸长脖子搜寻车辆的影子。然后，他大失所望，目力所及就在路基上面看到了柴油三轮车的轮廓。"就这?"他指着三轮车十分不满地质疑道。

丁丰龙已经率先爬上路基,闻言转身,更为嫌弃:"对,就这,你爱坐不坐。还有……驾驶室已经有主了,车厢最好的位置也没了,下一趟……"

"我坐,我马上!"不等丁丰龙说完,辛军加快脚步追了上来,腿麻使他龇牙咧嘴,"何必多跑一趟,挤一挤不碍事。"

懒得理他,丁丰龙转身走向车厢,长腿一抬一跃跨进了车斗里,便有同事扯了厚厚的棉被搭在了他的身上。辛军一见还有棉被,三步并作两步爬上路基来到车跟前,本想也学丁丰龙似的来一个潇洒上车,奈何他腿短还腿麻,扑棱半晌硬是在其他同事看不过眼伸手帮忙下才翻过车板滚进了车厢里。虽然只是农用三轮车,但胜在车里垫着厚厚一层棉毡,还有足够的棉被能御寒,位置靠后一点也没事。辛军拉过一床棉被把自己捂得严严实实,抬头才看见一车厢同事不善且轻蔑的眼神。"呵,虎落平阳被犬欺!"他咕哝一声,调了个屁股面对众人,兀自闭眼养神去了。至于车辆和棉被是谁准备的,前面有没有安排吃饭,他都不用多问,以胡兵的性格肯定不会亏待他们。

事实正如辛军笃定的那样,此前胡兵开车找到了附近一个小镇,花钱雇用一辆三轮车来被困点接人,考虑到员工们冻了一夜,他高价征购了当地人家的被褥,嘱咐丁丰龙一路照顾大家,他自己则留在小镇上置办水和食物。最重要的还有联系拖车公司,中巴车毁损不假,还要运回去妥善处理,另外中巴车是公司财产,买过保险,需要出险报警申请理赔,说不定劳动交警队也会到现场勘查定损,一系列事情繁琐却十分必要,不能就这么一走了之。

小镇简陋,没有酒店旅馆可供休息,一家很小的所谓饭馆也不过是当地居民随心所欲经营的熟食店，想来平时也无甚买卖可做，胡兵叫了半天门才有人出来，却是个五十多岁的半老大叔，睡眼惺忪很不耐烦地告诉他，买卤肉到晚上再来。显然他不是个合格的买卖人，至少不具备最起码的勤奋，早起都做不到，难怪生意萧条。胡兵递上一支烟殷勤地为其点上，好言商议能不能借用锅灶做一顿饭，并把昨晚困在半道差点没命的遭遇简单说了一遍。店家大叔相貌不善、神态怠懒，却难得是个急公好义之人，听说是这么回事，当即点头同意出借灶头，还让胡兵进门说话。

别看小店门脸逼仄，进到里面还是挺宽敞的，外间摆放着四张木头餐桌和数把椅子，横七竖八显示着昨夜曾有人在此聚会吃喝，桌面上既有散乱的扑克牌，还有没能及时清洁拾掇的杯盘狼藉。店家大叔热情地让座，嘴上叼了烟，手底下快速清理桌面，为自己店里的邋遢开脱道："见笑了哈，昨天晚上支应了几桌，都是一个地方的，就陪他们喝了几杯，这不没来得及收拾嘛。"

胡兵打小爱干净，少年时期没当成兵却不妨碍他以军人的标准严格要求自己，后来创业成功，管理公司亦有军事化思想融入，最看不惯的就是邋遢。可眼前毕竟是别人的家当，即使再脏乱差也轮不到他来置喙，对方能把厨房借给他用已是不错，闭着眼睛勉强凑合一顿算了。他闲不住，也起身帮店家大叔拾掇清洗，顺便看了看里间的炉灶。卤肉店嘛到处油腻腻的，谈不上干净整洁，但出门在外讲究不了那么多，他手脚麻利地拾掇出灶台一隅，亲自操刀开始做饭，倒让店家大叔颇感亲近，二人在灶间闲聊起来。

店家大叔给胡兵打下手，好奇道："看你出手明明是个大老板，怎么还会下厨做饭呢？"刚刚看到冰柜里还有没加工的肉和骨头，以及为数不多的一点熟肉，胡兵已经全部花钱包圆了，价格给得相当可观，抵得上店家大叔正常营业好几天的收入。

胡兵笑笑："哪里是什么大老板啊，穷人子弟早当家而已。"

知道他这是谦虚呢，店家大叔觉得没看错人，暗自点头并感慨："你们也是胆子大，夜黑里那么大的老毛黄风还敢行路，咱们这地段是出了名的风口，每年不得刮那么几十场黑风，经常有风沙伤了人畜、掀翻车子的事情。"

胡兵跟着感慨，灶膛里的火映得他面容通红："是啊，我也是没想到运气这么差，正赶上这一场黑风，幸好人都没事。对了大哥，你们这里风沙这么厉害，就没有说治沙吗？"

店家大叔觉得好笑："你看你说的啥外道话嘛，风口地段治沙那老天爷能答应？先辈们手里就这怂样儿了，传说是上古大神撞倒了一个什么仙山打开的风口袋，那神仙们打架遗留下的祸患，谁个凡人还能管得了啊！"

胡兵对共工撞倒不周山的传说并不陌生，小时候也听老人们讲过，说河西走廊就是当初不周山倒下的地方，撑天的柱子倒了，天外的黑风就趁势刮进了人间。想不到这样的民间故事同样盛行在离芨芨村千里之外的异乡，倒是让胡兵颇感唏嘘。凡人管不了神仙落下的饥荒，可也不能任由这祸患一直荼毒下去啊！昨晚发生的种种惊险至此时还令他心有余悸，他绝不允许再有类似遭遇，谁说老天爷不答应？治着看呗！他更加坚定了治沙的决心。

丁丰龙带着员工们赶到的时候，锅里炖着的肉汤也到了火候，之前乱糟糟黑咕隆咚的小店也被闲不住的胡兵帮着店家大叔收拾得清爽干净了不少，一行人进门有热水招呼着，肉汤泡馍伺候着，几口下去把

种金子的人

满身恓惶驱除一空，再多的委屈与寒冷也都随着狼吞虎咽不值一提了。矿工出身谁还没有一点点劫后余生的经历，但沙尘暴里逃命跟井下作业遇险不同，吃饱喝足了慢慢回味，那当真是对胡兵治沙有了发自内心的认同，除了辛军。

搓着吃得溜圆的肚皮，一手剔牙，辛军凑到胡兵跟前诉苦："人人都说哥你做事周到细致，这回怎么大意了？瞧你找的那什么破车，差点没把人冻死。奶奶的，半道上都下开雪了。"说着低头给胡兵示意："你看看我的头发里，尘土沙子掺上雪水都和成泥了，这一身狼狈相跟被土匪打劫了似的，都没脸回家了。"

胡兵睨了眼辛军特意留起来的骚包分头，的确有些灰土在里头，却不至于脏成他说的那样夸张，不由生气道："没脸回家就别回了，我看你到现在也没想明白为啥回去。"

碰了一鼻子灰，辛军悻悻不服："那有啥不明白的，你不就是要治沙，回去多吃几斤沙子，多遭几场沙尘暴的个事嘛！"

"你还知道那叫沙尘暴！"胡兵讽刺，"从小沙子吃得少了。"

辛军不想被其他人看到他挨骂，离了胡兵那桌往门口来坐，嘴碎道："啥意思么，还不叫人说话了，本来治沙就是个笑话，等赔光了钱到时候别说我没提醒你。"

在座的员工们早就见惯了他不着调的模样，谁都懒得搭理他，只有店家大叔听了骇然不已，跑到胡兵对面坐下问他："咋的？你要治沙啊？哎呀呀，我就说你这个人看着跟别人不一样，胸膛里得装着多大的一个苦胆呢？"问罢了也不等胡兵回应，接着摇头相劝："我多句嘴，你别往心里去呀，老弟，那治沙可真正是个白日梦哩，远的不说，就说现在，国家大政策搞了个'三北'工程，这我是听说过的，村里、镇上时不时就在宣传治沙，可你见哪个把沙子治住了？照样年年刮大风，风口还是风口，沙漠还是沙漠，咱有钱可别干傻事。"

"就是嘛！你看别人咋说的，"辛军逮着机会又凑了过来，唯恐天下不乱地道，"就算治沙那也是国家的事情，你又不是当官的，净操那个闲心干啥？有钱花不完你拿村里按人头分了，大家还夸你是个好人，往沙漠里头扔真正是吃力不讨好，别人还要笑你抽风嘞！"

胡兵黑沉了一张脸驱赶辛军："你给我闭嘴滚远些！"呵斥了他，对店家大叔放柔语调才道："谢谢你啊老哥哥，我知道你是一番好意，还把厨灶借给我们用，但治沙不单单是国家的事情，我们都有责任。尤其是你我这样身处中心地带受尽了风沙危害的人，更该主动出手，治不治得住总要做了才能见成效。"说着，胡兵起身看着全体员工笑得自信而阳光："古代有个愚公要把堵着家门的山移走时就说了，我做不到还有儿子，儿子之后有孙子，子子孙孙一代接一代干下去，迟早总能完成。我们现在这么好的时代，又有国家政策鼓励，还不如人家愚公老头有志气了？"

员工们听得心头热血激荡，丁丰龙起身响应："怎么没志气，我们浑身都有使不完的劲，只要你一声令下，看咱们和愚公比一比谁厉害。"

"就是就是，干就完了。"大家纷纷赞同，都摩拳擦掌，迫不及待了。

胡兵没再多说，招呼大家出发，这个时间里酒店派出接应的车刚好到了。他自来就是个务实的人，不擅长煽情，但落在别人眼里刚刚那番话分明就是鸡血，店主大叔被震得半晌回不过神来，一直到胡兵带着他的员工们离开好久，才追出门来，望着一行人远去不可思议道："敢跟老天对着干，奇人啊真是！"

不提赶路回城的曲折耗时，只说胡兵来到酒店门前，就见彩霞翘首张望等在那里，远远地迎上来，没等车子停稳便抹上了眼泪。早间接到胡兵发来的信息，几乎惊掉了她的三魂七魄，昨夜沙尘暴来势汹汹，天气预报说局部地区风力达到八级，谁知好巧不巧正被他们给碰上了。虽然信息里说得简短，但字里行间都是紧迫感。夫妻多年，彩霞深知丈夫的性格，如若不是遇上了大困难，他断然不肯发送求助信息，可见是真的艰险。聪明如她即刻便分析得出，沙尘暴后半夜就减弱下去了，而自己早上才收到讯息，险情发生的夜晚，那中间失去信号的时间里该是多么危险。彩霞赶忙回拨丈夫的手机号码，连续拨打多遍都无法接通，那一刻天知道她的心跳有多快，手抖得连手机都几乎握不住了。所幸十几次呼叫后终于接通，当听见胡兵熟悉的声音在耳边响起，彩霞的眼泪一霎时夺眶而出，先前为了反对治沙积攒下的那些怨气早化为乌有了，唯一的期盼就是丈夫平安归来。确定胡兵安全后，彩霞急忙调集车辆前去接应，用于接待宴客的中巴车司机联系不上，便临时发动酒店里头会开车的员工用私家车前去接应，要不是自己心慌手抖、坐立不安，恨不得亲自驾车去接丈夫回来。

相伴二十年，没有哪一次的等待比这回更煎熬，时间仿佛静止了似的缓慢，一次次看表掐点计算丈夫归来的行程，彩霞终于在自己内心的固执面前放弃了坚持。他想治沙就治吧，就当是从沙尘暴中还能死里逃生的奖赏，感谢他活着回到自己身边。可是，等到真正见面，看着灰头土脸、刺毛啷当的丈夫，彩霞的心疼瞬间就化成了一股戾气，冲进胡兵怀里连踢带打，带着哭腔骂道："你滚你滚，我再也不想看见你了，明天就离婚！"

任由妻子发泄，胡兵无奈得很，酒店前面有闻讯出来迎接的员工，还有各家的家属，后面紧跟着的是与自己一起经历过生死考验的同事，这一幕落在他们眼里，以后还怎么御下？面子都没了。可是，彩霞的真情流露同时让他心头温暖，不由苦笑着告饶："好了好了，我这不是好端端地回来了嘛！"离婚那种屁话他选择自动忽视，自己老婆什么性子还能不清楚吗？向来嘴硬心软，真能离婚早八百年过不下去了，还能等到现在。何况，一路上还没少电话骚扰，每隔半小时就要问一次走到哪儿了，到后面他都烦得不愿意接听。

员工们坐的车也相继到了，不想接着当众展览，胡兵不得不提醒彩霞让她收敛一点儿。彩霞素日也并非矫情之人，刚才的举动实属情难自禁，发泄过后心里好受多了，很快振作精神擦干了眼泪，但仍旧看得出刚刚哭过，眼睛红肿得跟兔子似的。

胡兵有意说笑来调节气氛："哟！几天不见，老板娘属了兔子了，只差长出尾巴来，就直接能生吃青菜萝卜了吧？"

彩霞明白丈夫这么说的用意，嗔怪道："还不是因为你。"说着伸手在胡兵胳膊上掐了一把以示警告，却不料自己并没有使力，胡兵竟疼得喊出了声。认真看了眼丈夫的表情，彩霞当即意识到这不是他的玩笑，而是真痛。

"不是说啥事没有吗？"彩霞抚上那只手臂紧张道，"我看看。"

胡兵此时右手臂已经抬不起来了，正是当时翻车被热水浇透的那只。前面忙着逃生，忙着照顾员工们，一路开车回来都没觉得疼，到了家门口神经放松的缘故，乍然就疼起来了。

彩霞轻轻撩开他的袖子想看看伤势，无奈羽绒服厚实，卷都卷不上去，需得脱了外套才能查看，便搀扶胡兵进酒店。胡兵忍着疼痛推拒，用下巴指了指身后的人群："他们身上都有伤，我是老板哪能扔下不管只顾自己。"

"这种时候了还说啥老板不老板的。"彩霞气恼,却也顺着胡兵的心意,搀扶他绕过车子往人群里走去。

胡兵推开妻子不让她搀扶,装出毫发无损的模样往前走,低声嘱咐彩霞:"我的伤回去再说,你可别嚷嚷。"

彩霞只能应了,心里已是七上八下焦灼起来。

胡兵和他的员工们走到一起,确认了他们的家属都在,先是一番诚恳道歉,把本次事故的责任都揽在自己身上,又吩咐丁丰龙全权代表自己负责员工接下来去医院做检查和治疗的事宜,最后开出优厚待遇,这趟跟他回来的员工加开一个月工资算作补偿。老板有情有义、出手大方,还有什么可挑剔的呢?一系列抚恤下来,笼罩在员工和家属们身上的负面情绪霎时都云开雾散,不知是谁带头鼓的掌叫了好,胡兵话音刚落就被淹没在热烈的掌声里,全场气氛跟头顶的天空一般,当即多云转晴了。

安排好了员工,挨个儿盯着他们由家属接回,胡兵这才长舒一口气,脚步虚浮地走进酒店大堂。酒店离着家里不是很远,开车十分钟而已,但他真的坚持不住了,一夜未睡,天亮出发就去寻找救援,还亲手为员工们做饭,又咬牙开了几百公里的车,劳心劳力已到极限。没再拒绝妻子的帮忙,半倚着彩霞来到酒店办公室,胡兵眼睛都睁不开了,就想好好睡一觉,管他胳膊断了还是烂了,都不如睡眠迫切。

把丈夫扶进沙发里坐好,爱干净的彩霞也顾不得他浑身上下脏污不堪了,亲自动手扯掉胡兵的羽绒服,他贴身穿的蓝衬衫右边袖子上的血迹触目惊心。彩霞本就红肿的眼睛又有了湿意,一边埋怨他逞强,一边去挽袖子查看,却发现布料和皮肉粘连,动衣衫就会有血跟着沁出来。

彩霞不敢继续折腾了，这得去医院让专业医护人员清理。胡兵伤势如此自是没有换衣服的必要，但他耗费了太多心神，窝在沙发里就睡了过去，彩霞不忍心叫醒，可伤势要紧，她只好像照顾孩子似的把脱下来的羽绒服又给他穿回去，提防造成二次伤害，真是费了九牛二虎之力才穿戴停当。试了试，熟睡的男人分量格外沉重，仅靠她一个人无论如何都搬不动，便走出办公室去找人来帮忙。刚巧餐饮部小徐经过，彩霞唤住他来搭把手。

小徐是八零后，有个十分响亮的名字——徐鹏程，取"鹏程万里"的意头。小伙子手脚勤快、做事麻利，逢人先带三分笑，天生是个招人喜欢的性格，自打来了餐饮部就很受欢迎。见老板娘招呼，徐鹏程放下手里的活计来帮忙。到底是男子汉有力气，他一个人就把沉睡的胡兵背上了车。回头又看老板娘慌里慌张的神情，便主动提出开车，帮着彩霞把胡兵送到了市医院，其间楼上楼下各项检查都由他一路陪着，着实省了彩霞好大的力气。

检查结果出来没啥大的问题，主要还是胳膊的伤，彩霞总算能稍稍安心。这么一折腾胡兵也醒了，他自来就是精力旺盛的人，睡了这会儿便养回了大半精神，和医生交流伤势的来由，彩霞这才知道那是烫的，在何种境遇下受的伤。从来烫伤就不是小毛病，还好是伤在胳膊，要是开水浇在脸上不得毁容啊！彩霞想想都觉得浑身发毛。医生拿手术剪刀剪开胡兵的袖管，鲜血混着皮下油脂，一塌糊涂的伤处暴露在眼前，彩霞看着胡兵龇牙咧嘴、强忍疼痛的样子，自己下意识也跟着他倒吸冷气、皱眉揪心。去腐、上药、包扎完毕，胡兵怎么样不提，彩霞愣是紧张得冒出一头一脸的冷汗，可把她给心疼坏了。还好不用住院，打完吊瓶就能回家，然后每天来换药，根据恢复情况再调整用药。彩霞安排徐鹏程照顾胡兵先到输液室，自己去交钱拿药。

等液体的过程中，胡兵和徐鹏程攀谈起来："我记得你是前年到酒店的吧？干得怎么样，有没有升职？"酒店管理和经营由彩霞一手负责，胡兵不大插手，对于眼前的小伙子也仅限于脸熟，具体职务没多关注。

徐鹏程刚给胡兵接了杯热水过来，递到他手上笑道："胡总记性真好，我就是咱们新酒店开业时间不长才来的。"说着，小伙子挠了挠额头，难为情地又道："我也没啥大本事，现在还干传菜呢！"

"传菜啊。"胡兵低头啜饮，脑海里灵光一闪，抬眼问他："如果有更好的发展平台，你敢不敢挑战一下？"

徐鹏程目光晶亮眼含期待："那当然敢了，我一个大男人总不能一辈子当服务员。"

胡兵不由笑了："好啊，有志气。不过……"他顿了顿，敛容严肃道："真要想有所改变，你得做好吃苦的准备，现在头脑一热将来后悔可就来不及了。"

徐鹏程愣了一下，继而挺直脊背、仰着下巴傲然表态："那不会。老板不就是说治沙嘛，我不怕苦，也不怕晒。"

闻言，胡兵亦愣了愣："你知道我要治沙？"

徐鹏程点头："知道啊！酒店的人都听说了，还说……"他欲言又止，嘿嘿笑着不肯再接下去了。

胡兵已然明白他咽下去的半截话是什么，笑道："还说什么？是不是都在背后议论老板娘不同意治沙？"

被老板洞悉了心思，徐鹏程有些不好意思了，搓着双手不肯接话。

"唉！做事难，难做事呐！"胡兵叹气感慨，完了又问："那你明知道老板娘反对，还敢跟着我治沙去，不怕你们老板娘不放人，或者一气之下把你给开除了？"

徐鹏程没再犹豫，硬气道："那不怕，治沙比当服务员有成就感，即使老板娘不高兴，我也跟您走。"

胡兵听得高兴，不吝夸赞："看不出来小伙子还挺有情怀嘛！行，就冲你这志气，完了我跟你们老板娘直接要人，保管不让她生你气，还涨工资。"

"谢谢老板！"徐鹏程喜出望外，"噌"地起立给胡兵深深鞠了一躬。

胡兵摆手让他不要客气，示意其坐下，像对待那些矿上的老员工一样亲切道："以后别一口一个老板了，跟矿上的老油子们学，叫声老胡就好，往后跟着我进沙漠，咱们便是战友，是兄弟，打交道的时日还长着呢。"

徐鹏程当然不敢直接叫老胡，但从胡兵的言语和态度上看得出来，这一刻，在老板的心目中，自己是真的被他当成兄弟看待了。相对于传菜员这份枯燥无味、波澜不惊的工作，他早就想挑战一下自己获得成长，即便今天胡兵不说，等治沙工作正式开始，他也会主动申请试试。

二人说得投机，敲定了治沙开工就换工作，彩霞正好也拿了液体过来。想到老板娘肯定还有亲近话跟老板说，徐鹏程很识眼色地起身告辞。胡兵也不留他，在彩霞还不知道自己悄然挖了酒店墙脚之前，还是别给这个有抱负的小伙子增加额外负担的好，到时候直接调人上沙漠，彩霞还能不放？彩霞自然更是想不到，就这一会会工夫，胡兵已经成功策反了她比较看好的员工。她感谢了徐鹏程的帮忙，打发他先行回酒店上班去了。

输上消炎液体,接下来就是百无聊赖地等待,估计得在这里枯坐几个小时,胡兵不愿意让妻子过度担心,便有意拿受伤以外的话题来转移彩霞的注意力,佯装随意实则刻意地夸赞徐鹏程道:"小徐那小伙子不错,人机灵有眼色,你怎么也没想着给他升职加薪什么的?"

彩霞认真观察着输液器滴落的速度,间或蜷起手指弹一弹透明软管,以免有气泡顺着液体滴进血管。见问,她从输液器上移开目光,坐进胡兵身旁的空位上,一边轻抚包扎好的胳膊查看有无不妥,一边随口道:"谁说我没想着这事了?他的确挺能干的,但不是学酒店管理和餐饮出身,我已经安排了小王带他,等学一段时间能够上手了再慢慢提拔。"

小王是餐饮部经理,二十来岁的小姑娘,业务能力却有目共睹,当时是彩霞花了大力气从别的酒店挖来的专业人才,野路子出身的徐鹏程的确跟人家没得比。但这正是胡兵所看中的,专业的人去干专业的事,相比于餐饮管理,他认为徐鹏程适合更广阔的天地。

"酒店里像小徐那个年纪的小伙子多吗?"胡兵探问。

彩霞正待张嘴,猛地反应过来,盯住他的眼睛警惕道:"你问这个干啥?我可告诉你少打我员工的主意,矿山归你管,酒店归我管,这是早就商量好的。"

没想到这么快就被彩霞识破,胡兵不禁好笑:"你这个人怎么越来越灵光了,还跟我分这么清?干嘛,提前打算分家产啊?"

"不该分吗?"彩霞不甘示弱,瞪了他一眼气咻咻地埋怨,"为个治沙你连命都不要了,心里还有我们娘仨啊!早知道这样,那天我就不能答应你,还不如干脆分家,眼不见心不烦。"

胡兵抬手揉眉心,被彩霞拉了回去放好。"输着液体呢,小心跑针。"

她嗔怪。

"你唠叨得我头疼，"胡兵不满道，"翻来覆去就这几句，耳朵里都长老茧了。"

彩霞生气，有心骂回去，一来场合不对，二来胡兵受着伤又一脸憔悴、满身狼狈，她也不忍心，便只能拿眼神示威。末了缓缓道："我知道你治沙缺人，但也不能只盯着身边这几个人，够干什么的呀。实在不行从社会上招吧，总有那跟你一样不识好歹的愿意干。"

胡兵好笑又好气，也拿眼神剜了回去道："啥话到你嘴里都能变味，我要不识好歹，这世上就没好人了。你自己摸着良心说，除了治沙让你觉得难以接受，这么多年我有啥不良嗜好可让你挑理的？"

"瞧把你给能的！"彩霞不领情，心里明明认可，嘴上却强辩道，"抽烟喝酒不管家还有理了，咋的？嫌我唠叨看不上，找年轻姑娘子过去呀！"

大约女人到了中年都是不讲理的吧！胡兵暗自吐槽，无奈道："由嘴胡说、不分场合，让人听去了，掉价不掉价！"

彩霞亦知这话说得毫无缘由，偷眼打量对面也在输液的几个人，理亏了言语便更没气势，低声嘟囔："等会回家再跟你算账！"

胡兵才不信回家她能有多厉害，本身就是个性情绵软的人，偏一张嘴不饶人，也便由得彩霞唠叨，自己感觉困意又袭来，就势靠进软椅自顾睡了，睡前还交代彩霞抽空问问丁丰龙跟医院预约，明天一大早集体来做检查的事。彩霞应了，拨打电话联系丁丰龙，说完挂断电话，回头胡兵已经再次沉睡，睫毛上都还有没来得及掸落的灰尘，随着呼吸一颤一颤，看得她心里沉甸甸的。

种金子的人

第四章

　　一个急性子的实干家是不会因为轻伤就搁置行动计划的。这一点彩霞在胡兵受伤后的第三天有了切身体会。仅仅三天而已，胡兵不顾手臂上还缠着绷带、需要每天都去换药的伤势，一声令下进军沙漠了。跟他回来的那些矿山兄弟也都义无反顾地追随他，把家人的担心和牢骚统统抛诸脑后，跟打了鸡血似的扑进治沙基地战天斗地去了。用彩霞的话说，就是一帮子"亡命之徒"！

　　所谓治沙基地只是一个叫法，实际上光秃秃、片瓦不见，需要先行搭建可供休息和放置物品的房屋。年前趁给村里送年货作为掩护，胡兵已经办好了治沙手续，县政府以承包治理形式划拨了5000亩荒漠给他。不是沙漠面积小，或者胡兵没有能力承包更多，而是第一年处于试验治理阶段，考虑到技术性问题才少申请了一些。前期外出考察，他也听取了很多成熟的经验之谈，明白治沙并非种树苗那么简单，其中要用到的科技手段和人力物力，以及各方面配套设施都不可能一蹴而就。

譬如眼前，搭建临时基地就需要能够抵挡沙尘暴侵袭的专用帐篷，开始动工了栽进沙地里的苗木，栽种方法中要掌握埋根深浅、浇水保墒、后期护理等，目前只有他自己接触过勉强算懂，那也顶多是新手，而其他员工还是两眼一抹黑。所以，5000亩的规划在胡兵看来是作为新手养成的试验田，第二年开始逐年递进比较稳妥。

吊着胳膊指挥大家干活，胡兵被员工们戏称为"独臂大侠"。站在猎猎北风中逆势前行，倒还真有几分大漠侠客的意味，胡兵喜欢看书，当下又是武侠故事广受追捧的年代，社会上有"侠之大者为国为民"的赞誉，他不敢自诩高尚，但内心里还是颇感满足的，人活一世总得做点有意义的事情，不为青史留名，起码无愧于心吧！敢于做梦，并勇于为了实现梦想而努力的人，他从来都是崇拜着、效仿着的。

搭好帐篷，治沙算是有了落脚点，虽然简陋了些，但透过外表，胡兵已经能够畅想到将来的样子。治沙蓝图早就在脑子里过了无数遍，现在付诸行动是在成型的图画上装填色彩，动起来就成功了一半，不是吗？采购基础工具的卡车紧随而至，员工们都去卸车搬运，胡兵闲不住也要去看着卸车，电话却适时响起来。

以为又是彩霞打来唠叨监督让他注意伤势的，接起来却是个男声。"你好！是胡兵胡总吗？"对方操着一口比较纯正的普通话客气地询问。

胡兵背风站下，亦客气地回应："对，我是胡兵，你是哪位？"

对方自报家门："胡总，是这样的，我看到了你们发布的招聘启事，现在还有岗位吗？"

胡兵一愣，继而反应过来应该是彩霞的杰作，那天在医院她说从社会上招人治沙，没想到这么快就发布了招聘启事，还真有人来电询问。既然是应聘者就没有敷衍的理由，胡兵高兴地回复："有有有，你来就行了,随时可以上岗。"

对方很冷静,继续询问:"我看到上面写的是招聘治沙技术员,是要求具有一定的专业技术吗?"

技术员?胡兵倒是想呢,可哪有么容易招到治沙方面的技术工作者,真有早都进研究所从事更精细的科研工作去了,彩霞也是真能吹牛,招人就招人呗,还给他弄出个技术员的指标来。胡兵自来就是个不屑于说谎的人,实话实说道:"不好意思啊,可能是我们的招聘启事有些问题,我这边招的就是单纯愿意来治沙的普通劳动者,技术员这个层面的没敢奢望。不过,你要是懂这方面的技术,我当然是十万个欢迎了。"

"哦,原来是这样啊!"对方的语气貌似有点儿释然,"我就说嘛,治沙还要求有技术,现在找份工作那可太难了。"说罢,接着又问:"那胡总什么时间有空,我想和你当面谈谈可以吗?"

胡兵拿开手机看了眼屏幕上的时间,当即敲定:"晚上八点我在市区惠成酒店,需要派车接你吗?"

对方赶忙推辞:"不用了胡总,到时候我自己过去。对了,我叫李军祥,见面详谈。"

挂断电话,胡兵还出了会儿神,总觉得这个名字好像在哪儿听过,一时半会儿又想不起来,只得作罢。李军祥是第一个主动打电话来应聘的人,胡兵很重视也很欣慰,等大家伙儿忙完回去的路上,他特意说给为他开车的丁丰龙听。

丁丰龙自然也是感到新奇,治沙明明就是个苦力活,除非南方人或者长久生活在远离风沙的城里人没见识,否则谁那么傻上赶着来治沙的?

胡兵听他说完，似笑非笑地问："照你这意思，我们这一群人都是傻子呗，追着赶着要治沙？"

"啊，我不是那个意思！我的意思是说……"丁丰龙赶紧解释，话未说完自觉可笑，握着方向盘哈哈大笑道，"行吧行吧，就当是在骂自己抽风好了，反正别人眼里我们这群人跟傻子没啥区别，尤其是你老胡。"

胡兵不解："咦？我什么样？除了傻子还有啥说道吗？"

丁丰龙笑着瞥了一眼副驾上的胡兵："我说了你可不许生气。"得到胡兵示意才接着道："最近有闲话说你金子多得没处花，拿到沙漠里葬倒，是避开肉夹子吃豆腐……"

胡兵打断："我不识好歹呗！"

"大概就这么个意思吧，你也知道，人嘛都有仇富心理，"丁丰龙客观理性地分析，顺带给予安慰，"本来你在市里就够惹眼了，开着金矿、盖了酒店，还修家属楼给员工分了房子。现在突发奇想又要治沙，那些看不惯的闲人不得说几句酸话来找心理平衡嘛。谁让你有钱，他们没有呢！"

胡兵沉默一瞬，叹口气问丁丰龙："那你们呢？你们也觉得我治沙是傻子干的事吗？"

丁丰龙连忙否认："当然不是。"说着顺过来一眼观察胡兵的脸色，见他没有生气才放慢语气说道："最起码我不觉得治沙有问题。那天在矿上的动员会上我说的都是真心话，风沙再不治理，咱们芨芨村可就真保不住了，往后娃娃们大了都不知道自己的根在哪里。只是……"

等了半天不见丁丰龙说完，胡兵扭头催促："只是什么？说话说半截，啥时候有的这个毛病？"

丁丰龙往外示意是到了收费站，并非有意说半截留半截。交了过路费，车子继续行驶，他接着说下去，言语里到底带了几分小心，微微迟疑着劝道："只是我想着治沙虽然有必要，但怎么看都是有去无回的赔本买卖，嫂子激烈反对肯定也是看出了这一点，咱们跟着你干没话说，反正你不能短了工资，那你自己怎么办？以矿养沙，多少是个头啊！"

胡兵深深地看了一眼他的这位兄弟，心头百感交集，一时无言。不得不承认丁丰龙说到了关键点上，他之所以敢投身治沙，就是因为矿上有所产出，走的正是以矿养沙的路子。而现实也正如老丁提出的那样，治沙如果没有收益必然属于无底洞，即使再多的金子砸进去也填不起来，所以才有那么多人反对，明里暗里嘲笑他，等着看他赔得底掉，连相伴多年以贤惠温柔著称的妻子都不能理解。但是，谁说治沙就不会有收益的？他胡兵又不是真的傻了疯了，能拿着自己做试验，还敢拉上这么一群人去赌身家性命吗？员工们信赖他，他就有责任让死心塌地的他们过上更好的日子，即使眼下辛苦，被误解、被笑话，怕什么，将来如何，干给别人看不就知道了。

稍稍平复了一下心情，胡兵开口满怀诚挚地跟丁丰龙说了声"谢谢"，在他的错愕中缓缓道："真的，老丁，我得感谢你能理解，还替我想得那么长远。今天我也跟你交个底，目前治沙的初步阶段的确只能靠矿上的收益来投入，但再过几年等咱们的林地起来，就完全能够自给自足，并开始盈利。到了那个时候，说不定矿上还要反过来靠林业养着了。"

"有那么大的收益吗？"丁丰龙不信，"靠啥，卖树啊？"

胡兵轻斥一声："瞎说！治沙就是为了多种树，有树才能挡住风沙，好不容易种出来了，你再砍掉图啥呀？"

丁丰龙更蒙了："那你吹牛呢，不卖树卖沙子吗？还是沙漠里也能挖出一座金矿来？"

胡兵气笑不得，作势要给丁丰龙一拳，嫌弃他道："眼睛里除了金子还能有点别的东西不能了？怎么跟辛军似的唯利是图，你以为我要种的是啥树，松木檩子柏木橼子啊！沙漠黄金肉苁蓉听过没有？"

"啥？你要种肉苁蓉？"丁丰龙一个急刹车，惯性使然，两个人同时往前冲出去又弹回座位，他不可置信地扭头盯住胡兵："那东西我怎么不知道了，小时候跟着爷爷进沙漠里挖过，人工根本种不出来。你真是做白日梦呢！"

胡兵护着胳膊，生气道："四十多的人了，能不能稳重些，别一惊一乍的！知道个屁你知道，荒漠肉苁蓉早就可以人工种植了，我去考察亲眼所见，还亲手挖过，人家内蒙古和新疆沿沙区都因为种这东西奔小康了。"

丁丰龙还是不信："真的假的？你确定能行？"

"我啥时候说过大话！"胡兵肯定道，并示意丁丰龙继续开车，把年前出去考察的所见所闻拣重点说了一遍。

还真有这事！丁丰龙心服口服，听得他热血上头，高兴道："那我就放心了，吃屎喝尿也要跟你干到底，也要亲手把肉苁蓉种出来变成真黄金。"

说话间已经到了酒店停车场，胡兵解开安全带准备下车，回头打趣："吃屎喝尿可是你自己说的，到时候种出肉苁蓉，我让兄弟们一人赏你一泡。"

丁丰龙急了："哎，你这人，我就是比喻，你还真膈应啊！"

胡兵笑着下车，不给他继续贫嘴贫舌的机会，迈步走进了酒店。晚上还约了李军祥来谈应聘的事，吃了晚饭时间刚刚好。

第五章

李军祥的加盟对于胡兵和他的治沙事业来说，不啻为将遇良才。这是后来胡兵的评价，也是全体治沙人的共识。

第一次见面印象平平，相互之间都还处在试探阶段，尤其对于李军祥而言，他的这次应聘只有自己最清楚，并不是真的要找工作，而是听到胡兵治沙这个消息后产生的好奇和质疑。试想，一个身价过亿的民营企业家，说穿了也只是个土生土长的农民，运气好挖到金矿发家而已，他能有那么高尚的情操与认知去主动治沙？沽名钓誉还差不多，也说不定在沙漠里嗅到了商机，发现了地下矿倒有很大可能，真心治沙他是半点不信。所以，在看到那张张贴于县城街头电线杆上的广告后，又听小区闲人嚼八卦得来的猜测，他迫切地想要约见胡兵，解惑并证实自己的判断。

这个在县城里被视为传奇的人物，其实他之前见过，还打过交道，在一个饭桌上喝过酒。十多年过去了，胡兵的样貌基本没变，只是胡兵不记得自己罢了。那也无所谓，忘记了，说话才不需要顾忌面子。礼节性地相互问候、寒暄，双双落座，李军祥打量胡兵在酒店的办公室，嘉成酒店如雷贯耳，一如他本人，在这座城市里是富丽堂皇和成功人士的象征，处处彰显豪华尊贵。

服务员上了茶水，礼仪周到、训练有素，一看就是专业级的。胡兵请他品尝，自己也端了同样的一杯轻呡，然后怔了怔放下水杯，笑着解释："忘了受伤吃药期间不能喝茶了，你随意。"

还是当年饭桌上客气亲和的模样，只是多了沉稳、敛了浮躁，更接近于成功企业家的气定神闲了。李军祥笑笑，是啊，当年的胡兵下岗后在私人工厂跑销售，整天为生计奔波赔笑，自然不似今天坐拥亿万财富高高在上。那个时候自己还是铁选厂的骨干，有着固定的收入和假期，眼看别人一个接一个下岗另谋生路，以为这倒霉的事情跟他无关，最后才发现比先失业的人们多端了几年铁饭碗的结果是，等有一天自己下岗时也比别人更迟更难去适应社会，错失了很多从头再来的机会。

闭口不提曾经一桌共饮的交情，李军祥问出了这次来见胡兵的核心问题："我想知道，胡总为什么会想到治沙呢？以你现在的实力，能够选择的投资方向很多。"

胡兵正在单手分拣药片准备服用，头也没抬随口笑道："按照你的说法，治沙在我这里就是投资的方向之一，非要问个为什么，我只能说这是发现商机了。"

"商机？"李军祥眼神闪了闪，原以为胡兵会说出一套冠冕堂皇的话来给自己敷粉，就像某些名义上在做慈善，实际借慈善之名暗地里中饱私囊的人，总把情怀挂在嘴上，以此打造人设。可是，胡兵竟然开口就说出了"商机"两个字，这倒很有些出乎意料，跟他想象中的奸商不大一样。

看在对方还算坦诚的分上，李军祥略略收起内心对商人奸猾的鄙薄，接着询问："我能不能理解为，胡总说的商机是在沙漠里发现了值得开发的矿产？"

闻言，胡兵停了手上的动作，抬头看着李军祥反问："哦？怎么会这么理解呢？沙漠里有矿，是有相关勘探数据吗？"

李军祥跟他对视，似乎是要通过胡兵的眼睛看进他的内心深处，目光灼灼道："这应该是我要问你的问题吧，如果不值得开发，没什么矿产的话，治沙基本上等于白扔钱，属于赔本买卖。我不认为作为成功商人的胡总，会拿钱去干明知道没有任何回报的事情。而且……"他的言语颇为犀利，已经有些咄咄逼人的意味："你刚才也说了，这是商机。赔本赚吆喝也算的话，你完全没必要去治沙，还有更多办法能更快达成目的。"

看着眼前这个年龄相仿、语出惊人的汉子，胡兵久久没有说话，他的大脑飞速运转消化和分析李军祥言语里的内涵，很明显这家伙约见自己不单纯只为应聘，他是带着成见来的，从白天的电话到面对面交谈，问题一个接着一个，一句比一句气势汹汹，与其说来找工作，倒更像是专门来找茬的。看来，不把他的思想包袱卸下，就留不住这个人。念及此，胡兵正色道："能质疑，还说得有理有据，老李对治沙是专门研究过了？起码，对治沙不陌生。我很好奇，你在这边生活了多久？"问完了，接着补充解释，并为李军祥续上茶水："听你的口音，不是本地人。"

李军祥伸手在水杯旁的桌面上轻叩两下，这是一种茶桌礼仪，代表感谢的意思，非久在场面上混的人养不出如此下意识的习惯动作。用手礼致谢，是为了腾出嘴来交谈，李军祥坦然回应："不多不少二十年，我的父母是支援大西北来的酒泉，定居金塔。所以，关于治沙我的确有所了解，也没少吃风沙的苦头。"

胡兵一目了然，玩笑道："难怪，我也是金塔人，不过跟你们生来就是城里人不能比，老家芨芨村就在沙漠边边上，从小吃沙子长大的。"

"这个我知道，"李军祥也跟着笑了笑，"胡总的大名在金塔无人不知。"

胡兵含笑摇头："地道的乡亲父老用不着吹捧，我都叫你老李了，你也别一口一个胡总了，就叫老胡自在一些。员工们都这么叫，不外道才能更好地共事。"

李军祥眉头挑了挑，白净的脸盘藏不住多少情绪，他还是有所抵触和质疑："一起共事的人自然不外道，可我还不是你的员工。"

"很快你就是了。"胡兵笃定道，他真是越来越喜欢眼前这个家伙了，多年待人接物的经验告诉他，想法多、有主见，凡事都要追问个为什么的人大多具有非凡的创造力，他们喜欢别出心裁，狠起来跟自己都较真，还认死理，一条道走到黑都不带后悔的。自然，这样的人更能够成事，典型的代表就是自己。

认定了李军祥是同类，胡兵便有势必将其划入阵营的决心，定定看着他道："一起来吧，我知道你的心里还有很多问题，思想上还有解不开的疙瘩，光凭嘴说能让你心服就不用专门来这一趟了，对吧？那便不妨亲身参与、亲自感受一下，到时候你都懒得问我，自己就能找到答案了。况且……"他抽了一支香烟夹在指缝间，低头寻找打火机，以轻松愉悦的语气又说："相对于提问和不解，目前的你应该更需要一份工作，端过铁饭碗的人可比从来手捧粗瓷碗的人清楚，稳定的工作对于人生的意义。"

李军祥心里确实还有十万个为什么没解决，但正如胡兵所言，他现在迫切地需要一份工作，养家糊口之外，平复自己内心失业以来的焦虑与空虚。果然不愧是胡兵，有过相同的一段经历，他完全能够理解下岗职工求生的艰难，和曾经作为精英打破饭碗后那种不甘于平庸、急于证明自己的愤懑的心情。整整十年了，从失业那天算起，中间经历了什么样的心绪起伏，只有相同遭遇的人才能感同身受。当所有的自负、自强、自立沦为笑话，那场改革留给这一批人的是千疮百孔，经商没人脉，务农没土地，空有一身手艺无处施展，去工地搬砖都能因为过于白净被质疑能力，把人都憋屈坏了。否则，也不会看见一张招聘启事就习惯性驻足，经常在街头的电线杆下徘徊，然后有了和胡兵的这番当面交流。

拧巴归拧巴，时势不饶人啊！李军祥迟疑片刻，终于点了点头，郑重道："好吧，那我先跟你干一段时间。不过我不保证能一直干下去。"

胡兵找了半天没见打火机的影子，想到是彩霞控制他抽烟的手笔，便将指缝里的香烟重新装回烟盒，起身伸出没受伤的左手笑道："欢迎欢迎，如果不介意的话握个左手吧。"

这有什么可介意的呢？毕竟人家分明伤势在身，撇开尚有疑虑的固执己见，单看胡兵的行事做派还是非常具有个人魅力的，李军祥配合地伸出左手和他握在一起。心里怎么想是一回事，嘴上不失礼貌道："感谢胡总录用，我明天就能上岗。"

"好，明早直接来酒店集合，"胡兵心情甚好，笑着调侃，"车接车送，中午管饭，铁饭碗也不过如此了。"

一句话让李军祥有了共鸣，脑海里那些刻意摁下去不愿回忆的场景突兀地冒了出来，过去与现在不受控制地再一次开启自动对比。他松开手掌，强行掐断思路，和胡兵说了告辞便往外走。

胡兵没有追上去相送，只是看着他的背影，提高音量说道："我纠正一下，你即将从事的不是一份简单的工作，而是我们共同的事业。"

李军祥脚步滞住，想了想还是没有回头，也没再说什么，径直走了出去。他并不认同胡兵的所谓纠正，工作和事业怎么可以混为一谈？就像个人利益与集体利益的区别，装进自己口袋里的和装进老板腰包里的钱从来不可能是相同数额。打工就是打工，说成事业何其讽刺。

此时的李军祥根本想不到，将来的某一天他会为自己今天这番认知感到惭愧，更加难以预料的还有，曾经鄙夷过的治沙，真的成了生命中不可分割的一部分。当治沙资金周转困难、公司面临解体的时候，他能倾其所有自愿筹资，只为继续开拓，让更多荒漠变成绿地。也许，和胡兵见面开始就注定了治沙是他们共同的事业，而自己兜兜转转三十多年，最终加入治沙人的行列，是冥冥中早就安排好的宿命。

绿色征程

第一章

5000亩地有多大？折合平方计算为333万平方米，约等于466个标准足球场大。其实，换算这些数据毫无意义，没有用脚步丈量过永远都只是一串数字，存在于想象里，然后觉得挺震撼。但是，身临其境了才知道，相对于浩瀚的沙海，这点面积多么不值一提。如果把巴丹吉林沙漠比喻为一个巨人，5000亩荒漠连他的小指甲盖都算不上，顶多能以一根头发来类比。然而，在人类面前，这根微不足道的头发便足以使得一大群血气方刚的汉子为之色变。

第一天没来基地的人除了李军祥，就只剩辛军了。李军祥是新同事，情有可原，辛军昨天却是故意扯谎偷懒没到。所以，当第二天车子停下踏足荒漠的这一刻，辛军手搭在眉梁上遥遥一望，便大惊小怪地嚷嚷开了。他用当地人形容远距离的语气词问道："噢——那边，红旗旗子插着的地方也是吗？"

胡兵正手指着远方为李军祥介绍承包情况，没空搭理他。丁丰龙自来看不上辛军为人,一般都是能不跟他说话就不说,自然也当这话是某种气体不予理睬。只有杨万忠对谁都和善,一边从车里往外拿物资,抽空回应道:"对呀,就是这里了,嫌少没事,老胡说了明年接着扩大。"

"还扩?"辛军嫌恶着,手臂画了一个圈反对,"这么大一块沙漠还不够折腾的,再多干得过来吗?也不怕把自己累死!"

杨万忠招呼大家领棉服,顺手递给他一件,笑道:"没出正月都算年,说这话小心他们骂你。"

辛军接了棉服往身上套,鄙夷道:"我怕过谁,实话实说而已。"说着,打量其他人都在忙着领棉服没人注意,拉了杨万忠到一边,悄悄指了指远处的胡兵和李军祥,八卦道:"那家伙说是自己跑来治沙的,你信吗?"说这话并不是真的疑惑,纯粹闲话是非,所以也不等杨万忠说什么,自顾耻笑:"你说这世上脑子进水的人还真多,我哥一个祸害咱们也就罢了,还又跑来一个,这俩人凑一块儿指不定在商量着怎么苦死咱们呢!"

杨万忠看了眼那个方向,摇头要走,顺带提醒辛军:"背后不说人是非,你还是少叨叨两句吧。"

辛军拽住杨万忠的胳膊,嘿嘿低笑,神秘兮兮地探问:"干啥都得有个章程对吧,你有没有听我哥说过,选谁管治沙?"

"选谁也不可能是我,"杨万忠认真道,"再说了,你打听这个干啥,听领导的好好干就对了,还能少了你的工资。"

辛军松开杨万忠让他走,两手相交筒进袖子里取暖,嘴里冒着白烟笑话他:"老实死你算了,啥事都没个成算。"

杨万忠早就习惯了类似言谈,听见也装没听见,一径往人群里走去,既然出发时安排他分发棉服,其他人都有了,他得给李军祥和胡兵送去。沙漠里风大、温度低，这个时节光靠自己出门时穿的棉服根本抵御不住寒冷，老胡提前购置的这批加厚棉衣正好派上用场。还别说，上身就暖和，又是迷彩面料的，耐脏耐造，主要穿起来看着精神，跟特种部队似的。老胡心细眼光好，不得不服呢！

接过杨万忠送来的棉服，相互帮忙提溜着衣袖啥的穿起来，胡兵着重看了一圈员工们，见他们都有穿戴，才笑着问李军祥："怎么样，你看我承包的这块地方下面有可能探到什么矿吗？"

杨万忠并不清楚他们之间的谈话，也不知道李军祥对治沙存有什么样的质疑，惊讶地插言道："啥？这地下有矿啊？"说着便蹲下身，两手快速刨了几把沙子，仰头又问："金矿、油矿，还是煤炭？储藏量大吗？"

胡兵和李军祥对视一眼，齐声大笑，至于他们在笑什么，也只有各自清楚了。

"原来我又上当了，"杨万忠起身搓手，讪讪而笑，"老被人说傻还觉得不服气，这回真不冤枉。"

胡兵了解他的性格并不在意，更不做安慰，指着地面交代："老杨，现在有个重要任务交给你，把这块沙地整平。"

眼前的沙地确实不平整，呈低矮丘陵状胡乱延伸，不管将来种树还是修建基地，平整是治理的第一步，杨万忠痛快应了，大致张望一圈不免犯愁："平整肯定是要做好，就是以前没干过这活，不知道几天能干好，需要多少个人工？"

这倒是个正经问题，在场谁都没有经验，便齐齐把目光对准了胡兵，请他指示。胡兵虽说是去考察过成熟的治沙现场，但当时考察的方向和关注点都不在这上面，实际上基础性的工作也是两眼一抹黑，几天干完，多少人干合适，问他还不是白问。

"那个……"面对员工们求知的眼神，胡兵估算着现场计划，"我想是这样……就先干起来，动起来别闲着，干一天不就知道个大概了嘛！"

说好的运筹帷幄，甩开膀子大干一场呢？员工们面面相觑，开动员会的时候看老板的架势成竹在胸，那晚遭遇强沙尘暴受困荒野都能从容应对，真到了治沙现场才发现老板也是个新手小白。也就他们这些人不是那种喜欢偷奸耍滑混日子的性格，不然遇上这种老板，十天能干完的活磨不出一个月都不能叫打工。自然，"他们"里面不包括辛军，他在胡兵手下共事多年，也就出了这一朵奇葩，明明论血缘关系他和胡兵比其他员工更亲，但就属他心术不正，多吃多占也就算了，哪回回家不从矿上顺东西啊！最让人厌恶的还有，背后倒弄是非说胡兵闲话最多的人也是他，但凡稍微有点不顺心，就挑拨其他人闹事、划拉好处，前头几次为了涨工资煽动罢工、不下井的坏主意跟他脱不了干系。偏偏胡兵面情软，过去得罪过他的人都能容忍，辛军这样沾亲带故的更是无限包容，一直留他在矿上磨洋工混工资。

这种时候还是李军祥打破尴尬开了口，真诚建议道："我倒有个想法你们帮着琢磨看看行不行，既然大家对治沙都没有经验，不如先不急着动工，找老师傅学习去，学会了再干比闷头瞎干节省资源吧？"

胡兵当即领会，双眼放光地拍了把李军祥的胳膊，哈哈笑道："真正是一语点醒梦中人啊！老李说得没错，磨刀不误砍柴工，就按这个方案执行。明天……不，现在我就打电话联系落实，看哪里能接收咱们去学习。"说着就已经拿出手机滑动屏幕找寻号码，当着所有人的面拨通电话，开始商量考察学习事宜。

看胡兵雷厉风行的模样，李军祥暗自赞许，沙漠里有没有矿谁也说不准，他是不是假借治沙要挖矿也不一定，但能够虚心接纳别人的意见，知道落后就立刻想办法补足短板，这份心性首先值得肯定。昨晚没拒绝胡兵的邀约，今天一大早来沙漠，李军祥所抱的态度就是为了证实自己的猜想，现在他设想中的"商机"还未显露，胡兵的狐狸尾巴还没有被揪住，他肯定不能走。所以，建议他们学习既是帮胡兵，也是在给自己留下来找的最好理由，留下来加入他们，亲眼看一看胡兵到底能在这片沙漠里玩出什么花样儿来。

第二章

坐在去往内蒙古巴彦淖尔考察学习的中巴专车上，车窗外漆黑如墨，夜色深沉，李军祥盯着玻璃反光中自己一脸期待的表情，心里头默默估算这趟仓促出行背后的价值。车子上路都一个多小时了，他还是没能想明白自己毫不犹豫登车随行的时候脑子里都装了些什么？白天在胡兵所谓的治沙基地上提出建议，然后很快得到欢迎考察的信息，胡兵站在北风里当即宣布组织考察团连夜出发，那一刻他是准备好了拒绝的，甚至借口都有了。可是，回到市区吃过饭，在惠成酒店大厅里等待物资装备的过程中，他只顾冷眼观察胡兵调度人员安排车辆，吩咐员工出门采买外出所需的一系列动作，竟死活张不开嘴说不去，领到统一的行李包、水杯、衬衫、登山鞋等一应俱全的东西后，更是生不出半点退缩或者推辞的念头。他很清楚，当时自己是清醒着的，但就是压抑不住心头一股热血激荡，往常最引以为傲的思辨能力陷入宕机状态，像被神秘力量控制了大脑活动，只知道跟着大部队走，他们干什么就干什么，说走就走……

李军祥想，他大概是着魔了，出发后才想起还没跟家里说一声。他拿出手机准备给妻子打个电话报备一番，号码找到了，却不知道怎么开口说这件事。昨天晚上在家里跟妻子的讨论还言犹在耳，他信誓旦旦不会跟胡兵一样跑去治沙，惹人笑话成为小区闲汉们舌头上的裹脚，还自命清高地批驳了一通无商不奸、为富不仁……然而此刻，他就坐在治沙考察团的车上，手里握着"奸商"给予治沙员工的福利保温杯，身上穿着统一的迷彩加厚棉服，除了脸色比这群人白了几分，眼神和状态已不知不觉被同化。感觉很梦幻！想了想，他还是没有拨打那个电话号码，转为发信息告知，内容简单，不过就是告诉妻子自己现在已经行进在去往内蒙古的路上，让她不要留灯等着了，过几天就回来。信息发出去不到一分钟就收到了回复，妻子问他去内蒙古干什么，为何如此匆忙，发生了什么？李军祥皱了皱眉头，忍着内心的羞耻打字，把跟胡兵去考察学习如何治沙的事情和盘托出。这次发送后隔了好久才收到妻子发来的回信，她没说什么，只叮嘱注意安全和尽快回来。

收起手机闭目假寐，把满心的别扭恶狠狠压回深处，李军祥感到脸上微微有些发热。昨晚才说过的慷慨陈词就像泼出去的一碗水，而此刻所为相当于要把泥地里的水掬起来喝回去，为难不为难都在其次，关键他惭愧得慌啊！也就妻子原本话不多，人善良贤惠，干不出落井下石的事情，要是换作隔壁老张的媳妇儿，揶揄都能把人揶揄死了。唉！以后还是多看少说最保险。打定主意，他心里舒服多了。

好在这回赶夜路没有被沙尘暴刁难作怪，两个司机替换着开车，天亮就顺利到了目的地。这里是最先开始治沙，也最早获得沙生产业成效的治沙前线之一，接待他们的蒙古族同胞介绍称，如果夏秋季节来到这里，到处都是绿草野花，美不胜收。胡兵之前就来过这里，跟这位名叫巴图的汉子相处愉快，考察第一站自然就优先选了这里。

巴图热情地招待一行人进屋吃早饭，众人还以为蒙古族过的还是住毡房骑大马的生活，进院一瞧都被整齐明亮的砖瓦房以及屋内陈设布置给惊呆了，水泥地坪的院里停放着气派的越野型轿车，瓷砖铺地的家里现代化家具一应俱全，使人不敢相信这是蒙古族牧民家。难怪胡兵一直说治沙有前途，如果沙区群众都是这样的生活条件，那还真是值得努力。

吃过早饭，胡兵迫不及待地请求巴图带大家去现场教学，员工们也按捺不住好奇和兴奋，摩拳擦掌催着出发。巴图安顿妻子准备午饭，和大家一起出门往他的牧场里走。路上边走边介绍，考察团的员工们才知道，他们现在脚下踩着的百草枯黄的牧场，以前完全是一片荒漠，寸草不长。穿过牧场，前面是一道长长的山包状分界，胡兵抢在巴图前面阻止了他的介绍，让员工们猜一猜山包后面有什么？

"都猜一猜，猜对了有奖。"他笑着说，并给了巴图一个"请勿剧透"的眼神。

听说有奖，辛军顿时有了兴趣，扒拉开其他人蹿上前自作聪明地抢答道："牧场后边能有什么？肯定是又一片牧场呗。"

巴图笑着摇头否认："不对不对，再想想。"

有一位同事举手正要说话，被辛军再次抢断："那就是养牛场，或者羊群、马圈，你们蒙古族歌里不是都在唱嘛，风吹草低见牛羊。"

巴图继续摇头，胡兵扬手把辛军按进人群，指了指刚才举手的员工让他猜。这名俗称大武的小伙子声音洪亮道："是水，这后面有湖。"

不等巴图否定，胡兵笑着调侃："不对，接着猜。你倒会想，有湖水，你咋不说湖边还有位姑娘呢？"

大武挠头而笑："我倒也想呢，睡梦里经常梦到。"

一句玩笑惹得众人哄然大笑，二十大几眼看都三十岁的小伙子了还打着光棍，就是因为芨芨村地处沙漠边上，没有姑娘愿意嫁过来。平常大家开玩笑习惯了不觉得有啥，却始终是胡兵的一块心病，并不是每个家庭都能养出彩霞那样的姑娘，能够只看中人才不畏惧风沙嫁到芨芨村。也不是每一个年轻小伙儿都能和自己当年一样能吃苦，运气稍稍差些，打光棍便不可避免。

众人你一言我一语乱猜一通，谁的答案都没能获得巴图的认可，便拔腿跑过去亲自探究了。看着员工们你争我赶冲向山包，胡兵对还没有行动的李军祥问道："老李这么淡定，是猜到后面的景象不会让人太惊喜吗？"

李军祥淡然一笑："我们是来考察学习知识和技术的，现在还没看见沙在哪里，答案不就很明显了，那后面除了沙漠不可能有别的了，哪里还有惊喜，惊吓还差不多。"

"你呀你呀！"胡兵摇着手指虚点了点，也迈步往那边走，唏嘘道，"有时候太过聪明也会妨碍判断，你自己亲眼去看看是惊喜还是惊吓吧！"

不管是什么，李军祥都没有和胡兵辩论的欲望，同在大西北的蓝天下，这个时节还不是一样枯败荒凉，脚下的牧场就是明证。然而，当他终于走到山包边，和前面的员工们一样爬上这道不高不矮的分界线四顾张望时，自诩淡定智慧的头脑瞬间被眼前所见击溃，固执和自信像洪水里的堤坝一般轰然倒塌。山包后面是沙漠，无疑，枯败亦不出所料，但与芨芨村周边的光秃秃不同，那是一行连着一行、一列并着一列的

种金子的人

草木方阵，时令夺走了它们的颜色，它们和地面融为一体，但挺立着的枝干宛如待命的士兵固守在无垠的沙海里，随时准备发起冲锋。毋庸置疑，这数以千万计的草木会在春天里焕发光彩，也许在一个夜晚，或在某个暖风吹拂的早晨，它们就将披上新衣，装点出一方翠绿天地，让沙漠蜕变为令人一见倾心的美丽世界。

看着员工们一个个张大嘴巴、惊呆了的糗样，胡兵摇头苦笑，终于有人跟自己作伴了，让他在巴图面前挽回了一点形象。不久前他应该也是这副没见识的模样，所以才被巴图笑他至今吧！拍拍手唤醒震撼得不能自拔的同事，胡兵指着林地里劳作的身影又出了一道题。"你们再猜猜，那些人在干啥？猜中了奖励翻倍。"他说。

有上一题的前车之鉴，这次员工们都不急于瞎蒙乱猜，认真观察后才有人弱弱地报出答案，有说种树的、培土的、剪枝的各种猜测，辛军更是别出心裁居然说出"上化肥"来。听他嚷嚷是在上化肥，都不用巴图的专业纠错，丁丰龙率先耻笑："我说你能不能说话过过脑子，看不见那是多大一块林子嘛，挨个给树上化肥，你是比尔·盖茨啊，钱多得满世界撒？"

辛军不服反驳："你才没脑子还说别人，那是树吗？明明就是草。谁家的树只有一米高？上化肥怎么了，有肥料它不就能长高了。"

"跟你说话纯属浪费感情。"丁丰龙嫌弃地说。

杨万忠插话道："那也说不准，就是在上化肥。"说罢，偷偷拧了把丁丰龙，挤眉弄眼提醒他："提啥比尔·盖茨呀你，那一位不是为着钱多才治沙，你指桑骂槐啊！"

丁丰龙这才意识到自己说的话欠妥，有心解释一下只怕越描越黑，瞪了眼辛军，再没搭理他，想着找个合适的机会向胡兵私下里道歉。他训辛军单纯只是看不上他唯利是图的嘴脸，话赶话说到那儿了，肯定不是刻意影射胡兵。

俩人的争论胡兵也听到了，但并没有像杨万忠担心的那样联想到自己身上，即便有所针对亦无所谓，自打决定治沙以来听过的风言风语还少吗，就连比这狠十倍百倍的彩霞的指责都听腻了，在乎别人的议论啥也别干了。况且老丁什么脾性他还能不清楚？因此，在丁丰龙投来一个歉意的眼神时，胡兵回以微笑安抚，继而坦然笑道："都别瞎嚷嚷了，我看你们也没福气拿奖励，不如走到跟前去亲眼看看那是在干啥。"

巴图已率先带路往人们劳动的地方走去，胡兵示意大家跟上，一行人满怀好奇地踏上了绵软的沙地。上午的天空瓦蓝澄澈，阳光明亮，温度却属实不高，冷风簌簌地刮在脸上依然寒凉，节气虽已立春，实际上气候还没有春的觉悟，迟迟不肯褪去冬的气息。金色的沙地表面覆盖着一层青灰脆壳，一脚踩下去表皮碎裂，下面都是细软的沙子，胡兵代替巴图为大家解说，告诉他们这是治理成功后才有的景象，若干年后有可能长成真正的土地，到时候会有更多草木植被在这片土地上生长，变成刚刚走过来时的牧场那般。

"哎哎，你们看，这是啥东西？"一声惊呼引得众人侧目，辛军蹲在地上两手围了一方小沙坑，叫大家过来看新奇。

胡兵笑了笑，带着员工们走过去，低头一看是浅浅的沙坑里直戳戳立着半截不明植物，大约锹把粗细、颜色嫩白、顶部微微泛红，让辛军惊呼出声的是这根植物暴露在空气里的这部分体表上覆盖着鳞片，跟蛇身上的鳞甲十分相似，若非长在地里既无眼睛又无口鼻，打眼一瞧还真能当成是蛇了。

辛军惊讶得很，半跪在地上两手围成个圈以作挡护，生怕别人跟他抢似的，抬眼问胡兵："哥你快来看看这是个啥稀罕东西，我咋不认得？肯定是个值钱的。"说罢，用眼神警告其他人："我可告诉你们别打错了主意，这是我先发现的。"

"你起开，"胡兵轻斥，亦蹲下身去把辛军拨到一边，指着坑里的东西笑道，"这个我就不让你们猜是啥了，肯定也没人知道……"

话未说完就被丁丰龙打断，凑上来抢先回答："我知道，是肉苁蓉。"

胡兵点头确认，扫视了一圈员工们越发讶异而震撼的神情，郑重介绍："没错，这就是肉苁蓉，准确的名称应该叫荒漠肉苁蓉，古代只有皇帝才能享用，是贡品，也是传说里的九大仙草之一。"

员工们被深深震撼，围着沙坑争相观看。李军祥退出人群，对同样把位置让给其他人近距离观察的胡兵发出不敢置信的疑问："这个真的是肉苁蓉啊？这么说，他们……"转身指了指分散在广袤的林地里劳作的那些人，又问："他们都在挖这个东西，对吗？"

"那必然是了。"丁丰龙加入谈论，骄傲而激动道："原来那天老胡你跟我说的都是真的啊，肉苁蓉真的能种出来。"

胡兵微笑着感慨："这回亲眼所见，终于相信我没有说胡话了吧！都是一样的沙漠，别人能种出来，我们也可以，这就是治沙的未来和方向啊！"

从刚刚看见这片一望无垠的林地开始，李军祥就处在震撼里久久不能自已，伴随而来的还有对之前误会胡兵治沙意图的愧疚，虽然这趟来得不是时候，没有见到巴图描述的春草碧波，但不妨碍他对治沙种树心生向往。胡兵说得对，都是一样的沙漠，内蒙古能做到的，金塔也一定能成，这一点毋庸置疑。只是，人工种植肉苁蓉可行吗？眼前的林地不知道花费了多少人力物力才长成这般模样，而芨芨村那里还没有治理，简直有云泥之别，草都不见一根，何谈种植作物？心里想着，嘴上便问了出来，李军祥自诩不是个多话浮躁的人，可实在忍不住探讨的欲望。

能提出问题，并直指要害，才叫真的提问。胡兵就喜欢李军祥这种爱动脑子的员工，见问越发欣赏他了，邀他和丁丰龙继续往前走去，边走边说起自己上一次孤身来此的经历和所得。和他们此刻一模一样，见到治理成功的沙漠林地，胡兵也有过震惊与悸动，看见并学习采挖肉苁蓉，他当时没见识的样子比辛军他们几个不遑多让。正因为亲眼所见、亲耳所闻、亲身参与，他才下定了治沙的决心，哪怕家里反对，妻子以离婚相威胁，中间还搬出双方老人给他施压，都没能阻止他的治沙理想。

停在已经采挖出土堆积在一块儿的几根肉苁蓉跟前，胡兵拿起成人手臂粗的肉苁蓉给他俩，拍了拍手上的沙子沉沉道："也许你们都还在心里犯嘀咕，觉得我人傻钱多才要干这件事，但你们换作是我，夜夜在噩梦里挑渠挖沙子，累到精疲力竭垂死惊醒还心有余悸，这种折磨下应该就能理解我了。"

李军祥和丁丰龙对视一眼，从对方的眼睛里看到了相同的惊愕。尤其丁丰龙，对于胡兵所说的挑渠挖沙子他再熟悉不过了，同样出身芨芨村，挖渠挑沙子的苦力活他也没少干，这些年走出村庄在城里安了家，总算摆脱了那累死人的农活，可过去二三十年，以及父母祖辈生活的无数个年头里，芨芨村人要想活下去就只能和风沙搏命。是的，他能理解胡兵，在他开动员会宣布治沙的那一刻就理解，在听了胡兵说夜夜噩梦缠身后更感同身受。

这样的经历李军祥是没有的，他出生就在县城里，不种庄稼也不用参与挖渠挑沙。但是，风沙照样不少吃，哪一次沙尘暴不是遮天蔽日笼罩全城，范围广了辐射周边数百上千公里亦是司空见惯，上学和上班那时候每年春天也曾响应号召下乡种过树，只不过年年种最终活不下几棵，有时候纯属实践活动敷衍一下了事，都把治沙当作国家和政府层面的任务来看，压根儿没想过自己有一天能将之视为工作，还有人给发工资。那晚胡兵说治沙是事业的时候，他还偷偷鄙视来着，如今看来跟人家的眼界格局根本就不在一个层次，所以才怀疑一切吧。既然做不到感同身受便没什么发言权，他选择了理性看待，不声不响，倒是把注意力更多地放在了手里的巨型肉苁蓉上。

肉苁蓉，中华九大仙草之一，与灵芝、人参、首乌等中草药一样充满神话色彩，但比其他名贵药草更难寻获，只能在荒漠深处自然生长，长到一定年份才有药用价值。像李军祥手上这支，起码在地下生长了五年才长成。因其生长环境之恶劣，药用价值以外还附带精神内涵，自古被视为坚毅隐忍的象征，仅供达官贵人保健所用，民间鲜少有品相兼具年份的上等苁蓉流通，如此一来也就越发贵重珍奇。

听胡兵侃侃而谈便知道，他是认真做了功课的。只不过人工种植的和野生野长的能一样吗？是否具有相同的药效？还有，人工种植难不难，需要掌握什么样的技术，投资多少才有人家此等规模……种种疑问从员工们嘴里蹦出来，可难倒了胡兵，他是决心治沙了，后期走的路线自然也不外如是，但这些太过专业的细微操作与考量亦是门外汉，哪里能够答得上来。

"这不就是学习的目的嘛！"他两手一摊无奈于自己的一知半解，还不忘给员工们加油打气道，"你们不懂，我也不懂，所以才要跟人家好好学习，把真经取回去了自己干，至于能干成啥样，那就全看自己学得够不够精，吃不吃得了这个苦了。"

巴图正好走了过来，高声赞同道："胡老弟说得对呢，当初我们也是两眼一抹黑啥也不懂，你们看现在不是照样成功了，沙子治住了，牧场和牛羊保住了，钱也挣下了。只要好好干，将来你们也能种出沙漠黄金。"

众人鼓掌叫好，给予巴图最高的敬意，也给自己以信心。只有辛军的关注点和别人不一样，懒懒地拍手嘀咕："显摆啥呀，还沙漠黄金？说到底还不是草根，能和真金白银比吗？种出真的金子才算牛嘞！"

现场气氛太热烈掩盖了他的言语，这话别人没听见，离他最近的李军祥却听了个一清二楚，不由琢磨起了辛军这个人和他话语里的意思。不深究没问题，这一想还真勾出了他才压下去的那些念头。对呀，即便治沙成功种成了人家这样的林地，也培育出了肉苁蓉，但这玩意儿再值钱能有黄金实惠？黄金随时变现，古来就是硬通货，肉苁蓉稀有不假，可变现困难，中间应该还需要加工包装等投入，销售市场肯定也不如黄金畅通广泛，叫"沙漠黄金"不过是个噱头而已，确实和真的黄金不能相提并论。这个道理谁都明白，胡兵作为治沙投资人难道不清楚吗？治沙入不敷出毫无争议，那他砸那么多钱来做，所图真的就只是为了圆梦这么简单？夜夜做梦挖沙子显然不可信，挖金子还差不多。毕竟发财梦谁都有，挖沙梦谁能证明？

这样的念头一旦死灰复燃，就像捆扎在心头的一根绳索，牢牢左右着人的思想，接下来听胡兵说话，看他认真请教巴图问题，在李军祥看来就有了别样意味，怎么琢磨都觉得自己被蛊惑了。又一次，他坚定了刚开始的判断，胡兵治沙就是为了掩盖将来圈地开矿的野心，苁苁村那边的沙漠里肯定有矿，说不定还真有黄金，毕竟胡兵现在经营着的就是金矿。

种金子的人

  接下来的考察在胡兵的带头作用下，少了很多玩闹，每个人都以学习为目的认认真真观察记录，各自埋头做笔记，间或向巴图以及身边采挖肉苁蓉的人们虚心求教，可谓收获满满。李军祥也不例外，虽然怀疑胡兵治沙的初衷，但不影响他对一项完全陌生的新鲜事物所产生的好奇，往往想到和看到的问题都比别人更能切中要害，大家跟着他一并学到了很多切实可行的治沙相关知识。

  在巴图这里学习了两天，胡兵又带队直奔下一个考察地点继续学习。这回去得远，要走一千多公里，他们放弃中巴车，选择了乘坐火车出行。辛军趁机撒懒扯谎，坚持说是为了押中巴车安全返回，求着胡兵放他随车回去。胡兵一开始不同意，放下脸来训斥了一通，后来还是架不住他死缠硬磨、苦苦相求，还不惜发动辛家嬢嬢来说情，没办法才让他滚蛋了。包括胡兵在内，其实谁都看得出来辛军就是不爱学习、吃不了苦，到哪儿都不好好干活的主儿，离了大家的眼皮子更省心，但半途而废这种事多少还是会影响士气，也怪不得胡兵生气，连日来的好脸色都暗淡了几分。

第三章

为期十五天的考察结束回来,芨芨村治沙正式拉开帷幕。原本胡兵想着成立单独的公司专门管理治沙这一块,但出去看了一圈,不仅学到了知识,也让他对成立公司有了新的考量。目前刚刚起步,各项事务还处在摸索试验阶段,与其把精力消耗在那些边缘工作上,还不如全副身心投入治沙,等基地有个眉目了,再慢慢建公司不迟。但是为了叫着方便和区分其他业务,暂时就以村子名命名,称为芨芨村治沙基地,也不需要诸如挂牌启动、奠基开工等虚头巴脑的仪式,各自扛一把铁锹干就完了。

考察途中胡兵嫌碍事把胳膊上的绷带拆了,为免彩霞唠叨,电话里一直跟她撒谎说每到集镇就在换药,其实彩霞给他旅行包里带上的药片都没吃几颗,想起来随便往嘴里丢几颗,最后也不知道弄到哪里去了,干脆找不到了,索性就不吃了。导致一趟考察回来,伤口有些化脓发炎,气得彩霞数落了他好几天,又去医院重新包扎,接着被医生说教了一通，说幸亏天气凉问题不大，要是搁在夏天这块肌肉都得腐化完了。胡兵无奈，只得遵医嘱继续吃药消炎，还需注意休息、饮食清淡、不能劳累。可胡兵根本闲不住，把医生的话也根本不放在心上，照样每天天不亮就往沙漠里跑，直到天黑透了才回家，有时候忙了都想在基地的帐篷里住下，员工们心疼他，集体反对他在沙漠过夜，更架不住彩霞一遍一遍地催，不得已只能往返于家和芨芨村之间，路上花了不少时间。

正值沙漠治理抢种栽树的黄金时节，浪费时间于胡兵而言纯粹就是在浪费生命，他耐住性子消停了两天，终于想出了一个自认绝妙的好主意，通过晓之以情、动之以理，成功收买了彩霞派给他开车的小徐。徐鹏程并没有参加考察团外出学习，主要原因是彩霞不放人，坚持要从社会上招聘人才。结果人家一看是治沙的招聘，不但没人来应聘，还在市县各地传出一股风，骂胡兵为富不仁，宁可往沙漠里扔钱都不愿意帮助穷苦人家致富，有人甚至替他算了一笔账，称胡兵如果把用来治沙的那些钱按人头平均分发给金塔县的人，每家每户领到手，当年就能摘掉贫困的帽子……如此云云，传到彩霞耳朵里，把她给气得不轻，逮着胡兵就是一番数落埋怨。胡兵见状干脆叫停了社会招聘，从芨芨村和周边乡村找临时工来干活，工钱一天一结，极大地激发了人们治沙的积极性，反响比一开始好了很多。

有了这样的前车之鉴，胡兵再要徐鹏程，彩霞自然没了不放的理由，就痛快地把小伙子调派去给他当司机，顺带监督他吃药，不许他带伤出力气干活。植树就那几天黄金时间，胡兵哪能心安理得地当甩手掌柜？所以，他把徐鹏程给说服了，药按时吃没问题，工地上那些刨沙坑和栽树的力气活不让干也行，做饭总可以吧？工人们每天两不见日地受苦受累玩命干，伙食跟不上进度就跟不上，吃上可口饭菜一点都不过分，徐鹏程听了不仅没反对，当即答应帮着老板打掩护，在老板娘跟前报喜不报忧，还成了胡兵这个后勤部长兼大厨的合格助手，胡兵掌勺他配菜，到了饭点主动接过勺子、筷子负责打饭，把在酒店工作三年积累的经验全部应用到治沙基地上来了。看他熟练又利落，胡兵便把基地后勤这块的工作全权交给他做，自己轻松了，也给这小伙子更大的锻炼空间，一段时间下来愣是把他培养成了一名出色的管理型人才。

尽管治沙事业才刚打了个头，仅有5000亩治理面积，但胡兵计划里的基地已有雏形，人员分工随着治沙推进都各归其位，徐鹏程负责后勤服务，丁丰龙调配工人干活，李军祥被委以重任，肩负着技术指导，大家各负其责井井有条，治沙基地那真是麻雀虽小五脏俱全。这样的安排是胡兵深思熟虑的结果，也是他考察归来他对员工个人能力进一步确认后的信任。自然，他看得出来李军祥心结未解，对他本人还存有质疑，但所有员工里头就属他头脑灵活、善于思考，学习期间的表现令人刮目相看，对治沙这份工作的态度比别人还要认真。伟人曾经说过"世界上怕就怕'认真'二字"。既然老李有认真做事的态度，那便不妨给他发展机会，对自己有怀疑怕什么，只要认同治沙，对治沙本身没怀疑，那就值得器重，否则岂不白白浪费人才。

管理企业说到底还是如何管理人的一门学问，胡兵白手起家没学过什么高深的理论，但这么多年的经验告诉他，用人和使用工具是一样的道理，只有放在合适的位置才能令其发挥最大的效用，不是人适应工作，而是工作本身决定了适配的人将会在这个岗位上大放异彩。在他心目中，选定这三个人分管工作毫无争议，还有一个岗位尚未公布，但他也早已瞅好了人选，就是杨万忠，将来主管机械。机械治沙是胡兵计划里不可或缺的重要一环，考察过太多典型，也查阅浏览了很多治沙案例，他很清楚自己走出的这一步已经比别人落后了一大截，迎头赶上尽快完成治沙目标，靠人力治沙一铁锹一铁锹得干到猴年马月去了，但是运用机械来治沙肯定能够事半功倍，极大地提升工作效率。所以，他已着手组建机械部门，让杨万忠负责。

不过，引入机械又是一笔投资，所需数额大得惊人，粗略算算前期购置就超过一两百万元，后面再把机器维护保养和必要的油料损耗加进去，他都算不出精确数字来了。这笔开支彩霞肯定不会痛快签字，说服沟通势必面临争吵，想想胡兵就感到头疼。如果把说服彩霞同意治沙比喻为拉弓射箭，那现在这种情况就是箭在弦上。治沙的批文下来了，地包了，工人就位开干了，名声都传出去了，叫停根本不可能，多大的困难都得克服接着做下去，他相信彩霞也知道开弓没有回头箭的道理，耐下性子好好劝一劝，这事应该能成。

给自己首先做了心理建设，胡兵一遍遍告诉自己不能焦躁霸道，要春风化雨、温柔以待，进门的时候还特意扯了扯脸皮做出笑容满面的样子，他才拿出钥匙开门。岂料一脚踏进去没看见彩霞，却是个不速之客来迎接他。

"哥，你回来啦，我算着时间你也该到家了。"辛军殷勤备至，嘴上亲热地招呼，弯腰就去帮胡兵拿拖鞋。

胡兵拦住他的动作，自己换上鞋子往客厅中间走，脸上的笑意淡下去了一大半。"你怎么来了？有啥事不能在基地说，还特意来家。"他问。边往沙发里落座，目光往厨房扫去，找寻彩霞的身影。

彩霞正端了一盘切好的水果出来，看见他回来就要坐，紧忙提醒："哎，先去换衣服洗手。一身沙子别再给我全抖沙发里头。"

妻子爱干净，讲究得过分，这也是夫妻之间最容易爆发争吵的矛盾点之一。胡兵累了一天懒得动，但考虑到今天要和彩霞伸手要钱，便配合地转身去卫生间洗了手，把外衣脱下来放洗衣机里头，才重新回来坐进了沙发。就这会儿工夫，彩霞已经放下水果，又去拿了热水给胡兵，招呼他和辛军一起吃水果。

辛军是来惯了的，说话向来随意，捏了块苹果"咔嚓咔嚓"咬着，对胡兵提出了一个请求："哥，你能不能给我换个活干？"

胡兵不爱吃水果，自顾端了热水慢慢喝，眼神犀利地睨着他问："你想干啥活？"

辛军吃完了手上的苹果去拿下一片，不满道："后勤或者啥的，要么给你当司机都成，我肯定比徐鹏程干得好，管人管钱的事情上你用自己人不好嘛，胳膊肘老往外拐。"

胡兵气笑了，拒绝了彩霞递过来的一瓣橘子，盯着辛军又问："我倒是想拿你当自己人用，可你自己说哪一点值得我信任？"问这话并不是要辛军给出答案，紧接着道："东北有句话叫'干啥啥不行，吃啥啥不剩'，我看就是专门为你量身定做的，还好意思张嘴和徐鹏程比，你有他勤快还是比他会做饭，治沙最基础的工作干不好，行间距都稀里糊涂搞不明白，你能干啥。"

"我怎么干不好了？"辛军叫屈，苹果也不吃了，指着胡兵给彩霞看，委屈道，"嫂子你看看我哥，就这还说没偏心？我跟着他都多少年了，从小一起玩到大的交情，到头来还不如外人，连一个服务员都提拔到我前头去了。"

彩霞焉能不知辛军几斤几两，不过碍着是亲戚对他多几分照顾，再一个这家伙工作上怎么样她懒得过问，对自己从来都是言听计从、礼数周到，虽说爱占点小便宜，但也并不像胡兵说的那么不堪。便有意向着他和稀泥道："你哥也不是对谁偏心就不重用你，管人管事多累啊，还不如啥心不操当个甩手掌柜来得轻松，苦着累着了，我和你哥过意不去，辛家嬢嬢也跟着心疼呢。"

辛军不依，知道是彩霞打马虎眼的说辞，气咻咻地反问："嫂子你也别帮着我哥和稀泥，说这话你自己信吗？"说着把目光移到胡兵身上赌气道："丁丰龙就不说了，也是咱们芨芨村的人，徐鹏程是嫂子派给你的，我也比不了，可我就是想不通，就那个李军祥才来公司几天呀，你那么提拔重用，还当上基地二把手了？你骂我就罢了，他凭啥见天跟我过不去找我的茬？"

胡兵早听得不耐烦了，轻易不发火的他都生了大气，恼怒道："干啥？你是跑我家闹来了？那行我就跟你好好说道说道，你为啥不如他们。"放下手里的水杯，他扫了眼彩霞说："正好你也来听一听是谁的问题。"

"我还说去洗衣服……好吧，那我也听听看。"彩霞见他们要吵架，原本准备借口洗衣服暂避的，可丈夫发了话，她只得坐下来，心里头已经在思谋等下怎么劝架了。

治沙那一摊子事胡兵没跟彩霞说过，主要也是两个人都忙，回到家里累得倒头就睡各自无话，今晚倒也算个机会，胡兵便从辛军在考察途中怕苦怕累半途而废说起，连带回忆了一遍那次矿山下来遭遇沙尘暴，眼看着中巴翻车同事们被困不肯伸手救援，还独自躲起来的自私自利行径，以及治沙以来他不服从调派，偷奸耍滑，净拣清闲的活干，到处散播负面言论，骂治沙的人是脑袋被驴踢坏了，等等情形列举了一大堆。末了盯着辛军总结道："就凭这些，即使我让你去管人，你觉得你能管住谁？谁又能服你？从矿山到治沙基地多少年来我对你怎么样，你自己心里清楚，老辈亲戚的感情在这儿呢，我都是睁只眼闭只眼，你倒好还找上门来指责我的不是了。"

被胡兵这番话说得面红耳赤，辛军依旧改不掉嘴硬的毛病，索性耍上了无赖狡辩道："那我不管，你也说了是亲戚，那照顾照顾怎么了？皇帝老子还有三门穷亲戚呢，不能因为你发达了就嫌弃，纵着外人在自己亲戚头上拉屎吧！"

胡兵气急了，"啪"一声拍桌子站起来，指了门口方向怒喝："滚！你给我滚出去！"

辛军吓得一个激灵也站起来，不敢跟胡兵对着干，也不愿意就这么灰溜溜地离开，拉住彩霞的袖子委屈道："嫂子你看，说什么亲戚感情呢，谁家亲戚上门大呼小叫着要赶出去的，家里都这样，我在基地还能活出个人样来吗？"

彩霞也没想到胡兵会发这么大的火，而且听他说辛军的那些事情当真刷新了她的三观，让她重新认识了一遍这个人。便也厌烦地甩开胳膊，气恼道："我现在才知道你是个见人说人话，见鬼说鬼话的混账。你自己摸着良心说，这些年你哥帮你的还少吗？我们如果真的嫌弃亲戚穷不让进门，你住的楼房哪来的？作为亲戚你哥已经够仁至义尽了，你就知足吧！"

辛军有些不敢置信，看着彩霞怔怔道："你……你们……"

关键时刻彩霞半点不含糊，推了辛军出门，数落他："我们怎么了？你赶紧走，以后少上我们家来倒闲话。"

辛军不服，借换鞋的工夫伸长脖子向胡兵喊道："又不是我一家住了家属楼，他们都有，我也不是白住，这些年给你们家当牛做马没少受苦……"

生怕又吵起来，彩霞直接推他出去关上了门，听辛军骂骂咧咧走了才回转客厅，对胡兵生气道："你也是，好言好语打发他走就完了，说那么多干啥，平白惹出来一堆闲话。瞧他说的那些屁话，便宜占了、好处拿着，没一点感恩戴德，最后还成你的过错了，真正是'升米恩，斗米仇'，当初我就反对你分房子偏不听，这回好了吧。"

胡兵捏了捏眉心，无奈而疲惫道："行了，早八百年的裹脚布还要拿出来翻它干啥。"

只要不牵涉原则性问题，每次胡兵心情不好的时候彩霞都选择忍让，多年形成的习惯使然，她撇了撇嘴也没了继续谈论这件事的兴致，捡起一片苹果自己吃着，找了个轻松的话题道："今天豆豆给我打电话，说给你买了专门治烫伤的药膏寄过来了，你抽空给姑娘回个电话。"

提起女儿，胡兵果然脸色稍霁，当即拿了手机就要拨打，却被彩霞阻拦住。"也不看看几点了，明天再打吧。"她嗔怪道。顺着彩霞眼神的方向看去，壁挂钟显示已经是晚上十一点，胡兵收了手机难得说人是非道："都怪辛军耽误了我给姑娘打电话，以后让他少来是对的。"

彩霞深以为然："那还不是辛家孃孃惯的，一个大男人家成天倒是弄非、好吃懒做的，你放心吧，从今往后咱们跟他，还有他们家都保持距离。"说这话是彩霞的意有所指，前段时间因为治沙分歧，她拉拢那对母子和胡兵对着干，最终也没能拦住丈夫的一意孤行，如今治沙已成定局，那些小动作就成了笑话，为免夫妻离心离德，她便有些讨好胡兵的心思。

胡兵是谁啊？立马就意识到妻子态度大转变背后隐含的妥协，抓住机会提出用钱的事来。二百万当然不是个小数目，那是普通家庭想都不敢想的天文数字，可胡兵就这么轻飘飘地说出来了，还明天就要。彩霞纵有讨好亲近、冰释前嫌的意图，但让她往外掏钱，还是拿去治沙便是在触碰她的底线，顿时生气拒绝，毫不留情道："你想都别想，没钱！"

对此早有预料，便生不起气来，胡兵言语温和，甚至还有开玩笑的好心情。"私房钱都有五百万的老板娘能拿不出来二百万，我不信。"他笑眯眯地说。

彩霞怔住，恼羞之下红了脸颊，心虚道："谁在那里造谣胡说，哪只眼睛看见我存私房钱了？"

胡兵不跟她绕弯子，笑容越发灿烂起来："你爹，我的岳父大人亲口说的，还能有假。"

"不可能！"彩霞急了，"他又不是老糊涂，怎么可能跟你说这个。"

胡兵全身放松靠进沙发深处，舒舒服服摆出个气定神闲的姿态来，接着笑道："那就只能说明一个事实，你不得人心，连老人家都看不过眼，跑来跟我告密了。"

彩霞脸上红一阵白一阵，纠结半响，泄气道："我爹肯定是怕被你知道了闹得鸡犬不宁。好吧，我承认有私房钱，可那都是为了两个娃娃存的，我又没有乱花。"

"你那是有钱都不知道怎么花，"胡兵讥笑，还跷起了二郎腿，"说吧，背着我存那么多钱到底是想干啥？好像这两年你说离婚的次数比以前多啊！"

夫妻俩对视半响，彩霞定定看着丈夫的样子，忽然问道："你就是想要拿钱去买机械，对不对？那也不用玩这一手，还把我爹扯进来说事，明显故意找茬呢。"

被彩霞看破就装不下去了，胡兵收起二郎腿坐正了，嘿嘿笑道："我不找你茬，你能痛快拿钱吗？我也只能将计就计。"

彩霞跟着嘿嘿干笑，没维持三秒，乍然翻脸，狠声骂道："你跟我玩三十六计，你有良心吗？我存点钱为啥，还不是防着万一你治沙踢倒光了，我们将来还有个保命的钱，你倒好拿这事威胁起我来了，还跑去套问我娘家，咋的？查我去了，怕我把你们老胡家的东西都拿娘家了？"说着说着，彩霞抑制不住委屈哭开了，眼泪跟水帘洞似的哗哗流个不停。

　　这可把胡兵给难受坏了，单纯就是想让老婆批钱更容易一些才出此下策，早知道彩霞反应这么大，又何苦扯七扯八的，她存私房钱又不是一年两年了，存下来也不舍得花，吃穿用度更加谈不上奢侈浪费，依旧跟以前过苦日子的时候一样俭省。这些情况自己一清二楚，怎么就脑子一浑说出那些话来伤她面子呢？念及此，赶紧放下身段，温言软语劝解："对不住啊老婆，我真没那个意思，不是要查你的私房钱，也没想为难你娘家任何人，都怪我说话不过脑子，你别哭别生气，我以后不提这个了还不行嘛！"

　　结婚这么多年，他就没说过这么多哄老婆开心的话，还难能可贵地认错道歉，这可把彩霞给整不会了。泪眼蒙眬地打量面前这个人，见他一脸诚恳不似作伪，心里头那点儿委屈霎时平复了不说，反倒生出一点歉疚，觉得是自己太蛮横、不讲理，才导致铁汉心肠的丈夫伏低做小、尊严尽失的，便收住眼泪的同时收住了接着抱怨下去的言语。彩霞从来没跟任何人说过，当年看上胡兵，偷偷喜欢他很久，就是喜欢他身上那股子男子汉的劲儿，宁折不弯、耿直真诚，什么时候都有个男人样儿。后来看书知道了"大男子主义"这个概念，也没有因为某些批判观点而嫌弃丈夫的霸道，除了治沙的事情胡兵一意孤行让她很恼火，譬如此刻一旦男人表现出低声下气，便会立刻原谅他，进而释怀妥协并暗暗后悔觉得自己过分。

"明天，我让财务给你拨款。"她又一次做出让步，虽然心疼钱。

见此情形，胡兵心下大为不忍，但刚刚道歉已经用光了他所有的情商，实在说不出温情的话语来安抚妻子，便推了推果盘，干巴巴道："哦，行，你……你吃水果吧。"说完自己愣住了，对面的彩霞也愣住了。俩人相互凝视，呆呆无语，半晌各自收回目光，竟然都感觉到了尴尬。

种金子的人

第四章

在"三北"工程漫长的风沙治理线上,无数治沙人通过各种发明创新来努力提升治沙效率,小到一棵树一把草的土办法,大到铺设草方格、水枪冲击式种植等实践经验,技术的运用来自日复一日、年复一年的劳动过程。当全面实现现代化成为社会普遍共识,各行各业飞速发展,机械化不再只是喊口号的新世纪,唯有治沙还在摸索试验阶段缓慢前行。治沙人无不期盼搭上"高精尖"的科技快车,更好、更高效地完成目标,但现实却因为理念认识和实际行动,各方面都起步比较晚,治沙以及沙产业对于现代社会而言还是个十分冷门而小众的新兴行业。即使那些成功典型与案例,已经取得了治理荒漠的一定成就,但绝大多数依然靠的是传统治沙,用双手和意志力与风沙对抗,用几代人的时间和传承来换取绿地。

这是胡兵考察学习后的思考,曾经也请教过为什么不引入机械治沙,得到的答案无一例外都是关乎资金。众所周知,治沙,特别是在治沙前期完全没有收益，只有付出的情况下，汗水、精力、一腔热血这些都不是问题，缺钱才是难倒英雄汉的最大隐痛。纵然国家大力投入专项资金扶持，但风沙线太长太长，需要治理的面积太大太大，偌大一笔治沙资金分发到个体头上无异于杯水车薪。了解了当前治沙现状，胡兵毅然决定自己干，不向国家伸手，把有限的资源让给更需要扶持的人。凭借多年的经商智慧，他断定机械化治沙必然会成为未来的发展方向，那便不妨先带个头干起来以见分晓。也就是因为这样的认知，才有了跟妻子玩心眼要钱的行为。好在彩霞嘴上说着不同意，最终还是签字拨款，购置了治沙所需的各类机械，挖掘机、大马力拖拉机、专用水车陆续出现在基地上，把机械化治沙由理想变为现实，在人们一次又一次的议论和嘲笑声里，胡兵的疯魔早都不是什么新鲜事了，别说买机械去治沙，就算把真的金子磨成粉撒进沙漠也正常，毕竟他现在干的事情和撒金成沙没啥区别。

俗语有言："外行看热闹，内行看门道。"大力投入机械进行治沙是疯狂无聊之举，还是势在必行、提高生产效率的举措，只有身在其中的人才有发言权。胡兵是纵览全局、出钱筹谋的总策划，治沙团队里的每一个员工毫无疑问就是计划的执行者，引入机械，交到他们手上那才是物尽其用。种植梭梭人工刨坑费时费力，那就上挖掘机开沟；定植的同时需要浇水保墒，水车先行漫灌；体力活有铁牛大马力，精巧处再施行手工补充，首轮栽种又快又好，如期完成，只等梭梭扎根荒漠了。当然，后期养护也很关键，补种补栽也要考虑在内，毕竟千年寸草不长的荒漠能不能种活草木还在两可之间，风沙也从未放弃驱逐这一群敢向沙漠宣战的不速之客。

第一年的春种就这样结束了，和梭梭树苗一起埋进荒漠的是汗水，是金钱，还有梦想和非议。没错，就是非议，除了社会上那些闲人的嘲笑与不屑，还有来自家人亲友的不解与怨怼。因为先后投入超过一两千万元，彩霞一度跟他冷战，结婚二十年和和美美包容丈夫一切的她，第一次主动使用冷暴力，带着儿子直接搬去酒店住下，不管胡兵的日常起居，以此泄愤。岂不知这么做正好暗合胡兵心意，他索性住进治沙基地去了，直到完成植树才回城。自然，看见丈夫像个野人似的站在面前，跺跺脚地上就洒下一堆沙子，满脸沧桑，肤色黑下去几个度的狼狈模样，彩霞毫无意外地再一次妥协，并劝说自己，跟上这个男人就是她的命！

　　5000亩新种下去的梭梭仿佛也感应到了这群人的心意，当年非常争气地达到了70%的成活率，这可把胡兵高兴坏了。春去秋来，曾经的不毛之地星星点点地长出绿色，尽管弱小但足够提振士气，秋季植树把剩下的30%补种了，胡兵开始规划下一年的治理项目。有这一年的试验结果，他信心十足，去找林草局领导申请增加治理面积时，一口报出了5万亩这样一个数字。翻十倍听起来吓人，但对于广袤浩瀚的巴丹吉林沙漠也不过沧海一粟，只要他有能力再多十倍又何妨，林草局当即同意，并上报到了县委县政府。胡兵自掏腰包治沙的事迹县上领导一直都知道，也曾经莅临现场指导鼓励，原以为他就是象征性地做了一些公益，却不料是来真的，要是金塔县再多出几个胡兵，何愁风沙得不到有效治理？申请批复后，金塔县便把胡兵列为治沙典型给予特别关注，在他第二年新承包的五万亩荒漠动工植树的时候，金塔县相关领导亲自到场参与栽种，号召全县干部职工和群众向胡兵学习。

　　人们的非议还在，就连跟着治沙一年的李军祥也依然没能消除怀疑，从5000亩到5万亩，占地面积越来越大，有可能意味着地下财富更加庞大，他想干到矿藏浮出沙漠的那一天。承包面积增大，需要投入的资金随之水涨船高，机械配套设施还要跟得上，粗粗一算又是千万元。彩霞一听心都凉了半截，原以为胡兵就是玩玩，没想到他来真的。

"5000亩地还不够你玩的，折腾啥啊？"彩霞又急又气，前面撂出去的几千万还没见一分钱的回报，又要加大投资，仅仅出于商业思维的考量都不能同意。

经过一年来明里暗里数十上百次的矛盾交锋，胡兵早摸准了彩霞的脾气，等她把一肚子怨气发泄完了才开始做思想工作。结局其实早有注定，当平素雷厉风行、一言九鼎的汉子改用软磨硬泡的柔韧战术，嘴硬心软的彩霞纵然紧紧捂着钱匣子也抵挡不住几个回合，最后总会溃不成军、心甘情愿地拿出钱来默默支持。这样的交锋还经常把已经上了大学的女儿惹得捧腹大笑。豆豆从小就是懂事体贴的姑娘，既是妈妈的好闺蜜，也是爸爸的小棉袄，每次父母闹了不愉快或者产生分歧，她都充当着黏合剂与和事佬的角色，劝了这边再劝那边，直到大事化小小事化了。寒暑假回来更是酒店和治沙基地两面跑，兼带辅导弟弟的功课，成了整个家里情绪最稳定的那个人。

5万亩治沙项目上马，自是震动乡野的大事情，随着用人增多，后勤开支也就成了数额不小的一项投入，在开春栽种的正常劳动之余，胡兵继续发挥专长支援后勤，承担起食堂大师傅的任务。他经常挂在嘴上的一句话就是："兵马未动，粮草先行。"繁重的治沙劳动堪比前线作战，吃不饱肚子怎么有力气打胜仗？不论是当初的矿山食堂，还是现在的治沙基地，干净、足量又有营养的餐饮都是值得他亲自过问的大事，每一位员工的口味偏好和身体状况也是他关心关注的焦点。这不嘛，大武不吃茄子，中午的茄子菜小伙子看了一眼没要，只加了点醋就那么没滋没味地吃了碗白皮面。胡兵看见了，便嘱咐徐鹏程去采购的时候买点别的菜回来给大武另做，下午做饭时专门给大武炒了盘蘑菇肉，提前放在一旁，等大武来打饭时给他。

偏远寒冷的西北地区，又是远离城市的沙漠基地，每天的蔬菜都要从城里带来，徐鹏程半夜爬起来就得上菜市场去采买，贵不说，单起早这一项也是件苦差事。起初徐鹏程不以为然，觉得为了一个员工的喜好就开小灶有点浪费精力，嘴上不说，心里暗自嘀咕胡总的小题大做。直到亲眼看见胡兵为这一盘菜发火，他才明白里头包含了什么，那是胡总对员工无微不至的关心爱护啊！事情的起因是辛军仗着是胡兵的表弟，一直在人前摆谱，经常以二老板自居，即使没担任管理职务还习惯性地对员工们颐指气使，每天开饭他都是头一个端碗，这天也不例外。

现在的食堂比起去年完备多了，早就由最初的帐篷建成了固定的彩钢板房，食堂分出操作间，外面是餐厅，工人们可以坐下来慢慢享用餐食。辛军比别人早几分钟进来，率先跑进操作间找能吃的东西，什么萝卜、青椒，能即时进嘴的都要拿起来嚼巴嚼巴先过嘴瘾。胡兵见他进来，呵斥其去洗手，让打下手准备出饭捞面条的徐鹏程撵他出去。辛军是老油子了，常被呵斥，早没了震慑，厚着脸皮捏了片萝卜嘟嘟囔囔地出去了，胡兵和徐鹏程忙着手里的活都没在意，更没看到他临出门时顺手端走了给大武单独留的那盘菜。不一会儿工人们都收工回来，鱼贯进入食堂排队打饭，到大武的时候徐鹏程一边给他往饭盆里捞面条，一边还不忘笑着调侃他是特殊职工，由老板亲自下厨开小灶。笑完了转身去端菜，却发现菜没了踪影，这才意识到被人拿走了。胡兵炒完菜正坐在一旁抽烟，听说大武的菜没了，起身去找。操作间的桌案就那么大，他亲手放那儿的，怎么还能不翼而飞？想起刚刚辛军来过，便往餐厅找了过来，近前一看辛军已经吃完了饭，剔着牙和同桌的几个工人吹牛扯闲谝，再看桌子上空空如也的盘子，胡兵的气不打一处来。

"谁让你吃这盘菜的？"他厉声喝问，惊得一桌四个人目瞪口呆，餐厅里其他工人也大吃一惊，齐齐看过来，不知道发生了什么事值得胡总发火。

大武就跟在后头，看这情形便明白怎么回事了，本着息事宁人的态度玩笑道："没事的胡总，我吃白皮面完全能行，你别生气了。"

胡兵鲜少发脾气，更遑论今天这般发大火当众训斥员工，当下不理大武的劝解，一手指着辛军命令他起身："你要是还有点良心就给大武道歉！"

辛军已知是面前这盘菜惹的祸，但被当众呵斥觉得面子上挂不住，强撑笑脸满不在乎道："干啥呀哥，不就一盘菜嘛能值几个钱，我又不知道是给大武的，还以为是徐鹏程偷吃小灶，才……"

"你还狡辩！"胡兵脸色铁青，生气起来更加咎啬言辞，气势唬人却说不出更多斥责的话。

徐鹏程听辛军说到他身上来了，小伙子血气方刚自然不能忍受，赶上来气咻咻地指责："你以为人人都跟你一样自私嘴馋呢，哪一次嘴上不占点便宜多吃多拿你就心里不舒服，偷吃别人的菜还怨到我身上来了。"

辛军不敢跟胡兵耍横，对别人可就没那么多顾忌了，当即翻脸回骂："我多吃多占管你啥事，那也是我哥愿意，你算什么东西管到老子头上来了？不就是盘蘑菇炒肉嘛，好像人没吃过似的，以为是啥好菜，净塞牙了，我呸！"

徐鹏程也给气坏了，不甘示弱地嘲讽："你还要脸不要了，背上牛头不认账,大家可都看着呢!"

辛军是个什么德行他自己知道,大家也都看在眼里,员工们懒得跟他较真,便把他惯得越发没了分寸,谁知遇上徐鹏程压根儿不给他脸,几句话就怼得他脸红脖子粗,作势要冲上来打架。众人见状赶忙上前劝架,拉了徐鹏程和辛军离得远远的,避免真的上手,两边分开倒把胡兵周围空出来好大一块地方,胡兵像个裁判似的矗立在中央。

前后看了看,胡兵虽然还在生气,但没了开始那么强烈的恼火,这种情况他也没心情说什么大道理,干脆利落地做出决定,指着辛军吩咐他明天买40斤蘑菇来。说完径直往食堂外走去,走了两步不解气,回头强调:"明天中午就吃蘑菇肉片,我亲自掌勺。"意思再清楚不过,午饭前就要见到蘑菇。毫无疑问,这是对辛军的惩罚。

辛军一听就急了,甩开拽着他的工人,追上几步高声喊道:"冤枉啊哥,我又不是故意的,要知道是你留给大武的小灶,我肯定一筷子都不敢动。再说了……"他咽了口唾沫苦了脸,继续叫屈:"这个时节蘑菇多贵呀,一斤好几块钱呢,40斤也太狠了!"

胡兵怒极反笑:"你不是不稀罕,嚷嚷着塞牙嘛,还知道多贵?"

"那我怎么能不知道?以前矿上的采买不就是我干嘛!"辛军说着瞅空狠狠剜了徐鹏程一眼,意思是怪他抢了自己的肥差。

胡兵自然明白辛军这话是抱怨大过其他,见他不知悔改的样子,没好气道:"既然干过采买,那就不用我告诉你菜市场在哪儿了,给你个优待,明早跟着徐鹏程的车去买吧,顺道坐小车来上班。"说罢,胡兵头也不回地离开食堂。

工人们早憋不住了,等胡兵一走,他们就哄堂大笑,刚刚剑拔弩张的紧张气氛都被笑得一哄而散了。徐鹏程拉着大武去操作间,说给他做凉拌萝卜下饭，临走故意拔高音量提醒辛军让他早上别睡懒觉，迟了就自己想办法雇人拉菜去，气得辛军有气撒不出来，拉住和他同桌分享了蘑菇炒肉的三个工人不让走。

"你们也吃了那盘菜，我被罚了，你们也别想装傻充愣撇干净，一人十斤。"他给另外三个人强行摊派。

这三个人都是新来的临时工，两个就在苁苁村，见辛军胡乱摊派不理他，反驳道："胡扯八道你就，菜是你端出来的，吃也是你自己吃得最多，还赖到我们头上来了，刚刚胡总可没说要罚我们，你敢胡来我们就找胡总告你去。"

辛军呵呵冷笑威胁他们："行啊，你们翻脸不认人，有本事就告去，看我哥到底向着谁！告诉你们，我哥那就是演了一出戏，拿我这个最亲的兄弟立威给你们看的，打断骨头连着筋，真以为外人能比亲戚更亲了？笑话！"

几人被他连蒙带吓唬还真震住了，只得答应每人分担10斤，垂头丧气地自认倒霉。李军祥坐在远远的角落里低头吃饭，对面是一脸看好戏的丁丰龙，见闹剧收场辛军带着那几个人出去，李军祥抬眼问道："胡总真是拿他表弟做戏给我们看吗？"

丁丰龙撇嘴冷笑："那个泼皮的话你也信，找冤大头欺负呢，没看那仨要给他每人分担10斤嘛，无赖而已。"

李军祥自始至终都没参与拉架，刚才看着胡兵发火以及后面的处理，总觉得他有些小题大做，为一盘菜大动肝火，他宁愿相信辛军说的那是在作秀。念头才起，就听丁丰龙叹了口气，讲起了他们在矿山上的经历。

那还是同为矿工的时候，胡兵因为早去两年已经是熟练工，矿上都说由他带着下井的班组是享福，让人特别安心。事实也是如此，丁丰龙正是这个班组的一员，井下作业常常受到胡兵的照顾。原本他以为胡兵的照顾是两人来自同村的缘故，后来在一次事故当中他才发现自己错了，胡兵对每一位同事都爱护有加，洞顶上石头坠落那一刻，他亲眼看着胡兵用自己的身体护住了身旁的同事，而那人是班组里最不讨人喜欢的一个，还时常在背后说胡兵这个班组长的坏话，明里暗里跟他作对。也就是从那次起，被救的同事深受触动，再没给胡兵主动找过事，出了矿井还破天荒地买礼品去探望因为保护他而受伤住院的胡兵，此后一直干到了现在。

丁丰龙说着偷偷指了指另一桌和同事们谈笑风生的一个老员工，笑道："呶，就是老李。原来他可比辛军还讨人嫌。"

对于老李，李军祥可谓熟悉之至了，这位老大哥热情豪爽，做人做事没得挑，技术问题教两遍就会了，干活还从不偷懒惜力气，是今年刚从矿上调过来的员工。原来还有这一段往事呢！李军祥哑然失笑，还记得他们这一批人刚到治沙基地时，听说来自矿上，他私下里猜测是胡兵调过来准备开矿的后续"部队"，谁能料到那么好打交道的一个人，以前居然也是个刺头啊？看来胡兵对待员工是真心好，不是辛军那厮说的什么演戏，这件事又是自己小人之心作祟了。

提起这件事，至今还有很多老员工记得，打趣说正因为那之后几天顿顿吃蘑菇，把他们吃得腻味，其中好几个人到现在都不爱吃蘑菇，就是来源于此。

治沙的第二年并不顺利，准确地说，这一年波折不断，给胡兵带来了极大困扰和考验。就在全体员工起早贪黑拼了命似的完成春季植树任务后的某一天，一场强沙尘暴光顾整个河西走廊，从沙漠深处酝酿起，浩浩荡荡地刮过天地，仅仅半天时间不到，将2万亩新种下去的梭梭林夷为平地，顺势还卷走了基地修建起来用于员工宿舍、食堂和库房的数座彩钢房。房子没了可以重建，让所有人心痛愤恨的是两个多月受苦受累的劳动成果被风沙肆虐，一切努力化为乌有，别说作为投资人的胡兵，就是那些来基地打零工的村民们都为之心疼惋惜。

面对一片狼藉的治沙基地，胡兵欲哭无泪，过去做生意也曾有血本无归的时候，但哪一次打击都没有像今天这样使人绝望。治沙真的是个笑话么？难道自己一开始就错了？如果不是，那么多亲眼见过、考察学习过的成功案例又算什么？像少年时期当兵没走成那次一样，胡兵独自躲进沙漠里待了整整一天，仰望沙尘暴过境后的浑浊的天空，他还是坚定地选择相信自己，相信付出必然会有所收获。哪怕为了不让那些等着看他笑话的人得逞，也得继续干下去。

不是每一个人都有重振旗鼓、从头再来的勇气，也不是每一件事都能仅凭努力就能收获成功。但是，胡兵胸中勃发的不止有勇气，还有不惜代价也要把治沙进行下去的实力，和"一个好汉三个帮""众人拾柴火焰高"的号召力，以及这么多年用真心对待员工，带领他们在困难面前迎头挺进的人格魅力。所以，当夕阳西下，黑夜即将笼罩这片荒芜，大家正在忧心忡忡找寻他的时候，胡兵披着满身星光走出大漠，来到惨遭风沙袭虐的治沙基地。对着万亩荒漠，他用毫无波澜的声调宣示主权："这片绿地我要了，不管付出多大代价。"

绿地？哪有半点绿色？员工们站在身后不禁嘀咕，老板怕不是真的着魔了，去年种下去的5000亩梭梭都被风沙卷走了一大半，遑论今年。能理解胡兵的人真没几个，包括跟了他多年亲如兄弟的老员工，把治沙当作工作和当作事业本质上就存有差异的概念。但这并不能成为他们此时此刻情感共鸣的障碍，就算只是投入了力气和汗水，不如老板直接拿真金白银砸进沙漠的损失惨重，可风沙如此嚣张地欺负人，只要是个有点血性的汉子都不甘心认输。

丁丰龙红着眼睛上前，与胡兵并肩站在一起，咬牙切齿道："胡总，我们跟你干，种出一片绿地来给这贼老天看看！"

"对！老天不让人活，我们偏要活出个人样儿来！"杨万忠也站了出来，向来忠厚木讷的他鲜少有情绪激动的时候。

大武、老李等一众员工亦不甘示弱，望着胡兵坚挺的后背，接近于吼地喊出共同的心声："这片绿地我们要定了！"

李军祥没有表态，不是不想说话，也不是无法共情，恰恰相反，看着他们眼底涌动的仿佛狂潮一般的情绪，他早已被眼前这群汉子浑身散发出的气势所感动。这是明知不可为而为，一再被打倒还能爬起来提起拳头搏命的血性男儿，骨子里流淌着不服输、不认命的倔强与愤恨。而自己何尝不是如此，一年多来朝夕相处，他看得明明白白，大家有着共同的梦想，就是种活树木遏制风沙，不为任何人，只为对得起抛洒的汗水，对得起拿到手的那份工资。这一刻，三步之外的那个男人背对所有人掷地有声地说出那句话是出于什么样的心境，他完全能够理解，断然不会只是心疼砸下去的几千万人民币，更多的是对风沙的痛恨。很庆幸他没有选择放弃，同时也庆幸自己选择了留下来，在满怀质疑与猜测的几百个日日夜夜里，与他一起经历了荒漠植绿的坎坷挫折，以及那么多充实而有意义的劳作，才能拥有同频共振的理想和情怀。也许早在那次见面后，胡兵说治沙会成为共同事业，自己的心脏乱了节拍起，便注定他们都是治沙人吧！李军祥有了新的认知。

灾后补种补栽无疑要和时间赛跑，赶在黄金种植期把风沙掀翻的草木重新种回荒漠。眼看已到四月下旬，补种刻不容缓，胡兵紧急联络各地熟识的治沙点和林场，第二次购买梭梭苗，调派车辆和人手到处去招募零工，开出比平时更高的工价，只为赶在时令之前完成补栽。可惜的是，附近村民但凡年轻力壮有赚钱能力的都外出打工了，各村只剩老人孩子，倒是有老人不怕吃苦愿意来治沙基地打短工挣点零花钱，可胡兵不敢用，沙漠植树本就是个力气活，为抢种必然要延长工时，一天下来年轻人都精疲力竭，老人们怎么受得了这个苦？在这种情形下，只能靠他们自己了。胡兵亲自上阵，每天和员工们挥汗如雨，玩命似的干活，又回到了吃住在沙漠的生活。没办法啊，回家太浪费时间了，往返于基地和城里之间的上百公里对于眼下的他来说，简直就是不负责任。老板如此珍惜时间，员工们只有比他更拼，就连徐鹏程外出购置后勤物资时都提高了车速。压缩休息时间，吃饭都是在沙漠里一蹲就地用餐，把能利用起来的时间全部用在种树上，高效率的代价就是连同胡兵在内，短短几天里每个员工都瘦下去了一圈。

迟迟不见丈夫回家，打电话联系要么信号差无法接通，要么通了说不上两句话就匆匆挂断，彩霞知道沙尘暴给治沙基地带来了麻烦，生气前两天胡兵又拿走了一笔钱，却更忧心他的身体。年轻的时候腿受了伤落下毛病，劳累过度或者天阴寒冷的时候都会发作，后来下矿井又添了很多疾患，胡兵的身体根本就不适合体力劳动，可他哪里肯听医嘱好好调养，药也是吃一顿扔一顿的不当回事。想到这个，彩霞哪还顾得上置气，连忙收拾了一堆东西亲自开车去了基地。

治沙以来，彩霞就没有到过这个所谓的基地，一来酒店事务多而琐碎脱不开身，二来也是和胡兵赌着气而不愿意踏足，这回要不是实在担心，她才懒得过问关于治沙的事情。也因此，当她的小轿车深陷沙漠寸

种金子的人

步难行，不得已只能下车步行前往的时候，心里的气更是不打一处来，明明就是跟着车辙在走，看起来是一条通向前方的路，怎么就把她的车给陷住了。更懊恼的是，出门匆忙没来得及换鞋，脚上穿的还是上班的半高跟皮鞋，往常不觉得这鞋有问题，可是徒步沙漠才走了几步，鞋子里面就被沙子填满，鞋跟插进厚厚的沙漠里，一步一拔，这哪里是走路，纯粹就是在经历酷刑嘛！彩霞真的很生气，索性脱下鞋子提溜在手里往前走去，还好今天虽然刮着风，阳光却很给力，午后的沙漠吸足了热量，走在上面并不凉脚，走得久了反而暖烘烘的，十分受用。

沙漠并不是一马平川的原野，彩霞也并非天生城里人，小时候也曾跟着小姐妹们来玩耍过，可那时候的感觉跟现在真是截然不同。彩霞一手提鞋，一手提着给丈夫带的吃穿用品，直到走得大汗淋漓，才遥遥看到远处沙山起伏的地方出现了几个弯腰种树的身影。在这片沙漠种树的除了自家那个傻狍子男人，不会有别人了，彩霞顺着方向走了过去。中间走走歇歇好不容易到达，近前一看果然就是自己人，还是那个沾亲带故不怎么讨喜的亲戚。

辛军扔下手里的工具迎了上来，人还没到声音先夸张地直冲云霄："哎呀真的是嫂子啊，我就说这破地方怎么会有美女来嘛，还以为是累出幻觉来了。"他哈哈大笑地接过彩霞手里的袋子，伸手又要接了鞋子帮忙提着，彩霞拒绝了。

打量一眼周边已经种好的所谓树木，彩霞就觉得哭笑不得，指了其中一株问辛军："这就是你们种的树啊，野草都比这个好看。"

辛军引导她去找胡兵，趁机附和："谁说不是呢，这玩意儿要能长成树才怪，充其量就是一把野草，还防风治沙呢，一场沙尘暴吹得连个鬼影子都不剩了。"

彩霞心里越发不得劲，还以为什么参天大树了，那么多钱砸进来就种个这，不是瞎胡整嘛！沙漠有高低，但胡兵承包下来的这片进行过平整，近距离看不出来有起伏，但往前走走就能发现依然存在高低，只不过被大面积误导了视野，不觉得错落而已。顺着栽种好的梭梭地穿行而过，纵然它们栽得四方四正颇为美观，也改变不了彩霞发自内心的抵触。穿过这片地块，视野一下开阔起来，举目看去周边低矮草木排列成行的景象，烈日下看起来微有翠色，对于荒凉的沙漠而言算得上赏心悦目。如果抱着游玩的心境来看属实震撼，但彩霞心知肚明这都是拿钱换来的，将来能不能活还很难说，即便长成了，她也不信可以防住风沙。

不远处躬身劳作的员工们先后看见了彩霞的身影，徐鹏程直了直腰趁势缓解腰背酸痛，手拄铁锹提醒胡兵往前看，惊讶道："哎，那不是老板娘嘛，她怎么跑这儿来了？"

胡兵正栽了一株梭梭下去，闻言一边踩实树坑，一边又伸手拿下一株继续栽种，笑骂他道："又偷懒是不是，赶紧的，过来干活。"栽种梭梭都是两人搭档，一人用铁锹别开沙子，另一人插下树苗然后踩实，这样可以更好地保墒，不至于让水车在前面浇灌后的水分白白浪费。沙漠用水也是很大一笔开支，需要从外面运水进来，几辆水车来来回回运水灌沟，光燃油费用就令人咋舌，更遑论还有水费、磨损等等杂七杂八的其他开销。之前倒是也效仿别人用过水枪打坑，水量是省了，但效率实在不高，种个几十上百亩还凑合能用，或者个别补种也行，可大面积种植的时候这方法就很鸡肋了。所以，在集思广益之下，有了现在的水车漫灌，花费高是高，但提速没得说。据李军祥观察，水量给得足，苗子的成活率直线上升。不过，周边都是缺水地区，这样大规模漫灌肯定不是长久之计，李军祥已经在琢磨新的用水方法了，要不是这回沙尘暴捣乱耽误了时间，他的新发明也不至于才有个眉目就被迫停下。

不顾胡兵催促，徐鹏程已从惊讶转为确认："是真的，不信你看嘛，那就是老板娘。"

胡兵这才抬头，果然就看到了正在向他走来的彩霞。缓缓起身，他揉了把僵硬的腰，动作跟孕晚期的准妈妈神同步，可见那腰是真的不堪重负。"她怎么来了？"胡兵顺口发问，预感不是什么好事，但能见到彩霞治沙以来第一次到基地，心里还是挺高兴的。她愿意来看看，应该是代表了认同吧，否则难不成是来慰问的？他暗自揣测。

彩霞走到胡兵跟前，白净的脸皮被太阳晒得微微泛红，风吹乱了她精致的发髻，一绺一绺胡乱飘舞，手里提溜着鞋子，光脚走来白袜子也脏了，看起来比种树晒黑的员工们还狼狈。一见胡兵的面，她顿时委屈得眼泪就要夺眶而出了，可眼前都是员工，不便发作，只得忍了满心不快，抱怨道："我的车陷在沙子里开不出来了，怎么办？"委屈的同时其实也在心疼丈夫的辛苦，衣服脏兮兮的不说，人苦得又瘦又黑，哪里像个老板，还不如市里工地上搬砖的那些人干净体面。彩霞故意不问他的苦累，只说自己的汽车陷落，分明还是赌气，嫌弃胡兵没苦硬吃、自作自受。

见她这样，胡兵也是好笑，吩咐其他人继续干活，接过辛军拎着的袋子，撵他也走了，领着彩霞来到旁边，拿了自己的水壶给她，憋着笑问道："沙漠里头轿车走不了，你不知道吗？还知道脱了鞋，不然你就只能坐在车里等救援了。"

彩霞喝口水润了润干渴的嗓子，没好气道："我哪知道轿车不能走，都是跟着你们的车辙辘印子来的。"说着，也顾不得脏了，一屁股坐下去，揉着脚腕恨恨道："下回我穿平底鞋来看你，还笑话得上嘛！"

胡兵呲牙笑了，听彩霞话里的意思以后会常来，这不由得使他愉悦，总算老婆的觉悟是提升上来了。念及此便也暂时放下大男子主义，伸手帮彩霞按了按脚踝，笑问："今天酒店不忙吗？怎么想起来到基地了？"

丈夫能不顾面子帮她按脚，彩霞非常受用，但骨子里已经存在的传统思想让她下意识拒绝，推开胡兵的手不由嗔怪道："大家都在呢，像什么样子！"说罢，又换上气咻咻的脸色接道："我能不来吗？你都多长时间没回家了，再不来你怕不是要在沙漠里安家，跟沙子过了。"

员工们看似手上忙碌，其实大都竖着耳朵在听这夫妻二人的谈话，闻言有爱开玩笑的便扯开嗓门替胡兵解释："老板娘你别担心，我们都帮你看着呢，老板肯定不敢背着你在外面安新家，再说了，沙漠里连个母蝎子都找不到的！"

一句玩笑话惹得大家哈哈大笑起来，亦化解了胡兵的尴尬和彩霞的满腹怨气。

"你们都给我少瞎咧咧，抓紧时间干活，非要夜里加班才高兴是吧？"胡兵出言震慑，显然笑骂出来的言语对员工们构不成威胁，老李直接问起了家常。

基本上都是在市里的家属楼有房的老员工，十多天不回家挂念家小是人之常情，彩霞便把自己知道的各家情形都简短地说了说。自然，家人都好，没什么可担心的，有彩霞在市里坐镇，各家各户这么多年也习惯了相互照应，确实过得安逸。家人安好便没有后顾之忧，随着栽种脚步越去越远，也歇了聊家常的话题，原地只剩了彩霞和胡兵。

确定别人都听不见他们谈话，彩霞终于放下脸来开始数落丈夫，嘴上叨叨着，手却帮忙给胡兵按揉受过伤的那条腿。"你就犟吧，好好的安闲日子不过，非要治沙，看看种的这些东西是啥好玩意儿么，还花了那么多钱。"她不是个嘴碎的人，但只要涉及治沙就忍不住唠叨。

享受着妻子按摩腿部的舒适，胡兵难得放松身心，脾气都柔软了很多，笑着反驳彩霞："你就知道心疼你的钱，还知道什么呀！安闲日子谁不想过，关键是你不能自己大吃二喝，看不见别人受苦受穷吧？"

彩霞手上加了力道，捏得胡兵呲牙咧嘴才松劲，生气道："我什么时候大吃二喝不管别人死活了，就他们……"说着努嘴示意前方又道："哪一家有事不都是我帮忙，连婆媳闹矛盾还得去调停说和，遇上婚丧嫁娶也从来没少过烟酒和份子钱吧，要人给人要车派车，我说过半句不行没有？也就你没良心，总要鸡蛋里头挑骨头，说我这不好那不好。"

胡兵叹了口气，敛容认真道："这就对了，人活人都是拿真心换真心，你光说照顾了他们，还在为当初分房的事耿耿于怀，可人家死心塌地跟着我干活咋就看不进眼睛里？矿上那是啥活不用我说你也知道，每次下井谁也不敢说能囫囵着出来，现在来治沙倒是没那么大风险了，却比井下作业苦上几十倍，他们谁家反对过？咱们做人啊，要多看别人的好，少想那些鸡毛蒜皮。"

彩霞停了手上的动作，抬眼盯着丈夫的眼睛亦严肃道："我耿耿于怀的是分房吗？已经过去的事情谁没事闲得一直计较，我是担心你治沙失败啊！被人笑话你傻就算了，那么多钱血本无归你就真的一点也不心疼？如果不要治沙，拿去资助贫困家庭都够供出来好多大学生了，我情愿你去资助娃娃们上学也比治沙这个无底洞强！"

胡兵久久无语，看着妻子清澈的双眼，他蓦然发现自己对彩霞的误解有多深。原先一直认为她反对治沙单纯就是因为舍不得钱，直到此刻才明白她不是眼里只有钱的俗人，彩霞的胸中同样藏有博爱，区别只在于她和自己表达的方式不一样罢了。不过，听她这么一说，胡兵脑海里突然蹿出一个大胆的念头。资助大学生又不是新鲜事了，这几年原本就在默默做，等治沙取得一定成效，资金和精力都允许的时候，何不申请建立基金专门用来资助贫困生上学呢？彩霞有一点说得对，治沙这种完全不计回报的事情都做了，再多做几样公益又能难到哪儿去。

念头之所以称之为念头，就是考虑到时机不成熟说出来恐怕会增加不必要的纷争，胡兵选择暂作隐瞒，针对刚刚彩霞的言语付之一笑道："别人爱笑随他笑去，傻不傻自己知道就行了。至于治沙能不能成，总要努力了才知道，刚开始干就想失败了怎么办，啥事都别干了。"

彩霞清楚丈夫的脾性，不想跟他当着员工的面吵架，随即换了话头关心道："别的我都不管，我就想知道眼下这个活啥时候干完？你看看自己都苦成啥样了，再这么没日没夜熬下去，树长不长得成，人先顶不住了吧？"

说到正事，胡兵面色一沉，无奈道："没办法啊，总得赶在立夏前补种完了才行，不然耽误一整年的计划，一年慢年年慢。"

彩霞不懂治沙，前前后后打量一圈更加无奈："唉！沙漠这么大，啥时候是个头啊！"

啥时候是个头，谁也说不清，几十上百年也未必治理得好，消灭沙漠纯属笑话，只能尽可能多地减少风沙危害，保住村庄、保住庄稼地。胡兵对此有着清醒的认识，但还不是跟彩霞探讨这个话题的合适时机，便起身向天边看了眼，提醒彩霞："我调几个人去帮你推车，这可是风季，每天下午基本都有扬沙浮尘，看时间也差不多了，你早些回吧。"

顺着丈夫的目光看去，与天相连的沙山顶上果然涌起一线浑黄中掺杂着灰暗的宛如云彩般缥缈的浮尘，这种天色她亦看了几十年，知道正

种金子的人

是酝酿中的沙尘暴,别看现在只是浅浅一线,不消两个小时就能席卷而来形成一场风沙。从小到大,从乡村到县城再到市里,春天的每一个午后都不适合出行,这是常识。可是,自己拍拍屁股走了,丈夫还要在这种天气里继续种树。彩霞有些气恼,心疼道:"这么下去也不是办法,你们也不说戴个口罩啥的遮一遮。"

胡兵耸耸肩,已经招手喊了两个人过来,随口笑道:"这话说的,戴上口罩干活不得憋死,我们都习惯了。"

轻飘飘一句话在彩霞听来却异常刺耳,什么叫习惯了?还不是硬着头皮死扛,谁没事喜欢吃风咽沙子,被晒成个黑炭头啊!有心再唠叨两句,两个员工已是小跑着来到眼前,她只得压下舌尖上的话语,白了丈夫一眼,心头却泛起缕缕苦涩。

来帮忙的是徐鹏程和大武,两个精壮小伙子腿脚快力气也够,胡兵带上他们去帮彩霞推车,几步就把彩霞甩在后头,等她用只穿了袜子的双脚费劲地走到陷车的地方,汽车已经脱离软软的沙地,在胡兵的驾驶下开到了稍微硬实的一边。身上还有补种抢种的任务,俩小伙打了声招呼就回去干活了,彩霞道了谢来到车跟前,低头看袜子早不成样子,一只顶端都磨破露出脚趾头来了,她干脆弯腰脱下来光脚穿了皮鞋,好气又好笑地对胡兵说道:"怪不得你们都不穿袜子,这地方穿了都是浪费。"

胡兵从车上下来,指了指勉强能称之为道路的车辙印子告诉她:"你等会开车注意看着点儿,一定要压着车辙走,以后想来开皮卡,小车别再开进来了。"

彩霞嫌弃着驾驶位上的沙子,一手拿毛巾清扫,嫌弃道:"没有以后,这破地方我再也不来了。"

胡兵无奈,催促她快走,亲眼看着彩霞驾车离去,直到她出了沙漠才往工地折返。开始就没指望妻子能喜欢上基地,她说什么都无所谓了,眼下什么事都比不上抢种补栽重要。

种金子的人

第五章

不抱希望就不会失望,但是,明知无望却有惊喜发生,便会使人加倍喜悦。就在头一天彩霞抱怨兼带嫌弃离去之后,隔天一大早她带着一车人出现在治沙基地的员工面前,那一刻把胡兵都给整蒙了。而当彩霞身穿迷彩服,带领酒店所有职工列队,看着他们清一色的着装,或新奇或兴奋的表情,胡兵便顿时明白了妻子的用意,他们是来支援治沙了。不过,每天化着精致妆容、头发梳得一丝不苟的小姑娘们,和挥动锅铲精于烹制山珍海味的厨师,干得了沙漠种树那种力气活吗?胡兵表示疑问。

彩霞安排徐鹏程给大家伙儿分发工具,拉着胡兵来到一边,半带炫耀半警告地提醒他:"把你那怀疑的眼神收一收,我可是费了很多唾沫才动员他们来帮忙的,别不识好歹。"看丈夫的眼神就知道他在担心什么,必须提前打预防针,免得伤了酒店员工的自尊心。来之前大家都是信心满满,扬言不会让基地的大老粗们看不起,她不允许胡兵用眼神给员工下马威。

胡兵摆手表示不敢，憋笑喊了李军祥，让他带人先进林地教技术，然后好奇地发问："你不是说再也不来了吗，咋的，良心发现又回来了？还带酒店全员来帮忙，是准备转行跟着我治沙咯？"

"你想得美！"彩霞瞪他，"我不过就是看你可怜，发一回善心，权当助人为乐、学雷锋，想让我转行治沙，门都没有。"说罢，挺着脊梁追她的队伍去了，留给胡兵一个倔强的背影。

酒店员工的支援已经是喜出望外了，没想到紧随其后又来了一拨人，由员工家属联合各家亲戚朋友组成。显而易见，也是彩霞的手笔。好吧，"雷锋"嘛，自然喜闻乐见、多多益善！可以预见，有这么多新力量加入，补种进度将会大幅度提高。看着远处一板一眼栽种树苗的迷彩身影，胡兵咧嘴笑了，彩霞的号召力与自己相比不遑多瓤呢！

补种工作终于赶在立夏之前圆满完成，治沙基地上所有人，包括各自的家属和前来支援的人们，皮肤集体黑下去一个度，当胡兵宣布任务结束可以休息时，想象中的欢呼并没有发生，大家全都累得说不出话，走路都打摆子了，只想快点回到家里去洗澡，然后美美睡一觉。胡兵亦是如此。他也想回到城里舒舒服服地休息几天，可现实不允许，沙尘暴后苗木重栽完成了，员工宿舍以及充作各种用途的板房还需要重建。员工们已经在破破烂烂、四面漏风的残损板房里住了好多天，作为第一要务的补种完成之后，建设房屋亦是迫在眉睫。

而且，通过这次事件，胡兵还发现了一个重大问题，那就是原本引以为傲的机械治沙，实际上并没有真的实现，那些花重金购置来的机械使用率只停留在辅助工作的层面，种植树木依然需要人工一棵一棵栽下去，无形之中就拉低了治沙的效率，所谓"机械化"怎么看都是个噱头。

所以，技术攻关还得继续。胡兵把这项艰巨的技术攻关任务交给李军祥去琢磨，安排员工们轮班休息养足体力，自己拖着一身疲惫去了村里，对于重建基地房屋他有了新的思路。

芨芨村还是老样子，特别是在春天这个本该充满喜悦静待花红柳绿的时节，村庄依旧像个脱不掉棉袄的垂暮老人，臃肿晦暗、有气无力，让人很担心下一场风沙里就会匍匐倒下再也睁不开眼睛。才经历了强沙尘暴不久，房屋、树枝、地面甚至牛羊身上都还满载着沙土积聚的沉重，屋子里已经打扫清洁过了，犄角旮旯或者被疏忽的陈设上面也还残存着灰尘，一切仿佛活在褪色的旧照片里，模糊浑浊使人心生感慨。

走进村委会向阳的办公室，相熟的村干部见是胡兵来了，起身迎上握手寒暄，俩人年纪相仿，面色也相差无几，都是黝黑中泛红的村人形貌，但村干部却清楚胡兵跟他们不一样，不论财富还是情怀，在芨芨村无人可及，哪怕连日扎根沙漠种树晒成了黑炭头，哪怕他笑出一口白牙毫无架子，胡兵站在那儿自有属于他的气场。攀谈了几句治沙和补栽的闲话，胡兵简明扼要地说明了自己的来意，提出要申请村委会大院里一间空房给村里一位老人临时居住，他准备翻修老人的院落并进行旧房改造。胡兵说的这位老人村干部都知道，是个孤寡老人，人们叫他"辛三爷"，是因为他行三又年纪大。据说还和老胡家有点沾亲带故，平常就受胡兵家里照管，现在提出来翻修倒也在情理之中，只要辛三爷本人同意，别人无权干涉，村干部也管不着。不过，胡兵提出借房，这就跟村上脱不开关系了。

按理来说这种事得靠亲友故里帮忙解决住房，即便是暂住，也轮不到来村委会张嘴，但胡兵也很无奈，辛三爷虽然年纪大了，脑子却清醒得很，生怕亲戚们嫌弃他孤寡还老而不肯照顾，便向胡兵提出要求，想去村委会大院里借住，然后才能同意他翻修自家的破落院子。胡兵能理解辛三爷的所求，村委会大院热闹啊，里头不单有村干部上班，还有村卫生院和商店，农闲时节更好了，聊天的、下棋的络绎不绝，有人气就不怕孤独，老人这是得有多渴望陪伴啊！胡兵没有拒绝的理由，便到村委会求助了。原来是这么回事。村干部一听当即同意，村上几间房子空着也是闲置，既然胡兵提出来借住，实际上还要给租金，这何乐而不为呢？便同意把其中一间房给辛三爷居住，等胡兵那边完工了再接走老人。

在胡兵这里，只要关乎治沙的事情，大大小小都要放在首位。抢种补种完成还没来得及喘口气休息几天，翻修和重建辛三爷院子的工作就马不停蹄地展开了。既然是未来的办公室，一应用料便都尽选上好的来，胡兵实打实地找了专业的建筑公司，对方接单时都不大理解，一个小院子怎么会用到他们，农村修房子不都是自己村里人互相帮着随便搞起来就算的嘛。房子交给专业的人修建那肯定是正确的选择，仅仅一个月时间，小院子有了天翻地覆的变化，五间新房拔地而起，装修之后就能先行入驻办公了，但宿舍还要再等等，把辛三爷接回来住也不能急，因为新房湿气大，考虑到老人身体要多晾晾才行。

村里人原以为辛三爷是把院子卖给了治沙基地，得知胡兵是租用，等修好后还接老人回来，往后辛三爷跟着基地食堂一起吃饭，相当于身边有了照顾，时时都有人在跟前，事事都有人帮忙，全村人都为这位孤寡老人感到高兴，称赞胡兵又干了一件好事。谁都知道，胡兵之所以选中了辛三爷的房子，就是为了帮助辛三爷。可大家的好话没说几天，新房刚刚装修完毕，静待散发湿气的空当儿里，老爷子翻脸就把胡兵给告了，说他强占私人院子导致自己无家可归，一纸诉状公检法齐动，到村里二话不说就来查封，村干部出面解释都不予理会，反倒被辛三爷指认为胡兵的帮凶，称其受贿强取豪夺。胡兵那日刚好有事回了市里，接到丁丰龙的电话后也是吃惊不小，嘱咐丁丰龙好好安抚老人，即刻推掉所有工作赶回村里。

等他回村时，早已是人去楼空，新修的院落被贴上了封条，留给他的只有一张法院传票。丁丰龙负责这项工程，作为本村村民的一分子，他想不通，明明是一件好事，为什么辛三爷会突然变卦，还偷偷跑去法院起诉。"有啥不满意的可以直接跟我们说啊，至于动法吗？简直就是个老糊涂！"他对胡兵抱怨。

胡兵当然也想不通老人这么做是出于什么样的目的？但事已至此，抱怨无用，准备去找辛三爷当面了解沟通。他对丁丰龙乐观道："我不信三爷平白无故能颠倒是非告咱们，这中间肯定存在误会，我这就去找他老人家说道说道，解释透了，误会消除撤诉不就好了。"

丁丰龙气咻咻地哼了一声："我看悬。他就是铁了心要告，你是没看见他哭天抢地的模样，好像我们是黄世仁，他是杨白劳似的。还有……"说着指了指村头，更加气恼道："辛文把人接去他家了，说是亲亲的叔老子在眼皮子底下被人欺负，他扬言要和你把官司打到底。很有可能，就是那个老家伙挑唆三爷闹的这出。"

辛文？跟他有什么关系？胡兵一时气笑不得。亲亲的叔老子，嘴上说得倒好听，过去几十年没见他给三爷端过一碗饭、给过半毛钱，任由老人孤寡不闻不问，眼下看着破落户翻身要住新房了，他怕不是眼红嫉妒图谋三爷的院子。一个村里生活了这么多年，谁还不知道谁？难怪丁丰龙生气。

看看天色已过了午饭时间，去基地食堂不如就近解决，胡兵邀了丁丰龙往村里老屋去吃饭，安慰他道："生气有啥用，兵来将挡，水来土掩，咱们做了啥事，村里人都是看着的，真要打官司，打就完了，我就不信人人都是辛文，个个都不讲理。"

老屋住着父母亲，来的路上胡兵打了电话，这个点母亲已经做好了饭在等他们。进门见父亲一言不发坐在炕沿上抽卷烟，胡兵便知道他在生闷气，眼神示意丁丰龙去厨房帮忙端饭，自己上前坐到父亲旁边笑着搭讪，把早就准备好的一条香烟搁在炕桌上，讨好道："不是让您少抽旱烟嘛。"

父亲冷哼一声，睨了眼炕桌上的高档香烟，没有说话。

胡兵动手拆开香烟盒给父亲递上一根，继续笑道："您以后就抽这个，烟味没那么冲，抽完了就招呼我一声，咱管够。"

正好母亲端了饭菜进来，听见这话出言阻拦："快赶紧打住收回去，抽烟是个啥好习惯了还管够，有那钱往沙漠里多栽两棵树也是好的，再不济吃肉都成呢，非得抽出个黑胸烂肺。"

胡兵起身接母亲手里的碗盘，好脾气道："治沙造林不在这两个小钱上。再说，咱们现在又不是抽不起。"

丁丰龙紧跟着进来，手里拿着筷子和醋瓶，笑着帮腔："就是就是，跟治沙比起来这还真不算啥钱，光这回补种花出去的钱都够给我叔买一卡车香烟了。"话虽夸张了一些，但也是事实，村里早有传言说胡兵从去年到现在花了上亿元投入治沙，只有二老更清楚其中的代价。

母亲招呼他俩吃饭，走到炕边扯了扯老伴儿，用眼神提醒他控制情绪。无奈父亲耿直了一辈子，越是被人劝越上火，揉灭烟头，直视儿子，生气地质问："那辛三告你强占他的院子，还说你贿赂村干部，有没有这回事？"

胡兵刚端起碗要吃饭，见问忙把碗放回桌上，认真道："肯定没有啊,您还不了解我是啥人嘛,至于去占那个便宜?"

丁丰龙也当即澄清:"我作证,那都是之前和三爷说好的,当时原本想让他住您这儿来,可三爷不想给别人添麻烦,死活不到人家里吃住,没办法了老胡才想到村委会有空房,还是他亲自去找村干部给租金要下来的,哪来的行贿受贿。"

"真的没逼人家?"父亲还是不大相信,一再确认。

胡兵点头,严肃承诺:"真的没有,我一不敢抢夺人家的院子,二没必要为这么一件小事去送礼背个行贿的罪名,吃完饭就去找三爷解释清楚,您不信跟我去看就明白了。"

父亲脸色稍有和缓,低头又开始卷旱烟,闷闷道:"若说真是这样,我就放心了,祖祖辈辈的根在芨芨村,我们老胡家没被别人戳过脊梁骨。"

丁丰龙见机插科打诨活跃气氛:"您就把心放肚子里,该吃吃该喝喝,要我说您和我婶儿就干脆进城上楼享福去,跟我爹妈一起做个伴多好。村里凡事有我们呢。"

"我们哪有那个清闲的好命哟!"母亲率先接话,眼神瞟了瞟老伴儿,不无唏嘘道,"一辈子庄稼人,每天不捋一捋锨把,你叔夜里都睡不安生嘛。"

父亲又是重重一哼,低头卷烟,像是在跟自己赌气:"谁爱去谁去,我就这个穷命,吃沙子拉风,心里踏实。"

胡兵一看就明白了,父亲显然还在为辛三爷的事情烦恼,觉得儿子让他在村里丢人,同时又担心他惹上官司不好善了呢。他清楚父亲的脾气,一般这种情况下谁劝都没用,与其多说火上浇油,不如尽快解决,用事实说话,才好叫他心里畅快。示意丁丰龙吃饭,胡兵边吃边给他使了个眼色，二人心照不宣，各自好笑。胡家二老不肯进城，放着大富翁儿子的楼房空置，也要坚持在村里种地，这事早就在十里八乡人尽皆知了，一度时期人们还当笑话来讲，认为老两口有福不会享，也曾传言儿媳妇厉害不孝顺公婆。闲话传到彩霞耳朵里可没少让她生气，几次三番来做工作，又是亲自接人，又是央了亲戚故旧劝说，愣是说不动二老搬进城里去生活，最后只能由着他们，小两口背负了不孝的骂名。其实，母亲是愿意进城享福的，一辈子跟风沙打交道，她是受得够够的了，巴不得远离芨芨村去城里过几天清爽日子，奈何老伴儿雷打不动非要扎根村里，她也只得陪伴在侧照顾起居。好在前两年旧房翻修，儿子给他们盖起了明亮宽敞的新房，装修和家具全都比照着楼房布置，住着村里的头一份阔气的房子，老伴儿可得意了，更加不愿进城，老两口现在过得倒也舒心。

饭罢去找辛三爷交涉，临出门，父亲叫住胡兵，嘱咐他能说通就说，不要和辛家起冲突。胡兵应了，和丁丰龙联袂来辛文家里见三爷。路上丁丰龙颇为踟蹰，辛文其人是出了名的胡搅蛮缠不讲理，成天喜欢倒弄是非，又爱占小便宜，在村里人们都不拿他当个爷们看，把他归类为长舌之人。以前没见他照管过辛三爷一天半日，极力撇清和辛三爷的亲属关系，生怕沾染了就成他的责任，现在却突然跳出来认亲，还破天荒地把老人接家里住，声称要给他养老，分明就是看着三爷的院子修得漂亮结实，假借亲属名义图谋霸占，跟他说理必然说不通。

辛文的为人处世胡兵自然也是心知肚明，但院子说到底是三爷的，修房子的钱是自己拿的，他想就这么白白霸占可不行。先不论钱不钱的，即便胡兵有钱，花几万块钱伤不了筋动不了骨，权当送给三爷周济孤寡老人都成呢，他就是见不得某些人心术不正把别人当傻子欺瞒，为了达到目的不惜挑唆老人倒打一耙的丑恶嘴脸。三爷，他胡兵见定了，房子断然不会白给了辛文。

来到辛文家大门前，看着油漆斑驳的破落铁皮大门，丁丰龙不屑地嘀咕两声，拍门喊人。不大一会儿辛文的老婆就出来了，见是胡兵和丁丰龙，老婆子脸色讪讪、眼神飘忽，一边邀了他们进屋，一边嗫嚅着连连说了好几个"对不住"。自打矿上有钱了，胡兵每年都往村里送煤炭、粮油，辛文一家没少受惠，往常胡家二老有啥事，辛文的老婆也肯前去搭把手算是回报，但辛文这人却属实不地道，前脚刚拿了好处，后脚就能在南墙弯里说胡兵的是非。就连这两年治沙，他也没少嘲笑胡兵异想天开做白日梦，听说前段时间沙尘暴摧毁治沙基地，便是他在人前人后造谣，说是胡兵治沙触怒老天爷，老天爷派来了沙尘暴。这样一个人，当真狗都嫌弃，要不是他老婆还算明理贤惠，就凭他，村里都没人愿意来往了。饶是如此，老婆不掌家，全都由他说了算，怂恿三爷告胡兵这事一出，他老婆见了胡兵也就只有偷偷道歉，面上怕是帮不上什么忙。

屋里有些昏暗，午后阳光照不到的角落堆放着被褥铺盖，那是辛三爷的东西，当日给老人搬去村委会时，胡兵授命、丁丰龙亲自去买回来的一套崭新用具。东西堆在阴暗里也掩不住和这间破旧房屋的格格不入，而三爷坐在辛文家的炕上倒是和灰暗的炕单颜色浑然一体，像枯木桩栽在旱地上，沧桑枯败，全无生气。

辛文盘腿坐在炕沿边，噙着一支油腻腻的兽骨烟锅子吸旱烟，见胡兵来了屁股抬都没抬，掀起眼皮瞭了瞭，阴阳怪气地笑了："我道你这个大老板也该来了，把我三叔往大队院子里一扔，当我们老辛家人都死绝了，任由人欺负呐！"

丁丰龙气不过就要上前理论，被胡兵拦了下来。他不理会辛文，径直走到炕边看辛三爷,把带来的一盒点心塞进老人手里,笑着高声问他:"三爷,你要不跟我爹住去?"老人有些耳背,说话需要提高音量才能让他听见。

三爷早就认出来人是胡兵了,抱着点心高兴地点点头,继而赶忙摇头:"你爹那里我就不去了,谁家都不住,还是大队院子里好,人多热闹。"

胡兵扫了眼黑了脸的辛文,接着问老人:"大队院子好,你咋搬回来了?"

三爷摆手:"不搬不行啊,那个房子闹鬼呀,人越老越怕死,我怕鬼嘛!"

"哪有鬼?那都是别人吓唬您呢!"丁丰龙听了忍不住抢上前来大声说,眼睛却瞪得要吃人似的盯着辛文。很明显,这样的无稽之谈除了辛文编排了故意吓唬老人,别人铁定干不出来。

胡兵亦是同感,转头看了眼辛文两口子,接着笑问三爷:"真有鬼吗?您看我都没听说,这事是我安排不周,对不住您老,那既然是这样,就回您自己个的院子住吧,房子我都修好了,就是还有点潮,怕您住进去身子骨经受不住受了寒。"

三爷眼神懵懂:"啊?都修好了呀,这么快?我还以为……"

没等老人说完,辛文抢断话头直接挡在中间质问胡兵:"行了胡兵,你跑我家来闹啥?我三叔我们来照管,辛家的事情轮得到你姓胡的指手画脚吗?"

"你还知道是辛家的事呢?"丁丰龙火暴脾气,恶狠狠地回怼,"以前三爷住破房烂屋怎么没见你说照管,现在看我们给修成一院新房眼热了,挖空心思地想要霸占,是吧?告诉你,天底下没那么好的事,我就是把建好的新房推掉，也不可能给你这种没脸没皮的人白占便宜。"

辛文气得跳脚"噌"一下站在炕上，手指丁丰龙和胡兵居高临下地叫嚣："好啊，你们有本事就去推啊，有几个臭钱了不起是吧，村里的干部都买通了是吧，你钱多你能把公检法都买断了帮你们说话去呀！我就不信天下还没有说理的地方了！"

真是无赖耍流氓的一套说辞。胡兵明知吵架解决不了任何事情，拦下盛怒的丁丰龙，对站在炕上跳脚的辛文笑得云淡风轻："辛四哥，俗话说有理不在声高，啥事坐下来慢慢说就成了，这是在你自家屋里呢，有必要搞得鸡飞狗跳吗？"

辛文在村里和胡兵是同辈，按照村里的习俗，胡兵得称他一声四哥。祖辈扎根的村庄无关姓氏宗族，大家习惯了这种称呼，更便于人情往来，每家每户给孩子从小也是这么教过来的，辛文行四，叫他一声辛四哥就不单单只是礼貌了，胡兵拿他当亲人看待，也是间接地提醒他"家务事"就应该在家里解决，没必要闹到法院。

在老婆的死拉硬拽下，辛文坐了下来，看老婆子给胡兵和丁丰龙端来茶水，又拿馒头花卷招待，恨不得在她身上瞪出几个洞，习惯性地嘲讽道："把你那个烂馍馍馊水都拿走，也不看看来的是谁，人家都是大老板，住着楼房用着保姆，出门有打手保镖，进门山珍海味不断，咱们穷人家的东西你也好意思拿出来丢人现眼！"

这话说的，明里是哭穷，实际上句句都在骂胡兵为富不仁，还暗指丁丰龙是胡兵的打手上门欺负他来了，听得人浑身不适。老婆子跟了这样的人也是无奈，当着胡兵的面又不好说什么，只敢以眼神来表达歉意，看向胡兵的眼神里写满了为难。

胡兵不屑于为难任何人，依然笑容不减地对辛文说道："四哥不用说这些尖酸的话，你干了啥我清楚，我做的事情大家也全都看在眼里，今天来找你不为别的，就来确定一下三爷那个院子到底怎么用合适，还有他老人家的养老问题。"

"他的养老自然是我们辛家来管。"辛文不假思索地说道。

胡兵笑笑："有人管起来肯定是好事，但口说无凭，总得写下个东西才能叫人放心。"说着，他让丁丰龙拿出和三爷商定租用院子并同意翻修的协议书递给辛文，接道："即便法院打官司也要讲个证据，比如这样的白纸黑字。如果四哥决定要为三爷养老，最好也立个字据，你说呢？"

协议拿出来的时候辛文的脸色就不对劲了，及至接过看了一遍不禁神情大变，一双浑黄的眼珠子瞪着四平八稳坐在对面的三爷，像是要吃了他一般满脸凶恶，高声质问："你不是说你手里啥执把都没有吗？那这是啥？"

三爷耳背，但不代表人傻，见辛文恼怒，虽有惧怕，仍喏喏争辩："我手上就是啥也没放么，一辈子的睁眼瞎只会按手印。"

辛文气大了，转而对着胡兵扬了扬手上的纸张，恼恨道："我现在才知道还有这么个东西，但你也别得意，老头子文盲一个，啥也不懂，你就算骗他按了手印也不作数。"

"我知道三爷不认字，但他认理啊！"胡兵好整以暇地从自己兜里又拿出一份协议递给辛文，"养老承诺，有村委会见证监督。如果这个也算行贿受贿，我认了。"

没想到还有一份协议，辛文气得脸都绿了，为了图谋三爷的院子和房子才把胡兵告上法庭，其间拿不定主意还跑去县城，找了个街边摆摊搞法律咨询的人给写的诉状。然后，为了说服老头子搬出村委会，又给

种金子的人

那几个经常泡在大院下棋打牌的闲汉买烟买砖茶，好不容易编出个闹鬼的由头哄了老头子来家里，就指望他能偏向自己出庭作证。可谁能料到，胡兵这么贼啊！租房协议也就算了，还有个养老合同，这回真是竹篮打水一场空，白折腾了。不过，活了一把岁数总不能让几个年轻人看了笑话，辛文脑筋急转想到了应对之法，把炕桌上的两份协议拿起来反手就塞进身后老婆子怀里，急声喝令她拿去厨房烧掉。胡兵就是仗着有纸片子才占了别人的院子，没了这两份东西，看你还张狂得起来吗？他蓦地笑了出来，跑来我家耀武扬威，可就别怪我心狠手辣了！

对于辛文这一番戏剧性的操作，胡兵和丁丰龙都惊呆了。目送老婆子在辛文的逼迫下一步一挨地走出屋门，两个人同时爆发出大笑，笑声比辛文的要大得多，引得三爷都不吃点心了，好奇地看过来发问："你们这么高兴干啥，我能回家了？"

胡兵瞥了一眼笑意尬在脸上的辛文，转头对三爷高声喊道："辛四哥说了给您养老，以后这儿就是您家了。"

"那不成，不成不成，"三爷摆手连连否决，"我有家，谁都别给我养老，我回家去。"说着就要下炕，最喜欢的点心都顾不得吃了。

看老爷子这般做派，胡兵更加肯定他是受了辛文蒙骗，扶住急慌慌就要回家的三爷任他找鞋穿鞋，目光盯在辛文脸上始终含笑："四哥急啥，你要是不嫌纸灰味大，回头我让基地上的小伙子们给你拉一车废纸来烧。"

丁丰龙接着补刀："一车哪够啊，市里的废品站要多少有多少，我们管够啊！"

辛文顾不得阻拦老爷子，犹疑中夹杂恼恨地质问胡兵："你真不怕打官司？还是说，瞒着我们让老头子还写过啥字据？"

三爷已经穿好了鞋嚷着回家，胡兵搀他起身一同往外走，吩咐丁丰龙带上老爷子的铺盖卷，出门的时候胡兵才回头撂下一句话。"为人不做亏心事，半夜不怕鬼敲门。打官司就打官司，我怕啥！"他自始至终笑脸相对，说出来的话却每一句都掷地有声。

眼看胡兵搀扶老爷子要走，丁丰龙抱着铺盖卷儿殿后，辛文气急败坏追到院子里出言威胁："姓胡的你可想清楚咯，今天敢揽下老头子的事情，往后他要是磕破点油皮你都没办法给老辛家交代，我三叔将来瘫在炕上端屎端尿你也得伺候着，下世了还要披麻戴孝给他送终。"

胡兵顿住脚，转身看过来，眼睛里快速闪过一丝狡黠，随即敛容严肃道："四哥今天说的话我们也记下了，将来怎么做我们大家可都是见证人，你自己小心别被村里人戳脊梁骨就行。"

"你啥意思？"辛文有些蒙，琢磨胡兵的言语，总觉得不对劲，但又说不上来哪儿不对。

辛四嫂听见动静也从厨房奔了出来，手上还拿着之前辛文让她烧掉的协议，看院里的情景大约明白发生了什么，三步并作两步赶上前把纸张塞进丁丰龙抱着的铺盖卷里，走到胡兵跟前，用从小熟络的称呼套近乎道："对不住了啊兵子，别跟你四哥置气，他就是闲得慌满嘴胡诌，三叔啥情况满村里谁不知道呢，我们自家都没人给养老，哪里能顾得上别人，以后都不管不问，各顾各的吧。"

这还真是一句实话，辛文三个姑娘一个儿子，姑娘嫁出去多少年了，日子过得一个比一个紧巴，根本指望不上；儿子倒是有出息，头些年考学走出去了，毕业后的工作挺好，在市里当老师，儿媳妇也有工作，是村里人人称道的"双职工"，不过人家小两口早就说了不会接老的一起过，每年春节都想回来不想回来的，来了也是吃顿饭就走，真正做到了各过各的互不打扰，别说给公婆养老了，就差拿个大喇叭昭告世界他们有多不待见这老两口了。而现在，他自己的养老问题都没解决，却上赶着要为族叔养老送终，难怪辛四嫂不答应。

　　来之前胡兵早就预料到这种结果，此时更是成竹在胸，走到丁丰龙跟前，拿出辛四嫂塞回来的协议书，当着大家的面撕得粉碎，然后手掌一扬，纸片撒了一地。看着目瞪口呆的辛文两口子，他严肃认真地重申道："咱们男子汉大丈夫一口唾沫一个钉，既然四哥执意要给三爷养老，我没有任何意见，但是作为苙苙村的一员，和为三爷修建了新房的资助方，我有权利监督你们履行赡养义务直到老人离世，从今往后三爷就交给你们家照顾了。"说罢，胡兵扶着辛三爷头也不回地离开了辛文家，任凭辛四嫂在院子里叫苦连天。胡兵脸上露出释然的笑容。

　　丁丰龙落在后面几步被辛四嫂拽住诉苦，非常排斥为三爷养老，这种时候也顾不得给辛文留面子，拍大腿跺脚地埋怨，骂他是没吃到羊肉还惹了一身骚回来。嘴上没闲着，手上也忙不迭地捡拾满地碎纸片，说要把合同粘好了还给胡兵。辛文立在堂屋门口没动，只管半张了嘴满脸懊恼，显然是被胡兵离去时的那番话给吓到了，迟迟回不过神来。

　　早知如此，何必当初呢！丁丰龙看得解气，虽然也对胡兵接下来怎么做抱有疑惑，仍不忘揶揄这老两口，甩开四嫂的拉拽往外走，耻笑道："四嫂就别白费力气了，你真以为我们拿过来的协议只有这一份吗？我可是一次性复印了好多，你们要不够烧，随时来找我拿呗。"走出去几步又回头看过来，盯着辛文呵呵冷笑："辛四哥，可别忘了给三爷把晚饭送过去，我们都看着呢！"说罢，抱着铺盖卷潇洒地走了，身后只闻那老两口突然爆发了争吵，隐隐还有"叮铃咣啷"的响动，想必是干上架了。

沙
漠
黄
金

沙漠黄金

第一章

最终胡兵还是选了在原址上修建治沙基地,把辛三爷的房子无偿捐助给了那位孤寡老人,这让辛文无地自容的同时承担起了照顾老人的责任。钱花了,精力也付出了,貌似又干了一桩赔本买卖,包括彩霞在内的家人、员工都为他感到不值,即使辛文撤诉,他们也觉得不解气,提议胡兵反诉追偿。但胡兵没有答应,因为他有自己的考量。彩霞曾经说过治沙不如捐助贫困家庭的孩子上学有价值,既然都是做公益扶危济困,资助学生和帮扶孤寡就都一样,权当是办了一件有意义的事吧。见他说得有理,大家也便不再坚持,只是想到辛文的做法不免使人寒心,胡兵已经自掏腰包不计成本在治沙,为的是啥呀?无非要减小风沙危害,保护村庄和庄稼地,让村民们的生活得到改善罢了,却有辛文这样的人说风凉话,还挖空心思使坏占便宜,真是没救了。

生气归生气,该干的事情还是得干下去。胡兵开解员工们用了"卸下包袱轻装前行"八个字,这些年的奋斗历程尝遍了酸甜苦辣,能够支撑他走到今天的不单单有强大的意志力，还有自我疗愈的豁达，一个人物质生活贫乏还有改变的可能，精神和思想贫瘠了那可是会彻底完蛋永远翻不起身来了。老板都这样说了，谁还能再说什么呢？纠结下去也是自寻烦恼，还有那么多工作在等着他们去忙。

治沙基地新的房舍盖起来差不多耗掉了一整个夏天，秋高气爽时节搬进了兼顾美观舒适与牢固防风的新宿舍，员工们脸上都漾起了满满的成就感。特别是在干了一天活归来后，头发、衣服里全都是沙子，能够冲进淋浴室洗个热水澡，那感觉舒爽得让人想唱歌。至此，所有人才放下了对失去村里办公室的耿耿于怀，彻底把基地当成了家。

许是老天爷被治沙人感动了吧，春季补栽后的梭梭苗长势极好，成活率比上一年足足提高了10个百分点，达到喜人的80%，这样一来，明年造林就信心百倍了。胡兵想得更多，成活率大幅提升证明他们现在所用的技术还算过关，但来年还要继续扩大治理，80%的成活率就有些不够看了，技术方面仍需改进。而技术是个笼统的概念，具体涉及很多实操劳动，细节的把控也不容懈怠。如此，才能为将来实现真正意义上的造林打好基础。底层基础决定上层建筑嘛，擘画治沙蓝图，没有坚实的地基，梦想就无从谈起。他把技术攻关交到了李军祥手上，让他放心大胆地尝试，并拨了一笔资金作为专门的技术研发经费。请老婆拨款治沙这件事，对胡兵而言已是驾轻就熟，不外晓之以情动之以理，软磨硬泡总能成事。也因为经验老到，连员工们都把他当成模板来学，时常凑在一起研究怎么哄老婆高兴，胡兵额外赢得一个"模范丈夫"的好名声。

半年多都活在风沙和人心险恶的阴霾下，终于种下的树苗扎了根，基地也重建起来，一切正在向好、向上迈进，有了万象更新的模样。然而，突如其来的噩耗打了胡兵一个措手不及。彩霞生病了！病症还比较麻烦，被确诊为鼓膜穿孔外加膝关节退行性关节炎，耳膜穿孔做修补手术就能恢复，但膝关节没有什么好的办法治疗，用药也无法根治，只能减轻疼痛。怎么就没办法了？市里的医院治不了，那就上省里，再不行就去北京、上海那些发达城市的大医院看。胡兵连忙收拾东西带彩霞外出看病，把矿上和治沙基地的业务带到路上处理，每天要接打几十个电话，这事那事的繁杂零碎看得彩霞都累。

  关于自己的病情，彩霞并未过度烦忧，反倒外出看病时时刻刻跟丈夫在一起，让她终于找到了那种朝夕相对、形影不离的美好感觉。如果可以，彩霞真的愿意就这么病着，享受胡兵带给她的无微不至的关爱和"不能没有你"的珍视。二十多年了，除了刚结婚那会儿蜜里调油的幸福生活，后来慢慢开始聚少离多，再到相看两相厌，原本以为夫妻之间只是因为孩子才不得不维系，这场病可是给她好好上了一课，心里只有事业、眼睛只看得见员工冷暖的胡兵其实没变，还是当年那个不善言辞、羞于表达的家伙。在挂了专家号排队等待期间，彩霞身上带病但心里是高兴的，提议去天安门广场看看。胡兵倒是没有推脱，但凡是个中国人到了北京哪有不去天安门的？不过，让彩霞无语的是，看到天安门广场那么多人在拍照留影，她兴高采烈地拉着胡兵要合影的时候，这家伙怎么说都不肯配合，还以自己不上相为由躲得远远的，任由彩霞和摄影师轮番劝说，他只管摇头拒绝。最后惹得彩霞生了气才勉强同意合影，照片出来也是一脸抗拒，生生把一副器宇轩昂的好相貌照成了苦瓜脸。彩霞有时候都想不通，那时候是怎么看上的胡兵，他明明就不解风情还大男子主义，缺点硬是被勤劳坚韧的表象给掩盖掉了，才让自己爱他爱到痴迷。

种金子的人

听妻子在耳边唠叨抱怨，胡兵习惯性地左耳朵进右耳朵出，相比于夫妻间的小琐碎，他更在意的是尽快把彩霞的病看好，然后抓紧时间回家。他当然看得出来彩霞嘴上不饶人而眼睛里却涌动着的满足，明白这些年缺席陪伴亏欠良多，也巴不得有时间和精力来哄彩霞开心，可是家里还有那么多事情等着他回去处理，很多业务单靠电话联系、遥控指挥肯定不行。所以，他不允许自己把精力浪费在吃喝玩乐上，哪怕享誉世界的首都各大景点就在眼前，也没办法让他放松心情去留恋享受。也许天生就是劳碌命吧！

大医院的名医专家号属实难等，足足待了十多天，眼看就要轮到彩霞看诊了，胡兵接到金塔县委县政府的电话，通知他赶回治沙基地，准备迎接由三北局牵头、省市林草部门组成的考察组实地考察。考察组啊，如果能够获得政策支持，治沙基地将会踏上发展快车道，而且当面聆听治沙指导，不亚于组团外出学习一次的收获，这样的机会简直可遇不可求。被突如其来的好消息砸中，胡兵内心的狂喜宛如井下发现了矿脉般兴奋，恨不得立刻动身回到基地，但陪着彩霞等了这么多天才盼到的专家看诊就在眼前，一边是机遇难得，一边牵挂着妻子的病情，走还是留，让他属实无法抉择。

胡兵接电话的时候彩霞就在他身边，对于考察组巡视的重要性彩霞不是很明白，但从丈夫的神情就能看出，这次考察必定意义非凡。治沙两年投入几千万元却没见一分钱回报，为此彩霞没少在午夜梦回里暗生闷气，劝不住、挡无效，今年补栽自己甚至亲自下场了，为的不仅仅是减轻丈夫的劳动压力，她也希望胡兵的治沙事业能得到更多帮助与扶持。看着丈夫一脸纠结，眉心拧成了疙瘩，彩霞不忍令他为难，主动开口让胡兵叫车即刻回家，并手脚麻利地收拾东西，生怕耽误一分钟而赶不上当天的航班。

坐在回家的飞机上,胡兵依然处在复杂情绪里久久回不过神来,自打治沙以来,彩霞嘴上说着狠话,用了各种办法来阻挠,但每一次关键时刻都做了让步妥协,甚至亲自组队支援治沙,主动承担起了后勤调度。眼下明明自己抱病亟待治疗,听说治沙基地的机会来了,便毅然决定回家,毫不犹豫地把自己放在了治沙的后面。胡兵看得清楚,对于治沙这件事,彩霞的思想在不断转变,逐渐靠拢,按理说他该为此感到高兴才对,可心里却沉甸甸的,怎么都笑不出来,为彩霞的病情深深忧虑。当临上飞机前彩霞反过来劝他,说等忙完了再进京看病时,没人知道胡兵沉默点头背负着怎样沉重的歉疚,这么多年风雨同舟,过去落魄坎坷,而今小有所成,磨难也好、风光也罢,他最对不住的就是老婆孩子啊!

如果知道这一拖就是十年,再来北京看病时,彩霞的耳膜穿孔已经感染危及生命,胡兵说什么都不会放弃这次治疗,绝对会把妻子放在首位。可这个世界上原本就没有后悔药,更没有"早知道",一切不过都是无奈之下的被迫取舍。此为后话。

2014年是胡兵的治沙事业值得纪念的一个重要节点,得到县委县政府的大力推介和鼓励支持后,大家更有信心甩开膀子加油干,对三年治理5万亩沙漠的计划越发胸有成竹。开春伊始,在彩霞照例嘴上反对实际协调拨款后,胡兵加大投入又砸进2000万元来开拓荒漠。种植梭梭的技术也同步取得突破性进展,李军祥主持研发的新型"磕头机"节水增效设备应用于春季植树,很大幅度提高了生产效率,单人栽植量从原来的日均600株跃升至1100株,省水省力的同时还组建了一个人员为数不多的技术攻关小组,员工们高兴地送他们一个外号——土专家。

有技术加持，治沙就会更有信心。日子一天天过去，基地早两年栽下去的树苗逐渐长成了规模，绿色林地初见雏形。而此时，胡兵又接到了一个好消息，肉苁蓉种子有着落了。梭梭苗扎根后三年就可以考虑嫁接肉苁蓉，只是苁蓉种子非常稀缺，有钱都不一定能买到，一直以来属于有价无市的珍稀品类。所以，当巴图打电话来说他那边找到了购买渠道时，胡兵高兴极了，当即就着手组织人马二上内蒙古。上次去还是三年前，专门考察和学习栽种，这回是请教嫁接，并购买肉苁蓉种子。和上一次的考察团不同，本次主要构成人员以技术骨干为主，学习肉苁蓉嫁接的重任全权交由李军祥负责，胡兵主抓种子购置。听说肉苁蓉种子价比黄金，慎重起见，彩霞还请了大哥加入团队，为胡兵帮忙把关。

治沙三年，大哥嘴上虽然没说什么，却比彩霞还要清楚胡兵的决心，也时常劝说妹妹支持治沙。这次一听彩霞说胡兵要去内蒙古等地购买苁蓉种子，二话不说就向单位请假陪同前往。对于治沙别人不理解，他却有一定的了解，自打胡兵治沙以来默默关注，没少搜集浏览这方面的相关报道，正如文章里说的那样，荒漠治理从来就不是某一个人或者某一个群体的责任，事关全民全社会的生存和发展。既然妹夫已经率先走出了第一步，并为此付出了昂贵的代价，他这个当哥的还跟不上理念的话可就说不过去了。大哥欣然领命随同出发，来到目的地随即投入工作，所谓的"把关"根本不存在，大哥对胡兵马首是瞻，比任何人都要卖力。原因无他，亲眼见识到了治沙的前景和别人家的成功经验，他对胡兵有了超乎寻常的自信，坚信妹夫的治沙事业未来一定大有作为。

胡兵与大哥带着的采购小组在老朋友巴图的带领下，马不停蹄地前往肉苁蓉种子售卖方的据点。那是一处位于小村子边缘的蒙古包，外表看上去普普通通，和传统牧民游牧时期暂居的蒙古包没什么特别之处，甚至还有些破败，可采购小组的人都知道，这里面藏着他们心心念念的、价比黄金的肉苁蓉种子。巴图联系好的售卖种子的人也是一位蒙古族大叔，名叫巴特尔。他身形魁梧，脸庞因常年受风沙洗礼而显得黝黑粗糙，眼神却透着草原人特有的精明与豪爽。

见到胡兵等人到来，巴特尔热情地迎了上去，用不太流利的汉语说道："远方来的朋友，欢迎你们！"

胡兵懂一点蒙古族风俗，连忙上前与巴特尔拥抱，感激地说道："巴特尔大叔，可算找到您了，这次全指望您能帮我们解决种子的大难题。"

巴特尔爽朗地大笑起来："哈哈，只要是为了治沙，为了让咱们这片土地重新绿起来，啥忙我都帮！"

众人走进蒙古包，屋内摆放着几个精致的木盒，一看就是蒙古族特色。巴特尔小心翼翼地打开其中一个，里面便是珍贵的肉苁蓉种子。在这之前，包括胡兵在内大家都没有见过传说中的肉苁蓉种子长啥样，只见木盒内堆积着小小的类似于油菜籽的黑褐色种子，只是体积要比油菜籽小很多很多，让人不禁担心呼气稍微大些都要将种子给吹飞了去。肉苁蓉种子虽然个头不大，却承载着未来治沙事业的无限期望，胡兵看着它们的目光宛如当年发现黄金矿脉，满眼都是惊喜与期待。

大哥也在一旁认真查看，用食指小心翼翼地拈起一粒放在手中端详，趁巴图和巴特尔叙旧之际，低声对胡兵说道："这种子看着倒是饱满，只是我们都没有见过，不敢确定是不是啊！"说着眼神往两位蒙古族朋友身上睨了一眼，接着小声又道："你这位朋友确定可靠吗？价格这么昂贵，可得保证是真货才行。"

胡兵心头也犯嘀咕，巴图的为人他自然信得过，同样作为治沙人，巴图还是胡兵治沙的前辈师傅，他没有理由在这么重要的事情上跟自己玩手段。至于价格，来前就有沟通，肉苁蓉种子贵有贵的道理，物以稀为贵嘛，完全可以理解，只要不是太过离谱，想必成交不是问题。

显然巴图是真心帮忙的，就在胡兵和大舅哥暗自斟酌时，他已经开始跟巴特尔讨价还价，给出了一个令对方不大愿意接受的价位。巴特尔皱眉看向胡兵，似乎听到了他们的低语，不满道："朋友，你来买种子就应该知道，肉苁蓉种子从来都是稀缺宝贝，价格肯定就是贵一点的嘛。"按住试图继续讲价的巴图，他做出一副忍痛割爱的表情，竖起两根手指对胡兵说道："这样吧，既然你们是好兄弟巴图的朋友，那也就是我的朋友了，知道你们是真心为了治沙，所以给你们的价格已经是我能给到的最实惠的了。二十个，一分都不能再少了。"

二十个就是二十万元的意思。胡兵深知肉苁蓉种子的珍贵程度，也明白巴特尔给出的价格在情理之中。对比胡兵的意外，大哥和其他采购小组成员则完全惊呆了，种子而已，再稀有至于这么夸张吗？一公斤二十万元，抢钱嘛不是！大哥也是震惊不已，在别人看不见的背后拽了拽胡兵的衣襟以作提示，恨不得直接上手捂住妹夫的钱包。

买方迟迟不肯表态，巴尔特的一对浓眉皱得像两条粗黑的毛毛虫，不好意思对着胡兵发难，便将矛头指向了介绍人巴图，语气冲人道："巴图兄弟你带来的朋友看起来不像是真正要做买卖的人，二十个他们都嫌贵，根本就是在浪费我的时间。"

巴图赶忙安抚，转头看着胡兵为难道："二十个真的是良心价了，胡兄弟下不了决心是资金有困难还是有其他顾虑呢？实不相瞒，现在的肉苁蓉种子很难买到，我们自家采集来的都不够用，尽管值钱也只能干看着没有多余往外卖的，除了巴特尔大叔，我真的再找不到有一次性能拿出这么多种子的人了。"

"就是的嘛！"巴特尔脸色稍霁，紧随话头说道，"我的种子也不是一天两天得来的，都是这两年跑遍了大沙漠费尽九牛二虎之力一粒一粒攒起来的，拿到市场上去卖可不是这个价钱。"言下之意也就是看在巴图的面子上才降低了价格。

胡兵思忖片刻，他能怀疑巴特尔却不能连带着质疑好兄弟巴图，何况巴图说得没错，除了巴特尔利用放牧时间收集到这么多种子，而自己并不参与治沙才想到卖钱，其他地方但凡参与治沙的单位和个人都没有多余种子出售，对方要价高也说得过去。如果不买巴特尔的，跑去收购那些散兵游勇似的牧民手里的存货，他得费很大精力慢慢寻访，而且种子品质还不保证，如此一来反倒不如眼下这桩买卖划算了。

主意已定，胡兵咬了咬后槽牙不再过多犹豫，痛快地说道："巴特尔大叔，价格方面没问题，只要种子品质有保证，我立马就买。"

巴特尔捧了一只木盒来给胡兵拿着，舔了舔粗壮的手指，从盒子里粘起几粒种子让他看，炫耀道："这个你完全可以放心的嘛，看看有没有坏的瘪的？这都是我一粒一粒挑好了才拿来跟你做买卖，咱们内蒙古人身体里流着黄金血液，是不会欺骗任何人的嘛！"

胡兵借着毡包顶部照射进来的光线看去，盒子里的种子和巴特尔手指上的种子品质一致，看得出来的确是精心挑选过的。当下便点头确认，把盒子交还巴特尔，对巴图笑道："既然如此，巴图兄弟就好人做到底，帮我一起过秤吧！"

"那没问题。"巴图高兴地应下，从背着的褡裢里拿出早就准备好的电子秤和帆布袋，让巴特尔把种子倒进帆布袋称重。

买卖成交，巴特尔也有了笑容，重新恢复成爽朗热情的模样，接了帆布袋去装种子，还絮絮叨叨吹嘘着他亲手采集来的种子品质多高，好不得意。

由巴图监督并负责称重，胡兵放心得很，他拉着大舅哥走到毡房一侧，低声交代："大哥，我看这种子没问题，你现在就打电话告诉彩霞，让她准备打款吧，我觉着咱们带的钱不够。"

大哥虽然点头应下，但他的眉间却皱起了疙瘩，脸色不比刚刚巴特尔好看多少，忧心忡忡道："那你可看仔细了，这么金贵的东西别被人耍什么手腕子糊弄咱。"说罢，他深深吸了口气，不无心痛地慨叹："啥世道嘛，一把草籽籽儿这么贵了！"

胡兵笑笑没再搭茬，转身过去亲自盯着过秤，对小徐他们几个投过来的目光选择视而不见。有什么办法呢？治沙造林、治沙致富必然需要先期投资，哪怕代价再高也得继续下去，现在舍不得购买种子，将来靠什么养活基地？总不能无休止地以矿养林，在他的计划里，治沙后期一定要实现以林养林，那样才能让治沙事业得以长久发展。罢了，回去之后还是开一次会，认认真真和员工们说一说这个治沙理念吧，免得他们也和外界那些不明就里的人一般对治沙生疑，把自己当成疯子、傻子。

双方很快过完了秤，确定了数量，又算出了总价，果然胡兵身上带的钱不够支付，胡兵又继续拜托巴图随行，一起开车去县城的银行提款。之所以会这么麻烦，是因为巴特尔的坚持，对超过一公斤数量的种子所卖出的数十万钱款，他必须得经过银行柜员的验证，确定这笔钱真实地存在自己的银行卡上才放心。对此，胡兵表示愿意配合，曾几何时他也有过同样的经历，巨款到账需要一再确认才敢相信是真的，说到底不过都是过惯了穷苦的日子，乍富之下产生了心理落差使然。

在银行大厅里当着工作人员与保安的面交割清楚，胡兵接过巴特尔怀里的帆布袋，就像某种神圣的仪式，他惯常微笑的脸庞露出一抹庄严的神情，仿佛手上握着的不是肉苁蓉种子，而是自己以及追随他辛苦治沙拼搏三年的员工们的命运。未来治沙基地能够发展到什么规模，取得多大成就，成功抑或失败，责任都在他的肩上。

根据巴图介绍，仅这点种子肯定不够胡兵治沙基地现有林地面积的嫁接需求，还得从其他渠道再去找寻购买。而所谓渠道实在没得选择，就只剩下走访沿沙区牧民随机买卖，除此之外再也找不到像巴特尔那样存量够多的卖方。胡兵亦知此行周折，思前想后把买来的这部分种子交给大舅哥先行带回，他带领小组成员去周边寻访。

"让我带回去？"大哥惊吓莫名连连推辞，"不行不行，我可不敢承揽这么大的任务，几十万块钱的东西万一中途有个失误，我就算砸锅卖铁都赔不起。"他说的是心里话，这金贵的草籽籽，哪怕丢掉一粒都足以使人呕血，他何德何能敢于接受这份托付。

胡兵明白大舅哥的顾虑，知道他在担心什么，如果有更好的选择，他当然也不忍心令大舅哥为难，可是眼下采购任务还远远没有完成，带着种子一路辗转跋涉的风险要比先行送回去的风险大得多。正如大舅哥担心的那样，这值钱的宝贝谁不惦记？匹夫无罪，怀璧其罪，说不定他和巴特尔交易的事情已经传遍了沙区，谁也不敢担保其他人不会生出些别的心思来，一哄而上抢夺都是轻的，还是越早送回去越能使人心安。而护送人选非大舅哥莫属，这一点他倒是跟彩霞有着共同的认知，大舅哥为人谨慎小心，这种事情交给他再合适不过了。

推着大舅哥上车，胡兵不由分说地肯定："大哥你就别推辞了，这可是你妹子的主意，她明确说了这辈子只信任大哥你，我要是不答应，回去又得闹起来，到时候你想想你还能置身事外嘛？去吧去吧，到家了给我打个电话就行，我比彩霞更相信你能胜任。"说罢，汽车启动，任凭大舅哥苦着脸坚辞不受也是枉然，他早就偷偷给了司机师傅一包好烟请他配合，绝不把大舅哥中途放下车。

送走大舅哥，胡兵把采购小组细分成了三个小队，两人一组分头寻访，并赋予他们独断购买的权限，一旦确定种子质量过关，就可以随时下单，以电话联络请求拨款支付。考虑到牧民中有人依然采用传统买卖方式，他特地去银行取了现金分发给各小队，以便遇上那种一手要现金一手才交货的卖家时方便支付。前面购买巴特尔的种子彩霞拨的款还有剩余，接下来他们就能放开手脚去采买，专程来这一趟必要尽可能足量，多多益善。胡兵当时特意交代大家要注重品质，可包括他在内都是第一次接触肉苁蓉种子，许是对于这样金贵的东西本就存有心理压力，越是小心翼翼才越容易上当受骗，之后的零散收购他们不同程度地踩了坑。

事情还要从一户牧民家里说起。胡兵带着小徐寻访上门的时候，这户人家果然听说了有人高价采购肉苁蓉种子的消息，听说和巴特尔交易的大老板正是胡兵，对方激动得走路都发飘。几辈子都在沙区和草原交接的边缘讨生活，这里的牧民生活过得十分拮据，养着为数不多的牛羊，收入来源便只剩下放牧之余的肉苁蓉种子采集。国家治理好的荒漠倒是种有很多的肉苁蓉，但那都是集体林场所有，不允许他们入内采集，他们就把视线放到了尚未圈定归属的野生的苁蓉花上面。每年夏天，紫色相衔金黄花蕊的苁蓉就盛开了，层层叠叠的花朵随着花茎生长次第开放，内含的种子也从最底下的花苞开始成熟，如果采集不及时落了地，那可就再也找不见踪影了，因为苁蓉种子太小太轻，即便微风拂过都足以将它们吹散，然后掺进沙土里难以分辨。所以，肉苁蓉种子的采集特别费时费力，需得盯紧每一瓣花的生长状况，早了不能摘，怕种子不够饱满影响品质，卖不出好价钱，迟了则种子流散，白白浪费精力，也就难怪价比黄金了。后来牧民们学着林场的方法给苁蓉花套上布袋、纱巾，隔两天去看一看调整下松紧程度，等着一株花的花期开完后内部种子成熟，最后一次性连带花茎采回家，在干净的地面上摔摔打打一番，种子就落在了手里，可谓经验老到。

　　老牧民拿出报纸包了一层又一层的肉苁蓉种子，一边颤抖着手掌铺展呈现，一边用带着浓重方言的话语向胡兵推销自家的种子。"巴特尔年轻力壮，还有马和汽车，他卖的就多，我们嘛跑不远，收来的种子也少，但是我们懂得养种，他不懂的嘛。"

　　胡兵听得迷糊，他是农家子弟出身，小时候也曾见过每年秋天粮食作物收获后选留种子，可没听说种子还需要养。又或者是他忘了，原本是有"养种"的工序？小徐八零后的小年轻更不懂这些，这次跟着团队出来更多是为了长见识，远不如参加过上回考察团的老员工对治沙成功案例的见怪不怪，小伙子全程都在新奇里缓不过神来，此时此地对牧民家里的陈设感兴趣，心思压根儿就不在这家人说的话上。

　　见胡兵提出疑问，老牧民眼神闪了闪极快地隐去，引导胡兵看纸包里的东西，说道："你看嘛朋友，我的种子里是掺了麸皮的，这样子养着种子不会干死，下到地里发芽快得很，他们的种子一年发芽三年长大，我们养好的半年发芽，两年就能挖了嘛。"

　　胡兵抓起一小撮端详，的确是麸皮掺杂着黑褐色小籽粒的一包东西，鉴于之前和巴特尔有所交易，认识肉苁蓉种子，他能肯定这是真东西，但掺了麸皮怎么算价格是个新问题，当下便询问老牧民道："大叔，我不知道你说的养种有没有科学依据，但很明显你的种子是掺进麸皮的，麸皮不可能和种子一个价吧？"

老牧民摇头反对，开始动手摆弄纸包，一副谈不拢就不卖了的架势，语气也很坚决道："那这么说的话我就不卖了，还有更好的人来收我的种子，别人都没有你这样说的嘛！"

一看老牧民这架势，胡兵就清楚对方在故意抬价，他有少年时期就干买卖的经验，论讨价还价只要他不想让利，那谁都别想占了便宜去。呵呵笑了两声，胡兵起身就走，有意做出不屑一顾的模样道："不要了不要了，你还是留给别人卖去吧，我们再去前面的人家看看。"

"朋友，不要着急走嘛！"老牧民赶忙停下手里的动作，仰头挽留道，"价钱完全可以商量的嘛，你再来看看我的货嘛。"

就知道是这个结果！胡兵暗自发笑，把对方的思路带进自己的节奏，俯视着自认为精明的老牧民，他简短地问道："一句话，麸皮不能按种子的价格收，你就说卖不卖吧？不卖我立马就走。"

老牧民无奈于奸计被识破，招手示意胡兵蹲下来，嘿嘿笑道："卖嘛卖嘛，怎么说不卖呢，你说咋样就咋样好了。"

胡兵笑了，依言俯下身去扒拉着纸包里的种子，喊小徐拿家伙什过来。出发前他购置了三台电子秤，小队各带一台方便随时称重，自己这边就由小徐放挎包里背着。示意小徐过秤，胡兵笑着跟老牧民谈价格："大叔，跟你说实话吧，我干了快三十年买卖，只有我蒙别人，别人可别想蒙我，你说掺了麸皮是养种，姑且就算吧，我也不让你筛了，价格一公斤给你十五个，同意不同意？"

老牧民又开始摇头，伸手握住胡兵的手拉进自己宽大的袖子里，嘴里喋喋反对道："那不行的嘛，十五个太少了，我们全家人汗珠子洒进沙漠也不容易的嘛。"

这是袖里谈价了，胡兵微微一怔，随即笑意重新浮现，经商多年，差点忘了民族地区的人们还沿用着这套议价方式，倒是令他颇感有趣。感受着袖管里被对方捏住的食指和中指，他亦笑着摇头，反手捏住老牧民的食指摇了摇，松开又捏住他的全部五个指头，嘴上说道："你说的那个价不可能，除非筛干净麸皮再称。"

老牧民不依，又在袖管里重新讲价，捏出了十九万元的手势。胡兵则以他掺了其他东西为由拒不让步，还坚持着十五万元。老牧民倒也不急，从十九捏到十六，就此停住不肯再议。

胡兵已知这是最低价了，转头去看小徐递上来的电子秤数值，在脑海里快速估算了一下总价，随即抽出手掌，痛快道："好吧，成交。"

老牧民心满意足，笑出了一口黄牙，拊掌称赞："这就对了嘛，好朋友就是这个样子的嘛。"嘴上奉承也不耽误他的精明，高声招呼屋里人拿"蓝莹莹"出来。

"蓝莹莹"又是什么东西？小徐以眼神询问，胡兵回以他一个神秘的微笑并不作答。及至屋里走出来一个老婆婆，看到她把验钞机递给老牧民，小徐这才恍然大悟，原来他们口中的"蓝莹莹"是这玩意啊！顶着胡兵憋笑的表情，小徐用计算机算出了支付价格，老牧民确认后帮老牧民数钱。这家数量不多，即使拿麸皮当种子卖也只有不到一万块钱，小徐很快点清钞票，反复数了三遍，才付给老牧民。趁对方老两口一张一张验钞的间隙，他亦觉好笑，对胡兵咋舌说道："家里备着验钞机呢，看来没少卖钱啊，还叫了个洋名儿，害我以为他家藏了个明星。"

"啥明星？"这回轮到胡兵疑惑了。

小徐嘿嘿一笑解释道："蓝盈莹嘛，《甄嬛传》里的演员，我媳妇最爱看那部电视剧。"

原来是个演员的名字。胡兵忙得哪有时间看电视剧，不禁数落小徐：

"整天就知道关心那些稀奇古怪的,半点心思不往工作上放。瞧瞧人家做事多细致,你要是也有这份耐心,将来把你们老板娘的担子接过去也不是不可能。"

"那还是算了,"小徐笑着打趣,"我就这点本事了,跟着你跑跑腿打打杂还行,老板娘的担子我可接不了,钱多,数不过来。"

胡兵嗔笑道:"出息!"说完了看那老夫妻二人验钞还得一阵儿,便接着若有所思地问道:"哎小徐,你在彩霞手底下工作了好几年,以你的分析,她张口闭口都在反对治沙,每次拨款都要唠叨个没完,可基地上忙开了又主动跑来帮忙,你说她是个什么心思?到底反对还是赞成治沙?"

小徐怔了怔,挠头笑道:"这我哪能分析得出来,你跟金总几十年了都说不清楚,我才认识她几天呀!"

"你不是分析不出来,耍滑头不想得罪你们金总倒是真的。"胡兵点出小徐的顾虑,也不想在这件事上深究,反正彩霞同意与否都已经治了三年的沙了,他不可能半途而废。

说话间老牧民点完了钞票,胡兵收住话头跟他告辞。老牧民高高兴兴地送他们出来,还好心地提供了他所知道的几家有可能存有种子的人家,指了路让胡兵去收购。买卖既成仁义也在,双方友好告别,胡兵走向下一家继续寻访,小徐落后几步却还在为刚刚的话题纠结,兀自嘀咕。"我才不是怕得罪金总,我要是她也肯定不能同意治沙,那么多钱呢,干点啥不好,非得折腾沙子,没苦硬吃……"大约小徐的想法能代表很大一部分人的思想认知,而且绝对占主流。只是他不敢当着胡兵的面说,也就在私底下吐槽两句过过嘴瘾罢了。

第二章

胡兵这边接下来的收购大致相似，都是零散牧民手里的零散货，有的掺了夹带，有的没有。有夹带的按老牧民家的价格收购，纯种子就给巴特尔一样的价，几天下来收获还不错，收了差不多两公斤，付出去几十万块钱，或现金或转账，累则累矣，不虚此行。而其他两个小组跟他比就相形见绌了，到了约定好的碰面地点一看，各自收了一公斤左右的量，其中不单有夹带麸皮、面粉的，更有甚者掺杂煤灰和沙土一起卖了高价的。

"他们说了，这样能锁住种子的水分，保证发芽率。"第二小队的队长老冯深信不疑道。

第三小队的两个员工也同声附和，对之前和巴特尔的交易都产生了质疑："对呀，我们去收的时候都是这个说法，巴特尔赚了那么多钱，都不知道他的种子发芽率怎么样？"

那谁知道呢？胡兵也说不上来孰是孰非，要想知道结果只能等种进

种金子的人

地里才见分晓,而且短则三年长则五年,不到肉苁蓉长成,都是两眼一抹黑的买卖。好在他心理承受能力非同一般,能找出深埋地下的金矿,还怕种不出小小的植物了?大舅哥不是说了吗,一把草籽籽而已,贵是贵了些,能比找黄金难到哪儿去?他有信心和耐心等待这批种子长成鲜嫩珍贵的肉苁蓉,三年五年都不是问题。毕竟是仙草嘛,需要时间沉淀,能接受,神话故事里王母娘娘的蟠桃还得三千年一开花、三千年才结果,又需三千年方能成熟,肉苁蓉不敢跟蟠桃相提并论,那三年五载长成已经算快的了,荒漠肉苁蓉可不是大棚蔬菜。

采购任务基本结束,胡兵牵挂着学习嫁接的技术小组,给李军祥打去了电话商量归期。与采购组的遭遇不同,技术组按部就班稳扎稳打,已经掌握了基本操作,李军祥在电话里大致描述了一遍他们的学习过程,敲定返回日期,告诉胡兵不用来接,双方在车站见面就好。胡兵觉得这样也行,避免了折返浪费时间,嘱咐李军祥给传授他们技术的师傅买礼物表示感谢,然后直接去车站会面。李军祥应了,挂断电话后嘴角泛笑,胡兵什么时候都忘不了感恩,不愿意亏欠别人,这是他的又一良好品质。他安排小组成员收拾行李,自己出去采买礼品,脑海里不由浮现出当日来这里学习的点点滴滴。

也是通过老朋友巴图的牵线搭桥,李军祥带领技术骨干们来到了当地一位经验丰富的苁蓉种植户家中,向他请教嫁接技术。这位种植户名叫苏和,在苁蓉种植领域已经摸爬滚打了好多年,有着一套独特且成熟的嫁接方法。苏和热情地接待了李军祥等人,他带着众人来到自家的苁蓉种植地,现场演示了嫁接过程。只见他熟练地拿起铁锹,用脚步丈量了一下两株梭梭的距离,在距离梭梭大约一米远的沙地上挖出了壕沟,壕沟不深,目测有一米深。然后,苏和抓出半把种子撒进沟底,用铁锹刮分均匀，便开始填土，动作娴熟而精准。

　　李军祥看得目瞪口呆，就这么简单？而且，苏和随意抓了半把种子就撒了下去，那得是多少克啊？虽然没有参与种子收购，但不妨碍他第一时间获得采购组的动向，就在一个多小时前他接到金大哥的电话，得知肉苁蓉种子以每公斤二十万元的价格成交，他清晰地听到自己澎湃的心跳，以及电话那头金大哥急促且不安的呼吸声。肉苁蓉种子价格达到了惊人的一克两百元，他简直不敢相信自己的耳朵，三观都隐隐有些崩溃。什么鬼马交易？胡兵眼皮不眨一下就付出去一笔巨款，三十多万要是给技术组，他能把磕头机量产化。疯了，真的是疯了！李军祥收起电话还久久不能平复心情，自己到底是跟随怎样一个狂徒在搞事业啊？

　　正因如此，当他看见苏和抓了半把种子撒进沙沟，李军祥的心跳又开始加剧，急忙拉住对方铲沙子的手臂，额头见汗地问道："苏大哥，你确定这一株梭梭的嫁接需要用到那么多粒种子吗？"

　　苏和不明就里，直起腰来笑呵呵地介绍："你看这就是你外行了不是，梭梭嫁接肉苁蓉原本就是这样的常规操作呀，别光看撒进去了多少种子，要知道一次足量播种就能管至少十年……"

　　"十年？"李军祥出言打断，惊讶道，"为什么是十年，确定能管十年吗？"

　　见李军祥一脸震惊加不可思议，苏和好脾气地笑着，继续耐心解说，指着尚未来得及掩埋的沙沟给他们看，循循善诱道："你们近前来看看，我挖下去的这沟里能看得见任何树木的根系吗？"知道这些来学习的新手还不懂，接着道："不要小瞧梭梭，它的根系十分发达，具有自动寻找水分的功能，只要咱们把苁蓉种子撒下去，覆上沙土，然后在上面浇水，梭梭根就能顺着水的方向蔓延生长，很快伸展到种子这边来。到时候你们猜猜会发生什么？"

李军祥抬眼看来，试探性地猜测："苁蓉种子也有自动识别功能？"

苏和哈哈大笑："那可不对，种子又没有长脚。但是，梭梭根系长到一定程度，铺满了沟底，这个时候就能够让苁蓉种子依附在它的根上，有梭梭根供给营养，苁蓉种子开始发芽生长，用不了几年就能长成胖乎乎的果实，采挖不及时，它还会破土而出开出花朵来呢。"

原来是这样。可是，即便嫁接原理如此，那些种子依附在梭梭根部，长完不就长完了，怎么可能管十年呢？李军祥还是觉得不能接受对种子的肆意挥霍。

面对好学且求知欲旺盛的李军祥，苏和不但没有表现出傲慢或者烦躁，反倒更为认真地讲解起来，纠正了刚才自己的失误。梭梭根系的确会顺着水源方向自动延伸，但要长满沟底不是一蹴而就的事情，它们的生长速度和根系发达程度并不统一，让嫁接的种子全部依附并发芽生长需要很长的时间，十年都不一定能保证百分百附着发育，还有一部分也许用时更久，也许再也不会有发芽的机会，永远埋没于沙土中不见天日也是有可能的。这样算来，一次播种管十年才站得住脚。

李军祥总算听明白了，随之释然。是啊，人生在世，穷其所有都不见得能够出人头地，何况花草树木。不是每一粒种子都能生根发芽，播种时适当加大撒入沙土的种子数量就不算浪费，看来这回胡兵又要投入很大一笔钱了。李军祥不禁替他肉痛，肉苁蓉的影子还没半个呢，就花出去这么多，明年扩大规模不知道又要多少投资？按照胡兵曾经给他描述过的那幅蓝图，整体计划实施将是天文数字般的巨大投资，而治沙收益目前根本没有任何进项，未来如何不好预料，一直进行下去就是个无底洞。这种赔本买卖也就胡兵能干，但凡是个正常人都得权衡一下利弊。

由此可见，他所追随的那个人原本就不简单啊！

接下来的几天里，李军祥等人跟着苏和起早贪黑，认真学习每一个嫁接步骤和管理要点。他们在苏和的指导下，亲自上手进行嫁接操作，从一开始的手忙脚乱到后来逐渐熟练起来，终于完全掌握了这门技术。学习技术的同时，李军祥还发现苏和以及巴图这一群人在治沙过程中，不仅仅注重植被的种植，还发展起了相关的生态产业，比如利用沙棘果制作饮料、开发沙漠旅游项目等，既实现了生态效益，又带来了经济效益。他脑子活泛，即刻联想到了自身：别人家这种增产模式，咱们是不是也可以借鉴一下？治沙基地刚刚起步，比不得这些成功典型，但肉苁蓉嫁接成功形成一定规模后，发展相关的深加工产业肯定是必然趋势。有了这个思路，李军祥内心雀跃不已，恨不得赶紧和胡兵见面畅谈一番，不知不觉他已经彻底融入，成了地道的治沙人，从思想到行动与过去完全告别，不但消除了对胡兵治沙动机的怀疑，还时时处处以治沙基地和治沙事业为先，把这份工作当作自己的事业来做。三年前胡兵说的话应验了，治沙真的会上瘾。

就在胡兵等人在内蒙古积极学习和采购期间，他们的治沙基地那边却传来了一个不太好的消息。基地里新栽种的一批梭梭苗，出现了大面积枯萎现象。负责基地日常管理的丁丰龙在电话里焦急地说道："也不知道咋回事，这些梭梭苗最近叶子都开始发黄，然后就慢慢枯萎了，我们已经加大了浇水量，可还是不管用。"但凡能拖延几天，他都不想告诉胡兵，明知道他们在外干正事，说了也只是平添忧虑，远水救不了近渴，可随着一天更比一天严重的苗木病害，他实在没办法了才打电话汇报。

胡兵一听，心急如焚。正好本次外出工作任务圆满结束准备返程了，便再次打电话催促技术小组加快速度，恨不能肋生双翼即刻飞回去。电话那头李军祥一听也是着急，把买的营养品一股脑儿放在苏和家院子里，都来不及送进屋里去，便带着小组成员火急火燎地赶往约定地点。双方见面无需多言，驾驶汽车飞也似的赶回了基地，一路上大家都没心情说笑，无一不在牵挂着他们视若珍宝的梭梭树苗。治沙的事情大过天，员工们和胡兵的心在一处，回来后第一时间直接赶往治沙基地，把家人放在后面。

丁丰龙在电话里的汇报还是轻描淡写了，当胡兵看到周围一大片连着一大片都是枯萎的梭梭苗时，他的心里一阵刺痛，感觉头上的天都暗了。好端端的怎么会发生这种情况？过去两年，包括沙尘暴后补栽的苗木都没事，单单今年栽下去的新林地出了幺蛾子，这不正常啊！

"我们观察琢磨了几天也没个头绪，浇了两遍水还是不见起色，胡总你来看这边，"丁丰龙边说边带着胡兵等人走到前面，指着用彩色绳带圈起来的一小块林地继续道，"我和老杨没经过你同意，擅自做了个小实验，给这一块地搞了点肥料，又撒了多菌灵到地里，还真有些效果。"

胡兵没言语，蹲下去仔细观察，果真这块地里的梭梭苗长势要好很多，虽然依旧不如前两年栽下去的苗木健壮，但比起周边枯黄萎败的树苗算是生机勃勃了。他叹了口气，放眼望去，前面是无尽的荒漠，正等待着治理驯服，后面则是一张张沉重的面孔，员工们的身家、未来和治沙基地系于一身，容不得出半点差错。时至今日，他还没有把矿上的潜在忧患告诉大家，不敢告诉他们在国家实施的关闭中小型矿业政策之下，他们的金矿经营岌岌可危，如果矿井关停，治沙基地的投入势必就会受到影响，仅凭现有的那点资金用于治沙能够支撑多久，真的不敢设想。而治理荒漠说到底就是个花钱的事，固然后期可以林养林，但前期的投入直接决定投入与收益的产出比，没有谁能承担得起一直亏本经营。怎么办？重新补种已经错过了时间，苗子都没地方买去。何况，购置肉苁蓉种子刚刚花出去一大笔钱，再行投入的话，彩霞那一关都不好过……

独自纠结权衡之际，李军祥却发现了端倪，他手上攥着一株半枯萎的苗子，来到胡兵面前说道："胡总，我找到问题根源了。你看……"他手指捋过梭梭苗的茎秆，腐烂的表皮相应而落，露出里面黑黢黢的一截树干。

"这是根腐病？"胡兵试探地问。

李军祥摇头："严格来说不叫病害，是人为损害，这批苗子卖给咱们前泡过药水，一开始看不出来，种进地里过段时间才能慢慢显现，这也就是为什么老丁撒了多菌灵能够起效的缘故，苗子从根源上就腐烂了。"

一旁的丁丰龙听了大吃一惊，左右看看，弯腰拔出一株，学着李军祥的样子抹了一把，果然薄薄的树皮就变成烂泥，糊满了手掌。"这不是骗子嘛！"他气恼大叫，对胡兵义愤填膺道，"我这就去查进货单，看看是哪一家丧了良心的供应单位做下的缺德事，咱们上工商局告他去，上林草局去评理。"

"先不急，"胡兵出言阻拦，苦笑一声，"当务之急是想办法保住现有的苗子，打官司往后放。"说着，看向李军祥，近乎虔诚地虚心求教："老李，以你看，还有补救的办法吗？"

李军祥不敢贸然回答，这是治沙以来的又一新问题，已经超过了他所掌握的技术范畴，能不能挽救真是一点把握都没有。抿唇沉思，他只得实话实说:"要不,还是求助于林业专家吧,免得贻误,造成更大损失。"

胡兵也没有更好的主意,当即拿出手机联络县林业局工作人员,咨询相关事宜,看看能不能请一位专家过来。而员工们得知罪魁祸首是苗子供货方,立马和丁丰龙同仇敌忾达成一致,誓要追究对方的责任。不过,正如胡总说的那样,当务之急是抢救林地,不要让一季辛苦落空,打官司长年累月的,他们可没时间和精力消耗在那些事情上。

县林业局接到胡兵的汇报后非常重视,立刻联系了相关的林业专家,邀请他们前来基地诊断,第二天就有一支由高校教授组成的专家组来到了县上。胡兵亲自开车领路,迎接专家组和县委领导莅临指导。经过一番详细的检查和分析,专家组得出了结论,和李军祥的猜测大差不差:这批梭梭苗先是经过药水浸泡,而后感染了一种荒漠特有的真菌病害,这种病害在土壤中潜伏,一旦条件适宜就会暴发。而前段时间基地所在地区的一场异常降雨,恰好为这种真菌的滋生提供了有利条件。

前段时间的降雨大家都知道啊,当时还为比往年提早的天降甘霖高兴来着,没想到正是这场雨水给了病菌滋生的温床,真是白高兴了一场。"那现在有什么办法可以挽救这些梭梭苗吗?"胡兵焦急地问道。

专家中有一位专业研究荒漠林草繁育的老教授皱着眉头,思索了一会儿说:"目前来看,只能尝试用一些针对性的杀菌剂进行灌根处理,但效果还不好说。而且,即使这批梭梭苗能够救活一部分,后续也要加强对土壤的消毒和病害监测,防止类似情况再次发生。你们要投入的时间和精力无形中就增加了很多啊!况且……"老教授手指着眼前的林地画了一圈,继续道:"荒漠治理不是责任田播种,要把有限的资源用在无限的管护里头,其中的代价可不是个小数目。"

"只要有办法能挽救,我们不计代价。"胡兵没有丝毫犹豫,立刻安排丁丰龙和李军祥记录专家建议,组织工作人员按照专家给出的方法进行杀菌剂灌根处理。

看他雷厉风行的模样,专家组的教授们和县委的领导都不由得肃然起敬。县委领导感慨道:"要是人人都有胡兵这样坚定的治沙信念,何愁荒漠得不到治理,生态环境不能变好啊!"

老教授也被胡兵不惜一切抢救苗木的行为所感动,临走时承诺可以为胡兵的治沙基地提供免费咨询,等他们渡过这次危机,还会在这里成立工作室,以后让研究生们来此实习。能够和高校教授合作,让专家工作室进驻沙漠,治沙基地岂不是插上科技腾飞的翅膀了嘛!胡兵喜出望外,和老教授互留了电话,只待基地的事情有了起色,就去省城正式邀请教授来指导治沙工作,各方见状也是为他们高兴,可谓皆大欢喜。

在接下来的日子里,胡兵每天都守在基地,密切关注着梭梭苗的恢复情况。经过大家的不懈努力,终于有一部分梭梭苗逐渐恢复了生机,重新长出了嫩绿的叶子。而且,这次梭梭苗病害事件给胡兵敲响了警钟,他意识到,苗木供应不能单一地依靠外来采购,还是要有自己的培育场才能保证品质。和几个骨干碰头一说,丁丰龙是首先赞成的,这回基地出了问题差点没把他给愁死,如果苗子自己培育就能避免相同的事件发生,何乐而不为呢!其他人亦是感同身受,个个举双手赞成。胡兵便拍板决定成立苗木培育部门,技术性工作依然由李军祥主抓,但他还有个建设性意见,就是把培育场放在苋苋村,雇用有志于此的村民们进行实际操作与管护,基地给他们提供配套设施,苗木育成后根据市场价收购,唯一的要求就是严格按照基地给出的技术标准培育,优中选优、多劳多得。并且,胡兵也已经物色好了人选,主要倾向于那些生活困难的家庭，相当于给贫困户一个在家门口赚钱的机会。

这是个好主意啊！既能培育出放心的好苗子，还能给村里的贫困户以帮助，增加他们的劳动收入用以改善生活状况，简直一举两得。莫说基地员工了，县委县政府听了也大赞胡兵此举有企业家的担当。育苗问题解决，林地梭梭抢救成效显著，众人都以为能歇一口气，好好缓一缓疲惫身心的时候，胡兵派下了新任务——梭梭嫁接肉苁蓉项目立即启动。

春季植树、秋季嫁接，这样的安排既符合时令劳作，也有效避免了员工们两头奔忙，是胡兵深思熟虑后的结果。原来春季植树之后大部分员工就要返回矿上去工作，既然已经开始谋划未来矿井关停后的出路，那就有必要调整治沙计划，让每一个员工都有活干、有班上。经历过下岗遭遇的胡兵，绝不忍心让自己的员工跟他一样因为失业而迷茫。员工里头暂时还没有谁看出胡兵的想法，对于国家政策的调整执行也没人刻意操心，反正矿是老板的，打工人只要有钱赚谁关心别的，听指挥闷头干就完了。

接受了梭梭嫁接肉苁蓉的任务，李军祥和他的技术小组按照从苏和那里学到的方法，带领全员有条不紊地展开操作。要嫁接先挖沟，安排员工们沿着梭梭行列开沟，李军祥却拧眉迟迟下不了决断，不想像苏和随意抓一把种子播种那样浪费，考虑再三，他找到胡兵商量如何减少种子浪费。胡兵没有学到完整的嫁接技术，但李军祥一说他就能明白，也非常理解老李的心情，一克两百元的种子的确经不起浪费，想要把"好钢用在刀刃上"，势必就得有创新的方法，而目前对于肉苁蓉嫁接几乎等于盲干，地底下的事情谁也看不见，得怎么保证既不浪费还能达到产出呢？两个人想破脑袋也没拿出具体方案来，连续几天一筹莫展。胡兵只得动员所有人一起想办法,还别出心裁地提出个"有奖征集"的悬赏来,能想到切实可行好方法的给予休假,并有现金奖励。奖励条件是真诱人,奈何员工们一个比一个外行,让他们挥铁锹卖力气不在话下,动脑子的事情可就犯难了,这样一来反倒更添愁烦,连日来胡兵吃饭都没滋没味的。

这日晚间才回到家里不久,彩霞催着胡兵去洗澡,嫌弃他把沙子抖得满屋子都是,大舅哥却不请自来找胡兵聊天来了。最信赖的哥哥来了,彩霞也不好意思接着嫌弃丈夫,切了水果沏了茶给大哥,自己也很有耐心地坐下来听他们郎舅两个说话。

大哥抿了口茶水,半是玩笑道:"我听说你们在搞有奖征集,我有个主意免费给你了。"

听大舅哥的口气蛮有把握嘛!胡兵顿时来了兴趣,笑道:"真要是金点子我肯定不白用,给大哥记特等功一件。"

彩霞欣喜于自己的哥哥和丈夫能有共同语言,赶忙开口帮腔:"那可不嘛,有奖征集也没说不包含亲戚。"

大哥挥手拒绝,敛容认真道:"我是亲手捧着那些宝贝草籽籽回来的,一路上不敢打个瞌睡,上厕所都随身带着,就怕这么金贵的东西有个什么闪失。好在完整地带回来了,一粒都没丢,所以我就在想既然这么金贵,怎么可能随随便便往沙子里一扔就完事呢?"

"然后呢?大哥你到底想到怎么做了?"胡兵迫不及待地追问,他知道大舅哥自来谨慎,没有十足的把握肯定不会张口,今晚主动上门告知,必然是有真知灼见来给他指点迷津了。

大哥向来严肃有长者风范,见胡兵着急也不绕弯子,伸手扯了一张餐巾纸摊开在桌面上,比画道:"我琢磨着把种子粘在纸上再播种,这样就能很大程度上……"

"哎呀，大哥，你可真是神人啊！"胡兵急急打断，兴奋地拽住大舅哥的手狠狠摇了两下，惊喜大叫："种子粘在纸上就能精确定植，最大程度地避免乱撒乱飞，这是节省用量的绝妙好主意啊！"

大哥身量跟胡兵差不多，但常年坐办公室的人哪能跟一身蛮力的妹夫比，抽回被胡兵握痛的手甩了甩，呲牙咧嘴道："我能想到的就这么多了，剩下怎么做你们自己再琢磨琢磨，总之别把一场心血辜负了就好。"

"不辜负，不辜负。"胡兵笑得眉眼舒展，连日来的烦恼烟消云散，再也顾不上和大舅哥絮叨，抓起桌上的车钥匙就连夜回了基地。

看他风一样出门而去，彩霞屁股都没抬一下，淡定地把削好的苹果递给大哥。

大哥不禁埋怨："你也不拦着些他，这黑灯瞎火的就不能等明天早上再慢慢去。"

彩霞轻笑一声，无奈道："多少年了，你又不是不知道他的性子，那就是一匹拴不住的野马，他认定了的事情谁能拦得住。"

见彩霞略有不满，大哥反倒替胡兵争辩开了："话也不能这么说，男人家么天生就要以事业为重，胡兵是做大事的人，你以后在他跟前少唠叨，把两个娃娃照管好才是正主意。"

"好嘛，咱们家又多一个胳膊肘往外拐的，"彩霞把苹果给了大哥，拿起另一只开始小心削皮，不满道，"人人都来说我，教我怎么做事怎么管家，你们怎么就看不见我的辛苦？自打他治沙以来花钱如流水，只见出账不见一分钱进账，啥时候不把那点儿家底子踢倒光，我看是没完了。"

一提起这些，大哥也没了吃水果的兴致，放下苹果起身要走，叹气道："这是你们的家务事，娘家人能说啥？好赖你的日子过得去，娃娃们争气听话，一家子不愁吃喝，这就对了嘛！男人爱折腾你就放开手让他折腾去，强如窝在家里互相看不顺眼闹得鸡飞狗跳。"

彩霞起身来送大哥，把门口的一箱苹果硬塞进他怀里，满口应承着："好好好，你们说得都有理行了吧，我才懒得管他呢，眼不见心不烦。"嘴上虽然这么说，等送了大哥下楼，到底不放心丈夫赶夜路，拿出手机想了想打给了徐鹏程，确认有小徐在开车，嘱咐他开车别太快才收起电话。

在去基地的路上，小徐等电话收线后嘿嘿笑着打趣胡兵："金总这通电话打给我没打给你，肯定你俩吵架，然后被金总扫地出门的吧？"

胡兵正在给李军祥发信息，闻言耻笑一声："胡说八道，你以为是你呢，动辄被媳妇儿赶出家门，告诉你，你们金总也就能管住你们，在你们跟前张牙舞爪，家里头啥时候不都是我说了算，让她往东不敢往西，让她打狗绝不骂鸡。"

小徐握着方向盘笑得双肩直抖："你就吹吧，金总掌握着我们全部人的经济命脉，她指挥你还差不多。"

胡兵不肯承认，笑骂小徐："好好开你的车，毛头小伙子知道什么呀！"他没空和小年轻剖析夫妻相处之道，也无需辩白，彩霞不给自己打电话却问小徐有没有跟在车上，这就已经充分说明了问题，她是担心走夜路一个人开车犯困。彩霞嘴硬心软了几十年，到底还是当年开商店时夜里送货伤了腿的那次经历给她留下了心理阴影。

种金子的人

第三章

有金大哥餐巾纸上粘种子的思路作为基础，胡兵、李军祥和丁丰龙等基地骨干一合计，适用于本次播种的好办法便应运而生。说起来其实不难，先用水车给开好的沟里浇一遍水，然后把粘好种子的纸巾依次铺在湿润的沟底，这样既能保证纸巾与沟底粘连，又能给梭梭根系指明方向，便于梭梭更精准地伸展到种子边上来。沟底漫灌比播种后地面上的渗灌要科学得多，节省了梭梭找寻水资源的时间，也省了种子的用量，简直就是两全其美、神乎其技的好方法啊！

不过，往餐巾纸上粘种子实在烦人，工人们纷纷抱怨，干一天这样的精细活还不如让他们去挖沙子种树来得轻松。也是，粘种子纯纯是个精巧工作，一帮子粗手大脚的老爷们拿根细木棍一粒一粒扒拉种子，比让他们拿绣花针做针线活还要累，即使浑身有力量也完全使不到地方上，能不烦躁嘛！为了鼓励员工们的积极性，胡兵亲自下厨当起了伙夫，好吃好喝地哄着他们干，自己却在食堂的操作间对着锅碗瓢盆嘿嘿地偷笑。没办法，这活他是真正干不了，粘不到十张餐巾纸，就腰酸背痛、眼睛发干，胳膊和手指抖得跟春天植树挖了一整天树窝子似的，这种情况下只能赶鸭子上架，逼着老丁领上大家伙儿去受罪了。

哎！纸巾粘种子的办法好是好，累也是真累啊！目前来说，没有比这个更适宜于自身发展的方法了。可是，治沙规模不断扩大，未来的计划里梭梭嫁接肉苁蓉是唯一可行并获得成功经验再三认证的沙生产业，不可能就只种这一年，便坐等三五年后收获。就今年种下去的这一点肉苁蓉，天知道将来能有多少收益？嫁接必定要紧随植树节奏年年进行，总不能每年都用纸巾粘种子的办法吧？那样也太消耗精力了。眼看着员工们一天天揉着眼睛、咬牙切齿地粘种子，胡兵找来李军祥，让他赶紧研究能够解放人工的新方法。

"我们一开始的起步就是机械治沙，三年过去反倒抛弃机械全靠人力了，这不是走下坡路嘛！"胡兵生自己的气，脸色很不好看，"我就不信一把草籽籽能难住英雄汉，明年要是还用这办法嫁接肉苁蓉，我都没脸说治沙两个字了。"

李军祥搓了把锃亮的大脑门，信誓旦旦地保证："这个你放心，赶明年要是没有创新，我也没脸待在基地了。事实上，这两天我已经有了一个初步构思，只等稍微闲些抽出时间来做实验。"

一听李军祥已经考虑在前了，胡兵顿感轻快，脸色瞬间阴转晴地笑道："我就知道你老李一定会有办法，不是我姓胡的话多，纸巾粘种子那就不是人干的活嘛！"

李军祥也觉得好笑："这话我可不敢瞎说，那是你大舅哥想出来的主意，烦人的确是烦，给你省了不少钱呢。"

谁说不是啊！胡兵摸着鼻尖笑了，大舅哥是真心为了他好，不能用完了人家就说不对，征集想法的奖金都被退回来了，再说咸淡话，叫人家知道了不得寒心吗？

经过一段时间的努力，嫁接工作顺利完成。接下来就是漫长的等待期，大家都在期待着肉苁蓉种子能够成功着床，长出新的植株。在这段时间里，胡兵加强了对基地的管理，不仅增加了巡林次数，防止有人破坏林地，还定期组织工作人员进行技术培训，提高他们的业务水平。随着肉苁蓉嫁接工作的完成，胡兵开始考虑发展相关产业的事情。他和团队骨干以及基地的核心成员们召开了多次会议，讨论产业发展方向。有人提议发展肉苁蓉深加工，将肉苁蓉制作成保健品或者中药材，卖到市场上盈利；有人建议利用基地的自然风光，开发沙漠生态旅游项目。这都是将来要努力的目标，不存在什么争议，但以目前的基地规模和治沙节奏，最快也得几年之后才能实现，胡兵不想等，也等不起。所以，他的想法依然是扩大治理规模，大幅度提高治沙造林的效率。

甩出一份计划书和一张批文，胡兵告诉员工们，他提交的下一年治沙承包申请得到了县委批准，这回一次性承包了10万亩荒漠，承诺用两年时间完成治理。两年10万亩？这也太夸张了吧！员工们个个惊得一脸土色，过去三年时间拼死拼活、砸钱砸人地干，才治理好了5万亩，就算是提高效率，两年再治5万亩是有可能完成的，但胡总张嘴就翻番，还缩短了工时，这不是"胡吹冒料说大话"嘛！

面对员工们的质疑和抗议，胡兵拿出了他的杀手锏，把李军祥推到主位上，让他具体解析。原来，就在嫁接完肉苁蓉，基地员工们轮流休假期间，李军祥在研究嫁接工具时灵感大爆发，发明出了新型播种机械，根据功能和特点，他和胡兵商议良久确定了一个生动的名字——链式精量播种机。这种机械不单可以用于开春植树造林，还可以用于嫁接肉苁蓉的播种。相比第一年使用的挖掘机、第二年的链式开沟机、第三年为人称道的"磕头机",这次推出的新型链式精量播种机是结合前面三代机械优点并经过改良和融合的第四代产品。"磕头机"其实也有一个充满科技感的名称,叫"螺旋打坑机",不过因为大家叫惯了俗名而减弱了科技感。

把第四代机械的成品图分发到员工们手上,李军祥做了设计理念的简单阐述,然后用一组数据展示,引导大家做直观对比。一代机人均栽植苗木数量在单日500~700株;二代有所改良,也仅有800~1000株;三代磕头机算是效率高的,实现了人均植树超1000株的突破;而四代机经过试验,可以实现一台机器单日播种量40000株。

听李军祥介绍新机械的性能与功效,员工们仿佛在听天书,谁都不敢相信这是真的。胡兵见状补充发言,重申了四代机的优势,结合自己的切身感受鼓舞大家:"单日播种40000株,这是什么概念?解放双手,轻松替代人工完成劳作,往后大家只需要驾驶机械和维护保养播种机,把最繁重的那部分工作交给机器就行,省点力气看看书提高技术素养不好吗?节省出来的时间给到各自家庭,陪陪老婆孩子、孝敬爹妈不好吗?最关键的好处还有,有了四代机再也不用纸巾粘种子了,更不需要把春种和秋季嫁接分开来做,栽植苗木时同步播种肉苁蓉,一次性搞定两件工作,你们还犹豫个啥?这才是真正意义上的机械治沙!"

有福利还能说啥呢?众人总算听明白其中的好处了,别的不说,能够腾出时间来陪伴家小就足够诱人,更遑论从此告别纸巾粘种子那样的非人劳动,可把大家给高兴坏了。

员工高兴,胡兵自然更高兴,挑眉自豪道:"这回你们相信我说两年治理10万亩不是吹牛了吧?有咱们的四代机和技术攻关小组作为智囊，往后只怕你们太闲主动提出来一年治理10万亩也不一定呢！"

"那还真说不准哦！"丁丰龙哈哈笑着拍了把挨着他坐的李军祥的肩膀，竖起大拇哥给他点赞，"老李比那些大学教授还有本事，真不愧是咱们的土专家啊！"

李军祥搓着自己越来越秃的大脑门谦虚一笑，谁能想到治沙三年就足以把一个外行锻打成土专家呢？要知道当初留下来参与治沙，他可是抱着揭开黑心矿主妄图占据沙漠开矿掘金真相的心思而来，仅仅一千多个日夜便彻头彻尾成了"黑心矿主"的马前卒，不单消除了各种怀疑和偏执思想，竟对这份"苦死人不偿命"的事业甘之如饴了。

定了调子，万事俱备，只待春雷乍响就能付诸行动，胡兵由衷地感到畅快。之所以提出两年10万亩计划，胡兵自然有着自己的考量和对治沙事业的全盘衡量，除此之外还有一份不足为外人道的私心，那就是趁金矿还在产出，彩霞虽然叨叨却并未掐断治沙投入之前，尽可能多、尽可能快地扩大治理规模，以免到时候束手束脚。男人恐怕都有差不多的心思，在家里能够跟老婆放低身段赔笑脸，一到外面个个都是大丈夫，坚决不能背上"妻管严"的名声。彩霞算是通情达理的好妻子了，奈何胡兵要做的事情实在烧钱，也怪不得每每花钱她都鼻子不是鼻子、眼睛不是眼睛地给他脸色瞧。

新年伊始，就在基地整理工具为即将到来的植树造林做准备，胡兵也奔波在育苗户之间选定高质量苗子忙得不可开交的时候，县委通知有一批特殊的客人要来他的治沙基地参观学习，让他们做好接待准备。过去都是他们组团外出学习，什么时候轮到别人来取经了？胡兵意外之余颇感荣耀，交代随行的员工继续挑选树苗，他开车出了村子，往基地来组织接待。有着外出学习的经验，接待不是什么问题，只要不是那些打扮得花枝招展来走过场拍照留念的客人，他都愿意拿出十二分的热情好好迎接。

来到基地，客人已经先于他一步到了，基地里大家各有分工，这个时间李军祥和丁丰龙还在村里选苗，现场只有杨万忠带着他的机械小组在保养车辆。擅长表达的几个人都不在，面对这一群"不速之客"，可把自来腼腆不善言辞的老杨为难坏了，一见胡兵回来，他像个留守儿童似的迎着车子就跑了过来，要胡兵下车去应付客人，他负责停放车辆。胡兵好笑，只得刹住车子交给他，自己步行过去跟客人接洽。老杨这人憨厚实在，做事从来都是最让人放心的那个，唯有待人接物稍显木讷，这把他的闪光点都遮掩了。

所谓"客人"还真的远来是客，他们是一群来自环保组织的志愿者，不知道从哪儿听说了胡兵的治沙事迹后，通过省、市、县各级单位联系沟通，前来参观学习。带队的是一位文质彬彬的年轻人，他自我介绍说正在研读博士，所学专业是生态环境保护，与荒漠治理有着密切关联，团队中其他成员基本都是在读大学生，从遥远的首都北京辗转来到金塔，看见还处于蛮荒状态没有得到治理的巴丹吉林沙漠，这群年轻人算是长了见识。胡兵热情地接待了这些志愿者，带领他们参观了基地的办公和食宿各处，又去了梭梭苗种植林地，讲解肉苁蓉嫁接，也谈到了未来的计划。虽然这些客人与来之前猜测的不大一样，他们过于年轻稚嫩，号称志愿者却对治沙和生态环保的认识还只停留在书本阶段，缺乏实践劳动，但他们身上散发着蓬勃的青春朝气，都怀有一颗致力于改造恶劣生态环境造福人类的雄心壮志，单是这份志向就不容小觑，令人欣慰。正因如此，胡兵没有轻视之心，把他们当作同事一般平等相待，挨个儿耐心地回答每个人的问题。"大漠孤烟直，长河落日圆。"唐诗里的唯

种金子的人

美在现实中并没有那么浪漫，午后照例刮起的沙尘暴中，年轻的志愿者们被眼前的景象所震撼，终于对治沙有了新的感触，纷纷表示要向胡兵学习，毕业以后积极投身环保事业，走出象牙塔学以致用。

而在与志愿者们交流的过程中，胡兵也了解到了一些最新的环保理念和大政方针，更加明确和坚定了基地的发展方向。治沙脱贫、治沙致富，未来要走的路还很长，同时亦意识到治沙事业需要不断创新和进步，要让科技引领治沙。譬如国家对生态环保的日益重视，已经上升到了全社会共同关注、共同出力的层面，治沙造林就不再是个人的事情，生态屏障建设也并非一地一村的责任，治沙事业将来必然会成为朝阳产业。只是，这条路属实没那么好走，形成规模闭环生产，治沙致富道阻且长啊！

不管怎么说，这次和志愿者团体的交流沟通让胡兵受益匪浅，鉴于重新考虑了生态环保的大理念，以及去年林地的苗木品质无法保证的状况，胡兵又有了一个大胆而烧钱的新想法，他要对基地的灌溉系统进行改造升级，采用更加节水高效的滴灌技术。沙漠里头铺设滴灌，无疑又是惊呆众人的操作，且不论十几万亩林地耗材巨大，滴灌哪有大水漫灌来得省时省力？员工们纷纷表示这个办法是有钱没处花的典型，真要给沙漠铺了滴灌，村里和社会上那些人不得又嚼舌根笑话他们脑袋被门夹了吗？

预料到员工们会有反对意见，胡兵也不着急，让小徐去书店买回来一大批有关生态环保方面的书籍，还搜罗了很多这方面的视频和专题片，每天组织全员学习。大家这才对生态环保和治沙造林的关联有了深入了解，明白了胡兵的一番良苦用心。治沙造林是生态建设的一种方式，节约用水也是啊！取得所有员工的认同，趁植树季前胡兵紧锣密鼓地着手建立滴灌厂，厂址就设在茇茇村外与治沙基地相连的一块平坦沙地里，开工仪式上他宣布滴灌厂的招工以村里贫困家庭为优先聘用对象，当场就有村民报名。先是育苗优先照顾贫困户，现在工厂招工也把贫困家庭放在首位，治沙和扶贫结合起来，扶贫、治沙两不误，真是带动村民们参与治沙的最优方案了，这回没人再笑话胡兵抽风瞎搞，人们都对他的帮扶善举和治沙壮举交口称赞，治沙基地的劳动热情空前高涨。父亲还特意跑来基地，找到胡兵给予肯定，原本因为辛三爷那件事，让他老人家颇为寒心，提醒胡兵不要做滥好人吃力不讨好，而后来的育苗和现在建立的滴灌厂，父亲看出村里人对胡兵的风评转变，总算放下了心结，儿子有出息他知道，有钱还不忘乡亲们才真正值得他引以为傲。

正所谓"人心齐，泰山移"，研发了新型机械，改造了节水灌溉，基地接下来的工作计划有序展开，员工们干劲十足，果真两年时间完成了10万亩荒漠治理的任务，让昔日寸草不生的沙漠披上了绿装。夏天来了，站在高处俯瞰，林地郁郁葱葱、生机盎然，一行又一行梭梭站得笔挺有型，没有杨树、松柏的高大壮硕，却有着能够抵御风沙寒暑的昂扬坚强的品质，在广袤的沙漠里独领风骚。林下嫁接的肉苁蓉经过三年蛰伏，终于破土而出绽开艳丽的面容，星星点点林立其中，紫色彰显高贵典雅，金色昭示富足蓬勃，每一瓣花都在努力孕育希望，只待一季花事荼蘼，把珍贵的种子奉献给这片荒漠，给治沙人送上芬芳迷人的美好祝福。

迎风而立，胡兵狠狠吸了口花香混合着草木香的空气，吐出积聚在胸口五年的压力重重的浊气，苁蓉花开，这是大漠给予植绿人最高的奖赏，数亿元投资落地等的就是这一幅灿烂盛放的美妙图画啊！用绿树红花抵挡风沙，村里的水渠这两年已经很明显减少了挑沙的频率，那个沙尘弥漫里挑渠到绝望的噩梦也不再频繁光顾他的夜晚，这亦是对付出的莫大回报，还能要求更多的话，胡兵想那便是问沙漠要效益了。自打有了自己的育苗场，植树造林再也没有发生过苗子品质不过关的问题，滴灌厂的产出跟得上节水灌溉所需，要是肉苁蓉种子也实现了自给自足，就已经是变相的收益了。试问市场上越来越贵的肉苁蓉种子都是怎么来的？无非是更多人参与治沙，并通过治沙来增效致富，导致种子价格水涨船高罢了。过去没办法，多贵都得买，现在自家林地里有了采集条件，就能很大幅度地节省购买种子的费用，省下来的钱也算收益不是吗？

还记得第一株肉苁蓉被发现的那一刻，丁丰龙巡林中看见还以为是沙蛇露头在狩猎小动物，惊得他抬起铁锹防范，一蹦子窜出去老远。及至观察了半天没见动静，便小心翼翼上前查看才发现自己看错了，哪是什么蛇头啊，分明就是一根木头嘛！他用铁锹蹭了蹭，周边沙子散开露出跟蛇身上相似的鳞片，丁丰龙倏然大惊，得益于小时候就长在芨芨村，曾经见过大人们从沙漠挖回家卖钱的野生肉苁蓉，以及那年去内蒙古学习的经验，他一眼认出这表面覆盖着鳞片的东西正是仙草肉苁蓉，是他们当初绣花一般费尽了心思嫁接到梭梭根上的宝贝疙瘩啊！扔掉铁锹跪在沙地里，他用手刨下去，越挖越欣喜，是的没错，这就是肉苁蓉，小东西终于长成了梦寐以求的模样，在这株生命力旺盛率先破土而出的植株底部，还有几根粗细不等的苁蓉相伴而生，按照这个长势一年后就能长出地面了。

丁丰龙确定是他们嫁接的肉苁蓉长出来了，激动地拿出对讲机呼叫全员，告诉他们这个天大的好消息。巡林员工人手一台对讲机，听到丁丰龙的言语，对讲机里短暂静默了两秒，之后全体狂欢，异口同声都在问地点，都要亲眼看一看这个"磨人的小妖精"长什么模样。"磨人的小妖精"的绰号是徐鹏程喊出来的，还别说挺贴切，到底年轻有创意，引得其他人哈哈大笑。

　　胡兵得到消息稍稍迟了一些，等他驾车赶到林地发现肉苁蓉的地方，员工们的兴奋劲儿都快过了。接近午时，沙漠地表温度很高，几个憨憨只顾着赏玩，都不知道把挖开的沙子填回去，除了已经破土长出地面的那一株苁蓉，地下还在发育期的几株苁蓉被太阳晒得有些蔫。胡兵赶忙刨沙子回填，气笑不得，吓唬他们要是再这么不小心就扣奖金。

　　丁丰龙一听也来帮忙，双膝跪在沙地里笑得像个孩子，把锅甩到徐鹏程身上道："都怪小徐，非要看什么磨人的小妖精，也不怕小妖精半夜找你算账去。"

　　徐鹏程不甘示弱，笑着回怼："刚刚是谁说，这要真的能变成妖精就抱回家供起来的？还不是你老丁嘛。"

　　胡兵搓着手上沾染的沙土起身，放眼看了看四周，嘴角的笑意根本就停不下来，这片林地正是他们第一批种子嫁接下去的地方，有第一根肯定就有第二根、第三根，未来还会陆续长出很多，的确是可喜可贺的一件大事。吩咐老丁给食堂传话今晚加餐，众人接着搜寻了其他地块并没有什么新的发现，便结伴回了基地，洒下一路欢声笑语。

　　苁蓉是仙草，千古以来都以其药用价值而名扬天下，但那要是在地下生长不见天日的为上品，一旦长出地面疗效就大打折扣。不过，就基地目前的发展状况而言，胡兵暂时并不考虑药效的事情，他更关心种子的采集。随着治沙规模扩大，未来要嫁接更多肉苁蓉，种子的需求量单靠外部求购，相当于被别人时时掐着脖子阻碍发展，这种感觉一点都不好受。之后，他派人去学习采集肉苁蓉的方法，得知别人都是缝制布袋套住整株花进行收集，他也让彩霞在缝纫机上制作了几个布袋拿去做实验。结果发现，布袋厚重套住花朵的同时也阻隔了阳光照射，没了光合作用，苁蓉花很快枯萎，一半种子还没成熟就过早掉落，瘪瘪的种子肯定发不了芽。布袋采集不甚理想，胡兵不禁想起当初收购种子时遇到的那个老牧民，他记得老牧民说过是用纱巾包住苁蓉花的。纱巾比布袋更透气，还不影响阳光照射，的确是好的选择。但纱巾也有纱巾的劣势，那就是用料不够细密，苁蓉种子那么微小，加之荒漠里大风小风整日不停，很可能会造成种子流散。布袋太厚，纱巾太薄，有没有什么介于两者之间能够确保种子颗粒归仓的好物件呢？胡兵想不出来，基地员工们更是摇头叹息。

直到那天早上，因为市林草局通知开会，胡兵破例没在天亮前起床赶路去基地，等彩霞做了早饭看着他吃完，出门上班时穿丝袜，并炫耀说她的丝袜都是女儿回来陪着逛商场挑选的，质量多好多时尚时，胡兵眼前一亮。对啊，怎么就没想到丝袜呢？比布袋透气透光，又比纱巾细密紧致，还富有弹性，简直就是为苁蓉花套袋采种量身打造的好工具嘛！他一把拽住妻子正在套丝袜的手，把丝袜从她手上夺过来，对着窗户照了照，一边摸索一边傻笑。

看他这样，把彩霞给闹了个大红脸，很显然想到了别的什么画面，生气地出手来抢，恼羞骂道："啥时候学得这么不要脸了，变态！"

胡兵只顾着高兴，无暇给妻子解释误会，转身去找手机打电话，吩咐小徐赶紧订购丝袜。"对，就是丝袜，女士穿的那种，长筒的，越多越好。啥颜色？"他边说边看向彩霞，举着手里的丝袜问她，"这是啥颜色？"

彩霞不明白丈夫突然发神经要干什么，没好气道："肉色，难不成你还喜欢黑丝。"

"肉色，对，有多少要多少。"胡兵对着电话安排完毕。收起手机走过来把丝袜还给妻子，这才笑着向她说明，是要拿丝袜去采集苁蓉种子。

原来竟是这个用途啊！彩霞表情复杂哭笑不得，索性今天也不穿裙子了，重新去卧室找了条裤子穿上，出门时把那双长筒丝袜砸进丈夫怀里，嫌弃道："呶，送给你了，拿去套花吧。"

胡兵接住爱不释手："这可是你自己送的，别完了跟我耍赖，再跑去豆豆跟前说我的闲话。"

彩霞轻啐一声："你才是长舌妇呢，不然豆豆怎么老劝我不要阻拦你治沙。"

"你的脾性天下皆知好吧，"胡兵笑着争辩，"但凡有一次拿钱不唠叨，咱们女儿都不可能劝你了。"

彩霞懒得跟他争论，穿好了鞋子出门，走出屋门又转身说道："今天的会要是结束得早，你顺便去学校看看儿子吧，就在边上几步路。"

胡兵下意识回道："不可能结束得早的，再说开完会我还要去见县上领导，时间……"

"算了算了，"彩霞打断，气恼道，"老婆孩子哪有治沙重要，你去忙你的吧。"说罢，叹了口气又道："儿子昨天还说呢，感觉很长时间没见爸爸了，你整天早出晚归两不见日地忙，小心见了儿子相互不认识。"

胡兵挠头而笑："那怕啥，等假期里我把儿子天天带去基地，不就认识了。"

彩霞白了他一眼，夫妻俩隔着门槛言语往来也不像话，便关门下楼，嘴里兀自念叨："想得美，我儿子才不要跟你去受那份罪，一天天的就知道治沙，啥也不懂……"

种金子的人

第四章

长筒丝袜套住的苁蓉花一时间成为笑谈，随着花茎拔高，丝袜良好的弹力跟着伸展，既不影响植株进行光合作用，也不束缚生长，实用之外倒是真有几分"小妖精"的性感，有几个员工家属来基地看见后，回去跟彩霞说起都好奇是不是她提供的主意。毕竟一帮子直男糙汉，凭他们自己的脑袋断然想不出这种可爱又可笑的办法。彩霞不好意思说出当日胡兵看见她穿丝袜双眼冒光像是发现了新大陆时的过程，只得含糊其辞、敷衍搪塞，心里却对丈夫突发奇想的举动感到自豪，论脑筋灵活，她的男人自来就是个中翘楚，这些年能过上优渥的生活也全都来自胡兵的打拼，如果他能把心思多分给家里一点，真的是无可挑剔。至于治沙，彩霞早已从开始的激烈反对到如今的相伴追随，习惯于付出和默默支持了。这不嘛，最近就在忙着帮胡兵跑腿，替他办理新公司注册事宜。

胡兵新成立的公司取名"大漠农林"，彩霞嫌弃单听名字就让人有种风尘仆仆的感觉，胡兵却笑她缺乏浪漫，还缺乏联想。"一群农民在大沙漠里造林,你看多形象,一目了然嘛!再说了,唐诗学哪儿去了?'大漠孤烟直,长河落日圆。'连娃娃们都要会背会写能理解,你又不是没见过那景象,多浪漫,多美啊!"他说。

"真是太阳打西边出来了,你还知道浪漫。"彩霞表面上嗤之以鼻,该干啥一点都不耽误,很快就把"大漠农林"注册完成,办好了营业执照、经营许可证等一系列手续。

把治沙基地从矿业公司剥离出来是胡兵琢磨好久的计划,自此,"大漠农林"取代"新城矿业",治沙事业有了专属名号。随之而来的就是沸沸扬扬的矿业收缩,这个结果比预料中迟来了两年,对胡兵来说不算很坏,最起码给了他缓冲时间,把大漠农林带入了正轨。只是,随着矿业公司业务量锐减,胡兵担心的事情终于逐步凸显出来,影响到治沙事业了。

过去两年10万亩的治理名声在外,市、县两级政府接二连三颁发奖状鼓励,还给胡兵个人和他的公司评了先进,荣誉加身,责任也就更加重大,加上有了一定知名度,越来越多的人开始关注胡兵的治沙事迹,很多媒体也纷纷前来采访报道。在媒体的宣传下,原来默默无闻的治沙人曝光在镜头前,更多人知道了有这么一个抱着金子治沙子的人,各种各样或正面或负面的评价如同变相监督似的盯着胡兵的一举一动,让他无所遁形、隐私全无。如此境遇实非所愿,胡兵感觉,自己的治沙已经不仅仅是在为了实现个人的梦想而努力,更是背负了全社会对于生态环境和可持续发展的关注在拼搏,尽管他一个人带着小小的团队在做这件事,为生态建设贡献的力量微不足道,可一旦开始就不能停下,不然会让那些关心他的人失望,也会让质疑他的人捧起键盘口诛笔伐,那不是他的初衷和想要的结果。所以,即便金矿面临关停,后续投资将会出现困难，多大的困难面前治沙事业都要进行下去，他没有退路。

光环的背后是负累，治沙之路才刚刚步入正轨，但已经成为治沙样板的大漠农林却承载着太多希望，可以预见的是眼下和不远的未来有许多困难和挑战等待着他去克服，资金问题就在首位。以矿养沙与以林养林之间的衔接存在过渡期，计划里至少需要十年才能完成，然而现在仅仅五年就要强行接续，后面几年的压力可想而知。钱从哪里来？彩霞还会继续支持吗？他不敢确定。这次不同于以往，胡兵是真的不敢确定彩霞还能拿出钱来不计代价地支持他，因为矿上不赚钱了，就意味着收支失衡，这些年只负责挣钱不管打理，财务都是彩霞一手经管，进出账务、流动资金和存款都瞒不过她。过去一边唠叨嫌弃一边拨款，是知道即使再大的开支都有矿上兜底，而今没了支撑，仅靠酒店收入，压根儿就不够负担治沙消耗，彩霞如果接着反对，他还真没办法。以前哄妻子时，胡兵挂在嘴上常说的一句话是"箭在弦上不得不发"，用来给彩霞施压便于拨款，现在好了，走到今天，治沙真的成了开弓后收不回来的箭了，松手是不可能松手的，那就只有硬着头皮往前冲了。

经过一番艰难的思考后，胡兵回到家里找彩霞谈判。为了加大谈判桌上的赢面，他特意买了漂亮的鲜花和一套高档护肤品准备哄彩霞高兴。买东西他自来没有耐心，打发徐鹏程去跑腿买的，惹得小伙子对老板都产生不该有的猜测了，以为是他做了什么亏心事被老板娘人赃并获，要赔罪求原谅用的。

徐鹏程送来花和护肤套盒，一脸忧心忡忡地纳闷道："整天待在沙漠里也没见你跟哪个异性有亲密接触啊，怎么就被发现了？"

胡兵半晌没反应过来他说这话的意思，便听他自以为聪明地出馊主意，说什么鲜花和护肤品作用不大，主要还得诚心认错保证以后绝不再犯，最好写个保证书什么的让老板娘安心之类，胡兵才恍然大悟，原来他难得浪漫一次，在别人眼里竟成了做贼心虚的表现。

推了徐鹏程出门，胡兵都给气笑了："你给我少出去乱说，脑子里整天都装了些什么乱七八糟的东西？太闲的话就让老丁给你派个巡林的活干去，看你还有力气瞎猜不了。"

徐鹏程觉得冤屈，扒着门缝辩白："这怎么还怪上我了，你也没说巴结老板娘是为了啥啊？无事献殷勤，非奸即盗，大家不都是这么说的。"

"滚滚滚！"胡兵狠狠关上屋门，任由徐鹏程在门外哀嚎，应该是撞到了鼻子或者额头。管他呢，该！胡兵解气地自嘲："给自己老婆送点礼物还送出事情来了，一整个不懂夫妻相处之道，还年轻人呢，不如我们这些大老粗。"

接到胡兵的电话，彩霞连工作服都没换就回了家。电话里听着火急火燎的，还以为丈夫受伤或是生病了，一路小跑着上楼，硬是急出一身汗来。进门却见胡兵好端端坐在沙发里看电视，茶几上摆着一大捧鲜花，馥郁的花香充盈了整个房间，沁人心脾、赏心悦目，倒是好享受。换了鞋走到沙发边来，又看见鲜花旁边包装精美的护肤品套盒，彩霞"哈"地一声笑出声来，睨了眼故作矜持的丈夫，问他："啥意思？黄鼠狼给鸡拜年呢？"

胡兵故作随意，跷着二郎腿道："这话说的，马上'三八节'了，给老婆买礼物不正常嘛！"

彩霞更为好笑："哎，你没病吧，'三八节'都过去多长时间了才想起来，难道你说的是下一年？"

"哦？那就算下一年的提前祝福好了。"胡兵心虚，眼睛盯着电视屏幕都不好意思看彩霞。但他疏忽的真相是，二十多年的夫妻，哪怕一个微表情、一个眼神的变化对方都能洞若观火，透过表象一步到位看到他的心底深处。

见丈夫还嘴硬，彩霞慢慢收起笑容，坐在他对面认真问道："说吧，是不是又要拿钱？这回要多少？"

胡兵愣了愣，决定不装了，关了电视看向妻子。事实上他本没想装，只是因为不好张口才被迫上演了一出浪漫戏码，既然被拆穿，便只能坦然面对，实话实说道："这次嘛投入得多，计划20万亩……"

"你说啥？"彩霞一听就炸毛了，厉声反对，"不行，我不同意。20万亩，你算过需要多少钱吗？"

胡兵当然知道荒漠治理20万亩的投资数额，还不止一次地算过，那是一笔巨款，加上人工工资、机械运转和维修保养，以及基地所有人的吃喝拉撒的费用，再省也得好几个亿。金矿没出问题之前不觉得有多多，而今讲出来竟压力山大，沉重得他不敢报出具体数字。"那个……以后基地越来越好，投资就有回报……"他的话还没说完，就见彩霞一把打翻了桌上的鲜花，包装纸里倏然流出清水，顺着茶几滴滴答答滴到地板上，声声仿佛都带有女主人的气息，都在控诉对他的不满。

彩霞冷笑，脸色比最初反对治沙那次还要难看，颤抖着手指去拿纸巾，声音也跟着抖，一字一顿、咬牙切齿地说道："五年了，15万亩差不多了，该得的名声有了，荣誉有了，你停手吧行吗？非要倾家荡产你才死心吗？"

"我要的不是名声和荣誉。"胡兵出言反驳，因为彩霞的这些话让他原本准备有话好好说的计划彻底崩盘。"你可以反对，可以捂住口袋不拿钱，怎么能说我是为了名声才治沙的？"他气愤地嚷道。

彩霞不想跟他吵架，特别是在关于治沙的一切问题上，他们夫妻俩已经吵得太多太多，五年来彼此几乎耗光了全部耐心，不管她同意还是反对，胡兵要干的事情半点都没耽搁。自己给自己抚胸顺气，她按下快要冲出颅顶的恼火，红着眼睛撑开一丝比哭还难看的笑意，尽量表现得不那么歇斯底里，摇头道："为什么我管不着，也懒得和你吵吵嚷嚷。如果你非要继续治沙，我无话可说，以后财务你亲自处理，花多少，往哪儿花，别让我知道。"说着眼泪还是那么不争气地淌了一脸，彩霞鼻音浓重地强调："我就这一个条件，答应你就接手，我绝不干涉。"

妻子这副做派完全出乎意料，胡兵不敢置信道："你真愿意把财务交给我管理，还不干涉投资治沙？"

彩霞郑重点头，眼泪跟着动作纷纷跌落衣襟："对，以后你想干啥就干啥，好赖都由着你折腾。这么多年了，我省吃俭用图什么呀？反正钱都是你挣的，不短了我们娘仨的吃喝，随便你折腾。"

莫非彩霞这是真的想通透了？胡兵依然觉得不大可能，这不是她一贯的脾性啊！可是，当着面说得又是如此斩钉截铁，明显不像在做戏，那就只有一个解释，她把存款都转移了，让出财政大权实际上就是给自己扔了个空壳子过来。这招玩得高啊！胡兵心里存疑，反倒不急着接手了，伸手推了纸巾盒到彩霞面前，试探道："那倒也不急，我这不是在跟你好好商量吗？你要是实在反对，我也可以考虑减少投资，一步一步慢慢来，总不能为了治沙真搞到倾家荡产那一步。"

彩霞不领他的情，抽了纸巾擤鼻涕，瓮声回道："你少拿减少治沙投资来套我的话，从矿上出了变故那会儿我就料想到今天了，实话跟你说吧，我是想过把钱都转移出去偷偷藏起来，免得你霍霍个没完。"顿了顿，抬起泪眼看向胡兵，狠狠剜了他一眼，泪珠子随之洒了个满怀。

但还是忍住哽咽接续说道："你也别怪我留后手，我算是看出来了，任凭多少钱都不够你往沙漠里扔的。要不是豆豆劝着别这么干，我随时把你踢出家去，净身出户的那种。"

听她说完，胡兵算是彻底明白了，敢情这事还要感谢女儿深明大义啊！他的小棉袄长大了，知道为大局着想了，能够劝着她妈妈支持爸爸的事业，这个女儿没白上大学。胡兵咧嘴大笑，惹来彩霞好几个剜眼杀，赶忙扶起倒在桌上兀自滴答水珠的鲜花，起身转到彩霞跟前强塞进她怀里，双眼弯弯殷勤卖好道："是是是，我活该，净身出户都是轻的，多谢老婆手下留情。"

彩霞推拒不掉，抱着鲜花想笑，咧嘴却由不得自己哭出了声，这下连半个嘴硬的字都说不出来了，只抽出一只手攥拳使劲捶了胡兵几下。脑海里却不禁浮现出女儿劝解她的话语：男人征服天下，而女人只需要征服男人就拥有了天下；征服不只有蛮力粗暴管制一种办法，温柔才是兵不血刃的最佳武器。别说，女儿上了大学，道理真是一套一套的，自打她开始尝试用温柔这一招以来，丈夫明显比之前顺从多了。包括这次她的妥协就是明证，搁过去大吵大闹、冷战抑或离家出走都注定了白折腾精力，到了最后她还得乖乖拨款，钱没省下，夫妻感情却更显淡薄，得不偿失的事情干多了，怕不得离心离德？

任由彩霞发泄，胡兵甘之如饴，亲自拿纸巾帮她擦泪，颇有兴致地开起了玩笑："快别哭了，你这个人是林黛玉转世吗？三句不称心就淌眼抹泪地哭上一鼻子，哪来那么多眼泪？"

"你才是林黛玉。"彩霞恼羞回敬，借机狠狠拧了一把胡兵的胳膊，这才解气地笑了。彩霞放下怀里的鲜花，埋怨胡兵弄湿了她的衣服，最后叹气无奈道："喊了多年狼来了狼来了，这回狼真的来了，矿井停产，光靠酒店肯定支撑不起你的治沙大业，看你以后怎么办？"

哄好了妻子，胡兵回到沙发上坐下，一边顺手帮彩霞拆护肤品的包装，一边随口道："我还能怎么办呢，走一步看一步罢了，车到山前必有路，我就不信关了矿从此咱们就败了，那些不搞矿业的人还不活了。"

彩霞皱眉担忧："你就嘴硬吧，手头这点钱花完有你哭的时候。"

胡兵把拆好的盒子打开递过来，微微一笑，乐观依旧："办法多的是，实在不行还能贷款。"

接了护肤品一一验看，彩霞摇头："贷款治沙，你也真敢想。"说完，合上盖子心疼道："为了从我手里骗钱去治沙，你可真下得起血本，知道这套护肤品多贵吗？我自己买才不会选这种奢侈品牌，还是寄给豆豆用吧，年轻姑娘家都爱美。"

"你就留着自己用，豆豆我给再买一套不就完了。"胡兵从不关心这些，之前小徐发来购物单看到大几千的数字也曾肉痛，心里默默算着这些钱放在治沙基地能干多少有意义的事情。现在资金完美落实了却不这么想了，相比于治沙的庞大开支，给老婆买一套高档护肤品怎么不行？彩霞值得。再有女儿豆豆，这回可是给他帮了大忙，别说这点东西了，就是姑娘说要天上的星星，他都恨不得插上翅膀去给孩子摘下来当礼物。

种金子的人

第五章

说好的交出财政大权,最后还是留在了彩霞手上。骨子里秉持着男主外女主内的传统思想,夫妻俩相互谦让半天,原样照旧,彩霞尽职尽责地承担起"匣匣"的重任,料理酒店,也开始关心关注大漠农林的发展。跟豆豆再通电话的时候她笑着感慨,一家人过日子哪来的斗智斗勇,不过是彼此包容、相互成全,她没想过征服男人拥有天下,所求从来都是阖家安康、平安顺遂而已。

至于矿上出现问题导致收入缩水,彩霞也没有像胡兵担心的那样纠结,钱财多少是够呢?农村出身的人经历过贫困拮据的生活还少嘛,比起以前眼下过的已然是天堂般的日子,一年下来经手的账务流水以天文数字计,对钱都有免疫力了,属实不像别人认为的那么在意。只不过,人到中年她就想让丈夫多陪陪自己和孩子,别整天扑进扑出地忙个没完,保养身体、出门旅游,干点啥不行就非得捡起最艰苦的事儿从头再苦?可惜她的这些心思胡兵从来就不屑于共情,把事业看得重于一切。罢了，事已至此别无选择，胡兵说得对，关停矿业是为了保护生态，治沙干的也是生态建设的事情，那就没什么可抱怨的，想通了跟着他走就好，就不信还能走到山穷水尽的那一步。即使真的有了那一天也不怕，她还有小金库在，不至于让一家人饿肚子也就是了。往最好的方向努力，做最坏的心理准备，彩霞再一次成功劝服自己。

获得妻子的支持，胡兵更加有了治沙动力，20万亩荒漠治理项目在又一个风沙弥漫的春天里继续展开。栽种梭梭和肉苁蓉嫁接同步进行，机械给力干起活来就是带劲，胡兵总结出四个字"多快高省"，既是对新型治沙机械的肯定，也成为基地治沙工作的硬性要求。多栽树、快改善、高效率、省资源，能做到这四点才是他所追求的合格治沙标准。因为扩大了治沙规模，用工就相应增加了，沿用老传统，胡兵叮嘱管生产的丁丰龙招人时以贫困户优先，而且贫困家庭的工钱要一日一结，绝不能拖欠。在家门口打工赚钱，还当日领钱，不单芨芨村的村民趋之若鹜，周边其他村镇的群众也踊跃前来治沙，很大程度地提高了人们治沙的积极性，越来越多的人参与这项工作，大漠农林的影响力也越来越大。

特别是随着梭梭林的成形壮大，小区域的生态环境得到了改变，芨芨村的风沙危害明显减弱，水渠被沙子掩埋的次数逐年递减，村民们把往年花在挑水渠的时间节省下来用在治沙基地打工上，不仅增加了收入，还通过参与治沙提升了获得感和成就感，看着门前的沙漠变成绿洲，但凡出过一份力的人无不感到自豪。治沙带来的实际利好摆在面前，更多人主动加入到治沙的队伍中来，不怕沙子治不住，只愁人家基地不要人来干活。这片荒芜了不知多少岁月的沙漠逐渐焕发出了生机，绿色植被越来越多，风沙也越来越小，切切实实地感受到生活环境的改善，他们不再认为治沙是疯子、傻子才干的愚蠢行为，更不是一件遥不可及的事情，只要敢于出手不怕吃苦，给嚣张的沙魔戴上"笼头"就能成为现实。

计划中20万亩荒漠治理要用三年时间来完成，如果舍得投资，提前一年也不是没有可能的。但是，计划不如变化快，生活中总有一些超出预期的变故。时间来到2018年，基地治沙又将拉开新的帷幕，大漠农林的员工们以及早早报了名要来基地打工赚钱的村民们蓄势待发，已经迫不及待大展身手。公司刚刚获得市委表彰，胡兵获得了"治沙标兵"的荣誉称号，大家还都沉浸在载誉而归的喜庆之中时，一场突如其来的危机如阴霾般笼罩着治沙基地。宏观政策调整，各大银行收缩放贷业务，大漠农林申请的新一笔贷款没有通过审核。彩霞把这个消息第一时间告诉胡兵的时候，胡兵当场就蒙了。人人都以为他不缺钱，可这些年花在治沙上的巨额投入已经掏空了他的腰包，截至2018年往治沙基地共计砸进去了十多个亿，相当于两吨金子的价值，今年开始就必须向银行贷款了。真正应了彩霞当初说的那句话："贷款治沙、入不敷出，听来好不疯狂！"

怎么办？去哪儿找钱、找投资？胡兵看向了他的"财务大臣"，满眼祈求。他明白，这种时候只能求助于彩霞，希望她打开"小金库"予以援手，否则真要停工停产了。

丈夫眼睛里藏着什么样的心思一目了然，彩霞很同情，也很窝火，尽管一再压制和劝说自己保持平和，说话时却不可避免地带上了丝丝怨怼："我早说过治沙是个无底洞，迟早有你哭的时候。"

听妻子说出这种扎心窝的话，胡兵下意识就不耐烦了，但毕竟有求于人容不得他耍横，便只得受着。"我知道你藏了私房钱，给公司救救急，过后我再还给你。"他打着商量说道，生怕彩霞不答应，接着补充，"利息也算上，连本带息保证不少你一毛钱。"

彩霞向来爱笑，不是那种斤斤计较的性子，可只要涉及治沙的投资，她就没了好脾气，习惯性反驳、习惯性拒绝已经成了性格的一部分，此时也不例外。这次她表现得更坚决，断然拒绝道："没有，一毛都没有，我不知道什么私房钱，有也不会给你，我得留着保命。"

胡兵嘿嘿笑："还说没有，看吧，不打自招了。保什么命？再不拿出来明天我就没命了，到时候你和钱过日子吗？"

"和钱过比和你过省心，"彩霞不为所动，言词冷冽道，"以前事事我都依着你，才导致今天这种结果，这次我不会再心软了，你就是跪下磕头也别想从我手里拿走一分钱。"

知妻莫若夫。情知彩霞说的不是玩笑话，胡兵垮了脸愁眉紧锁道："既然如此我也不勉强你，只能再想其他办法了。"说罢，他起身穿衣服出门，留给彩霞一个落寞的背影。

有那么一刻，彩霞差点就要开口挽留了，天知道就是这样的背影让她每每心软，一次次妥协，不忍丈夫独自背负压力。可话到嘴边，她还是紧紧抿了双唇，克制住了冲动。不行，绝对不能再重蹈覆辙了，手里那点钱扔进沙漠连个响都不会有，对于数十万亩治沙基地而言，连杯水车薪都算不上，却能为他们的小家兜底。豆豆大学毕业参加工作了，可儿子还在上学，未来要花钱的地方还有很多很多，她得为孩子考虑。话虽如此，但到底于心不忍，想了想，彩霞拿起手机打给大哥，请他帮忙想想办法，看在亲戚中间能不能周转一下。张口借钱必定要搭上脸面，彩霞不愿意让人看了笑话，唯有在最信任的大哥跟前才说得出口。

听说是要借钱治沙，大哥在电话那头沉默半响，缓缓回道："要不，你们考虑一下缩减规模呢?"

"哎呀我的大哥,你以为我不想吗?"彩霞无奈极了,"但凡我做得了主,这个沙不治也罢,可胡兵啥性格你又不是不清楚,他已经钻牛角尖出不来了。"

大哥叹口气,有些恨铁不成钢的意味:"那也不能由着他胡来啊,亿万富翁名声在外呢还要借钱,传出去不怕让亲戚们嚼舌根,你能张嘴你借去,我可拉不下这个脸。"

彩霞气恼地大叫:"大哥你什么意思啊?以往你不是挺支持胡兵治沙的嘛,现在我们遇上困难了难得张一回嘴,你不帮忙就算了,还第一个说风凉话,真是让人寒心!"

"我说不帮忙了吗?"大哥也跟着吼,"行,我帮你问问看谁手头宽裕。不过你自己心里得有成算,我不反对治沙,可真到了借钱的地步就要好好掂量掂量了,个人治沙跟人家国营林场和集体林场没法子比,差不多也该收手了。"

这话可算是说到彩霞心里去了,她转怒为喜道:"你说得太对了啊,哥,我也这么觉得,等渡过眼前的难关,我请你来,咱们跟胡兵透透彻彻谈一次,争取把他说服。"

"再说吧。"大哥很不痛快地挂断了电话。

看着暗下去的手机屏幕,彩霞突然有些后悔不该打这通电话。自己手里还有点积蓄舍不得拿出来,却要开口问亲戚借,说得好听叫周转,实际上跟募捐似的,还得搭上人情,传出去名声还不好听,想想都使人郁闷。索性又拨通了大哥的电话,撒了个谎,告诉他治沙的款项解决了,不用问亲戚借,自然免不了再被说教,白白落了通不是。求人不如求己,还是去银行预约取款吧!彩霞主意已定,翻箱倒柜找出藏了好久的银行卡，苦笑着出了门。

与"钻牛角尖"最相近的阐释有"不撞南墙头不回"和"不过黄河不死心"，很多人遭遇挫折无路可走时才愿意退让，而在胡兵这里却变成了"不到长城非好汉"的誓不罢休。从治沙开始到现在，他就没想过放弃。人生长度有限，但进取永无止境，风沙不息、荒漠未绿，治沙就不可能结束，他自己选的路，哪怕跪着也得走完。这样的认知不单单只有胡兵自己清楚，基地上有志于此，把治沙当作事业来做的员工们都有统一的思想。因此，在彩霞投入了"小金库"维持基本运转之后，仅仅一个月时间，治沙基地就彻底没钱了。五百万元，只够一个月开销，说出去谁信啊？可事实就是如此，栽下去最后一株梭梭，资金告罄，连给临时工日结工钱都做不到，员工们也已经两个月没有发工资了。而距离既定的20万亩治理目标，还差13万亩。一半都没完成。还好临时工都是芨芨村和附近的村民，出于对胡兵的信任，工钱迟几天发放，他们勉强能接受，干完了当天的活，嘀嘀咕咕着结伴离去了。

彩霞最怕被人戳脊梁骨，平生就烦指指点点、说长道短的无聊闲话，耳朵里灌了几句不大中听的闲言碎语，当晚气得没睡着，第二天就把自己收藏起来的金首饰全部拿去金店里变现，赶回基地给村民们结清了工钱。还好员工们情绪稳定，没谁急着要用钱，不然她又得挖空心思地去筹措资金。

得知妻子变卖了首饰来填窟窿，胡兵心上一阵疼痛。作为一个男人应该顶天立地扛起所有，什么时候沦落到这种地步了？面子算什么东西！他决定不再隐瞒，召开全员大会公布了公司眼下的困境。其实，不用胡兵宣之于口，那些熟悉他为人的老员工早已看出端倪，前期大规模投入花费靡巨，后来逐年追投增治荒漠，购置机械维护设备，支付员

种金子的人

工工资维持基地运作，哪一样不要花钱？他们经常在背后偷偷替胡兵算账，这么花下去就是金山也得耗光。果不其然，治沙尚在进行，沙产业还没有成熟盈利，资金链断裂的噩耗却已经提前敲响了一记重锤，狠狠砸了下来。从不拖欠的工资迟迟俩月没见动静，临时工日结的规矩被打破，他们中敏感的人还能看不出问题的关键在哪儿吗？说来说去，都是钱闹的。

胡兵坦诚地告诉员工们，眼下基地日常运营举步维艰，他四处奔走试图寻求新的资金支持，却四处碰壁，时至今日依然分文无着，换句话说，现在的他成了穷光蛋，没钱接着治沙了。会议室里气氛滞重，没人回应，是不知道怎么接话，安慰显得徒劳并可笑，相比于胡兵，真正应该焦虑的是他们这些打工人才对。离开基地还能去哪里？学了一肚子治沙知识没了用武之地；矿井关了，一身井下经验无处可使。也就只剩工地搬砖那种不太讲究技术的苦力活可以去。又或者，卖掉城里的房子回家种地？呵呵！要是种地能养活一家老小，过上富裕的生活，那当年又何必背上行囊外出打工？这些年，尤其是跟了胡兵十多年的老员工们，早把公司当成了家，从过去的矿上到现在的沙漠，他们从没想过有一天失业怎么办？胡兵就是大家的主心骨、大家长，跟着他干啥都愿意。

然而，现实摆在眼前。公司经营不下去了，老板几近破产，他们还有选择吗？要么走出去，另谋生路；要么继续留下来，等着一起陷入深渊，从此穷困潦倒、衣食无着。不管是走还是留，每一个人心里都有着那么多的不甘和不舍，他们真的不愿意离开胡兵。所以，此时此刻唯有沉默。

静默良久，面面相觑，丁丰龙霍然起身，红着眼眶低沉地吼道："咱们不能眼睁睁看着基地就这么垮了，老胡为了治沙付出了这么多，我们自己也汗珠子洒地辛辛苦苦干到了今天，无论如何我不走。"

杨万忠声量不高，亦铿锵表态："我也不走，那么多机械交给别人我不放心。"

"还有我，"李军祥沉稳依旧，眼神坚定道，"沙产业还不见踪影，需要技术管护，基地不能没有我。"

徐鹏程年轻爱说笑，即使在这样的场合也能在短暂迷茫之后找回幽默感，闻言嘿嘿笑道："好像凭你们几个就能让基地运转起来似的，明天是你们的，也是我们的，归根结底还是我们的，离了我怕也是不好办。"

众人被他逗笑，气氛瞬间活跃了起来，连胡兵都难得舒展眉头有了笑容。员工们如此表态让他欣慰，但如果理想和现实相差太远，他倒更希望大家不要被情感左右，有更好的出路就应该离开。"兄弟们，我谢谢你们不离不弃，但是……"胡兵苦笑相劝，"我也不想你们走，但资金链断裂就是真实发生了，继续跟着我没有前途，大家都得自谋生路。"

"那你呢？我们都走了，你要一个人留下来吗？"有一个老员工面带担忧地问道。

胡兵笑笑："我当然要留下来看家，还有前几年长起来的梭梭林，都走了没人管护，过不了几天怕就要进了羊肚子里去。"

谁说不是呢！虽说治沙造林是社会共识，但总有那么一些人在挑战底线，时不时有羊群闯进基地，抓住了几回说服教育，人家还不服，觉得沙漠是公共资源，他有权放牧。都是附近的村民，骂不得、打不得，把人能气死。

丁丰龙平复了很多，点头道："就是啊，偌大的林地说多不多也有20多万亩了，你一个人能看得住几只羊？我要留下，别的干不了，巡林总可以，不能把咱们的心血糟蹋掉。"

会议继续回到走与留的话题，表过态的几个人不需要再次确定，附和丁丰龙就是在重申自己的决定，而一直不言不语、眼神闪烁的也不用发言了，沉默即选择。最让人感到意外的就属辛军，这个见天以老板亲戚自居的家伙平日里表现还算凑合，处处表忠心的那套大家也都见怪不怪、懒得搭理，遇上真事却立马现出原形，藏不住他的狐狸尾巴了。

已经在悄然装死尽量降低存在感了，奈何辛军就坐在会议桌的第一位，仅次于胡兵的位置，让他想不被瞩目都难。被挨着坐的丁丰龙捣了捣胳臂催促表态，辛军眼珠转了转，不敢和胡兵对视，低头重重叹了口气，故作姿态地诉苦："不是我不想留下，你们也都知道我这个人没什么本事，论力气不如老丁，论脑子不如老李，开车修车还不在行，留下来也是吃白饭浪费粮食，还得老板开工资……"

"说那么多废话干啥？"丁丰龙毫不客气地打断，转头瞪着他问，"是走是留一句话，你就说干不干吧？"

不等辛军回答，徐鹏程跟着耻笑："就是，一个大男人家婆婆妈妈的，现在知道自己处处不如人了，之前是谁整天吵着嚷着要涨工资的？"

辛军连番被怼，面子上挂不住，抬头恼羞成怒道："你们算老几啊，就要管我，我哥还没说啥呢。"

见他们要吵架，胡兵摆手制止，对着辛军满脸失望道："没人让你非要留下，大漠农林来去自由，想走的话等下坐你嫂子的车回去，工资迟几天能等吧？到时候我亲自给你送家去。"

"能等能等，不着急。"辛军点头答应，好像迟一秒胡兵就要反悔不放他走了似的，看得身旁的丁丰龙恨不得抽他两耳刮子。

有辛军带头，又有其他几个员工也提出要走，胡兵都一一同意，不再多说什么。对这几个人，胡兵的脸色可谓谦和，不比面对辛军时的那般失望。大家看在眼里各自明了，这些要走的人基本都是治沙以来新进基地的员工，对公司和团队没有那么强的归属感，离开情有可原。唯有辛军，从矿上到如今快二十年了，他居然说走就走毫无留恋，莫说一手拉拔他过上好日子的胡兵了，就是李军祥这样治沙开始才加盟团队的人都对其感到失望。

许是辛军的无情刺激到了大家，几个骨干员工眼神交流一番，由丁丰龙起身再次发言。"既然选择留下就不能坐以待毙，我们商量了一下，有个决定要向胡总汇报，"说着，丁丰龙一手按住着急要走的辛军，把他按回座位，呲牙笑道，"急什么，听完再走也不迟。反正你又不会受影响。"

胡兵略有讶异，示意丁丰龙继续，顺带睨了眼一脸不满的辛军，意思不言而喻，也是在提醒他听完了再走。

丁丰龙清了清嗓子，黝黑的面孔浮起一抹庄重的神情，肃容朗声道："公司是胡总的，但治沙不是胡总一个人的事情，我们决定自发捐款，和公司共渡难关。"

听他说出这番话，胡兵不禁怔住，知道他们对自己和公司有感情，但绝没指望他们能做到捐款这样共克时艰的地步。原来竟是自己低估了这份兄弟情、战友情，低估了大家对治沙事业的决心啊！他感动得红了眼眶，沙哑着嗓子道："治沙这件事本就烧钱，投资数目你们也都看得见，将来还要白扔进去多少更是未知数，做到现在这个程度我认了，又怎么忍心牵连着你们也跟我一起掏空腰包。"说着，胡兵借抽烟掩起双目中的水雾，勉强撑出一抹笑意，用感慨的口吻否决道："彩霞以前总跟我唠叨，说挣点钱不容易，第一重要的就是得留出应急款，为儿女打算，给父母孝老。现在看来她的计划没错，是我一意孤行才有了今天的困境。你们要以我为鉴，就别掺和进来了。"

辛军赶忙接茬附和："就是嘛，有那个闲钱不如存银行吃利息，谁知道以后啥样？咱们兜里那仨瓜俩枣的能干啥，再多几亿都不够填窟窿，还是我哥、我嫂子看得透彻！"刚刚丁丰龙按住他说出捐款的时候，他的心都跳到嗓子眼了，生怕这厮疯了，也拉着他非要让出钱，还好胡兵给拒绝了。

"你给我闭嘴！"丁丰龙加重手劲，按得辛军呲牙喊疼，接着对胡兵道，"老胡你看不起谁呢？我们是没有你家大业大，但不能因为这个就撵人。现在的问题不是赔了还是赚了，而是把公司保住。"

李军祥亦郑重赞同："对，老丁的意见就是我们的意见，我总觉得事情还有转机，大家一起留下来想想办法，有多大能力办多大事，半途而废谁能甘心。"

杨万忠直接摆出银行卡放在桌上，显然是早有准备了。"我钱不多，家里最近也不着急用，先给公司应急。"他言简意赅地说。

"老杨哥你不地道啊！"徐鹏程隔空点了点杨万忠，笑骂，"揣着银行卡直接上，很明显就是要跟我们大家抢风头。"说着，亦拿出一张银行卡拍在桌上，一副豪气干云的模样："我还以为自己就够聪明了，没想到还是被你占了个头碗子。"

小伙子从来都是基地的开心果，任何时候都能担起气氛组最佳营造者的角色，看似随意的举动和言语总能逗得人开怀大笑。在他的调节下，胡兵阴郁多日的心情随之开朗，他非常感激这帮汉子在最艰难的时刻依然选择和自己并肩。此时此刻再推拒下去纯属矫情，与其含泪告别，不如坦然接受，他咬咬牙忍住落泪的冲动，起身面向所有人缓缓弯腰鞠了一躬。半辈子没低过头的钢铁直男，平生第一次把高昂的头颅低了下去，躬下去的是身体，挺起来的却是斗志。有这些志同道合的好兄弟在，他没有理由退缩服输。

良久，在一众同样红着眼睛的员工们的注视下，胡兵直起腰杆沉声总结："治沙治沙，治住的是沙，留住的是家啊！我胡兵在此承诺，将来不管还要面对多少艰难困苦，我都要守好咱们的大家庭，把大漠农林做大做强，让大漠农林成为我们骄傲和自豪的共同事业！"他不屑煽情，说的都是肺腑之言，却毫无意外地感动了他的员工们，包括站在会议室门外偷偷聆听的彩霞。

丈夫的话语淹没在一片掌声之中，而彩霞被自己泉涌的热泪所淹没，她捂着嘴嚎啕大哭，脚步错乱地离开了。一直以来人人都说胡兵傻，放着好好的日子不懂得享受，一度时期她也为此恼恨，赌咒发誓再不给他一分钱让他瞎折腾。可是今天，听到丈夫铿锵坚定的誓言，和那一群追随他至今豁出所有支持治沙的员工心声，彩霞既感动又惭愧，作为胡兵最亲近的人，这种时候还要计算利益得失，她跟辛军之流自私无情的外人有何区别？把治沙进行到底！坚守的队伍里不能没有她。彩霞暗暗做出了一个重大决定。

第六章

　　员工们集资的款项虽饱含深情，却真的只是杯水车薪，距离填补资金缺口仍有很大差距。面对如此绝境，胡兵陷入了痛苦的抉择。思索再三，他打算向彩霞提出卖掉房产用于治沙的请求。本以为彩霞会一如既往地反对，说不定还要大闹一场，拿眼泪来淹没他。可是让胡兵没有想到的是，在他还未张口前，彩霞就把成都买的房产正在出售的消息告诉了他。

　　"我没和你商量就卖房，你不会生气吧？"彩霞略感歉疚，忐忑的眼神只敢和丈夫对视2秒，虽然掌管财务，但她从来没有瞒着胡兵独自决定过这么大笔资产的处置。当然，那五百万的私房钱另当别论，如今也早已拿出来用在基地上了。见丈夫迟迟不说话，只管盯着她看，彩霞随即低头为自己辩白，也安抚胡兵："房子没了咱们以后再买更好更大的。我相信以你的能力将来肯定不会让我们娘仨流落街头。"

　　胡兵真被妻子这番举动震惊到了，半晌才平复了激动的心情，看着彩霞温情四起:"嗯,我不生气,也不会让你和两个娃娃露宿街头。谢谢你,老婆!"

彩霞亦被丈夫所感动,抬眼打量胡兵讶异而好笑:"你……还是我认识的那个胡兵吗?啥时候学会甜言蜜语这套了?"

果然,煽情不适合他。胡兵顿时尴尬,敛起脉脉情思,故作凶恶地瞪着彩霞道:"少废话,你卖房子的事豆豆知道吗?"

"当然知道啊!"彩霞挑眉嬉笑,"你的姑娘啥时候没向着你了,一听要卖房还问我够不够,说她想要把你给她买的车也卖了换钱。"

胡兵黑了脸反对:"那不行。你跟她说,那辆车是准备给她结婚的嫁妆,敢卖掉以后就别回来见我,腿给她打折呢!"

彩霞耸肩摊手:"这话你自己怎么不说?咱们姑娘随你,我可管不了。"

"那倒也是,"胡兵承认,得意中摇头感叹,"豆豆从小就懂事,知道疼惜父母,那年我赔光积蓄再上矿山,她追到车站塞给我20块钱。这辈子我都忘不了娃娃冻红了小脸挥手送行的模样,我曾经发誓有钱了好好补偿她,可到头来又卖她的房子救急,我这个当老子的亏欠丫头太多了。"

说的人不咋地,听的人却泪流满面。彩霞抽了纸巾擦眼泪,埋怨丈夫:"你这个人最近怎么了,有事没事就喜欢说些让人难受的话,好端端地惹我下泪呢!"

胡兵长长叹了口气:"是啊,最近怎么回事,我也觉得自己刚强劲儿少了,时不时鼻子发酸。"

"老了!"彩霞赌气道,"等这回渡过难关,你就给我退休,安心在家养老,不许再去治沙。"

种金子的人

胡兵才不认为这是妻子的真心话,笑着岔开了话题。退休怎么可能?这辈子他就跟沙漠杠上了,老了拿不动铁锹他就换铲子干,自己干不动还有儿子接班,总之治沙就是老胡家的基业,守住绿地才算守住家。

卖房所得的款项和员工们的集资暂时缓解了基地的燃眉之急,可胡兵心里清楚,这只是权宜之计,基地急需一个真正的转机。就在众人感到绝望之时,机会悄然降临。国家绿化委员会的考察组莅临酒泉,经市委和县委领导介绍知道有胡兵这样一位倾其所有治沙的个人标兵,以及大漠农林全体员工放弃淘金来淘沙的事迹,特地来到大漠农林进行慰问。了解到治沙基地的困境与坚持,被胡兵和团队的精神深深打动,决定由国家绿化委员会出面联络,争取邀请蚂蚁森林对大漠农林进行投资。

胡兵高兴极了,蚂蚁森林他们知道啊!之前也有员工提出过寻求投资,可是苦于没有联系渠道和靠谱的引进者而望洋兴叹,现在有国家绿化委员会出面,成功便在咫尺之间。

国家绿化委员会的考察组走后不久,胡兵就接到了蚂蚁森林的电话,要派人来实地考察,然后决定投资力度。这是一个令人血压爆表的好消息,对于大漠农林而言真正是雪中送炭啊!胡兵激动地捂着自己的胸口,随后立刻召集全体员工开会,和大家一起分享喜悦。

"咱们有救了!蚂蚁森林愿意投资大漠农林,咱们的治沙事业要迎来新的春天了!"整个基地瞬间沸腾,欢呼声、掌声交织在一起,每个人的脸上都洋溢着劫后重生的喜悦。

活了!大漠农林又能接着治沙造林了!迎来的何止是春天,更是美好的未来啊!胡兵跟着欢呼,发现自己似乎被彩霞传染了爱流泪的毛病,越来越不够刚强,动辄泪意泛滥。可是那又如何?这般激动人心的时刻,不流点泪简直对不起那么多自始至终关心和支持治沙的人,亦无法抵偿曾经受过的罪和吃过的苦。

有了资金的注入,治沙基地再次焕发出勃勃生机。胡兵和团队决定抓住这次机会,大规模发展具有较高经济价值的肉苁蓉产业。经过五年沉淀,肉苁蓉已经实现了种子自由,积攒起足够嫁接数万亩经济林的种子,只待启动造林就可以播种。实验和经验证明,肉苁蓉寄生在梭梭根部,既能防风固沙,又能带来可观的经济效益,的确符合大漠农林的沙产业发展计划。然而,嫁接肉苁蓉简单,研发和制造肉苁蓉产品却并非易事,团队面临着新的技术挑战。

有问题去学习嘛!胡兵早已从数次外出学习中悟出这个道理。继续完成停滞了一年多的20万亩梭梭林栽种,他抽调骨干组成学习小组,亲自带着团队出发了。这次去的地方是盛产茶叶的南方诸省,学习制茶技术。在西北治沙却要学南方制茶?又有人听说后表示不可思议,背后嘲笑胡兵手里一旦有钱就必然瞎折腾,不把公司踢倒关门不罢休。说这话的闲汉之一就是辛军,离开大漠农林后他哪也没去,整天在城里瞎逛,渐渐迷上了打牌。听辛家嬢嬢说,短短一年时间辛军就把家里那点存款赌得不剩几个了,上回找到彩霞哭诉想要请胡兵去管管辛军。彩霞还在为当日辛军无情离开公司的事愤愤不平,哪里肯管他的死活,敷衍着辛家嬢嬢走了,只骂活该,自然没把这事告诉胡兵。基地上工作那么忙,好不容易起死回生有了转机,她才不愿意分散丈夫的精力去管那破烂闲事。

不提辛军的是非长短,只说胡兵组团研发肉苁蓉茶的奔忙辛劳。从南方学习归来,李军祥挑起大梁,担纲苁蓉茶研发小组组长,带着"土专家"小组日夜钻研，查阅大量资料，反复试验，总算鼓捣出来了一款成品。只是，胡兵尝过之后直接吐了，其他人也说难喝，又苦又涩还满嘴的土腥味，这哪是茶的味道呀，分明就是一股没洗干净的肉苁蓉掺了劣质茶叶的味道。胡兵轻易不发脾气，可面对难以下咽的所谓苁蓉茶，他尖刻地批评研发组没有用心钻研，骂他们"猫儿盖屎——糊弄人"。李军祥大呼冤枉，为了制茶他自打学习回来就住到基地，好长时间没回过家，夜以继日的研究让额头都秃下去好大一截，却换来这通批评，他简直快崩溃了。

看到自信从容的老李这样，胡兵也觉得自己过于心急了。道歉后和他仔细商量找问题根源，最终发现制茶不成还是自身知识储备不够，要把药材和食材结合起来，需要融入药理学与膳食营养学领域的专业理论作为支撑条件，这不是一朝一夕能成功的，仅靠他们自己显然不行。胡兵猛然想到那一年梭梭林发生病害请来指导的专家们，其中有一位陈姓老教授说过，以后遇上难题可以随时向他请教，还说要把实验室和研究生实践基地放在这里。怎么把他给忘了！陈教授是博导，有名的专家学者，如果能请到他来辅导研究，苁蓉茶研发成功必定指日可待。当即，胡兵就找人安排，亲自上省城高校去请陈教授。

2019年年底，一场特大疫情席卷全球。虽然如愿请到了陈教授和他的研究生团队来指导苁蓉茶研发，但受防疫要求影响，实验进行得断断续续，一直没有取得显著成效。大环境所限，只能暂时中止合作。不过李军祥跟在陈教授身边恶补相关知识，对于制茶有了更全面的了解，他向胡兵申请接着实验，自信能够做出令胡兵满意的苁蓉茶。见他如此执着，胡兵同意继续研发。于是，跟着胡兵的节奏，几乎全员都搬到了基地宿舍。

疫情三年，各行各业皆受影响，却并不耽误治沙，胡兵更加心无旁骛地种树造林，发展林下经济。夏天采集苁蓉种子，冬季的鲜肉苁蓉也端上了餐桌。酒店经营惨淡，彩霞索性带上厨师来常驻基地，研究苁蓉的吃法，发明了好几道新菜品，其中肉苁蓉炖羊肉赢得员工们的交口称赞，地方特色苁蓉卜拉子也成为日常员工餐。与此同时，经过上万次的尝试与改进，技术小组终于调配出了满意的苁蓉茶，口感较之前大大提高。祛除了苁蓉的苦涩和土腥味，最大限度地保留其药用价值，并融合了红茶的馥郁醇厚，一款兼具食用与药用功能的"皇芸"牌新茶就这样诞生了。这回胡兵和陈教授等专家总算点头认可了，喝过一次就爱上，从此成为大家日常饮水中不可或缺的主角。

2023年年底，大漠农林迎来高效发展的光辉时刻。就像蛰伏地下默默生长，然后一夜破土短短时间就能长成竹林的毛竹，大漠农林再次敞开怀抱迎接春天，已经是拥有近40万亩梭梭林，嫁接肉苁蓉经济林10万亩，扩大育苗场和滴灌厂，并新建了苁蓉加工厂的大型企业。基地上陆续添置了各类机械，超过四百台的机械向沙漠昭示，大漠农林完全实现了机械化造林，再也不怕风沙作怪，有能力跟它掰一掰手腕了！

有偌大的梭梭林作为治沙基业，这一次胡兵在市委、县委主要领导的支持下顺利申请到了贷款，决定并很快引进了一整套先进的生产设备，在李军祥的技术小组班底基础上聘请高校专家教授，组建起一支专业的研发团队，致力于开发多样化的肉苁蓉产品。从最初的肉苁蓉切片、干品，逐渐拓展到肉苁蓉保健茶和鲜苁蓉冷链运输等多个领域。然而，新产品推向市场的过程并非一帆风顺。彼时"药食同源"的政策还没有开放，注重保健养生的人们虽然都知道肉苁蓉是不可多得的食补、药补珍品，但肉苁蓉仅限于药店发售，很多时候买到手的所谓苁蓉基本都是陈年存货，效用大打折扣，品相更是良莠不齐。也因为这样的局限性，荒漠肉苁蓉即使名头响亮，能够销售的渠道实在单一，而且市场上早已存在众多同类产品，竞争激烈程度超乎想象。大漠农林的产品因定价相对较高，起初市场反响平平，销量远未达到预期，不仅如此还惹来嫉妒者的联手抵制，产品在别人低价竞销的恶意竞争中四面楚歌。

眼看销路不畅，合同一份一份被退回来，负责市场营销的徐鹏程急了，也恼了，在胡兵面前赌气建议："胡总，咱们得想办法提升产品竞争力。他们不是喜欢玩竞价嘛，咱们又不是玩不起，十万亩苁蓉林在那摆着呢，就跟他们比价格，看谁先占领市场！"

胡兵理解小徐的焦虑，却摇头否决："不行。靠低价竞争只会牺牲产品质量，还破坏了市场秩序。那种损人不利己的事情别人爱干就干去，我们坚决不能跟风胡整。再说了，有些人纯粹就是商业贩子，从沿沙区低价收购了再卖到市场上赚取差价，质量自然得不到保证，掺假的也不在少数，可咱们不一样，每一枝苁蓉都是亲手种出来的货真价实的荒漠肉苁蓉，品质决定价格，我相信只要坚持做好产品，总会赢得消费者的认可。""路遥知马力，日久见人心。"这个世界不缺有慧眼的行家，总得有个大浪淘沙的过程，事物如此，人和人的交往也是一样的道理。

安抚小徐不要着急，胡兵却立刻召集研发团队部署生产方案。传统营销行不通，那就另辟蹊径，他开始重新审视市场定位，带着技术骨干深入挖掘产品优势，找亮点、找难点，逐一攻克。胡兵告诉他的员工，任何时候都要对自身有清醒的认识，不必急于盲目跟风，因而降低产品质量，大漠农林出产的肉苁蓉源自治沙基地，天然纯净、无污染，且在种植和加工过程中严格遵循绿色环保标准，这是其他产品难以企及的优点。市场一时混乱不可怕，为了赚钱而造假才是致命伤，只要调整思路、找准方向，不愁产品卖不出去。基于此，胡兵指导营销团队通过市场调研分析制订了全新的营销策略。一方面，加大品牌宣传力度，通过参加各类产品展销会、健康产业论坛等活动，展示产品的独特魅力；另一方面，与一些高端养生会所、饭店和酒店建立合作关系，开展产品试用和推广活动。

胡兵没上过大学，年少时期受家境和观念所限，与高等学府终生无缘，但他喜欢看书并信奉一个道理，那就是专业的工作要由专业的人来做。目前为止，除了聘请来搞产品研发的几位高学历人才，包括自己在内，所有的经验和技术都来自治沙一线的摸爬滚打，再会干活也难脱"土专家"的戏称，便格外尊崇那些肚子里装满墨水的真正的专家。在经过多方努力终于收到广州大型农产品展销会的准入邀请函后，他欣喜之余不禁发愁：应该派谁去参会？看看身边，一个个面目黧黑、粗手大脚的，去市上参加活动卷着舌头拐几句普通话都带着口音，远赴广州向参展商和消费者详细介绍肉苁蓉产品的种植过程、研发技术以及独特功效，人家能听得懂吗？广州展销会是个难得的契机，必须熟知荒漠肉苁蓉的人去，还要普通话过关、口才好，能够随机应变，发现和发展潜在客户，把产品推介出去。形象气质嘛就算了，遍观基地一大帮子老爷们，根本找不出一个白净漂亮能代表公司形象的，就不刻意强求了。

距离展销会还有几天时间，胡兵愁得额头皱纹都多了几条，哪怕两眼放光地寻找合适人选，无中生有地抓取优点，把他的员工们筛选了一遍又一遍，还是挑不出能够远赴广州挑大梁的人才。对基地和产品谁都了解，也充满了热爱，可个个怯场拉不到人面前，最无奈的是让彩霞派了酒店的大堂经理来培训普通话，不但没有一点语言上的提升，搞得大家反倒不会说话了，培训两天，同事间交谈一嘴奇怪的发音使人瞬间鸡皮疙瘩掉一地。没治了，真正是"书到用时方恨少，事非经过不知难"啊！胡兵回家说起，把彩霞笑得肚子疼。

胡兵想了又想，最终决定："不能再耽搁了，必须找个人来当代表，高薪招聘，多少钱无所谓，只要能把基地和荒漠肉苁蓉说清楚就行。"

彩霞睨着他笑问："广州参展呢，光说清楚有什么用？不得讲明白，再把产品推出去？不然你大费周章参加的意义在哪里？"

"也是哈！"胡兵无奈，"道理都对着呢，可这事已经火烧眉毛了，时间紧迫我实在找不到合适人嘛，只能凑合一下，大不了就当试水了，下次……"

"下次黄花菜都凉了！"彩霞出言打断，嗔怨道，"你自来讲求高品质，这么重大的事上反要凑合，怎么想的？"

胡兵愁眉不展："那我也是没办法嘛，该想的辙都想了，该用的手段也用了，奈何都是烂泥扶不上墙，连我自己说话都一口方言，还能指望谁去？"

彩霞眯眼微笑一脸嘚瑟："那要是我有办法能解决，你拿啥奖励？"

"你？"胡兵顿时来了精神，大手一挥许诺道，"如果真的解决了，我给你把以前卖掉的金首饰原模原样再打一套。"

彩霞瞪他，轻轻哼笑："这话你都许了几年了，也没见半点影子。算了，我才不稀罕，原模原样的也不是当初的那一套了，我懒地信你。不过……"她顿了顿，双眼熠熠道："我真有合适人选，你猜是谁？"

胡兵猜不出来，急切道："是谁你赶紧说吧，我都急成啥样了还卖关子！"

见丈夫真是急坏了，最近嘴唇上都上火起泡，便不再吊他的胃口，郑重吐出一个人的名字。

"豆豆？你说豆豆！"胡兵乍听惊喜莫名，脸颊都因为激动晕出一抹霞色，哈哈大笑道，"我怎么把姑娘给忘了，真是秀才关到了门背后，没有人比咱们豆豆更合适了哇！"

彩霞一脸的与有荣焉："那可不嘛！豆豆普通话多好啊，还熟悉治沙基地，没少参与你的基地项目开发，虽然不是大漠农林的职工，却是我们家的幕后高参呢！"

是啊，是啊！这一点胡兵无权否定，女儿自小体贴优秀，如今有了自己的小家庭，远隔千里，可她对父母和弟弟的牵挂惦念从未减弱半分，几乎每天都有电话或者视频联络，是名副其实的"小棉袄"。豆豆能力出众、善于交流，如果让她代表大漠农林去参展当讲解员，胡兵有一百二十分的信心，相信她能够满载而归。不顾时间已到深夜，亦顾不得彩霞阻拦，胡兵一分钟都等不起，拨通了女儿的电话，喊女儿回来筹备参展。豆豆听说是这件事，一口应承下来，说她明天一大早就坐飞机赶回来。得到确定回复，胡兵终于把心放回了原处，连日来的愁闷一扫而空，嚷嚷着要彩霞做下酒菜，他得庆祝一下。

看着丈夫孩子气的模样，彩霞撑着本已疲惫的身体，配合地去帮他准备了两道小菜，并陪着胡兵喝了杯酒才作罢。等服侍微醉的丈夫上床休息，自己收拾餐桌、打扫"战场"时，两只膝盖已经酸疼肿胀得弯不下去了。而且，最近一段时间她偶尔失聪的症状，跟人说话交流或给员工们布置工作，突然之间就卡壳，别人还以为是她在组织新的发言，只有彩霞自己清楚怎么回事，那是断了听力带来的失神。十年前上北京看病原本已经预约了专家号，因为胡兵要赶回基地迎接考察被迫放弃了，这些年各种压力背在身上没时间再去看诊，耳朵竟也神奇地给力，还以为自行治愈了呢！谁想近来隐隐有了复发的趋势，而且症状比十年前更严重了。彩霞很想跟胡兵说，但看他忙得焦头烂额不忍再添负担，便一直隐忍到了现在，膝盖疼自己买止疼药吃，耳朵不舒服、头发晕也是跑去药店随便吃药应付，有时候忙起来顾不到甚至打发酒店员工们帮忙去买，效果一阵好一阵坏也不知道对症与否，反正就是个凑合。能有什么办法呢？基地、酒店一堆事，根本不得闲，凡事咬牙坚持慢慢来呗。看病的事不着急，等忙过这段，展销会结束再说吧！

几天之后，豆豆带着小团队和各种苁蓉产品去了广州。展销会上她不负众望，用真诚和专业的讲解吸引众多目光驻足大漠农林的产品展厅，惊艳了最为注重养生的广东人。一位知名连锁药店的采购经理看过苁蓉后，爱不释手，当场表达了合作意向，称赞来自大西北的荒漠肉苁蓉是他这些年来经手过的同类产品中难得一见的绝佳上品，愿意引入他们的销售渠道。豆豆趁机邀请这位先生到大漠农林的苁蓉基地参观考察，并向听她讲解的所有客商介绍起了爸爸的治沙经历。当在环境温润潮湿、经济发达地区生活的人们听说胡兵的事迹后，纷纷感到新奇而惊叹，赞扬胡兵是"种金子的人"。

"种金子的人？"视频里胡兵看着女儿神采飞扬的笑容，他刚强了半辈子鲜少流泪的眼眶顿觉酸涩，被这个充满文艺气息的说法感动了。淘了金子换沙子，种下金子长绿地，这些年他倾其所有艰辛付出换来多少不解与嘲笑，至今还有人在质疑他治沙的初衷，对他把金子变成沙子的行为而骂声一片。终于，终于有人理解这份执着，看到了自己疯狂背后的坚守。真的应该去当面感谢这个素未谋面的人，感谢他给出的这个定义，可豆豆说当时人太多，与那位先生擦肩而过再无交集。这属实遗憾！胡兵为此耿耿于怀了好久。

随着品牌知名度的提升，大漠农林的苁蓉产品市场销量逐渐增加，产品在市场上有了稳定的地位。如果说这次展销是稳占市场的开端，那国家"药食同源"名录的发布就是为沙产业插上了腾飞的翅膀。昂贵珍稀的仙草肉苁蓉从此走出药柜，走向餐桌，不再只是单一的中医药材，解锁了多种多样的食疗用途，不仅限于切片、干品，人们还拿它来煲汤，新鲜的肉苁蓉搭配山药、芥蓝清炒也是一道美味，西北特色"鲜苁蓉炖羊肉"的香味更是在一场场展销会上独领风骚，成了最能阐释"药食同源"的滋补新品之一。肉苁蓉产业蓬勃发展，治沙基地的影响力与日俱增。越来越多的人慕名前来参观学习，市、县两级政府也给予了大力支持，将基地列为生态农业示范项目，为其提供更多政策优惠和资源倾斜。在胡兵的带领下，治沙基地不仅实现了经济效益的显著增长，更在生态修复方面取得了令人瞩目的成就。曾经荒芜的沙漠，如今已被大片绿色植被覆盖，生态系统逐渐恢复，吸引了众多珍稀鸟类和野生动物栖息繁衍。

  回首一路走来的艰辛历程，胡兵感慨万千。从最初艰难昂贵的种子收集，到如今产业初具规模，每一步都饱含着团队的心血与汗水。他深知，未来的路依旧漫长，挑战重重，但只要心中有信念，脚下有力量，就一定能在这片沙漠上创造更多奇迹，让绿色梦想照进现实，为生态环境保护和可持续发展贡献更大的力量。

第七章

告别了困难、蛰伏,一切都在向好发展,新的一年新的征程又将开启,胡兵向县委提交申请再次承包20万亩荒漠,他和他的团队已蓄势待发,续写治沙与产业发展的壮丽篇章。就在这时,彩霞病情复发,耳膜穿孔已经严重到了随时让她晕厥的地步。胡兵扔下工具赶回城里,彩霞已被送进了重症监护室,医生严肃地通知他,彩霞的病情已经因耽误而加重,耳膜穿孔感染到脑部,需要立即手术。胡兵感觉整个世界在此刻瞬间崩塌,握在掌心的手机都无力抓握,掉在医院坚硬锃亮的地板上摔碎了屏幕,一如他此刻凌乱破碎的心境。

妻子的病情不容耽搁,胡兵当即决定进京医治,联系首都各大医院,尽快为彩霞安排手术。这次,他要全程陪着彩霞做治疗,直到她完全康复。然而,认为最难约的医院和主刀医生都落实到位,最担心病情反复中途再度昏厥的彩霞意外清醒可以登机远行之时,治沙基地那边却出了状况,蚂蚁森林的投资审查团到了。这是关乎20万亩荒漠治理投资能否顺利落地的大事，一把手不在现场，于情于理都说不通，会让投资方的最终审查意见发生偏差并影响结果。胡兵陷入两难，一边是相濡以沫的妻子需要及时救治，一边是仿佛婴孩般嗷嗷待哺的治沙事业亟待投资，两面都重要，两面都不能放弃，可他分身乏术……

清醒后的彩霞亦知投资的重要性，见丈夫如此为难，她主动提出让胡兵去忙接待，自己可以坚持。胡兵自然不同意这个建议，就是因为十年前的疏忽，才导致彩霞深受病魔折磨，他不允许自己在十年后的此时此刻依然缺席，说什么也要送彩霞进京。夫妻俩说着话的短短时间里，胡兵的手机不停在响，即使他调整成静音状态，常亮的屏幕也在时时提醒他事态紧急，催得他浑身烦躁、坐卧不宁。彩霞实在看不下去了，趁胡兵去和医生交流转院事宜时，拨通了女儿的电话，让豆豆陪自己上北京看病。在电话里担心吓着女儿，彩霞说得轻描淡写，强作轻松地和豆豆约定到了北京看完病后一起去爬长城。豆豆不疑有他，答应妈妈即刻就赶回家，这些年妈妈忙里忙外的辛苦她最能理解，难得这回想通了要出去游玩，作为女儿必须得遵从啊！许是彩霞表现得太过轻快，豆豆并没有听出她是抱病说话，更想不到妈妈的这通电话是在病床上打给她的。以至于，第二天打了飞的高高兴兴回来，看见吸着氧气病恹恹的母亲，她吓得面无人色，双腿一软就跪在了地上，连带着把嚎啕大哭中闻讯赶来的胡兵也吓得脸色惨白，还以为医生给出的最坏预料成真了。

妻女出发前，胡兵特意向投资审查团告假赶来送行。豆豆看着病弱的妈妈和沧桑憔悴的父亲，心疼得流下了眼泪。她安抚胡兵："爸爸，你放心，我会陪着妈妈照顾好她，直到康复。"

对着女儿年轻却坚强的脸庞，胡兵心中满是愧疚。这些年，他一心扑在治沙事业上，忽略了对家人的陪伴，儿子上了大学，女儿长大成家都有了孩子，他竟从来没有为儿女开过哪怕一次家长会，对他们的成长和教育更是没有费过精力，不曾接送，不曾辅导，更不曾在深夜里等待和在清晨的寒风中守望……他不是一个称职的父亲，算不得合格的丈夫，即使在彩霞病重最需要的时候也不能陪伴在侧，连自己都无法原谅自己。彩霞母女俩不知道的是，胡兵为了促成与蚂蚁森林的合作，和请来的专业人士夜以继日地准备材料呢。好在蚂蚁森林的工作人员被胡兵和大漠农林的事迹感动了，所以他们对胡兵提供的材料上存在的小问题，也及时指了出来。面对这样的合作伙伴，胡兵没有任何理由消极，只有拿出十二分的热情来修改、完善材料，直到材料被蚂蚁森林认可、通过。

有些心事能说给人听，有些却只能自己消化。胡兵站在候机大厅的落地窗前，目送飞机载着妻子和女儿冲入云霄，他忍了好久的热泪也冲出眼眶，一滴一滴滑落脸庞。"彩霞，你受苦了。我对不起你们。"胡兵对着湛蓝的天空默默致歉，感觉心一下子空了。

豆豆陪伴彩霞来到北京，办好各项入院手续，静待手术。手术前夜，母女俩都想着给对方减压，小心翼翼地维持着轻松愉快的相处氛围。彩霞安慰女儿，手指拂过豆豆拧着的眉头，故作轻松地笑道："年纪轻轻的，不能老皱眉，那样老得快。别太担心，妈妈一定没事的。"豆豆拿下妈妈的手，握在自己掌心，笑着点头："我不担心，你是最坚强的妈妈，跟超人一样，什么困难在你面前都是小 kiss。"

彩霞摇头好笑："超人我知道，裤衩穿外面那个嘛，衣品太差，我可不能像他。"

豆豆笑喷了，握着妈妈的手摇了摇，像小时候撒娇那样靠进了彩霞怀里，回忆道："妈你还记得吗？我们以前在金塔县租房的那个房东阿姨，那时候你就偷偷在背后笑人家，说她不会打扮，粉裤子配件绿上衣，像个倒栽的大萝卜。"

"我有那么爱说别人闲话嘛！"彩霞用另一只手点了点女儿的头，笑道，"我当然记得，那是你爸下岗了咱们家最困难的一段日子，没钱租大房子就租的小平房，连床都不够尺寸，边上拼了块木板才容得下三个人。"

豆豆爬起来抢着接道："对啊对啊，那块木板是我爸从街上捡回来的，边上有个大豁口，白天床单遮起来看不见，晚上睡下去就是个坑，有一次晚上睡觉前忘了垫纸壳，我翻个身直接跌到坑底下去了，床下面是我爸发懒没倒掉的洗脚水，给我浇了个透心凉，第二天就感冒了。"

彩霞宠溺地看着女儿，抬手拂过她黑亮柔顺的头发，感慨道："想想那时候真是不容易啊！咱们一家人没少吃苦。"

豆豆眼神微黯："我不苦，苦都让你和我爸吃完了，我和弟弟就剩享福了。"说着，豆豆也伸手抚了抚彩霞的头发，尽量让自己表现得没心没肺，接着道："妈，等你出院了，我带你去学游泳吧，老家缺水风沙大，人的皮肤都干巴巴没滋养，等把你养得水灵灵、美滋滋再回家，让我爸看看他何德何能娶了你这么贤惠漂亮的仙女当老婆。"

"瞎说！"彩霞笑着戳了豆豆一把，"哪有姑娘这么说爸妈的？再说了，你爸就是现在网络上说的那种钢铁直男，他看沙子的眼神都比看我有感情，心里装的都是基地里那些梭梭林和他的肉苁蓉。"

豆豆有意为父亲开脱，反驳道："才不是呢！我爸那叫铁汉柔情，心里装着咱们呢，就是不习惯说出口。他送我们上飞机那会儿，我看得清清楚楚，他眼睛里有泪，肯定转过身就一个人偷偷哭去了。"

何须女儿刻意强调啊！彩霞心里明镜似的。三十年了，胡兵什么性子没有人比她更清楚，所以跟着他才无怨无悔，即使不够浪漫、不解风情又如何？他原本就是高山而非低谷，作为妻子，自己也是大树而非娇花，不需要他的时刻相随亦能坚强挺立，成为自己的依靠并撑起家里的晴空。最好的伴侣不就是这样了！

手术前豆豆拨通了父亲的视频电话，一起聆听医生的一系列告知，医生解释手术的风险和可能出现的并发症。当听到耳膜穿孔引发的脑部感染情况复杂，手术过程中稍有不慎，就可能导致病人出现生命危险，或者留下严重的后遗症时，胡兵在电话那头紧紧握着拳头，指甲几乎陷入掌心，他强忍着内心的恐惧，认真地听着医生的每一句话。

"医生，无论如何，请您一定要救救我妻子。只要有一线希望，我们都愿意尝试。"胡兵恳切地说道。

医生点了点头，表示会尽最大的努力，然后让家属签字。胡兵不在，只能由豆豆来签，握起笔杆的那一刻，豆豆觉得她手里攥着的不是笔，而是母亲的生命，分量和责任沉重地压着她喘不过气来。手术进行了五个小时，父女俩连接视频默默等待了五个小时，一直相互安慰、各自揪心，直到手术室的门再次打开。医生告诉他们，手术很成功，感染部位已经清理干净，接下来只要度过术后观察期，就没什么大问题了。胡兵和豆豆悬着的心才终于落了地。

春季植树结束前，彩霞康复出院了，接下来的日子她需要定期进行复查，同时还要进行一些康复训练。回到家里，胡兵接过了照顾妻子的责任，让豆豆回了自己的小家。基地运转正常，胡兵终于抽得出时间待在家里陪一陪彩霞了。彩霞心情好，身体恢复得也快，这是他们难得的相守时光，两个人相互迁就着，过得还算相安无事。但彩霞知道，这样的日子不会维持多久，他们身后还有一大堆人、一大堆事在等着处理。

注定了都是忙碌的命,就得咬牙奋斗。刀口长好后,彩霞就去酒店上班,夫妻俩又开始了两条射线的制式化生活。

第八章

这日晚饭后,彩霞与值班经理安排了工作准备回家,辛家嬢嬢却意外地来到了酒店。尽管辛军不成器,但毕竟两家还是世交,有着亲戚的情分在,彩霞不好直接拒绝,便请老太太坐下说话。辛家嬢嬢生了六个女儿才得了辛军这一个儿子,所以对独子难免宠溺,加之中年守寡未再改嫁,自来受老胡家照顾,作为晚辈的彩霞和胡兵也是一直尊着敬着。当下,彩霞客客气气地问她:"这么晚来是有什么要紧事?"

辛家嬢嬢一脸难为情,支吾着说出了此来所求,竟是为辛军重新进大漠农林工作求到彩霞这儿来了。老太太为了儿子把姿态低到了尘埃里,哀哀祈求道:"老话说得好,养驴就知道驴脾气,我家那个不争气的东西从小就好吃懒做偷奸耍滑,都怪我把他给惯坏了。但他本性不坏,看在老辈儿起就在苂苂村一搭里过活,打断骨头还连着筋的分上,你们两口子给他一个改过自新的机会吧,这次他肯定不敢再胡来乱去不好好干活了。"

面对老人近乎卑微的哀求，彩霞心软，说不出拒绝的话，但她太清楚辛军的为人，那时候公司陷入困境，他能不留余地地出走，是断定了大漠农林翻不起身来无利可图才绝情至斯，而今看公司起死回生并且干得风生水起，便又想回来打秋风混日子，脸皮之厚简直令人叹为观止！她想了想，拉着辛家嬢嬢的手为难道："按理说亲戚里道的该帮的必须得帮，但这件事我真的做不了主。"见老太太急于张口，她急忙强调："胡兵也做不得这个主！"说罢，在老太太质疑的眼神里叹口气缓缓陈述："您老应该也听说过，当初公司最困难的时候，员工们纷纷集资共渡难关，那时候就定下了新的章程，所有出资员工都参与公司管理成了股东。所以，辛军想要再进公司，恐怕需要所有股东都同意了才能成，我们两口子说话没那么好使。"

　　辛家嬢嬢听得懂这话里的意思，面容更加黯然。当初辛军不顾治沙基地的死活绝情离开的事，她焉能不知，前些年也曾偷偷庆幸儿子走得及时，才没像别人家那样贴尽积蓄而日子过得紧紧巴巴。可谁能料到，那个一度穷困到卖车卖房去艰难维持治沙的大侄儿还能翻身啊！还以为挖到金矿已经用光了所有的好运气。到底是福大命大，如今治沙也让他开始赚钱了，而自己的儿子却嗜赌如命，短短几年败光家业，日子越过越烂糟，眼下连物业费都交不起，要靠她这个七老八十的人手里头攒下来的几个小钱来维持，要不是和老胡家有这层亲戚关系在，怕早被胡兵和金彩霞给收回房子赶出家属楼了……

　　见彩霞拒绝，老太太又急又恼，偏偏有求于人，容不得赌气撒泼，只捞起衣襟擦泪苦苦相求道："要怪你们就怪我老婆子吧，是我没教好辛军，把他养成了一个烂泥扶不上墙的阿斗。侄媳妇呀，你就行行好和兵子说说好话，让辛军还去治沙吧！我是黄土涌到脖颈子，没几天活头的人了，眼下家里日子真的过不下去了，才豁出这张老脸来求你们啊！"

老人家淌眼抹泪的模样分外凄惨，彩霞实在没办法，只得答应她会跟胡兵商量，这才把辛家嬢嬢送走。看着腰背佝偻、白发斑鬓的老人离开，彩霞真的为她感到心痛，村里老人们经常说"爹妈的心在儿女上，儿女的心在石头上"，这话半点不假，辛家嬢嬢对她的独子从小恨不得扒心掏肝来养着，可辛军却能在自己赌博输得倾家荡产变得落魄潦倒后，撺掇老母亲放下尊严来替他求工作。忍着憋到嗓子眼的难受和心疼，彩霞拨通胡兵的电话催他早点回家，这件事她得跟胡兵认真谈谈。

再次踏足治沙基地，辛军身上那股子轻浮嚣张劲儿已被磨平，坐在椅子里塌腰驼背的模样使在场所有人都百感交集。

隔着一整张会议桌遥遥相望，胡兵睨了眼坐在最末端的表弟，耳边不禁回响起彩霞描述辛家嬢嬢为儿子哭求工作时的言语。他亦不是铁石心肠的人，从来都把员工的疾苦看得比自己家人更重要，奈何辛军绝情，既然他能在自己最困难的时候断情绝义，就别怪大家对他的落败置若罔闻。这几年胡兵有意屏蔽关于辛军的消息，可架不住有些事硬要跟他扯上关联。昨夜彩霞劝他考虑重新把辛军召回治沙基地时，他都不敢让妻子知晓。就在前不久，辛军赌博输光家财，把分给他的房子都抵押给赌场，债主来收房直接找到了胡兵头上。因为家属楼当年由他一手修建，分完的房子也还在他的名下，赌场去办过户抵偿债务，得有他签字盖章才行。如此，胡兵才知道了辛军的作为，气得他当场就砸了手机，用报警检举违法赌博唬住收债的那些人，转而找到辛军狠狠教训了他一顿。但是，欠债还钱是古来定规，遑论那些人手里拿着辛军亲手写下并摁了指印的欠条，上面根本没说赌博一个字，即便告上法庭都不占理。

胡兵无奈，只得帮他还了欠款，并警告他不许再赌，更不能让任何人知道这件事。

要是彩霞知道早在辛家嬢嬢来之前，他就已经替辛军偿还赌债的事，嫉恶如仇的妻子还愿意帮着说好话把辛军再招来公司工作吗？必然不会！胡兵暗自思忖，对这个年过不惑还浑浑噩噩的表弟，真恨不得再像少年时期那般摁住了美美打一顿。

收回恨铁不成钢的眼神，面对参会员工们流露出的各种饱含嫌弃、鄙夷、质疑的表情，胡兵都有些无言以对了。"事情就是这么个事情，大家都说说自己的意见吧，要不要他，我们民主决议。"他硬着头皮说道。

会议室里沉默良久，谁也不肯率先开口，但每个人的表情如出一辙，脸上纷纷写满了拒绝。这是意料之中的情形，胡兵能理解，如果可以他第一个不同意，但没有这份工作辛军无所谓，辛家嬢嬢和儿媳妇，以及两个正在上学的孩子靠什么生活？胡兵属实见不得让老弱妇孺受苦。当下便忍着火辣辣的脸皮再次开口征询意见："同意不同意大家都表个态啊！"

最终依旧是火暴脾气的丁丰龙忍不下去了，开口恼恨道："我不同意。他还有脸回来？大漠农林就没这号不讲情义的人！"

"我也不同意，"徐鹏程接话，讽刺兼带讥笑道，"遇上困难就跑了，看到有利可图再回来，脸皮得有多厚才干得出来这种事？"

按照以往，接连两个人说他的不是，辛军早跳起来不依不饶了，可此时此地，他像个木雕似的坐在那里不言不语，只管低头挨骂。看来，这回是真被社会"毒打"得不轻。

胡兵摇头叹息，再次开口："我知道大家都对他失望至极，我也和你们一样。但是别忘了,咱们曾经是一起下矿井、一起战天斗地治沙的兄弟,搁在战争年代这就是肩并肩的战友情啊!'人非圣贤,孰能无过',不如给他个机会,经过这么多事,我想他会变好的。"

"那谁知道呢!"丁丰龙还是反对,"他好吃懒做还爱好赌博,想着再回来肯定是日子过不下去了,谁能保证往后真的安心治沙,而不是变着法儿地来使坏?老胡你还不知道吧?当年辛三爷院子的那件事,辛军可没少在背后鼓捣,跟他那个堂哥辛文里勾外联祸害咱们,为的就是院子到手卖掉换几个小钱。"

众人闻言都大为惊讶,看着辛军越发厌恶。

胡兵亦微有讶异,这件事他不是没有怀疑过,但出于对辛军的情感偏袒没有深究,现在被丁丰龙当众指出来,他不能继续装作不知情了。可是,事过境迁再行追究还有什么意义?他只得摆手苦笑:"算了。过去的事就让它过去吧!我还是那句话,曾经的情分在呢,大家不看僧面看佛面,权当是做公益扶危济困了。"

李军祥耻笑一声表示反对:"扶危济困咱们一直在做,大漠长林基金会做的就是公益,目前已经资助了十多个品学兼优的孩子,可辛军能一样吗?他有哪一点占得上资助条件?赌鬼不应该是扶助对象。"

"是啊,他是自作自受,的确不值得同情,"胡兵长叹一声,"可是,还有一句老话,叫做'浪子回头金不换'。不说别的,治沙这件事他也算是个熟手,基地规模一再扩大,咱们需要有人来一起做事啊。不如放下过去轻装前行,就给他最后一次机会。这回他要再犯蠢,不用大家反对,我亲自赶他走行吗?"

话都说到这份上了,也不好揪住人家的小辫子一直不放。但员工们从心底里不愿意接受辛军再次成为大漠农林的一员,对辛军的鄙夷更甚。

杨万忠拿出一包烟挨个发给大家，也不忘给了辛军一支。发完了坐下来温和道："其实我倒不反对辛军再来治沙，毕竟多一个人就多一份力量嘛！不过……"见其他人对他侧目而视，忙补充道："他留下可以，咱们得给他约法三章。人拴人不如规矩拴人，就定个试用期，要是能经得住考验可以转正，如果还像过去那样就走人，到时候谁也别怨谁。你们觉得呢？"

这倒不失为一个好办法，既能约束和督促辛军劳动，也顾全了胡兵的脸面和情义。当即所有员工都点头同意。

没想到这么顺利就又能来基地上班了，辛军颇感意外。抬起从进门就耷拉着的脑袋，他看了眼胡兵，又眼神瑟缩地环视了一圈与会人员，缓缓起身鞠了一躬，不顾众人的嫌恶轻视，由衷地说了声"谢谢"！

一切貌似都搞定了，但胡兵有话要说。他扬手指了四面墙壁让辛军仔细看，语调缓慢而充满自豪地介绍："既然大家同意你暂时留下来，那从现在开始重新了解治沙基地，认认真真熟悉一下你缺席治沙的这几年，大漠农林是怎么一棵树一棵树种出这片绿地的吧！"

顺着胡兵手指的方向看去，偌大的会议室四面墙壁上张挂着公司的"战斗成果"。截至2024年年底，大漠农林一共治理荒漠53万亩，其中梭梭嫁接肉苁蓉18万亩，白刺嫁接锁阳3万亩，通过肉苁蓉深加工2024年收益超8000万元，终于甩开只投资不见收益的"烧钱"包袱，为"治沙致富"打了首场漂亮的胜仗，开启了绿色银行的大门。而他暗暗回村趁夜里没人的时候来偷窥过，并未看见内部的苁蓉加工厂，此刻就清晰无误地展挂在墙壁上，机器高大锃亮，配有产品简介，一看就知是近两年热销市场的那些。只可惜自己赌光了家资，直到现在也没钱

种金子的人

买来尝一尝咸淡，还是过年时母亲去表哥家串亲戚带回来一盒苁蓉茶，才体味了一下传说中仙草的滋味……

辛军感到惭愧无比，事实摆在眼前，让他不由得为过去的自私短见而悔恨，为一次次从自制的谣言里寻求心理平衡而无地自容。事实上，近一年来他已经停止了对治沙基地和表哥的诋毁谩骂，没人比他自己更明白，那种作为是吃不到葡萄嫌葡萄酸的嫉妒心理在作祟，他以为治沙基地将会成为笑话，曾经高高在上的表哥将会落败跟自己一样。但现实却狠狠打了他一巴掌，表哥还是那个打不倒的铁汉，已然实现了当初擘画的治沙蓝图的初步心愿，在这片曾经荒芜的土地上创造出了奇迹。而且，随着时间的推移，治沙基地成为全国闻名的生态治理典范，拥有荣誉的同时还再次拥有了财富，现在人们眼里、嘴里的胡兵是用坚韧不拔的毅力和无私奉献的精神带给家乡巨变的能人、好人。报纸和电视上说，他把黄金变成了绿树，拿金矿换了一座绿色银行。是啊！当年让人趋之若鹜的金子都被他种进荒漠里去了，这么些年过去，金子生根发芽开花结果，他守得云开见月明，守得黄沙变黄金，梦想成真了。而自己呢？终于活成人人厌烦的赌鬼、穷鬼、懒鬼……难怪这一群人都看不起他，连他自己都讨厌自己现在这副鬼样子。所以，还有什么理由不奋起直追，洗心革面，重新做人呢？

"哥，我错了！"辛军抹了把悔恨的泪水，正视胡兵的眼睛，然后逐一和曾经的"战友"们对视，不介意他们投来的各种各样不满的眼神，诚恳地说道，"我辛军今天站在这里保证，从今往后努力治沙重新做人，请大家监督我，也划给我一片荒漠，不种出一片属于自己的林地，我誓不为人！"

掷地有声的言语，铿锵有力的表态，辛军此刻认真而坚定的神情是从来没有见过的模样,使人不由得为之动容。好吧!那便不妨给他一个机会。不为别的,只为在抵挡浩浩风沙的路上仍需挺进,治沙造林任重道远,多一个人参与就多一片绿地,而原谅他一次。

见员工们都接受了辛军,胡兵欣慰地笑了。未来的日子里,治沙基地还将面临更多的挑战,但胡兵坚信,只要大家不忘初心,坚定地做下去,就没有克服不了的困难。

尾声

治沙路上历任市县领导不遗余力的支持与推介，促进了大漠农林的发展壮大。肉苁蓉推出市场以来，县委领导化身大漠农林最有力的宣传大使，平日里与各方人士交流时，总会兴致勃勃地谈起荒漠肉苁蓉的神奇功效，仿佛专业的科普讲师。县委领导的办公桌上，常年摆放着一盒肉苁蓉切片，只要有客人来访，便会热情地泡上一杯苁蓉茶，一边品茗，一边讲述大漠农林在治沙与肉苁蓉产业上的艰辛历程与辉煌成就。

"这肉苁蓉啊，可是沙漠里的宝贝，不仅能补肾阳、益精血，对咱们改善沙漠生态环境也有着不可估量的作用。大漠农林的胡兵团队，那可是在干一件造福子孙后代的大事。"县委领导逢人便说。

在县委领导的影响下，更多人开始关注大漠农林和肉苁蓉产业。一些原本对治沙事业持观望态度的企业，也纷纷转变态度，主动寻求与大漠农林的合作机会。一家从事保健品研发的企业负责人找到胡兵，诚恳地说道："县委领导多次向我们介绍你们的项目，我们深受触动。我们有先进的研发技术和市场渠道，希望能与大漠农林携手，共同研发出更多优质的肉苁蓉产品，推向更广阔的市场。"

胡兵答应考虑并告诉对方，所有条件都能商榷，该让利就让利，该优惠就优惠，唯有一点不容讨价还价，那就是产品的品质。大漠农林走到今天，脚踏实地和精益求精是发展的根本，研发的产品要经得起市场考验，经得起消费者挑刺，具有真金不怕火炼的气魄和实力，才有资格谈合作。对方听了深以为然，但胡兵对品质的要求太高，算了算没什么利润可图，不如跟那些在品质追求方面不甚严格的公司合作赚得多，此事也就成了不了了之的一番笑谈。看吧，大漠农林的发展依旧任重道远。

冬去春回，万物复苏，即将迎来新一年的植树时节。大漠农林这回递交给县委的治沙计划再行递增，县委领导看着申报书微微皱眉，提笔划掉了原有数字，在旁边连续圈出一串新的数字，胡兵一眼看去密密麻麻好多个"0"啊！不禁咋舌惊疑："领导，您是不是对我的期望太高了？"

县委领导眯眼看来，嘴角轻笑："你这个号称铁汉的家伙什么时候对风沙恐惧起来了？1000000亩对你而言很多吗？半程山水已入画，余路风云待入诗。我不信你对这个百万亩荒漠治理计划不动心。"

胡兵心上一凛，不得不承认自己的心动，但治沙十二年来经过那么多的酸甜苦辣，他太清楚将梦想付诸实践所要付出的代价了，即便自己治沙意志坚定如钢铁，可现实里还有很多很多未知的因素挡在这份事业的前头，资金投入就是重中之重。不过，面对县委领导殷切的眼神，他那可恶的自尊心毫无意外地占领了大脑高地，稍作迟疑便点头应道："'行百里者半九十'，好吧，既然领导相信我有这个能力，那大漠农林就接下百万亩计划，大不了再来一个十年奋斗，我还年轻，有的是干劲。"

"好！我等的就是你这个态度，"县委领导说着起身，拿上胡兵递交来的计划书，拉了他一道出门，急吼吼说道，"走走走，我们这就上市里去见市长，听听他的意见和指导。"

胡兵二话不说就和县委领导到市里去汇报，内心里已经在谋划再战十年的治沙事宜。

经县委考察研究，结合大漠农林的实际情况，向市上提交的"大漠农林百万亩荒漠治理生态建设计划"获得了市委领导的激赏。市委领导紧紧握住胡兵的手，不吝言辞地赞赏胡兵这份敢向沙漠不断进取的精神，并高度肯定大漠农林通过治沙致富完成企业转型的成功实践。他感慨地说："要是再多几个胡兵来治沙，再多几个大漠农林这样有担当的企业，咱们金塔县、酒泉市，乃至河西走廊和整个'三北'工程体系，以及全国的生态环境建设将会增加多少绿地面积啊！"

对此，胡兵照例谦虚而笑。治沙成果逐年显现，离不开市、县两级党委和政府对治沙基地给予的政策支持和精神鼓舞。如果没有党和政府作为后盾，大漠农林还要走很长的弯路，眼下取得的这一点点成绩只是万里长征的第一步，未来仍需努力，积极探索生态产业的发展模式，将治沙造林与生态旅游、林下经济等相结合，推动当地经济的多元化发展，把基地建成可持续健康生产的绿色富矿，才能长久传承下去，永远守护这方天地，使其绿水长流、青山常新。如此，才真正担当起了一个企业家应该肩负的使命和责任。

"百万亩荒漠治理生态建设计划"在2025年春天启动，意味着另一个奋斗十年沙里淘金的绿色新征程拉开了大幕。为了落实这一计划，市委领导组织召开了多次专项会议，协调各部门为大漠农林提供便利。

在土地规划方面，政府划出了大片适宜的沙地，供大漠农林扩大种植规模；在资金扶持上，不仅增加了专项治沙补贴，还引导金融机构为企业提供低息贷款。政府的支持关怀如同一剂强心针，为大漠农林注入了莫大的发展动力。

在国家关于生态建设的方针指引下，市、县两级党委政府的正确领导下，胡兵对百万亩荒漠治理满怀信心。下个十年，或许用不了那么久，大漠农林必将捧上一份完满答卷，用绿色银行兑现它的金色誓言。

大漠农林的植绿人，也将在这片沙漠中继续书写属于他们的传奇故事，用绿色装点梦想，用汗水描绘爱与坚持、挣扎与执着，向巴丹吉林倾诉一场场嬉笑怒骂背后的酸甜苦辣……

后记

绿色银行与文学富矿

后记　绿色银行与文学富矿

　　时间如白驹过隙，转眼之间我在河西走廊深扎已经11个年头了。过去在北京，在象牙塔里创作，虽然也发表、出版了不少作品。但实事求是地讲，接地气的作品还是比较少的。在深扎河西的11年里，我在国家级报刊上发表了《甘州绿满滩》《张掖访山记》《培黎之光》等数十篇中短篇作品，也出版了《张掖传》《八声甘州之云起》等获得国家级奖励和进入国家对外文化输出工程的重量级长篇作品，这都是深扎河西地区的社会生活和经历给我带来的感受。对我来说，河西走廊是我文学创作的福地，就像马尔克斯的马孔多小镇、福克纳的"邮票"之乡一样。

　　河西走廊是中华版图上辉煌耀目的存在。两千多年前大汉王朝铁骑踏过的地方皆为汉土，华美丝绸轻拂八千里，边关的冷月和长河的落日辉映成趣，大漠便成了传奇。即使风沙遮蔽瀚海百丈，也挡不住东西文明在这里交汇融合，思想与思想碰撞，光芒和光芒兼容，铺陈出一篇璀

种金子的人

璨华章。历史定格的那一刻，刹那即永恒，河西四郡从此有了专属于自己的名字，走进诗词歌赋，成为文人墨客笔下吟诵的主角和英雄豪杰刀剑锋芒里的梦想。

说到河西走廊，大漠是一个绕不过去的存在。在河西大漠一系列过往故事里，酒泉是唯一名称里带"水"的城市。酒水如泉潺流不息，光是名字就令人神往。然而，干旱缺水一直是困扰酒泉城乡发展的莫大阻力，导致沙漠肆意蔓延，一步步侵袭人类家园，这是酒泉市治沙造林的动因。沙进人退，还是人进沙退？人与沙漠的较量从一开始就是一场此消彼长的拉锯战，生存面前除了全力以赴没有其他选择。在无数个日复一日的苦苦挣扎里，沙区人民不敢后退一步，因为脚下是世代坚守的家园，背井离乡从来都只是被逼无奈下的不堪回首，守住一方家园也从来不是靠嘴上说说那么简单。还记得刚到河西采写报告文学《八步沙》的时候，亲耳聆听治沙人回忆过往，一辆驴车、六个老汉、一棵树、一瓢水，一步一磕种出了一片绿洲是何等艰难困苦。三代人接力拼搏与风沙鏖战，毋庸置疑，那是和平年代没有硝烟的战争。

我也曾经采访过许许多多治沙典型，"三北"工程沿线，治沙人驻守在各大沙漠边缘地区，用汗水和青春浇灌并守护家园，用自己有限的生命拓宽和拉长人类生存的整体生命线。我们称他们为新时代楷模和人民英雄，光环与荣誉的背后，无不凝聚着一段又一段血泪故事，奋起反抗都是性命攸关时的咬牙搏命。试问，哪一个生活优渥远离贫瘠艰苦的人，甘愿把身家性命赌在黄沙翻滚的不毛之地？治沙，本身就饱含了诸多无奈，更多人的治沙初衷不外如是。

在深扎家乡的岁月里，当我第一次听到酒泉市金塔县有人将两吨多黄金"种"进荒漠里的举动后，我一时之间难以置信。拥有两吨多黄金，此人妥妥地已经实现了财富自由，完全没有必要跟沙漠较劲才对。是什么原因促使他做出了这等出人意料的惊世之举呢？抱着好奇中掺杂了质疑的心理，我踏上了去金塔县的路途。一路上，我想了好多。凭借深扎河西走廊十多年来在治沙方面的深入采访与了解，我创作过数部关于治沙人物事迹的作品。尤其是"八步沙"，我用报告文学、小说、电影、电视剧的形式，曾经写过100多万字的作品。我觉得自己并不辱没"八步沙专业户"的雅号。"八步沙"人是被"沙进人退"的现实逼迫而治沙造林的。而一个拥有两吨多金子的人，放着富足安乐的日子不尽情享受，反要倾尽家财去治沙，这样的人和这样的事我真的是第一次听说，难怪他被人们当作傻子、疯子看待。一开始，这个人的行为不但没有赢得称赞，还引来了各种猜疑、嘲讽。后来，"傻哥"便成了胡兵的绰号。

及至见到胡兵，这个存在于想象里的亿万富翁终于具象化了。他朴实得根本不像个富豪，言谈举止更没有那种口若悬河、目空一切的模样，更多时候倒是普通如你我，丢进人堆里就是路人甲乙丙丁。他温润如水，从容随性，逢人见面未语先笑，亲切敦厚，让人一见如故。问起他的治沙事业，胡兵卖了个关子，先邀请我去亲眼看看再谈。大漠农林治沙基地在距金塔县城几十公里外的巴丹吉林沙漠西缘，沿途可以看到享誉国内的金塔胡杨林，另一个方向则是蜚声国际的东风航天城。胡杨的坚韧、航天的进取，这片大漠本身就昭示着不平凡。

第一次去大漠农林的治沙基地是在隆冬时节，刚刚下过雪，大漠戈壁比平素更加荒凉，已经治理过的林地一直延展到天地相接的地方，看起来蔚为壮观。负责引领参观的公司副总徐鹏程不无自豪地介绍，到目前阶段治理规模超过了五十万亩。置身偌大的林地，人之渺小仿佛沧海一粟，令人顿生感慨，又有几多震撼。谁能想到，恰恰就是这微

种金子的人

如芥子的人在沙漠里创造了奇迹，阻挡着风沙侵袭的脚步，把不毛之地变成了如茵绿洲。没有身临其境的人永远都理解不了五十多万亩林地对于守护家园的意义，更无法从单纯的数据里获得亲历者此时此刻心灵上的触动。能够在沙漠里种活树，并借此产生治沙效益以林养林，这是奇迹里的奇迹。十年治沙耗资巨大，两吨多黄金打造和维系一方乐土，人和事真真实实摆在面前，却鲜少有人知道。

实地参观中，跟着工人亲手实践采挖肉苁蓉，当一根接一根粗如儿臂、身披鳞甲的植株冰凉凉、鲜灵灵地握在手中，成就感油然而生。沙漠黄金名不虚传的背后，是真金白银的支撑和坚持。胡兵说，现有的18万亩梭梭嫁接肉苁蓉项目只是一个开始，以林养林向以林富林过渡，还有很长的路要走。于是，在当地党委和政府的指导、支持下，治沙基地的新年规划"百万亩荒漠治理生态建设项目"已经开始着手实施了。谈及他在沙漠里投入的两吨多黄金，胡兵笑得云淡风轻，金钱花在有价值的地方才有意义，这是他一贯的认知。而此前，包括现在，大凡知道他治沙事迹的人，十个人里便有十个人笑他疯癫，拿黄金换黄沙，连家人和不少员工都为他感到不值。可是，每当夏季苁蓉花开、治沙基地绿意盎然的时节，所有人不免为之陶醉，内心的成就感不比胡兵少半分。毕竟，这里是大家共同的家园，参与治沙的人都是主人翁，对于这份事业大家一起付出了辛劳汗水。决定放手一搏抛洒个人财富的那一刻，胡兵的心里就充满了爱与包容。沙尘暴摧毁林地，补种补栽就是了；肉苁蓉及相关产品研发困难，请高校专家和专业人才来帮忙就不是问题；至于资金缺口，积蓄用光了可以卖房卖车来维持。再说，还有一帮子耿直豪爽的员工在默默支持，前两年公司最困难时期，员工们纷纷勒紧裤腰带、慷慨解囊、自发募集也要帮助公司渡过难关，这份情也是胡兵克服一切困难走到现在的底气。

听着胡兵讲述他的治沙经历,平静的语气和泰然自若的气度,似乎故事的主角不是他自己,而我做笔记的手指和飞速运转的大脑也仿佛割裂成了两个独立的个体,笔下诚实记录,脑海里已经拼出了成书的书名——种金子的人(一周后《中国绿色时报》辟专版发表了拙文《种"金子"的人》)。这个题目成型后,纵有新的构思也相形见绌,每一个都不够贴切,都不足以将这段故事、这个人物表达完全。种下金子收获绿野,胡兵和他的员工们是治沙人,同时也在做真正的自己,因为他们还有另一重身份,即淘金者。只是,过去在矿井下淘澄黄金,而今在沙漠里攫取希望,林地就是他们共同的绿色富矿、留给子孙后代的绿色银行。

胡兵在沙漠里打造绿色银行,而我也在河西走廊的文学富矿里找到了又一个闪光点。采访结束,我一刻都坐不住了,不顾胡兵挽留赶回工作室进入创作,急于把这个差点被埋没于时代的钢铁汉子身上的故事讲给世界知道。此般心境跟当年创作《八步沙》时一模一样,弘扬正能量,书写积极向上的人物和事迹,是作家的职责,也必须成为一个人民作家最重要的操守之一。我的创作习惯是凌晨四点钟准时起床,最迟早上八九点完成一天的创作任务,白天用以处理其他日常事务。这样的情况几十年来已经成了习惯。

创作长篇报告文学《种金子的人》时,因为熟悉和敬仰,我的感觉很好,进度也很快、很顺畅,几乎毫无凝滞,一气呵成。但是,中间却发生了一个意外,严重到不能以小插曲来形容。在初稿完成后准备修改的间隙里,我终于腾出手来利用一点点喘息时间与合作伙伴商谈新电影剧本的创作构思时,电脑毫无预兆地出了故障,强制关机黑屏了。

种金子的人

使用笔记本处理工作的朋友应该都熟悉，电脑黑屏关机重启后可以自动接续先前的工作流程，基本不会影响到进度。但是，俗语有云："不怕一万，就怕万一。"我的笔记本重启后却找不回文字文稿了。发现这个情况时，我的心脏瞬间漏跳一拍，头上和后背的冷汗倏然沁出。二十多万字的原创文稿，对于一个职业作家来说，意味着什么？不亚于怀胎十月一朝分娩。辛辛苦苦一番心血，满腹期待，最后孩子才落地就遗失得无影无踪了。这样的打击任谁都无法接受，心理承受能力差一点是要落下病根、精神癫狂的。

庆幸自己虚度六十载光阴，遭受过太多的磨折艰难，多少有了些微抗击打能力，总算没有当场疯掉。之后便打听专业人士维修电脑，试图找回文稿，前后请了好几位业内高手，还去了电脑城求助，一次次希冀，一次次失望，费了精力时间，也花费了必要的金钱，最终努力的结果也只是找回了一部分原稿，有超过一大半的数十万字还是遗憾地永远失落了。奔忙几天，结果不尽如人意，唯有接受这无情的打击，别无选择。与出版社签订的交稿期限已到，没有自我神伤和内耗的时间，我只能打起精神重头再来。好在我的河西走廊文学富矿还在，就从头再来吧。如此一来，靠每天凌晨那点属于我的创作时间肯定是不够的。于是乎打破了几十年来自己给自己定的作息时间表，除了每天早上常规的三四个小时的创作时间外，把下午的读书时间也拿出来开始第二遍创作。胜在有扎实的采访基础，和之前已经创作过一遍完整的初稿，二创的进度有所加快。只是，这个过程并非文字的复制，或者构思的复盘，在新的创作开始后，我发现在原有基础上有了更多超越初创的想法与思考，找回的那几万字原稿能继续用到的竟然寥寥无几，两版在叙述风格和故事架构上出现了严重割裂，想要省力当真半点假都做不到。事已至此，索性放弃初稿，开始了一本新书的创作。

　　二稿起早贪黑的一个月，我深深感到自己是在拼命。这种废寝忘食的创作经历，年轻的时候曾经有过，没想到时隔几十年还会重演，对我来说不啻为新生。突然就理解了这本书的主角胡兵，想起他讲述治沙伊始，春季植树刚刚栽下去的五千亩梭梭林，一场沙尘暴后毁坏殆尽而补栽补种的心酸无奈。成就一件事，很多时候，很多弯路，以及很多意外往往都是人力无法控制的，而正是这些苦难和委屈最能磨炼人的意志，由此壮大了格局，增加了抗击打能力，以后才能更坚强地面对生活。《种金子的人》经历了丢稿二创，自认为比第一稿写得更满意，再次验证了那句经典的语录——"好作品是磨出来的"。这也许就是天意吧！我相信宿命，生命中遇到的每一个人和每一桩事，冥冥中自有因果牵绊。就像胡兵和他的治沙事业，时至今日大漠农林还在一边应对层出不穷的难题，一边继续治沙种树，风沙从来没有彻底被征服，前路注定不会是坦途，但他们依然咬牙坚持无所畏惧，并做好了让子孙接续治沙的准备，"新时代愚公精神"在漫长的沙区沿线崛起挺立，治沙人首先把自己站成了一棵树，就不愁身后长不出无边森林。而我本次创作中发生的意外，亦是另一种意义上的磨砺，丢稿再创像极了沙尘暴肆虐后的补种补栽，虽然时间紧迫催人搏命，但每一场全力以赴之后必将迎来更加茁壮的新生。写作如是，治沙如是，生活亦如是。

　　结稿交稿，松了一口气的同时，感触也多了。对于自己，对于那个"种金子的人"以及浩大的绿色工程都有了新的体悟。大千世界红尘凡俗，总有一些人生来就是为了奉献，燃烧生命照亮别人，这件事说来简单，真正能做到的又有几人？一如大漠农林的员工们对我偷偷戏谑过的那样，假如他们是胡兵，有那么多钱才不会来干这种吃力不讨好的事情。两吨多金子存银行吃利息，就能过上富足的生活，即使企业转型还有很多种选择，未必非得吃沙子喝西北风搞大漠农林。明明已经活成了人上人，辛辛苦苦走出了贫瘠乡村，又跑回老家治沙种树，搞荒漠治理搞得倾家荡产，种绿这片荒漠的代价也太大了！这番作为值吗？

"值！肯定值啊！"胡兵的回答掷地有声。于他而言，治沙种树是从小的梦想，有能力把梦想变成现实，不仅仅是他的个人担当和抱负，更是一个企业家应该承担的社会责任。在男子汉大丈夫的思想意识里，人生价值跟个人财富不能画等号，金钱花在有意义的事情上才叫物有所值，存起来仅供个人挥霍的所谓富豪生活不是他想要的。不是每一个人都能够做到视金钱如粪土，然后拿这些"粪土"来种树培绿，也不是每一个人都能坚定不移地保有初心，为年少时做过的梦倾其所有。

讲起十三年前决心治沙的所思所想，胡兵的眼睛里闪烁着细碎的光点，叙述的话语饱含深情并富有文采。从小时候刚刚能拿得起铁锹开始，每年春天都要跟着大人去挖渠，清理填满沟渠的沙子才能引水进村浇灌庄稼。往往早上清理出的渠道，一夜过去又被沙子填埋了，清晨睁眼的第一件事就是跑去村口看水渠是否又被沙子填满了。青少年时期最大的痛苦莫过于此，手上挑沙子磨起的水泡长成厚厚的一层老茧，还要用这双手握笔写字，学业自是一塌糊涂。而没有文化的苦他吃了太多，坚决不想让村里的后辈子弟重蹈覆辙。人到中年功成名就，仍然摆脱不了挖沙挑渠的梦魇，夜夜反复折磨着他。胡兵决定反抗。梦境可以苍凉荒芜，但不应该延续到现实世界，他顶住压力毅然回乡治沙，既是对儿时诺言的兑现，也是响应党和政府号召的一种体现。"绿水青山就是金山银山"，在他的家乡，能够改变和摆脱苍白荒凉的唯有绿色。

人生能有几回搏！十年坚持，十年奋斗，如今的基地每到夏天便是绿色的海洋，大漠里吹来的风柔软温驯，置身梭梭林张目四顾，鼻端馥郁的是沙生作物独有的草木清香，耳边回响的是山下不远处大墩门枢纽站开闸放水的激扬乐曲，野旷天低白云悠悠，每每此时都能使人胸怀激荡、热泪盈眶。那是一滴又一滴汗水浇灌来的果实，是一克又一克黄金淘换出的绿矿，告别昔日苍黄，家乡旧貌换了新颜，风沙少了，戈壁绿了，乡亲们呼吸着清爽的空气，再也不用为出门穿皮鞋去趟沼泽而烦恼，孩子们坐着校车驶过宽敞的柏油马路，上学回来还是干净白嫩的笑脸，那他这些年做的事情就都有了意义！都说西北汉子粗犷耿直不解风情，但在胡兵心里，在这一群外表粗犷、钢筋铁骨的治沙人血液里，分明流淌着脉脉柔情。

秦时明月汉时关，万里长征人未还。伫立在大漠农林的治沙基地，西北方向的高山顶上有一座保存完好的古代烽燧，当地人称"大墩"，山下淙淙而去的黑河亦承载弱水神话奔流不息，只是记住那些传说的人越来越少了。汉代的地基上耸筑明代墩堡，延续几千年的长城抵挡得了铁蹄征伐，却只能高高在上望沙兴叹。治沙人让这片土地重新焕发了生机，绿树成荫、天朗气清，人类家园因此才生动。我们要活下去并活得更好，奋斗的动力与目标看起来多么庸常啊！可是，就为着这份庸常，无数治沙人在负重前行，青山绿水白云为伴，每一口清新的空气都来之不易，有这样一群人充当地球卫士，他们才是现实世界里的钢铁侠。治沙种树，植绿播绿，他们怀抱的始终都是"西北望，射天狼"的豪情壮志，治沙造林人是我们这个时代当之无愧的人民英雄。

感谢我深扎十余年的河西走廊，让我在文学的富矿里发现了胡兵和他的绿色银行；感谢甘肃人民出版社，在第一时间推出了这部来自河西走廊巴丹吉林沙漠深处的报告文学。